novum pro

D1877241

TRICHTERSPRUNG

Günther Hager

Für Hannelore & Friedl

Wenn wir die Täler des Lebens durchschreiten, gibt es einen Rückhalt, und der heißt: Familie!

Alles Liebe

Günther Hager

novum pro

Bibliografische Information
der Deutschen Nationalbibliothek:

Die Deutsche Nationalbibliothek verzeichnet diese Publikation in der Deutschen Nationalbibliografie. Detaillierte bibliografische Daten sind im Internet über http://www.d-nb.de abrufbar.

ISBN 978-3-99003-083-7
Lektorat: Silvia Zwettler
Autorenfoto: fotografie michael hofstätter

Gedruckt in der Europäischen Union auf umweltfreundlichem, chlor- und säurefrei gebleichtem Papier.

www.novumpro.com

AUSTRIA · GERMANY · HUNGARY · SPAIN · SWITZERLAND

Inhaltsverzeichnis

Erfroren im Alkohol – Kommentare zu Stefan H.:

Leichtsinn oder Wahnsinn? – Der schwer kranke Alkoholiker Stefan H. stirbt nach erzwungener Krankenhausentlassung am Berg! So oder ähnlich lauten die Schlagzeilen regionaler Blätter, als Stefan H. vom höchsten Gipfel seiner oberösterreichischen Heimat nicht mehr zurückkam.

Stimmen seines Umfeldes:
Ein Grenzgänger mit chronischem Selbstzerstörungstrieb, der zum Strudel ausarten konnte und schrecklichen Sog erzeugte. Drei Entziehungskuren brachten nicht den gewünschten Erfolg und aufgrund der ständigen Alkoholexzesse glitt sein physischer und psychischer Gesundheitszustand zeitweilig ins Extreme ab, was in den letzten zehn Jahren mehrere längere Krankenhausaufenthalte notwendig machte. Während dieser Spitalaufenthalte, in denen er für kurze Zeit geläutert schien, dachte er nicht nur viel über sein vergangenes, zerbrochenes Leben nach, er begann es aufzuschreiben beziehungsweise er sprach es auf Band. Ich verstehe, warum sein Leben so enden musste, auch wenn ich das, was er alles angerichtet hat, nicht gutheiße.

(Rüdiger)

Das Chaos seines destruktiven Lebens erfordert auch die Betrachtung aus der Sicht eines anderen Menschen. Wem stünde wohl diese Sichtweise von außen zu, wenn nicht Heidemarie Stenzel, die ihn lange Zeit grenzenlos und vorurteilsfrei geliebt hat. Stefans Geschichte ist zu einem großen Teil auch Heides Geschichte, das heißt, die eine ohne die andere nahezu undenkbar. Mit ihrer Sicht will sie auch zu seinem Frieden beitragen, dass die Selbstlügen, mit denen Stefan sein Leben ausstaffiert hat, ihn nicht bis ins Grab verfolgen.

(Margot S.)

Stefan H., wie ich 1956 geboren. Unsere Leben wiesen nicht nur unzählige Parallelen auf, sie kreuzten und verknüpften sich mehrmals, u. a. trafen wir im Internat in Gmunden aufeinander. Wir verloren uns aus den Augen, fanden uns wiederum. Wir verachteten uns gegenseitig, wurden Freunde, stritten, bis die Freundschaft brach. In allem, was er tat, galt er als extrem, ein Lebenswanderer auf der Suche nach sich selbst, dessen Leben, umso länger es andauerte, immer mehr die Formen einer beständigen Gratwanderung annahm.

Ich versuche nicht, die Ursache seines tragischen Todes zu erklären, der entgegen den Zeitungsmeldungen nichts mit einem Unfall gemein hat; ebenso liegt es mir fern, jemandem die Verantwortung für seinen Tod bzw. das Chaos seines Lebens zuzuschanzen, denn diese Verantwortung für sein Leben trug einzig und alleine Stefan. Mit der Ordnung seines Nachlasses will ich aufzeigen, warum er zwangsläufig an seiner Umwelt zerbrechen musste und diese an ihm.

Gmunden im Sommer 1998 (Gerhard W. – Journalist)

Nachruf von Waldemar F.:
Stefan, deine Umwelt hat dich zugrunde gerichtet und du sie. Anstatt einer Sensation wurdest du nur ein Arschloch. Mach es in deinem nächsten Leben besser.

BUCH I

Das Leben des Stefan H.

Internat 1972

Purpur glänzend und leicht wie eine Feder lag die Tür zur Milchstraße in meiner Hand. Behutsam drehte und rollte ich die Pille zwischen Daumen und Zeigefinger meiner rechten Hand, steckte sie mit einem Ruck in den Mund, ergriff mit der linken die bereitstehende Flasche Bier. Ein kräftiger Schluck, einmal würgen, die Zimmeruhr zeigte 20.30 Uhr. Den Rest des Bieres trank ich andächtig schluckend, breitete meine Tuchent auf dem Stahlrohrbett aus, legte mich mit unter den Nacken geschobenen Händen darauf. Mein Versuch, ruhig zu bleiben, misslang, zu viel Aufregung in mir. Ich wartete, dass etwas geschah. Die Vorstellung, was geschehen sollte, war eine höchst vage, die nur Erzählungen zur Grundlage hatte. Und ich war nicht sicher, welcher Wahrheitsgehalt und wie viel davon in diesen Erzählungen, auf die ich meine Erwartungen baute, steckte.

Das heutige Erlebnis sollte den Reinfall der Valium-Schluckerei vergessen machen, dachte ich auf dem Stahlrohrbett liegend und auf die Zimmerdecke schauend. Die Erwartung war unendlich gewesen, absolut nichts dabei rausgekommen, die Enttäuschung unsererseits riesengroß. Wir: Gerd, Holger und ich, Zimmer 18.

Vater und ich hatten Mutter im Spital besucht, beim Abschied die Klinke zu ihrem Zimmer sanft niedergedrückt, als die geistliche Krankenschwester meinen Vater an der Hand berührte und zur Seite nahm. Wie weggezaubert verschwand das Tablettenröhrchen in seiner Jackentasche, das Flüstern der im schwarzen Kittel steckenden Nonne entging mir nicht: „Keinen Alkohol zum Valium, ansonsten wirkt es als gefährliche Stimulans, und Sie erfahren Halluzinationen und rauschgiftähnliche Zustände!" Ihr eindringliches Geflüster bestätigte, wie ernst sie es meinte, und so klangen die Worte als immerwährendes Echo unendlich lange in mir nach.

Vater fort, die Suche begann. Mit System an die Sache, meine Ungeduld ließ mich fiebernd von einem Ort zum anderen fliegen, versuchte so gut wie möglich Spuren zu vermeiden, hatte Vaters Akribie stets im Hinterkopf. In dem unscheinbaren hellgrünen Briefkuvert seines Nachtkästchens fand ich mein Verlangen.

Schon das nächste Wochenende, freiwillig im Internat verblieben, nützten wir. Drei Flaschen Bier und drei Valium für jeden. Das bewusstseinsverändernde Erlebnis blieb aus, nur Schlaf stellte sich ein. Schlaf, nicht zu knapp. Der Schlaf dauerte von Samstag 20.00 Uhr bis Sonntagnachmittag an, sogar die späten Sonntagnachmittagsstunden erlebten wir in trüber Mattheit, einer Art flüsternder Faulheit, ehe uns der Abendschlaf urplötzlich und urgemein einholte. Ein total misslungenes, versautes Wochenende. Großes Leid unsrerseits um die vertanen, nicht genützten, inaktiv verbrachten Stunden inmitten einer Schönwetterperiode, welche die im Winterschlaf liegende Traunseestadt erwachen ließ. Allein die Trauer um die nicht genossenen Eislaufplatzstunden leitete Zorn in Herz und Hirn.

Eislaufen erfreute nicht aus sportlichen Motiven, der winterliche Eislaufplatz in Gmunden zählte als Jugendtreff. Die Kufen der Schlittschuhe zauberten Furchen und kunstvolle Kringel in die Eisbahn, die beiseitestaubenden Eiskristalle verwischten auf der glatten Fläche zu verwegenen Bildnissen. Die Romantik lag aber nicht in den kunstvollen Kringel und Bildern aus Eiskristallen, sondern im behutsamen Hand-in-Hand-Laufen mit Eisprinzessinnen. Eine Hand war eine Hand und mit der zärtlich ergriffenen Hand wuchs die Hoffnung, mehr zu ergreifen, mehr zu erspüren. Beim Schlittschuhlaufen war das spröde Wort „Aufreißen“ fehl am Platz, hier im eisigen Metier war das sanfte Anbandeln gefragt. Egal was sich später daraus entwickeln mochte, hier war der Beginn, der Anknüpfungspunkt. Die Anfängerinnen auf dem Eis galten als willkommene Opfer, sie kredenzten Angriffsfläche, Berührungspunkte, die zu schüchternem, tastendem Körperkontakt ausuferten. Der Eislaufplatz präsentierte sich als pubertäre Spielwiese, hier mutierten wir.

Für die abendlichen Stunden im Flutlicht des Eisfelds waren wir bereit zu opfern. Die Opfer unsererseits, die gleichaltrigen Internatsschüler miteinbezogen, bestanden in der psychischen Unterwerfung gegenüber der Heimleitung, denn diese hatte unsere Leidenschaft zum Eislaufen längst erkannt, verwendete sie als Druckmittel.

Aufmucken, aufbegehren, Dreistigkeit, Anmaßung, schlechtes Benehmen schlechthin, zu spät kommen, hohe Zahlenwertigkeiten bei den Noten, meinerseits, unsererseits – Eislaufverbot andererseits.

Nach wie vor lag ich mit unter den Nacken geschobenen Händen auf dem Stahlrohrbett und belustigte mich an meinen Gedankenabschweifungen. Die Angst vor dem Ungewissen und die Neugierde auf das Bevorstehende hatten sich vermengt, brachten meine Gedanken zum Purzeln. In meinem Bauch machte ich ein unangenehmes Kribbeln und Brennen aus, die Hände legte ich mit den Handflächen nach unten neben meine Beine, horchte in mich hinein. Mitten in mein hastiges Atmen spürte ich das Feuer in mir vom Bauch in den Kopf wandern. Mein Blick hing immer noch am Plafond, an dem ich drei Risse ausmachte, welche ich noch nie gesehen hatte. Mit den Augen kontrollierte ich die gezackten Linien der Risse von links nach rechts, von rechts nach links und wieder von vorne. Die drei bis dato unbekannten Risse faszinierten mich mehr und mehr, merkte gar nicht, wie lange ich so dalag und unaufhörlich in die Risse starrte, merkte auch nicht, wann das anfängliche ungute Gefühl sich verabschiedete. Die eigenwillig geformten Risse zogen mich magnetisch an, die Schönheit ihrer Struktur gab mir meine innerliche Ausgeglichenheit zurück, verstärkte von Minute zu Minute mein Wohlbehagen. Gelassen lächelte ich den Rissen entgegen, erfreute mich an und mit ihnen. Die Risse vermehrten sich, die Zimmerdecke wölbte sich meinem Kopf entgegen, spürte förmlich die Decke näher kommen, wusste nicht genau, ob ich es war, der zur Decke schwebte. Die Risse waren jetzt nicht mehr eintönig schwarz, sondern in leuchtende Spektralfarben gehüllt. In meinem Schwebezustand empfand ich kein Gewicht, war frei von jeglichem Ballast. Spontan richtete ich mich auf, schwebte ohne Bodenkontakt langsam durch den Raum. Jeden meiner leer durchgehenden Schritte kostete ich voll aus und schwebte wie ein Astronaut im luftleeren Raum in die Mitte des Zimmers, zu den drei zusammengerückten Schreibtischen, landete im Sessel vor dem Tisch, auf dessen Oberfläche eine Schachfolie geklebt war. Das ansonsten ärgerliche Ächzen des Stuhles unterblieb, E-Gitarren-Töne stattdessen. Sanft stützte ich die Ellenbogen auf den Tisch, den linken Ellenbogen auf das erste Schachfeld, den rechten Ellenbogen auf das letzte Schachfeld der ersten Reihe, die Hände bildeten eine Halbkugel für meine Stirn. Das Schachbrett vor mir schaukelte, erst leicht, später immer stärker. Das Schachmuster erzeugte Wellen. Ich vermeinte in tiefe Schachwellen zu sehen, als wären diese durchsichtig und dreidimensional. Aus den Wellen bildeten sich gigantische Fluten, die über meinem Kopf zusammenschlugen, und tief in mir empfand ich ebensolch gewaltige Wellen von Freude und Glück.

Mit dem langsamen Versiegen der Schachwellen nahm ich Gerd und Holger wahr, sah ihre Gestalten, erkannte ihre Gesichter, hörte ihre Stimmen, das, was sie sagten, drang nicht zu mir durch. Ich rief zu den beiden, wollte, dass sie sich mit mir freuten, hörte aber die eigene Stimme nicht, schlurfte zum offenen Fenster, betrachtete von dort die grau-grüne Mülltonne vor dem Hauseingang. Unvermittelt wuchs aus dem Boden eine zweite Mülltonne, eine dritte, vierte. Scharenweise bevölkerten Mülltonnen die unter dem Fenster liegende Straße. Ich weidete mich an dem Mülltonnengeschenk, lachte und sah der Autokolonne zu, wie sie über die Tonnen hinwegfuhr. Chromblitzende Oldtimer, orange Cadillacs, scharlachrote Chevis brausten vorbei.

Jählings fror mich. Genug von Autos und Mülltonnen wollte ich vom Fenster weg, begriff überrascht, dass ich schon auf meinem Bett lag. Genüsslich wie eine Katze streckte und räkelte ich mich, frönte den zauberhaften Farbenspielen, die mir die Wände boten. Vereinzelte Farbkleckse vermischten sich zu kunstvollen Farbtürmen. Die von allen Seiten herbeieilenden, in verschiedenen Blautönen gehaltenen Linien riefen glänzende Labyrinthe hervor, in denen silberne und goldene Kugeln elliptische Bahnen zogen. Vibrationsströme pulsierten in mir, produzierten Orgasmen im Gehirn. Ein Gehirnorgasmus explodierte, verkam zu Schmerz. Nadel- und Nägelstiche malträtierten Kopf und Körper, die Ohren pfropften sich zu, der entstehende Druck griff über auf das Herz. Die quälende innerliche Flut klang stockend ab, die zweite der Gezeiten, die gemächliche Ebbe ergriff Besitz von meinem Körper, transportierte Schlaf in mich.

(Krankenhaus-Aufzeichnung Nr. 1)

Zwanzig Jahre später rutsche ich unruhig in meinem Spitalbett hin und her, war dabei, die Scherben meines Lebens zu ordnen, sie um des Überblicks wegen zusammenzusetzen. Als Therapie gegen meine Alkoholsucht rekonstruiere ich mein vergangenes Leben, amüsiere mich über die Spalte im Lexikon:

LSD – Abkürzung von Lysergsäurediäthylamid: durch Amidierung der Lysergsäure hergestellte halluzinogene Substanz, die bereits in sehr geringen Dosen schizophrenieähnliche Symptome hervorruft. Wissend lächle ich.

Krankenhaus – 1992

Das meinen Mund verzerrende Lächeln verzog sich gemeinsam mit den Bildern der Vergangenheit. Ich fühlte mich allein gelassen mit meiner Angst ohne Silberstreifen für die Zukunft. Das einzige Licht in meine Gedanken brachte die Erinnerung an Vergangenes. Ich erkannte den Widerspruch in meinem Denken, denn hätte ich die Tage, Wochen, Jahre hinter mir besser genützt, mich nicht so gehen lassen, läge ich nicht krank, bar jeglicher physischer oder psychischer Kraft in diesem grässlichen Spitalbett, dessen bloßer Anblick mir eine Gänsehaut über den Rücken und die Arme jagte. Für mich traf die Behauptung zu, dass die Vergangenheit die Zukunft auffraß, längst aufgefressen hatte. Die Krankheit hatte meinen Willen für das Morgen ausgelöscht, es schier unmöglich gemacht, Pläne zu schmieden. Mir fehlten die Hoffnung sowie der Glauben an mich. Zeitweilig schaffte ich es, kümmerliche Kraftreserven zu mobilisieren. Dieses Aufbäumen diente jedoch der Gegenwart, das hieß, ich mochte bloß die mich gefangen haltende Sucht befriedigen. Mein Denken zielte einzig darauf ab, Alkohol zu erhalten, ihn einzusaugen, dadurch meine äußere und innere Zittrigkeit abzustreifen, die mich umklammernde Angst wenigstens für kurze Zeit zu besiegen.

Die Krankenschwester stand plötzlich vor dem Bett. Sie sprach zu mir, meine Augen weiteten sich, die Spritze in ihrer Hand gewann an Größe. Das Gesicht der Schwester verschwamm, ich konnte kaum ihre Konturen ausmachen, sah nur weiß. Der Gedanke, auch Leichentücher waren weiß, fuhr wie ein Blitz in meinen Rumpf, bäumte den Oberkörper auf. Der angenehme Klang ihrer Stimme entspannte die Muskeln, ich nahm den Einstich nur als zartes Piken wahr. In meinen Zehen erwachte ein Kribbeln, das über die Waden emporstieg, gemeiner Juckreiz vergewaltigte meine Genitalien. Schwere Gewichte an Kopf, Armen, Beinen zogen mich in traumlosen Schlaf.

Der Schweiß am Körper weckte Gliedmaßen sowie Geist. Der Mund fühlte sich pappig an, Durst meldete sich. Sofort überfielen mich die Gedanken an Alkohol aufs Neue. Nur ein kleines Bier für den Durst –, Angst schlich daher – ich wollte nicht verdursten.

Ich kannte alle Angstvarianten.

Angst vor mir selbst, vor anderen, vor allen neuen mich überraschenden Situationen, und jede Situation war in gewissem Sinne neu. Mir fiel nichts ein, wovor ich mich nicht ängstigte. Fürchtete mich ebenso vor dem Verdursten wie vor dem Ersaufen. Die Gedanken an das Ertrinken versetzten mich prompt in einen dem Ertrinken ähnlichen Zustand. Ich sah mein Bild an der glatten Wasseroberfläche spiegeln, bis die Scheibe brach. Der Aufprall meines Körpers wühlte die Wassermassen auf, meine Arme zerpflügten sie auf das Gröbste. Mit den immer schwerer werdenden und mit Bleigewichten behangenen Beinen strampelte ich wild, doch die unheimliche, tief im Wasser hausende Kraft riss mich an sich. Ich tauchte unter, ruderte wie besessen, wollte um alles in der Welt auftauchen, wusste nicht, wo oben, wo unten. Die Lungen drückten nach außen, stachen wie Pfeile, die mit unnachgiebiger Gewalt den Brustkorb von innen aufzureißen drohten. Das sprudelnde Wasser verschluckte den Knall meines platzenden Trommelfells. Wasser schoss durch meine Ohren in den Kopf, der blies sich auf, der Mund klaffte, schäumend stießen die Massen die Zähne ein. Der Körper rotierte wie ein Kreisel, die Zentrifugalkraft drückte mich tiefer und tiefer, dem Ertrinken entgegen.

Ein neuerlicher Stich in das Gesäß löste Angstgefühle vor dem Gelähmtsein aus, ich meinte das Absterben der einzelnen Gliedmaßen zu verspüren, Kälte kam hoch, die Starre lähmte die Bewegung, war dies die Totenstarre? Die Schließmuskeln gaben nach, Wärme zwischen meinen Beinen. Die Starre hielt an, der weiße Fleck vor meinen Augen erzeugte Laute, die Laute formierten sich zu Wörtern. Das Weiß sprach zu mir, nicht laut, nicht leise. Man berührte mich, Hände an meinem Glied. Die Unsicherheit fand die Angst, beschämt drehte ich von dem weißen Fleck den Kopf weg.

Das Auge regulierte die Schärfe, ich weinte. Diese Peinlichkeit war mir zuwider, die Schwester wusch meinen Unterleib. Sie reagierte freundlich und doch konnte ich ihren Worten nicht folgen, lag mit rotem Kopf nackt vor ihr, starrte krampfhaft an ihr vorbei. Schüchtern flüchtete ein Blick zu ihr, sie, jung und hübsch, schenkte mir ein Lächeln. Trotzdem, dachte ich verwundert und das Rot, das im Abklingen gewesen war, rückte neuerlich an.

Essen folgte der Waschprozedur.

„Guten Appetit!“ – „Danke.“

Der fehlende Hunger sperrte die Nahrungsaufnahme. Die Salatplatte strotzte vor Farben, zeichnete sich jedoch durch sterilen Geschmack aus – Krankenhausküche. Schaler Tee, penetrant gesüßt, der Durst verflog, dafür zitterten meine Magenwände.

Ich plapperte, brabbelte vor mich hin, war unzufrieden, mochte nicht essen, nicht schalen Tee trinken, schon gar nicht im Bett. Das Liegen hasste ich, noch dazu in diesem ekligen Bett. Wohin ich schaute, überall starrte mich dieses keimfreie WEISS an. Meine Eingeweide schrien, Bettwäsche, Nachthemd, Wände, sogar meine Hautfarbe verkam hier zu Weiß. Mein Gehirn, gesättigt von diesem penetranten Weiß, forderte Farben. Purpurne Wände, zitronengelbe Leintücher und blassgrüne Tuchentüberzüge, Polsterbezüge mit schwarzen Palmen auf hellblauem Grund, das Nachthemd tauschte mit einem azurblauen Seidenpyjama. Das schlichte Holzkruzifix vielleicht lila?

Schwer atmete ich. Was war das für ein Leben?, fragte ich mich.

Keine Farben, die vielen Stiche der Spritzen, dazwischen essen, schlafen, Stiche, zwar freundliche Worte danach, vorher, wieder Stiche, Angst, Stiche, Angst, waschen, Tee trinken, die Galle eilte an die Oberfläche, erbrechen, wieder waschen, Scham paarte sich mit Angst, Schmerzen, Durst.

„Ich will Bier und Cognac“, schrie ich, heulte ich in den weißen Raum hinein.

„Nein.“

Nochmals sagte der Arzt mit dem umgehängten Stethoskop Nein.

Erschreckt schnaufte ich laut, hatte ihn nicht eintreten gehört, fühlte mich ertappt, blamiert.

Der Arzt sprach ruhig, sachlich, gar nicht böse.

Ärzte, Schwestern, Lernschwestern, das Küchenpersonal, alle begegneten mir mit freundlicher Höflichkeit, alle reagierten gut gelaunt. Ich wusste, ich verdiente dieses Übermaß an gutem Willen nicht, ich handelte undankbar. Dies tat mir leid, ich weinte abermals, schluchzte heftig und war doch froh, dass mich anscheinend alle mochten. Freude ins Herz, Tränen im Gesicht. Mein Verhalten stand stets konträr zu meinen Gefühlen.

Heute durfte ich aufstehen.

Der Primarius sprach zu mir, nicht mit mir, denn ich sagte nichts, zerging unter den vielen Augen der Visite. Voran der Primar, sonore Stimme zeichnete ihn aus, danach jüngere Ärzte, Ärztinnen, und immer streng die Hierarchie einhaltend, die Schwestern hintan. Die Augen auf mich gerichtet, so standen sie vor meinem Bett. Das Blut wallte, Hitze kletterte empor in den Kopf, ich vermeinte unter Scheinwerfern zu liegen, die mich blendeten. Ich bedeckte mit der linken Hand die Augen zur Hälfte, meine Person verkümmerte zum Schaustück, das Bett war ein Pranger. Ängstlich stotterte ich Silben, sicher verstanden sie mich nicht, bis mich eine warme weibliche Stimme durch den beruhigenden Tonfall von der Angst des Ausgestelltseins befreite. Krankheit formulierten sie. Lieb. Niemals sprachen sie von Sucht, Alkoholismus, von meiner Schuld an dieser Abhängigkeit.

Krankheit – Heilen, eventuell wendete sich alles zum Guten? Der erste Lichtschimmer im dichten Wald der Probleme und Ängste. Aufstehen bedeutete so viel wie das Ende der Spritzen- und Schlafkur, nicht mehr diesen Dämmerschlaf erdulden müssen. Spazieren gehen, ich träumte von farbigen Blumen auf sattgrünen Wiesen, von Regentropfen, die auf Grashalmen hingen, sah die Gesichter von lachenden Kindern, sah, wie sie übermütig in Regenpfützen hüpften. Zum ersten Mal, seit ich hier war, freute ich mich auf Bevorstehendes.

Die Schwester stützte mich, zaghaft setzte ich einen Fuß vor den anderen, die Beine gehorchten nur schwer, das Tapsen und Stolpern raubte mir die Kräfte. Sie zählte die Schritte, acht, zehn, zwanzig, der Gang streckte sich ins Unendliche. Wir drehten um, humpelten zurück ins Zimmer. Der grüne Park, vor Minuten so nah, entfernte sich, bleierne Glieder zogen mich auf das Bett, die Schwester strahlte, traurig dachte ich an Narzissen, Buschwindröschen, Veilchen, Löwenzahn und irgendwo zwischen all den Gewächsen an Alkohol.

An die Stelle der Spritzen traten Tabletten, wie konnte es anders sein, weiße Tabletten. Spielerisch fing mich der Schlaf. Im Traum kostete ich cognacfarbene Lilien, roch am Whiskyduft der Veilchen, stillte den Hunger an Löwenzahnsalat in Bierdressing.

Der Traum verzerrte das Bild, die Blumen splitterten, ich hatte das Fieberthermometer zerdrückt. Ein neuer Tag mit all seinen auf mich lauernden Problemen und Ängsten begann.

Zwanzig, achtundzwanzig, dreißig Schritte, essen, Tabletten, schlafen. Nachmittags fünfundzwanzig Schritte, Sturz, schlafen, Tabletten, Nacht, Angstträume. Teeschale zerbrochen, dreißig Schritte, schlafen, Nacht. Sechzig Schritte schaffte ich derzeit, warum tat ich mir diese Plage an? Ich wollte nicht mehr in den Park.

Regentropfen trommelten auf die Fensterscheibe, meine Blicke suchten die Bäume, sah nur grau, als wäre das Fensterglas blind, wie angestrichen. Das triste Wetter färbte nicht ab auf das Krankenhauspersonal, mich dagegen deprimierten die feuchten Nebelschwaden. Ich legte das Buch beiseite, gab mich der leisen Gitarrenmusik aus dem Radiorekorder hin, wiegte mit Bedacht den Kopf, Gitarrenmusik stimulierte mich. Die Musik erschuf Freude und Wärme in mir, verjagte gespenstische Zukunftsgedanken. Zufrieden atmete ich die Klänge ein, berauschte mich an den Höhen, mein Herz schlug gleich dem Bass, inhalierte die Melodien, mein Empfinden erstarkte.

Die Sonne hatte die Wolken in die Flucht geschlagen, beleuchtete schon seit Tagen meinen Heilungsprozess. Die Nerven geglättet, das Schluchzen beiseitegeschoben konzentrierte ich mich auf das jeweilige Situationsbild. Sie – ich zollte ihnen höchsten Respekt – hatten mich motiviert für Kommendes. Die Angst galt als versenkt, es war wahr, ich konnte wieder lachen, richtig lachen, herzlich lachen. Ich scherzte mit ihnen, den Schwestern, den Ärzten, mit allen. Ich war abermals ein klein wenig verliebt, nicht in eine bestimmte Person, in alle, verliebt in das Leben. In erster Linie hatten mir die lieben Menschen hier – dann die Musik, meine Bücher – geholfen, den Sinn, die Freude zu finden, die ich verlustig geglaubt hatte.

Übrigens, ich war im Park spazieren.

Ein unbeschreibliches Gefühl, wenn Weihnachten auf einen sonnigen Frühlingstag fiel. Ich erlebte fast einen Frühlingsrausch inmitten der feuchten Gräser, die Vielfalt der Farben, angefangen vom lila Wolfsauge, dem hellblauen Vergissmeinnicht, den bereits zur Neige gehenden Schlüsselblumen, lustigen Leimkräutern, roten Nachtnelken, bis zum Wiesenkerbel. Das Tschilpen und Trillern der schwatzenden Vögel beflügelte mich andauernd, die Kraft zum Gesunden war da. Raus in die Natur, die Wälder, die Berge, wieder am Dachstein, dem geliebtesten aller Berge, stehen, die frische Kälte des Windes durch die schützenden Gewänder auf der Haut spüren, mir das Gesicht mit Schnee einreiben, es danach von der Sonne verbrennen lassen, die Natur in mich reinziehen. Ich rief: *„Ich will leben, ich will leben, ich will wieder leben."*

1973

Und wiederum, wie so oft, eigentlich ausschließlich im letzten Jahr, verbrachte ich den Samstagnachmittag in dem kargen Spitalzimmer. Die Augen rollten langsam, mein Blick suchte in dem tristen Raum einen Anziehungspunkt, fand keinen, versuchte die Wände zu durchdringen. Hinter den schweifenden Blick schob ich Gedankenbilder meiner Fantasie, dachte an dies, an jenes, an vieles, an nichts, wartete, dass die Zeiger der Uhr ein Ende ankündigten. Ich vergrub mich und mein Denken in Fantasiegemälden, reagierte kaum; mein Vater wertete dies als Anteilnahme.

„Erzähl ihr etwas."

Was sollte ich erzählen, etwas erfinden vielleicht? Meine Lippen lächelten sie an, die Lippen. Trotzige Augen lachen nicht, geschweige denn lächeln sie.

Dies war nicht meine Welt. Ich war ein Wochenendarrestant. So wie die Krankheit sie gefangen hielt, sie dahinsiechen ließ, machte ihre Krankheit mich, ihren Sohn, ebenfalls zum Gefangenen.

Mein Verlangen, bei der Mutter zu sein, war in den vergangenen Monaten versiegt. Die unzähligen, hier im Krankenhaus vor ihrem Bette abgesessenen Stunden laugten mich aus, zerstörten etwas in mir, von dem ich nicht wusste, was es gewesen war.

Zu viel, zu oft, zu lang, die Samstagnachmittage und -abende zogen sich ins Unermessliche. Sie endeten immer um 20.00 Uhr mit einem Besuch in unserem Kleinstadtkino. Diesen verdankte ich der *einfühlsamen und verständnisvollen Pädagogik* meines Vaters. Diese Phrase drosch er nicht, um sich selbst auf die Schulter zu klopfen, er glaubte an sich und seine Methoden. Meiner Schätzung nach hielt er sich für nicht hundert-, aber zumindest neunundneunzigprozentig. – Ein Millimeter an der Unfehlbarkeit vorbei.

Des Nachts suchten mich Schweißausbrüche und fremdartig anmutende Träume heim.

Sonntag. Nach dem Krankenhausvormittag das Mittagessen, eingenommen im besten Gasthof der Stadt. Der Appetit blieb aus, die Leibspeise war Fraß, so wie Fraß Leibspeise gewesen wäre. Eine Tischunterhaltung kam nie auf. Mein Vater stellte nur Fragen bezüglich Schulfortkommen und Internat. Ich antwortete zögernd, vorsichtig, das nächste Zeugnis würde ohnehin meine Lügen entlarven. Der Nachmittag brach an, die Stunden vor ihr vergingen schneller, das Ende war abzusehen. Die Verabschiedungsszene die gleiche wie jede Woche, ihre mühsam hervorgemurmelten Worte wie üblich nicht zu verstehen, meine Lippen küssten fahle Wangen, vor einer Berührung mit dem andauernd Schleim ausstoßenden Mund ekelte mich. Gedankengänge trafen auf Empfindungen. Durfte ich diesen Ekel empfinden? Sicher nicht, schlechtes Gewissen plagte mich. Verstört wie immer verließ ich den Raum, mein Herz hinterließ eine Fremde. Was sollte ich mit einer Mutter, die mich kaum verstand, die ich nicht verstand, die niemand verstand, die mir nicht helfen konnte, die meine Freiheit, meine Wochenenden brutal zerstörte?

Am Bahnhof erhielt ich vom Vater nebst Taschengeld jede Menge Ratschläge, die, schulmeisterlich vorgebracht, nach Befehlen und Vorwürfen klangen. In seinen Ausführungen kam der Vater nur schwach zum Vorschein, der Lehrer in ihm überwog.

Sonntagabend mit der Reise nach Gmunden ins Internat kehrte meine Welt zurück. Die Ängste des Alltags nahm ich gerne in Kauf, ich traf wieder auf meine Freunde, meine Kollegen, auf die ungeliebten, vereinzelt sogar verhassten Erzieher, die Lehrpersonen. Das Beklemmende des Wochenendes war Vergangenheit.

Die von meinen Internatsfreunden erzählten Wochenenderlebnisse glichen Abenteuerromanen, die mich ins Abseits drängten. Wen hätte die Beschreibung von unendlich dauernden Krankenbesuchen interessiert. Ich bastelte mir ein Fantasiegebilde, die Fantasie geriet zur Lüge, die Lüge für mich zur Wirklichkeit. Um meine Empfindungen baute ich einen Schutzwall, uneinsichtbar für Freunde sowie für Feinde. Die Angst vor der Entlarvung meiner Fantasiegebilde als Lügenmärchen drangsalierte meine Psyche. Ein neuer Schutzwall. Ich setzte mich gegenüber den Lehrern, den Erziehern in Szene, angriffslustige und freche Äußerungen taten ein Weiteres. Die Pädagogen nahmen mich ernst, sahen nicht durch meinen Wall, wollten Wall und Willen brechen. Wohl schmerzten erhaltene physische wie psychische Schläge, die Anerkennung bei Freunden und Mitzöglingen wog die Schmerzen auf. Freunde gaben moralischen Halt, konnten manchmal sogar Trost spenden, immer dann, wenn Empfindungen als Tränen flossen. Erzieher wollten nicht sehen, gleichgültig und blind prügelten sie die jugendlichen Seelen. Für Schläge zahlt mein Vater Internatsgeld, dachte ich des Öfteren verzweifelt und verbittert.

1973 Spital – es ist so weit

Die Ordensschwester neigte ihren Kopf, flüsterte in mein rechtes Ohr: „Heute ist es so weit. Bald ist sie im Himmel."

Mit kraftvoller Stimme begann die kleinwüchsige zarte Schwester Mathilde zu beten.

„Vater unser, der du bist im Himmel, geheiligt werde dein Name …

Bei *Gegrüßet seiest du Maria* setzte ich murmelnd ein, vernahm das Schluchzen meines Vaters, sah meine Mutter flach atmen. Von Zeit zu Zeit plagten sie Hustenanfälle, dann spuckte sie grünen Schleim mit dunklen, fast marmorierten Bröckchen auf die Tuchent. Der Schleim rann über den Mund, die Nase rotzte. Das nunmehrige Rasseln beim Atmen übertönte die frommen Gebete der mittlerweile hier versammelten Schwestern. Die Schwester Oberin sprach die Ritualverse des Rosenkranzes vor. Mit der Anzahl der Schwestern nahm auch der Auswurf an Schleim und Lungenteilchen zu. Mein Magen fühlte sich flau an, meine schluckenden und würgenden Gaumenbewegungen brachten den Kehlkopf zum Rollen. Ich sah alles, wie von ganz weit weg, wollte gar nicht dabei sein. Der Körper war Ballast, mein Geist, das Fühlen und Denken wünschte davonzufliegen, kam nicht weit. Mein Blick wechselte zur Wand, auf die Kreuzesfigur, so als erwartete ich Beistand, Hilfe. Umsonst.

Nach den Rosenkränzen wieder die *Vater unser,* die ganze Betlitanei von vorne. Meine schweren Augendeckel klappten zeitweilig zu, meine Nase hatte zu riechen aufgehört, ich schmeckte nur pappigen Speichel. Mutter hörte mit geschlossenen Augen zu atmen auf, Schluchzkrämpfe schüttelten mich, befreiten meinen Geist von den Fesseln. Die Wanduhr zeigte zwei Stunden nach Mitternacht.

Das Ausschlafendürfen am Sonntag tat mir gut. Nachmittags beflaggten Vater und ich unser Haus mit einer schwarzen Fahne. An und für sich mochte ich Fahnen. Das lustige Flackern im Wind, das Knallen, wenn eine Böe auf die aus grobem Tuch bestehende Fahne einschlug. Die Farbe unserer Fahne war ein Spiegel der Stimmung im Haus. Musik hören war mir verboten, *bitte nicht an diesem Tag diese grässliche Musik.*

Verwandte kamen, die Gesichter auf Ernst getrimmt, kein Lachen im äußersten Winkel. Die Onkel tranken Schnaps, die Tanten vergossen Tränen. Ich sah zu, sie strichen mir übers Haar und bewerteten mein unsicheres Lächeln total falsch, meinten mich küssen zu müssen, mit ihren glänzenden schmalzigen Lippen, voll von grell aufgetragenem Lippenstift. Sie drückten mich an ihren meist gewaltigen Busen, stellten mir Fragen, wozu, erwarteten sie doch keine Antwort. Wollten ja nicht zuhören und was mit einem Siebzehnjährigen sprechen, den sie ohnehin nicht verstanden, der selbst nichts verstand. Sie öffneten die Kleiderschränke meiner Mutter, gierige Augen, *wäre doch schade um die schönen Sachen.* Sie nahmen Maß, verglichen, besprachen die notwendigen Änderungen. Nur was sich größer machen ließ, kam infrage. Mit wulstigen Fingern prüften sie die Qualität, *„das Lederkostüm greift sich abgetragen an"*. In meiner Erinnerung hatte Mutter, mit der Nerzstola um die Schultern geschlungen, ausgesehen wie ein Filmstar. Ihre Schwester legte die Stola zu den übrigen beiseitegelegten Sachen, stopfte alles in die abgewetzte schweinslederne Reisetasche, von der ich gehofft hatte, sie für meine Zwecke verwenden zu dürfen. Anfänglich überschritten sie noch keine Grenzen, hielten sich zurück, doch letztlich brachen die Schranken. Sie fielen über Kleider und Wäschestücke her, plünderten die Eichenschränke schamlos leer, nicht ohne bei jedem für sich errungenem Kleidungsstück ein paar Worte der Trauer zu verlieren. Dazwischen kullerten Tränen. *„So jung sterben, die Arme."* Das Seufzen und Zittern in ihren Stimmen betrübte und beschämte Vater, naiv gab er die Schmuckschatulle frei. Bezahlte Klageweiber, dachte ich.

Ich lief hinaus, heulte im Garten dem Frühlingswind entgegen, zertrampelte Schlüsselblumen. Bald würde dieser Albtraum vorbei sein, Begräbnis, drei Tage noch schulfrei. Ich bohrte meine

Schuhspitzen in die Erde, die Frühlingssonne blendete. An den nächsten Wochenenden würde ich alles Versäumte nachholen, verrauchte Diskotheken besuchen, tanzen gehen, mit wem bloß, fragte ich mich. Der Kontakt zu früheren Schulfreunden in meinem Heimatort war längst abgerissen, wochentags im Internat, die heiligen Samstage und Sonntage, mit wem sollte ich da noch befreundet sein.

Mein Vater hatte es so bestimmt, ich durfte, wollte, musste sie im Spital besuchen. Ich war ihr gram, weil sie mich durch ihre Krankheit so im Stich gelassen hatte. „Dieser Scheißkrebs!“, rief ich laut. Neuankömmlinge drehten verwundert den Kopf nach mir, ich erschrak. „Die Sachen von ihr sind schon verschenkt“, murmelte ich verstört.

Begräbnis

Die Orgel klirrte die klangvolle Musik zunichte, kühlte die Kirche noch mehr aus. Der Pfarrer faltete seine Hände, verzog sein Gesicht zu einer schiefen Grimasse, die wohl Trauer ausdrücken sollte. Er holte tief Luft, hob an zu singen, seine Stimme kratzte. Die anwesenden Kirchengäste huldigten seinem Vorspiel, indem sie mit überwiegend lauter Stimme genau das, was er vorsang, wiederholten. Verstohlen sah ich von links nach rechts, riskierte einen Blick in die Runde, bemühte mich mein Umherschauen so unauffällig wie nur möglich zu gestalten, galt ich doch als eine der Hauptpersonen der Trauergemeinschaft. Ein ungutes, ein unruhiges Gefühl kroch in meinen Körper. Ich spürte Blicke und dachte, was hieß schon Begräbnis; begraben, diese erbarmungslose Zeremonie für mich als Betroffenen. Alle Augen der Stadt betrachteten nur dich, schauten dich neugierig an, um zu sehen, wie du das Ganze überstehen würdest, um danach davon erzählen zu können. Der Tratsch würde genau angeben, ob, wann und wo du zusammengeklappt, wie oft du in Tränen ausgebrochen bist. Trauer-Exhibition, dachte ich. Ich begann meinen aufschluchzenden Vater um seine Tränen zu beneiden, starrte mit verkrampfter Haltung in das Kirchengewölbe, sah hindurch, versuchte mir vorzustellen, Nägel durchbohrten meine Gliedmaßen, dachte an grausige Schmerzen, die mich peinigten, nur um Tränen hervorzupressen.

Der monotone Trauermarsch schaltete mein Denken ab, versetzte mich in ein Marschgefüge, in dem ich automatisch vom rechten Fuß in den linken fiel. Ständig im Takt, ohne dass ich bemüht war, mich an denselbigen zu halten. Diese Trauermusik, eher schaurig als traurig, brachte einen bislang unbekannten inneren Rhythmus fürs Marschieren in mir zum Vorschein.

Tief atmen, langsam nach rechts vorfallen, wiederum tiefes Durchatmen, vorfallen nach links, atmen, rechts, atmen, links, und so fort. Mein Schauen richtete ich gen Boden, sah aus den Augenwinkeln unzählige Reihen von gaffenden Menschen entlang der Leichenprozession. In einer Zeit und in einer Stadt, in der man die Beliebtheit eines Verstorbenen an der Zahl der Kränze und der am Begräbnis teilnehmenden Personen maß, durften die Zaungäste dieses Spektakels nicht fehlen. Der Weg von der Kirche zum Friedhof führte quer durch die Stadt, exakt ausgedacht zur Befriedigung der Neugier.

Am Friedhof angekommen drängten sich die Leute um die umliegenden Gräber, ich sah sie die Hälse recken, wusste, sie hielten Ausschau nach mir. Mein Magen rebellierte, ich atmete tief und schwer, sah die Gitterstäbe nicht und trotzdem war ich in einem Käfig gefangen. Das schlichte Holzkreuz hatte der Mesner einfach in den Erdhaufen gedrückt, der aussah wie ein Wall, rund um die freigelegte Grube. Das Holzkreuz stak schräg, was mich irgendwie störte, jedoch die paar Schritte vorzutreten und es gerade zu richten getraute ich mich nicht. Die vielen Menschen um mich betäubten fast mein Denken, mein Handeln, meinen Willen. Ich wollte weg, ganz weit weg, wünschte mich woandershin, egal wohin, dort, wo mich niemand kannte, mich niemand anstarrte.

Die Trompeter spielten *Näher mein Gott zu dir,* während die schwarz gewandeten Leichenträger dem Druck des Seiles in ihren Händen langsam nachgaben und so den Sarg hinab in das schwarze Loch versenkten.

Gott, Gott, der Pfarrer sprach erneut von ihm, er meine Mutter heimgeholt hatte. Gott, Gott, wann hörte dieses Zeremonienspiel endlich auf, dieses verlogene Getue, Gott, Gott, *wenn es dich wirklich gibt, was bist du nur für ein Scheißkerl,* dachte ich. Die Wut stieg in meinen Kopf, löste ein Zittern meines Körpers aus. Mein Vater stieß mich an, verwundert schaute ich auf, begriff vorerst nicht, dann ging ich langsam nach vor, stand allein vor dem Grab. Mutterseelenallein, dachte ich, was für ein Wort. Ich sprengte Weihwasser in die Grube, ergriff die Schaufel, warf

Erde in das schwarze Loch, vernahm das polternde Geräusch, als die Erde auf den Sarg auftraf. Wenn ich jetzt nachspringe, ist alles vorbei, dachte ich, zumindest wissen sie, die Gaffer, die Verwandten, mein Vater, dass es mich noch gibt; wen begraben sie eigentlich, was ist mit meinem Leben, das meiner Mutter ist zu Ende, warum zerstören sie jetzt meines? Nichts darf ich, ich will hier nicht stehen und in dieses verdammte schwarze Loch starren. Wut, Schmerz und Zorn in mir explodierten, ich schrie auf, konnte mein Schluchzen nicht halten. Niemand bemerkte, dass ich vor Zorn, nicht aus Trauer aufschrie. Hass gegen jedermann und alles schüttelte meinen jungen Körper. Die Verwandten, die mich stützten, hätte ich am liebsten abgeschüttelt, sie bespuckt, ins Gesicht getreten, sie beschimpft. Ich wollte fluchen, schreien, *ihr egoistischen Narren, merkt ihr jetzt endlich, dass ich da bin, ich will euer Mitleid nicht, ich will leben, mein Leben leben!;* meine Gedanken wirbelten. Ich sandte mein Fühlen und Denken weg, fing mich, zog aus dem Gehirn meine starre Maske hervor, band sie mir um und ließ dieses Trauerspiel an mir vorbeiziehen.

Bei der abschließenden Parade – die Trauergäste zogen an den Angehörigen vorbei und kondolierten – war mein Geist schon lange abgeschaltet. Auf die stets gleich bleibende Kondolenzformel *Beileid, herzlichstes Beileid* antwortete ich mit einem schlaffen Händedruck, unterdrückte sogar meinen Ekel, wenn mich alte Frauen an ihren Busen drückten, mich abknutschten, abküssten, unter den ständigen Beteuerungen, welch einmalig gute Frau meine Mutter gewesen war. Alles zog an mir vorbei, nichts in der Welt konnte meine erstarrte Miene in Bewegung versetzen.

Meine geistige, von mir gewollte oder besser gesagt herbeigeführte Blockade hob sich beim Betreten des Gasthauses, in dem mein Vater den Leichenschmaus abhielt, mit einem Schlag wie von selber auf.

Mein Onkel und ich waren später dran als die anderen, wir waren noch zu Hause gewesen, holten irgendetwas, von dem ich nicht wusste, was es war. Mein Onkel redete andauernd auf mich ein, ich hörte zu, verstand nichts von dem, was er sagte, wollte gar nicht, war aber trotzdem froh, dass sich irgendwer so lange mit mir beschäftigte, sich irgendwer mit mir abgab, jemand da war, dem ich offensichtlich nicht egal war. Ich sah zu, wie er sprach, im Auto, auf dem Weg nach Hause, wartete im Auto auf ihn, er kam, schlug den Weg Richtung Gasthaus ein. Vaters Stammwirt, und er begann unverzüglich weiterzusprechen. Wiederum sah ich ihm beim Sprechen zu, nahm nur seine Stimme wahr, beobachtete seine sich schnell bewegenden Lippen. Nichts drang durch. Mir war, als säße ich vor einem Fernsehapparat mit Tonstörung. Mein Onkel erwartete offensichtlich keine Antworten, vielleicht hatte er auch gar keine Fragen gestellt, erzählte einfach, vielleicht wirklich nur deshalb, weil er wusste, was mir jetzt guttat.

Der Schock traf mich völlig unvorbereitet, auf nüchternen Magen sozusagen. Hatte ich beim Betreten eine befangene, betroffene, womöglich sogar rührselige Begräbnisstimmung erwartet, was fand ich vor? Eine Harmonika und sie begannen zu tanzen, dachte ich und musterte bestürzt die rotgesichtige, ausgelassene Trauergesellschaft. Der Pfarrer saß mitten unter ihnen, gab Witze zum Besten, hielt sich beim Lachen seinen bedeutsamen Bauch, nutzte jede Wortpause für einen kräftigen Schluck Wein, prostete. Mir war, als wäre ich gegen eine Holzwand gerannt, der Wirtshaussaal wankte. Mein Vater winkte mir, drückte ein Viertelliterglas, randvoll gefüllt mit Weißwein, in meine Hand, sagte etwas im Sinne von *schon alt genug dafür.* Das Glas in meiner Hand schwankte, der Wein rann meinen dunkelblauen Anzug hinab, ich hörte Scherben.

„Macht ja nichts“, meinte das Serviermädel freundlich. Sie sah mir in die Augen, lächelte. Mir gefiel ihr lächelndes Gesicht. Ernst und unsicher schaute ich sie an, sie musste etwa gleich alt sein wie ich. Eine Stimme, die ich nicht zuordnen konnte, sagte: „Der arme Bub!“

Die nächsten zwei Gläser verschüttete ich nicht mehr. Der Nebel vor meinen Augen lichtete sich, ich rauchte gegen ihn an, rauchte eine Zigarette nach der anderen. Vater tolerierte mein Qualmen, wetterte heute zum ersten Mal nicht dagegen, das erste Privileg. Ich war in einer Erwachsenenwelt, die ich nicht durchschaute, alt genug meine Mutter zu begraben, dachte an die vergangenen Stunden, an die tränenschwangere Stimmung und dann dies hier. Die Glaskugel, in der ich gelebt hatte, zerplatzte und ein gewaltiger Druck schleuderte mich hinaus in diese verlogene Welt. Ich hätte mit dem Kopf gegen die Wand rennen mögen, vor Wut, vor Hass, ja, jetzt kehrte er zurück. Mich hatten sie immer von der Welt da draußen ausgesperrt, jedes Wochenende musste ich bei meiner Mutter im Spital verbringen und sie, was taten sie, sie trugen sie trauernd zu Grabe und feierten lustvoll.

Immer diese nicht unangenehme, manchmal monoton wirkende Stimme neben mir, mein Onkel. Er wich nicht von mir. Eine ältere Tante war da noch, die augenscheinlich schon längere Zeit bei mir verweilte. Auch sie sprach viel zu mir, verzichtete aber ebenso auf Fragen, als wüssten sie, wie sehr mich diese ewige Fragerei, der ich die letzten Tage ausgesetzt war, nervte, genervt hatte.

„Wie geht's in der Schule, hast du schon eine Freundin?"

Immerzu hatte ich mir vorgenommen, einmal vulgär zu antworten: *Beschissen geht's mir, weil ich kein Weib zum Ficken habe,* nie hatte ich's dann über meine Lippen gebracht.

Aus den Augenwinkeln bemerkte ich, wie mir die Tante manchmal Mineralwasser in mein Weinglas nachgoss, der Onkel versorgte mich mit Zigaretten. Genau genommen war die Tante eine Großtante von mir, seit jeher Tante, Tante Mitzi, gerufen. Der Onkel war einer der jüngeren Brüder meiner Mutter, vermutlich sogar der jüngste. Diese beiden hatte ich meist gut leiden mögen, sie repräsentierten den menschlicheren Teil unserer Familie. Als die beiden absolut nicht von meiner Seite wichen und mein Onkel mich sogar auf die Toilette begleitet hatte, fragte ich: „Ihr seid wohl meine Leibwächter?"

„Ich wehre nur die Alten ab, jung darf durch!"

Die Spur eines Lächelns huschte über mein Gesicht. „Endlich", meinte meine Tante. Sie wandte sich mit Tränen in den Augen ab. Das Eis war gebrochen, zerschmolz, ich brauchte mich nicht länger als Einzelkämpfer zu fühlen, hatte plötzlich Gefährten. Die Welt war schlecht, beschissen. Zukünftig wollte ich die schönen Seiten dieses Scheißlebens kennenlernen, ich hatte genug. Vorsicht Welt, dachte ich, Stefan greift an. Das Gastzimmer hörte auf zu schaukeln, ich schüttete ein Glas Wein in mich hinein, tat, als schmeckte mir der saure Wein, als wäre ich gewohnt zu trinken. Vielleicht zum ersten Mal in meinem Leben sah ich so bewusst, wie der Alkohol alles zudeckte, die Leiden begrub, die Menschen veränderte, mir half. Ich nahm die Hilfe an, sah wiederholt zu meinem Vater, nahm sein und das Verhalten von vielen anderen in mich auf, während sich in meinem Kopf ein Lautsprecher breitmachte, der nur ein Wort ausspie: *Angriff, Angriff* und immer wieder *Angriff.*

Zurück im Internat, mein Onkel hatte mich hergefahren, zog ich mich sofort um, denn in Jeans fühlte ich mich bedeutend wohler als im dunklen Anzug. Ein, zwei Mal tief durchatmen, froh sein, dass dieser Tag vorbei war. Mit Tag vorbei, meinte ich nicht den Tag als ganzen, sondern nur das Begräbnis, den Tag des Begräbnisses, und der war für mich mit dem Abstreifen der festlichen Kleidung zu Ende.

Die Welt hatte mich wieder, sollte mich erst kennenlernen.

„Kauf dir was Schönes", hatten etliche Verwandte gesagt und mir Geld zugesteckt. Gewissensberuhigung; sie kauften den kleinen Jungen mit Geld für Bonbons, dachte ich, nahm das Geld trotzdem oder gerade deswegen, nahm mir vor, noch in derselben Nacht was Schönes zu kaufen. In Gmunden war die Szene, Café Rendezvous der Treff, lila Pillen, das Stück um hundert Schilling und das Bewusstsein flog aus, ging auf die Reise, deckte die grenzenlose Scheiße zu, nahm ihr sogar den penetranten Geruch. Für den nächsten Schultag halfen Captagon, die einen von der Reise runterholten und für den Tag aufputschten, zurechtmachten für Erzieher und Lehrer.

Die Glaskugel war zerplatzt, Angriff. Hier war ich zu Hause, nicht weil ich das Internat so mochte, ich hasste viele dieser Erzieher, die sich nicht anders als mit ihren Fäusten durchsetzen konnten, aber hier waren meine Schulfreunde, meine Internatsfreunde, hier war ich bekannt, beliebt, hier fühlte ich mich verstanden. Und hier war es möglich, auszubrechen, zu leben, auszuleben.

Nach der befohlenen Bettruhe um 22.00 Uhr schlichen wir über den Balkon, den Mauervorsprung, wagten den Sprung in die Tanne, kletterten an ihr hinab, davon, in das nächtliche Treiben des Traunsees. Das Sportcasino mit seinen Kegelbahnen, die Diskothek, das Weinlokal, die Mädchen von anderen Internaten, die Wildnis ruft, nannten wir das. Reizte dies alles nicht, so lockte das Nebenzimmer des Café Rendezvous, in dem die Lichtorgel gepaart mit heißer wilder Rockmusik Stimmung versprach. Sessel und Tische waren ausgeräumt, Anwesende kauerten auf Matratzen. Inmitten des Lichterglanzes thronte der vollbärtige Hannes, dem seine schwarzen Haare bis zur Brust reichten. Ihn galt es zu kennen, er hatte die Macht zu bestimmen, wer was und wie viel und zu welchem Preis bekam, er bestimmte den Lauf der herumgereichten, mit Haschisch gefüllten Pfeife.

Hier tauchten wir in ein neues, ein anderes Leben ein, hier entfrusteten wir. Angst vor Entdeckung war uns fremd, wir waren jung, modern, intelligent, die anderen, die Spieler der Gegenseite sozusagen, waren in unseren Augen alt, konservativ und einfältig. Wie unser Heimleiter, dachte ich, der sich grandios über eine im Zimmer aufgefundene leere Weinflasche mokieren konnte und über die LSD-Trips hinweg schaute, sie für Tabletten hielt.

Die ersten Tage nach dem Begräbnis erlebte ich wie aus einem Kokon schauend. Erzieher krochen verschämt aus meinem Blickfeld, anderen war kein Bogen zu weit, den sie um mich schlagen konnten. Ebenso die Lehrer in der Schule, sie alle wussten nicht, wie sie mir begegnen sollten. Einige taten, als wüssten sie von nichts, einige wenige bevorzugten den spontanen Händedruck in der Pause, immer begleitet von der Formel „Beileid“. Einer kondolierte vor dem Pissoir und die alte Englischprofessorin kondolierte vor allen anderen Schülern. Sie genoss den Vorgang. Mitten in der Stunde rief sie mich auf, bat mich vor den Katheder. Voll Schreck dachte ich an eine Prüfung, ließ mir Zeit mit den Bewegungen, den Schritten, das flaue Gefühl im Magen kennzeichnete die Angst in mir, war das Barometer für meinen Wissensstand. Ich stand vor der Klasse, schaute unsicher blinzelnd auf die vor mit sitzende Pädagogin. Langsam wie in einer Filmsequenz drehte sie ihren Körper zu mir, stand aus der Drehbewegung heraus auf und drückte mit beiden Händen meine rechte Hand. *„Herzlichstes aufrichtiges Beileid!“* Tonfall und Lautstärke rückten das Gesagte in das Licht einer Gratulation. Mitschülern gelang es nicht, das Gesagte auf Anhieb zu registrieren, erst als sich nach und nach Stille ausbreitete, setzte das Begreifen ein. Der Pranger war erneut da, das Feuer in mir brannte, rote Farbe schoss in mein verschrecktes Gesicht. Eben hatte noch ein Mädchen gewitzelt „wie eine Tomate“, jetzt wandte sie sich verlegen ab, genauso wie ich. Nur weg.

„… ein junger Mensch ohne Mutter sei das Ärmste, was es auf der Welt gäbe.“

Das Bild vor meinen Augen verschwamm, das Klassenzimmer schlingerte, mir war, als fehlte meine Kleidung. Nackt vor den anderen, das Innerste nach außen gestülpt, wie fühlte sich wohl ein Aussätziger unter lauter Menschen mit makelloser Haut? Die Frage, woran meine Mutter gestorben war, flog an mir vorbei, der Unterricht hörte zu existieren auf. Ich riss mich los und während ich meine Sachen packte, verfolgte mich ihr vorwurfsvoller Blick. Ich ging davon, ging – ich lief nicht, auch wenn mir danach war. Für meine Mitschüler brachte ich sogar ein Grinsen zustande, der Kopf aufrecht, obwohl schwere Gewichte daran zogen. Trotz des stechenden Gegenwindes kämpfte ich mich zur Tür. Voll Unverständnis sah sie mir nach, begriff nichts, war ja nur eine Pädagogin, dachte ich. Der Gedanke, dass sich diese Frau sicher blendend mit Vater verstanden hätte, erheiterte mich. Pädagogen unter sich.

Die letzten drei Unterrichtsstunden des Tages saß ich im Kaffeehaus ab, spielte Schach mit Freunden, philosophierte mit ihnen, sprach über Gott und die Welt, nur nicht über mich. Vorhin in der Schule war ich im Sumpf der Erwachsenenwelt versunken, tauchte jetzt langsam in der Welt der Jugend, in meiner, in der meiner Freunde und Bekannten wieder auf. Diese halfen mir dabei, denn wen interessierte der Tod meiner Mutter. Es gab Wichtigeres, Helga hatte Robert stehen lassen, auch Tina war solo, Susi und Biene wollten übernächsten Samstag eine Party steigen lassen, Walter, der Junior von der Weinstube, schmiss demnächst eine Geburtstagsfete und im Internat wollten meine Zimmerkollegen und ich eine Aktion gegen einen Erzieher starten, dessen Verhalten wir als sadistisch einstuften.

Internat und Schule waren getrennt, nicht miteinander verbunden, das Internat ein Schülerheim, in dem knapp fünfzig Schüler untergebracht waren, von dort aus in die verschiedensten Schulen der Stadt pilgerten. Die Erzieher lehrten an den umliegenden Schulen. Die meisten von ihnen kamen von Hauptschulen, sie waren im Gegensatz zu ihren Kollegen, den Professoren von Gymnasium, HAK[1] oder HASCH, mit körperlichen Züchtigungsmaßnahmen vertraut. Ansonsten fand die Prügelstrafe nur mehr im Turnunterricht ihren Niederschlag und üblicherweise war nur die Unterstufe betroffen.

Das Internatsschüler-Komitee plante eine Unterschriftenaktion wider diesen Erzieher, die von langer Hand vorbereitet schließlich sogar in der regionalen Wochenzeitung stehen sollte.

Beschwerden über das Prügelsystem bei den Eltern fruchteten nichts, ewig die gleiche Scheiße, *umsonst wird er nicht zuhauen, was habt ihr wieder angestellt …*

„Irgendwann zerstöre ich dieses System samt ihren ausführenden Organen, zerreiße es in der Luft, zertrete es, bevor es mich zertritt“, dachte ich. Ich hatte Erich Kästners *„Fliegendes Klassenzimmer“* gelesen, wo unterrichteten in der Wirklichkeit derart verständnisvolle Erzieher. Ausgestorben, womöglich noch gar nicht geboren? Ich fragte mich, wie dieses Erziehungs- und Unterrichtssystem funktionieren konnte, wenn zwischen Alt und Jung Galaxien mit unzähligen Welten klafften. Das Schlimme

1 HAK = Handelsakademie, HASCH = Handelsschule

war, niemand nahm Anstoß daran; nicht jedermann hieß es gut, aber alle hielten es für unveränderbar, für unumgänglich.

Das Mittagessen erinnerte an Nebel und Schneematsch, an dem auch das besonders große Stück Fleisch nichts verbesserte, welches mir Frau Brock persönlich mit der groben Fleischgabel, die aussah, als wüchse diese direkt aus ihrem Unterarm, auf den Teller drückte. Sie hatte den Fleischbrocken mit der Gabel aus einem großen Topf gefischt, verrenkte dabei so lächerlich ihren Arm, dass sie mich mehr und mehr mit ihrer angewachsen erscheinenden Fleischgabel an einen Seeräuber erinnerte. Ihr Lächeln aus Zuckersirup mit einem Löffel Öl, klebrig und schmierig, spreizte die strahlenden weißen Zähne auseinander und sperrte den Mund zu Trichtergröße auf.

„Du brauchst jetzt Kraft, du hast eine schwere Zeit vor dir."

„Und wichtig ist dir, dass alle deine demonstrierte Menschenfreundlichkeit mitbekommen", dachte ich und befürchtete aufs Neue in ein Schaufenster gesteckt zu werden, sprachlos gemacht wie eine Dekorationspuppe; so weit sollte es nie, nie mehr kommen.

Ich nahm innerlich die Hände hoch wie beim Boxen, meinem Lieblingssport, ging in Deckung, fürchtete nichts und niemanden. So entschlossen, wie ich war, hätte ich alle Teufel dieser Welt attackiert, mit jedem Boxprofi den Kampf aufgenommen, denn in mir schallten hohe und tiefe, laute und leise, sonore und raue Stimmen, alle dasselbe Wort: *Angriff!*

Auf den Angriffsschrei verzichtete ich, eröffnete mit ein paar gezielten Schlägen, nutzte die Überraschung, keine Gegenwehr. Nachgesetzt und einen knallharten Punch mitten ins Gesicht der Heimleiterin gelandet. Vorsicht, Verstärkung nahte für sie. Prompt reagierte ich mit ein paar Schwingern auf die neuen Angreifer und zog mich langsam in meine Ecke zurück, wartete auf den Gong. Ich hatte meine Boxerfahrungen verbal verwertet, das vom Heimleiter gezischte „freche Miststück" bestärkte mich und demütigte ihn. Seine Frau war getroffen, rang hilflos nach Luft, das hochrote Gesicht stand in originellem Kontrast zu den blonden Haaren. Bulldog der Erzieher wuchs aus dem Boden, kaschierte sein Unverständnis, indem er mit seinem langen Arm ausholte, an dem die klobige Hand trotz der überdimensionalen Armlänge immer noch wie eine Bärentatze wirkte. Dem ersten Schlag konnte ich ausweichen, dem nächsten nicht mehr. Trotzdem hatte ich gewonnen, dies war mein Sieg. Ich hatte sie in die Schranken gewiesen, ihnen ein für alle Mal, wie ich hoffte, gezeigt, dass ich auf diese Mitleidsmasche spie.

Gut, dass ich innerlich auf Abwehr eingestellt war, denn Heimleiter Brock spielte seine perfideste Art aus. Tumult war entstanden, die Unterstufler umringten uns, dahinter die älteren Mitzöglinge. Geordnet nach der Größe standen sie, die Kleinen im Vordergrund, geradeso als hätten sie absichtlich diese Formation eingenommen, um für jeden den besten Blickwinkel herauszuholen. Solch Szenario war Action pur, ließ sich niemand freiwillig entgehen. Und so sagte die tiefe Stimme des Heimleiters mehr zu den anderen als zu mir, dass mein Verhalten Rücksichtnahme erforderte, da ich eine harte Zeit durchmachte, einen schweren Schicksalsschlag zu verkraften hätte.

Er verstand es, wehzutun. Ich auch.

Die einzige Gemeinsamkeit in der momentanen Situation zwischen uns war, wir beide benötigten einen guten Abgang. – *Good bye, du Fuchs, nicht mit mir! Ich weiß, was dir wehtut.*

Ich dachte an sein Geizsyndrom, wusste, wie er jedes in der Küche zerbrochene Glas beweinte, die beiden Küchenmädchen regelmäßig für Glasschäden schalt. An der Verwaltung des Internates musste er nach unserem Dafürhalten und dem unserer Eltern ein Vermögen verdienen, und doch war seine Sparsamkeit Legende. Warum aßen seine beiden Töchter im Internat? Warum verschwand die frühere Köchin über die Sommerferien in der Pension? Geschasst.

Die offizielle Version stand dagegen, aus Altersgründen der nervlichen Anspannung, welche sich naturgemäß durch den Umgang mit den Jugendlichen begründete, nicht mehr gewachsen. Um etwaigen häufig erst im Alter auftretenden Krankheiten des Nervenapparates keinen Vorschub zu leisten, hatte die Heimleitung auf einer Fortführung des Vertrages nicht bestanden und diesen einvernehmlich gelöst, etc. etc … Mangels qualifizierten Personals sprang die Frau des Internatsleiters in die Bresche.

Wie eine Großmutter hatte sie uns behandelt, uns umsorgt, mit Süßigkeiten verwöhnt, uns geherzt und stets auf harsche Worte verzichtet. „Das besorgen andere", hatte sie geschnarrt und wie ein Feldwebel die Arme in die Seiten gestemmt, das Heer der Internatsschüler überblickt, indem sie den Kopf mit den wuscheligen dunkelgrauen Haaren, in denen stets die zurückgeschobene Brille wie ein Haarreifen steckte, weit nach hinten schob. Ihre wallenden langen Röcke, die beim Gehen knisterten, glichen einander alle in den längs gestreiften Mustern, gleich einem Fleckerlteppich. Die schwarze Weste, die sie trug, war immer dieselbe, ihr Vorrat an gestreiften Röcken überstieg die drei Dutzendanzahl. Sie hatte unsere Wunden verarztet, uns bei Krankheit gepflegt, uns bittere Medizin mit einem Löffel eingeflößt, nicht ohne dabei auf ihr mütterliches Grinsen zu verzichten.

In unseren oberösterreichischen Landen beharrten die Leute auf Binsenweisheiten von Redensarten und Sprüchen: *Selten kommt was Besseres nach.*

So in der Mitte des Ringes stehend, dem grellen Scheinwerferlicht ausgesetzt, Auge in Auge mit dem Heimleiter kam mir Striker in den Sinn, Held meiner Kriminalromane. Schundhefte, verbotene Internatslektüre. Der hätte in dieser Situation seinen Lieblingsspruch hinausposaunt:

„Jetzt kriege ich dich an den Eiern zu packen, du Hurensohn!" Striker, mein Freund und Held!

Ein perfekter, ein tadelloser Abgang war mir vorprogrammiert. Ich ließ das zynischste Grinsen, dessen ich fähig war, langsam in mein Gesicht wandern, griff mir den Stapel mit den geblümten, nur für die Erzieher bestimmten Porzellantellern. Ein Schwung nach oben, gebannte und faszinierte Blicke hingen an den fliegenden Tellern, alles wartete auf den Knall. Die Schrecksekunde gab mir Zeit, um beiseitezuhüpfen, mein „Bitte, bitte um Rücksichtnahme" ging im Scheppern der Scherben unter.

Aus, aus, jeder Regisseur hätte *aus* geschrien, *aus* jubiliert. Die Szene war im Kasten, besser war sie nicht zu drehen, das war gelungen. Sie standen mit aufgerissenen Augen und Mündern um die Scherben. Sekundenblöcke reihten sich an Sekundenblöcke, ich meinte, Minuten waren vergangen, bis sich Bulldog zum ersten Schlag bequemte, in den ich nur so hineinlachte. Der Sieg war mir nicht mehr zu nehmen, ihnen blieb nur noch die Haltung. Jeder, der hier anwesend war, sah, wie sie um Haltung rangen, sich abmühten nicht auszurasten.

Sie schöpften aus ihrem Reservoir an Strafmaßnahmen, ihnen verblieb die Palette an Strafen, Ausgehverbote, ein Brief an den Vater wohl unvermeidbar, Hausarrest bis zum Jüngsten Tag und die Heimordnung bis ins Unendliche auf- und niederschreiben für mich. Sollten sie mich bis zum Jüngsten Tag einsperren, mein Wissen um die Fluchtwege war mir nicht zu nehmen. Wichtig war, dass mein erster großer Angriff Erfolg gehabt hatte. *Sieg, Sieg, Sieg.* Im Zimmer gratulierten die anderen, der Held war heute ich.

Samstagmittag, zwei Möglichkeiten, Autostopp oder den Luxus vollgepferchter Bahnwaggons auf mich zu nehmen? Die Bahn war meist schneller, doch diesmal lag mir daran, rasch zu Hause einzulaufen. Geld hatte ich, Heimat, ich komme. Das erste Wochenende ohne Fesseln tanzte auf mich zu. Ich hatte gesehen, wie die Ketten zu Funken zerstoben und im Nebel verpufften. Das Ausgehverbot und die mir aufgebrummten Strafen ließ ich zurück, diese griffen erst wieder kommenden Montag nach mir, dazwischen lag ein unendlich langes Wochenende, das mich mit seinen unzähligen Abenteuern erwartete.

Kaum fuhr der Zug im Bahnhof ein, fand ich mich bereits auf der Plattform des Waggons im Freien ein, genoss sekundenlang mit geschlossenen Augen den die Haare zausenden Wind. Ich wollte die tosende Menge sehen, die mir Zujubelnden begrüßen. Die Erwartungen für das Wochenende waren in den letzten Stunden sprunghaft angestiegen, schraubten sich unaufhaltsam den Weg zum Himmel. Ich war mir der Sache sicher, genauer, *meiner* Sache sicher. Irgendetwas Riesiges stand bevor. Es würde so sein, musste so sein. Das Feuer in mir war entfacht, die sich ständig ausdehnende Glut bildete den Stock, bereit, jederzeit anzuschwellen für den Feuerball.

Ich entdeckte meinen Vater in der Menge, verstand, dass die Überraschung von ihm ausgehen würde, denn das Bild schien logisch klar. Er hatte nur mich, wollte *wiedergutmachen,* was er versäumt, Männer unter sich.

Die Herzlichkeit zerbröselte bei der Begrüßung, staubte zu Boden. Wieder Fragereien in schulischen Belangen und: „Dein Trauerflor?"

Diese Frage stellte er zornig, Röte überzog sein Gesicht. Diese plötzlich das Gesicht überziehende, jäh aufflammende Zornesröte, die ich ach so gut kannte und die noch niemals Gutes verheißen hatte. Ich schaute an mir hinab, tat überrascht, tastete mit der rechten Hand meinen linken Ellenbogen ab, fand keinen Flor, konnte natürlich keinen finden, hatte ihn doch in Gmunden sofort abgemacht, weil ich die Fragerei bezüglich des Flors über hatte, sie mich unendlich ankotzte, ich dieses „Wer ist denn gestorben?" nicht mehr hören konnte und wollte.

Meine Ausrede kam nicht an, er herrschte mich an: „Was heißt ein anderes Kleidungsstück angezogen, kaum eine Woche vorbei und schon hast du deine Mutter vergessen!"

Perplex und zerschlagen staunte ich ihn an, die im Zug geträumten Gedanken zerplatzten wie Seifenblasen. Hart krachte ich auf den Boden der Wirklichkeit, schluckte wieder einmal die Tränen, ergab mich in mein Wochenendschicksal.

Das geschmückte Grab führte mir Vater wie einen neuen Wagen vor, ich hatte das neue Holzkreuz, die unzähligen Kränze mit den welk gewordenen Blumen zu begutachten, zu bewundern. Zu Hause zeigte mir Vater Fotos vom Begräbnis. Die Bilder verschwammen vor meinen Augen, ich nahm mir vor, sie bei nächster Gelegenheit ins Klosett zu spülen. Der Friedhof war ins Haus geschlüpft, keine Musik, kein Lachen, kein Scherzen, keine hastigen Bewegungen. Sogar die Flamme der Kerze, welche vor dem Bild meiner Mutter brannte, flackerte nicht hin und her, sie brannte gleichmäßig und ruhig, der Umgebung angepasst. Diese hier vorherrschende Ruhe verdichtete sich zu einer geballten Ladung, die mir als Decke mit gleichmäßiger Wucht auf den Kopf fiel, mich einstampfte, mein Ich zusammenstauchte.

Nach dem Abendessen nahm mich Vater in sein Stammwirtshaus mit, trank mit anderen Stammtischbrüdern Bier um Bier, Schnaps um Schnaps. Ich stand ihnen nicht nach, spülte meine Enttäuschung hinunter, ertränkte meine Seele. Die Rauchwolke, die wie eine Glocke über dem Stammtisch hing, fand ich sympathisch, alleine deshalb, weil sie Vater zu Hustenanfällen reizte. Ich fraß die Zigaretten in mich hinein, trank und trank, bis der Magen endlich rebellierte und ich im Hinterhof des Gasthauses unter dem Kastanienbaum erbrach. Betrunken und gut gelaunt zog Vater mich schließlich auf den Heimweg, nicht ohne auf einen kurzen Abstecher, eine letzte Andacht gewissermaßen, im Friedhof zu verzichten. Um sein leichtes Hin- und Herschwanken zu kaschieren, lehnte sich Vater an den Grabstein vor Mutters Grab. Mit schwungvoller Geste deutete er ein Kreuzzeichen an, murmelte Wörter, die ein Gebet ausdrücken sollten, stolperte schließlich, zertrat mit Schuhgröße 42 die Blumen des Nachbargrabes.

Zu viel für mich, ich wandte mich ab, meine Beine bewegten sich ohne Zutun. Aus den langsamen Schritten heraus fiel ich in gemächliches Lauftempo, begann schließlich zu rennen. Ohne mich umzudrehen, floh ich nach Hause.

Den Sonntag verstand ich genauso wenig wie den Vortag. Ich transportierte mein Innenleben weit weg. Irgendwo im Weltraum sollten meine Empfindungen schweben, unterdessen ich als transparente Hülle am Boden der Realität herumstolperte, mich herumquälte, den Friedhof am Sonntag bereits wie selbstverständlich besuchte. Ich stand neben ihm, zeigte keine Regung, spürte nur zeitweilig Vaters Blicke auf meiner rechten Gesichtshälfte. Ich starrte ruhig und gelassen in das Holzkreuz bzw. hindurch, dachte an Grabesverwüstungen, wünschte Vandalen herbei.

Bulldozer, wo seid ihr, rollt an, rollt her, rollt über die Gräber, rollt über mich, rollt über ihn, rollt über uns. Ich sah sie vor mir, diese herrlich mächtigen gelben Ungetüme. Ich sah, wie sie auf uns zufuhren, hörte sie rattern und fauchen, sah die großen, fast riesigen Räder, die sich immer schneller drehten, sich immer schneller auf uns zubewegten, Dutzende Gräber vor uns zermalmten, einwuchteten in Grund und Boden. Der Boden klaffte, der Friedhof fiel in die Tiefe, floss in die Finsternis und wir ebenso.

Ein Flugzeug donnerte über den Friedhof, ich sah ihm wehmütig nach, dachte: *„Da fliegt mein Leben davon."*

Ins Gasthaus essen, danach erneut auf den Friedhof und nach Hause. Er quälte mich mit sinnlosen Fragen, ich antwortete selten, dachte: *„So kann's nicht weitergehen, das halte ich nie im Leben aus."* Der Gaumen schwoll an, nur jetzt nicht losheulen.

Den Vorabend schnitt er nur kurz an, meinte, dass es mir gefallen hatte, versprach mich öfters mitzunehmen. Ich begriff meine Wochenendzukunftsaussichten, schluckte meine Träume. Das flaue Gefühl im Magen verstärkte sich, vermutlich klebten meine Träume als Knäuel aneinander. Ich kämpfte nicht dagegen an, sondern übergab mich hinter unserem Haus, spie in die Gemüsebeete. Mit dem Fuß schob ich Erde auf das Erbrochene, zündete eine Zigarette an, ging ins Haus. Ich ignorierte sein Meckern, inhalierte tief, warf den Stummel beim Fenster hinaus auf das Beet mit gelben Rosen, seinen Lieblingsblumen. Vater hatte bemerkt, wie ich den Stummel mit den Fingern zum Fenster rausgeschnippt hatte. Er schrie mich an, drohte mit Ohrfeigen, *was da gar passieren könnte, Haus abbrennen,* „blablabla" spottete ich, hörte gar nicht richtig hin, spontan zündete der Funken. Laut brüllend rannte ich hinaus, lachte und lachte, trampelte vor Übermut im Rosenbeet herum, zertrat den Stummel, tanzte in den Rosen, schrie: „Wir brennen, wir brennen, ich lösche, ich lösche, ich lösche die armen Rosen."

Ein wahrer Veitstanz, uraufgeführt auf dem Rosenbeet, gab mir Kraft, ließ mich hell auflachen, während ich freudig sah, wie mich Vater voll Unverstand und Zorn anstarrte. Für den Nachmittag hatte sich meine gute Laune zurückgemeldet. Das Radio röhrte laute Popmusik, welche die schmatzenden Spuckgeräusche meines Zielspuckens auf die Blumenbeete schluckte. Ich wartete nur auf das Zeichen zur Abfahrt, kümmerte mich nicht im Geringsten um die zornigen Reaktionen meines Vaters. Die zur Schau getragene sorgenvolle Miene drückte Vorwürfe über Vorwürfe aus, rührte nichts in mir. Ab sofort werde ich mich selber um alles kümmern, dachte ich, ohne Rücksicht auf Verluste. Wenn sich niemand für mich interessiert, so ich auch nicht mehr für andere und immer wieder Angriff. Angriff, die neue Parole.

Das Wochenende zu Ende, ein Traum war zerplatzt. Nichts würde sich ändern, das wusste ich jetzt. Nie würde mich mein Vater verstehen, nie verstehen wollen, war einzig nur um sich selbst bemüht.

Ich stand vor dem Internatsgebäude, musterte das Gebäude, indem ich von unten nach oben schaute, meinen Blick an den kleinen dunklen Dachtürmen der alten Villa fest hängte. Bedrohend wirkt dieses Haus, dachte ich, und doch war es mehr als je zuvor mein Zuhause. Tief atmete ich die kühle Luft ein, meine Mundwinkel suchten die Augen, öffneten so die Lippen zu einem lautlosen Lachen. Mit diesem Ausdruck im Gesicht riss ich die massive, mit unzähligen Schnörkeln und Ornamenten versehene Eingangstür auf, rief: „Oh ihr meine geliebten Strafen, euer geliebter ewig Bestrafter ist wieder bei euch!"

Meine Ode an die Strafe hallte durch das Haus, die hohen Räumlichkeiten der Flure und Gänge verstärkten meine Stimme wie ein Megafon. Den herbeieilenden Erzieher samt hinterher wieselndem Heimleiter Brock begrüßte ich grinsend mit: „Heil meine Bestrafer!" Ich winkte ihnen fröhlich zu, ging auf das Zimmer, dachte, ich bin bereit für neue Taten, ich werde euch in Zukunft so schikanieren wie ihr mich, ich werde euch inhalieren, euch genauso wehtun wie ihr mir, ich werde euch beißen, euch Wunden aufreißen, von denen ihr euch nie mehr erholen werdet, euch zerfleischen.

Ich lebte mit den Strafen, in den Strafen und zwischen den Strafen. Sie taten nicht weh und die von der autoritären Heimleitung sicher nicht gewollte Kehrseite war, die Strafen erhoben mich in den Adelsstand der Anführer. Die mich ständig umhüllenden Strafen heroisierten mein Handeln.

In der einst so strengen Hierarchie des Internates, die von Schülern anno dazumal gemacht, immerfort von den neu Hinzugekommenen ohne Vorbehalte übernommen wurde, von meiner Internatsgeneration endlich zum Teufel gejagt, unterschieden wir prinzipiell nur zwischen Unter- und Oberstufe. Wir unterschieden, hielten aber nicht die aus der Vorzeit stammenden Schikanen gegenüber den „Kleineren“ bzw. Jüngeren aufrecht. Der Schultypus spielte innerhalb unseres Zusammenlebens keine besondere Rolle, bis auf den einen Punkt, dass wir Gymnasiasten schon alleine aus einem nicht hundertprozentig ernst gemeinten schulischen Standesdünkel heraus auf einer gewissen Vormachtstellung beharrten, gegenüber den HAK[2]- und HASCH-Leuten auf Traditionen pochten, von denen ausgehend den Lateinern immer die tonangebende Rolle zukam.

Obwohl die Zimmerbelegschaften nicht nach Schulsparten geordnet sein mussten, laut Heimleitung auch bunt zusammengewürfelt sein durften, war es doch so, dass Klassenkollegen meist auch zusammenwohnten. Nicht, weil man sich mit diesen besser und mit anderen weniger verstand, einzig die praktischen Gründe überwogen. Unsere Zimmerbelegschaft, im elitären, nur den Älteren vorbehaltenen ersten Stock untergebracht, in einem der drei Zimmer vis à vis dem Eingang zur Heimleitung, hieß bei den anderen, vorwiegend den Unterstuflern, die Partisanen. Ein Titel der besonderen Art, der Anerkennung ausdrückte, Jugendlichen Respekt zollte, die einem totalitären Erziehungssystem Widerstand leisteten. Gerd und ich besuchten die 7A-Klasse, Holger die Parallelklasse des städtischen Gymnasiums.

Die Partisanen, allesamt Persönlichkeiten im Internatsbetrieb, wogegen die urteilende Bezeichnung des Heimleiters mehr auf schwierige Zöglinge lautete. Wir drei verstanden uns nicht nur, wir schwammen auf einer Welle, hatten uns zu einer verschwore-

2 HAK = Handelsakademie, HASCH = Handelsschule

nen Gemeinschaft entwickelt, zusammengeschweißt vom kalten und hartherzigen Internatsalltag. Und diese Gemeinschaft war absolut nicht willens, sich unterbuttern zu lassen, sich brechen zu lassen, nachzugeben. Das System hatte uns in Strafmaßnahmen eingekeilt, gab uns nicht die Spur einer echten Chance, aus dieser Zwangslage aufrechten Ganges herauszukommen. Längst hatten wir den Fehdehandschuh aufgenommen, hatten begreifen müssen, hier war kein anderer gangbarer Weg. Ihnen, den Erziehern, war nicht anders beizukommen, eine Ausnahme, Barth, im Erzieherkollegium ein Außenseiter, ein Verächter der Prügelstrafe.

Im vorigen Jahr war Hendrix noch hier gewesen, hatte, wie er selbst zugab, aufgegeben eines Erziehungssystems wegen, das seinen Vorstellungen nicht entsprach und sich akkurat nicht ändern ließ. Hendrix war bei uns Gott gewesen, von einem anderen Stern. Seinen Spitznamen verdankte er der Ähnlichkeit mit unserem Gitarrenidol. Mit Hendrix hatten wir nächtelang als heiße Eisen geltende Themen ausdiskutiert, philosophiert, Probleme besprochen, darüber geredet, ausgeredet, oft sogar zerredet. Der verbal beschlagene Hendrix unterrichtete uns in Rhetorik, Fragetechniken, brachte uns die Mechanismen der Diskussion bei, lehrte uns in einer Diktatur Kritik. – Nestbeschmutzer.

Hendrix war uns Vater, Freund, Boxtrainer, Lehrer und sogar der Autor unserer Liebesbriefe gewesen. Er hatte unsere Kondition aufgemotzt, sie verbessert. Oft hatten wir ihn und seine hohen Anforderungen an uns verflucht, mit dem abgedroschenen Lateinspruch *mens sana in corpore sano* ätzte er uns an, forderte und trieb uns zu Höchstleistungen.

Die Internatsleitung verstand nichts, sein Äußeres ähnelte mehr dem unseren als dem seiner Erzieherkollegen. Er begrüßte den Dialog, sah mit Schrecken die Duckmäuserzucht, rannte gegen Wände, meinte an seinem letzten Tag bei uns: „Nicht einmal ich kann gegen den Wind pinkeln, ohne mich nass zu machen!"

Die Heimverwaltung eliminierte ihn schlicht und einfach, tauschte ihn aus wegen Inkompetenz und Demagogie, benannte diesen Ausspruch des Heimleiters dann formal als *Nichtverlänge-*

rung eines auf Probe ausgestellten Vertrages sowie *pädagogische Anpassungsschwierigkeiten.*

Der neue Typ passte in die Erzieherclique. Jung und systemangepasst. Er betete nach der Heimordnung, Übergriffe ahndete er nach dem Vorbild seiner älteren Kollegen. Sein Gehabe, sein Äußeres, vor allem der dunkle kurz geschnittene Vollbart ließ uns an Zuckerwatte denken. Süß und klebrig. Aufgrund seiner Erfolge im Tischtennis, der neue Mann für Sport. Gerd formulierte es direkt und auf den Punkt: „Aufgepasst, Schleimer sind brandgefährlich, sie stinken in alle Himmelsrichtungen."

Der Kreis war abermals geschlossen, Barth der Einzige, der versuchte uns zu verstehen, sich in uns hineindachte, der Einzige, dem die Prügelstrafe fremd war. Alleine richtete er nichts aus, wollte Ruhe, Verdruss vermeiden, hatte vielleicht Angst um seinen Nebenjob, war auf das Geld seines Hausbaus wegen angewiesen.

Internat, nimm deinen Lauf – 1973

Die Heimleitung, ein ehrwürdiger großer Raum, fast ein Gemach, diente ebenso als Besprechungszimmer für die Erzieher, Büro, wie als Schlafstelle des diensthabenden Erziehers, musste manchmal sogar die Fehlverwendung eines Arrestzimmers über sich ergehen lassen. Diese *allerheiligste* Kanzlei lag im Flügelturmzimmer des ersten Stockes, ein riesiges Eckzimmer des schmucken Villenturmes mit Blick über den Traunsee. Auf der dem See zugewandten Seite grenzten die Studiersäle an, die Breitseite schloss mit einem WC, dessen Vorraum als Raucherstüberl diente, und den dahinter liegenden Zimmern der Oberstufe an. Das dunkle, nur nach den Weihnachts- und Sommerferien glänzende Parkett auf dem Gang knarrte. Diese unvermeidbaren Geräusche machten es uns schwer, aber nicht unmöglich, des Nächtens ungehört am *Allerheiligsten* vorbeizukommen.

Mittwoch ab 20.00 Uhr spielten unsere Lehrmeister eben dort auf Konferenz, befriedigten Meinungen und Wanst bis weit nach Mitternacht. Jedes Mal ärgerten wir uns blaugefleckt, wenn die appetitlich angerichteten Platten, farbenfroh und reizend dekoriert, voll verlockender Speisen an uns vorbei, von der Küche im Erdgeschoss über die steinerne, in sich verwundene Stiege hinauf in die „Sakristei" wanderten, gelastet von den Küchenmädels, angeführt vom Küchengeneral Frau Brock. Zuweilen rochen wir Braten, der verführerisch nach Kümmel und Knoblauch duftete, sahen riesige Schüsseln mit dampfendem Krautsalat an uns vorbeigeschleppt, knusprig anzusehende, gebackene Hühnerkeulen, bei deren Anblick wir bereits das Krachen in unseren Ohren hörten, ausgelöst durch das Auftreffen unserer Zähne auf der knackigen Panier. Suppentöpfe verströmten aromatische Würze und sogar die Salate, nach denen uns sonst nicht so der Sinn stand, boten sich als Augenweide an, künstlerische Kompositionen aus bunten Gemüsen, untermalt mit Obst, sternförmig drapierte Orangenspalten mit Nüssen und Mandeln als Dekor. All das versprach buchstäblich diabolische Gaumenfreuden.

Jeden Mittwoch klebte meine Zunge und die meiner Freunde an unseren Schuhen, der Gaumen trocknete aus, die Augen fielen zu Boden, kollerten den gediegenen Speisen hinterher. Ich stand stets so steif wie eine Säule, bewegte mich nicht, die kunstvoll und liebevoll verzierten doppelstöckigen Torten schwebten an mir vorbei, die cremigen Kuchendesserts mit Schokokringeln und Schlagobershäubchen pendelten über dem Topf mit heißem, duftendem Punsch.

Stunden danach staunte ich über die Kochqualitäten dieser Frau, war überzeugt, was so überwältigend aussah, schmeckte auch dementsprechend. Ich dachte an unser fades abgeschmacktes Essen, die trostlos anzusehenden Gerichte, die Mehlpappsaucen, den Einheitsbrei. Nicht nur in mir wallten diese Mittwochgedanken. Wir fühlten uns ausgenützt, übervorteilt, geprellt und auch alleine gelassen. Die in uns hochkommenden Gefühle gingen von Empörung und Wut nahtlos in Hass über, zumindest in das, was wir uns unter Hass vorstellten. An uns sparten sie, nicht einmal die Heizung durften wir nachstellen, wenn wir froren, Elektrogeräte wie Radio oder Plattenspieler, Heizstrahler sowieso, waren vom Goodwill der Heimleitung abhängig. Unser freitägiges Abendessen bestand aus zwei Semmeln, begründet, um unsere mitgebrachten Jausenvorräte, wie Wurst, Marmelade und dergleichen aufzubrauchen. Darüber schwebte stets die Formulierung: … *nur zu eurem Besten!*

Wie Hohn triefte im Speisesaal der in grellen Farben gemalte Spruch an der kalkweiß getünchten Wand: *Plenus venter non studet libenter. – Voller Bauch studiert nicht gern.* Das Essen schmeckte dem gemäß. Gerd, der in den letzten Jahren von Internat zu Internat geflogen war, vor den radikalen Autoritäten und autoritären Radikalen geflüchtet war, verglich die Leistungen und Preise der Anstalten untereinander. Die unsere schnitt schlecht ab, ein roter Faden zog sich durch die Beurteilung, die Preise stiegen mit zunehmender Autorität, nicht mit höherer Leistung.

Unsere Gedanken drängten in die eine Richtung. Warum ging ihnen dies durch? *Gerechtigkeit, wo warst du?*

Irgendwie eine tragikomische Situation, dachte ich, zuerst schlagen sie uns, dann stehlen sie unser Essen, all das im pädagogischen Rahmen. Die Menschen, die uns lehren sollten, dachten nur an sich, straften uns, weil sie ihr Fehlen erkannten. Die Waage der Gerechtigkeit schlug gegen uns aus; das Pendel schlug so vehement in unsere Richtung, dass es beim Auftreffen wehtat, dass der Funken zündete. Aus dem Funken gebar sich die Idee, mit feinen und groben Instrumenten feilten und raspelten wir daran, hantierten an der Waage, um sie neu zu eichen. Das Licht der Idee brannte als Feuer in unseren Köpfen, die Begeisterung schürte und schürte, die harte Arbeit an der Umsetzung änderte nichts. Wir loderten, nutzten die Ausgangssperre, planten und planten, verbesserten die Pläne, schrieben sie um, verwarfen alte und produzierten neue Strategien. Unser ausgetüfteltes Konzept mündete in einem alle Eventualitäten beinhaltenden Plan, der gleichzeitig die Grundlage war, für das Wissen, welches wir uns erst aneignen oder antrainieren mussten, und die Aktion selbst, inklusive Datum unseres Schlages gegen das System.

Ausspruch Hendrix: *Ihr müsst immer dorthin schlagen, wo's am meisten wehtut, wo die Wirkung des Schlages am größten ist* – Boxtraining 1972.

Wir hatten unsere Lektion gelernt.

Das dumpfe Summen des mit einem Handtuch verhangenen Weckers riss uns aus dem Halbschlaf. Die Aufregung auf das kommende Geschehen hatte tiefen Schlaf verhindert, uns nur einen Schlummerzustand beschert. Die Uhr zeigte zehn nach zwei, das Haus lag in Dunkelheit und Stille, nur unsere Geräusche waren zu vernehmen, und die minimal. Gerd, ebenfalls schon wach, schlich zu den anderen. Dunkel angezogen, die Hände behandschuht, die Füße in Turnschuhen, tappten sechs Partisanen vorsichtig leise in das Erdgeschoss, schlossen den Tischtennissaal auf, mit einem Nachschlüssel von Walter, dem einzigen Schlosserlehrling in unserem Haus. Das erwartete Quietschen beim Öffnen des Fensters blieb aus, Holger hatte Tage vorher die Beschläge geölt. Von der Fensterbank langsam an der Hausmauer abwärts geglitten, bis man mit den Füßen den Mauervorsprung ertastete und ab in den Garten gehüpft.

Gehockt schlichen wir um das Haus, hielten vor dem dreiteiligen Flügelfenster der Kleiderkammer, dessen oberstes Fenster einladend offen stand. Ich stieg auf Gerds Schultern, nahm den mir gereichten Besen, langte in den Raum, hielt den Stiel mit dem Ende der Bürste nach unten, zog mit einem kurzen momentanen Ruck den Besen nach oben, entriegelte so das unterste Fenster. Leise, gelenkig turnten wir hinein. Wir waren in den verbotenen, versperrten Teil des Hauses eingedrungen, standen aufrecht und grinsten uns schelmisch an, verzichteten auf Triumphgeheul.

Von der Kleiderkammer in die Speisekammer, von dort in die Küche. Schinken, kalter Braten, reifer Käse, Fleischkrapfen, kalte Schnitzel, alles, was ein Internatsherz an Essen begehrte. Wir stopften gierig in unsere Münder, nicht aus Hunger, sondern aus Bosheit, aus Schadenfreude. Wir dachten an die abendliche Erzieherkonferenz, malten uns das Magenknurren der Erzieher aus. Sicher würde einiges in den Nachmittagsstunden zwar noch gekocht werden, aber die Küchenmädchen hatten uns geflüstert, dass sie das meiste am Vortag vorbereiteten und vorkochten. Wir erkundeten das tabuisierte Zentrum der Erzieherleiber, guckten in Töpfe, Schränke und Nischen. Wir zischten vor Spaß und Freude, tuschelten, präparierten die vorbereiteten Töpfe mit Gewürzen, kreierten die schauderbarsten Saucen, mengten diese dazu. Wir räumten die Kästen aus, steckten rohe Eier in die Wäscheschränke zwischen die Leintücher für die Erzieher. Wir warfen die Eier an die Wand, wussten, von hier konnte uns niemand wahrnehmen. Wir spritzten den für den Morgen vorbereiteten Tee in der Küche umher, gossen damit die Blumen und schäkerten: *Nicht unsere Schuld, wenn die Blumenstöcke eingehen, alles, was so grauslich schmeckt wie dieser Tee, muss gesund sein!*

Unsere Augen hingen wehmütig am Geschirr, gerne hätten wir es zerdeppert, aber zu laut, zu gefährlich. Der angerichtete Schaden gefiel uns auch so in seiner Größe.

Derselbe Weg wieder nach draußen, das Flügelfenster mit dem Besen von oben verriegelt, etwaige Fußspuren im Schotter vor dem Fenster des Tischtennissaales vorsichtig verwischt, hinein, die Kleidung in Ordnung gebracht, und auf das Zimmer. Wir verstauten die Handschuhe unauffällig in unseren Kleidungsschränken, mischten sie in die Unter- und Oberkleidung. Die Jahreszeit erlaubte noch Handschuhe, sie sollten nur nicht zu augenscheinlich sein.

Das in der Tür auftauchende kantige Gesicht von Bulldog kündigte den Morgen an. *Guten Morgen* zu uns geknurrt, seine offensichtliche schlechte Laune machte uns den Tag und das Aufstehen schmackhaft. Nicht lange danach fiel der Heimleiter ins Bild, noch misslauniger als Bulldog. Gemeinsam kontrollierten sie Zimmer und Kästen. Leicht erkennbar, dass sie offensichtlich nicht wussten, wonach sie suchten. Dennoch reklamierten wir laut maulend eine Beschwerde: „Was ist los, was soll das?“

Brock schaute so verkniffen, dass sich oberhalb seiner langen, geradlinigen Nase ein dicker Wulst bildete, unter dem Wangen als auch Lippen vibrierten. Diese Schwingungen manifestierten sich als Beben des ganzen Körpers, das Gesicht drückte Entschlusskraft und Wut aus, er sagte nur: „Polizei.“

Während des gemeinsam eingenommenen Frühstücks im Speisesaal hielt er dann, deutlich ruhiger geworden, vor versammelter Mannschaft eine Ansprache. Er redete von einer Verwüstung der Küchenräumlichkeit durch Einbrecher und diese wären vermutlich in den eigenen Reihen zu suchen. Um weitere Übergriffe zu vermeiden, müsse er für alle Ausgehsperre verhängen, allgemeines Begünstigungsverbot, Fernsehverbot und so weiter.

Wie immer hoffte er auf Denunzianten. *Wer etwas wisse, könne zu ihm kommen, auf sein Verständnis rechnen, auch reuige Sünder gewissermaßen, die ihr Herz ausschütten möchten, der oder die Täter sollten sich freiwillig melden, dann unterblieben die Strafsanktionen und so weiter …*

Riesenstimmung an den Frühstückstischen, alle lärmten durcheinander, sprachen kreuz und quer, über die Tische hinweg. Die Jüngeren saßen an vier Achtertischen, der Oberstufe blieben vier Sechsertische. Wir Partisanen, genau die sechs Einbrecher der letzten Nacht, saßen wie immer gemeinsam bei Tisch, grölten, johlten: *„Meldet euch, ihr Schweine, sagt endlich, wer es war!"*

Brock lugte misstrauisch zu uns, wir lachten, brüllten und riefen, wussten, wir waren vergangene Nacht verdammt gut gewesen. Wir wollten nicht länger vernünftig sein, förderten das Tohuwabohu im Speisesaal, bot uns dieses doch ein willkommenes Ventil, um die angestaute Spannung abzubauen.

Brock und Bulldog standen dem Wirbel, an dem sich alle gleichermaßen erfreuten und beteiligten, skeptisch und misstrauisch gegenüber, gaben sich abwartend. Wir sahen ein, dass wir die nächste Zeit bei unseren nächtlichen Ausflügen in die Stadt vorsichtig sein mussten, nur nicht übertreiben, aufpassen.

Brock gab nicht so ohne Weiteres auf, er würde wie ein hungriger Fuchs auf seine Beute lauern. Alleine schon aus Neugierde hätte er wohl viel gegeben, die Täter zu kennen, denn nichts war schlimmer als Ungewissheit. Ziemlich sicher verdächtigte er zumindest drei bis vier von uns, die Unbeweisbarkeit würde ihn noch mehr schmerzen als die Unwissenheit. Und was war Verdacht? Verdacht blieb bis zur Beweisbarkeit reine Vermutung und Brock wusste sehr gut, jemandem eine Tat zutrauen oder jemanden einer Tat für fähig halten, sagte noch nichts darüber aus, ob der- oder diejenigen es auch tatsächlich getan hatten. Vermutungen und Verdachtsmomente lagen in einer Grauzone, nicht greifbare Gespenster. Brocks Erfahrung als Heimleiter hatte ihm sicherlich öfters gezeigt, dass nicht immer die Verdächtigen gleichzusetzen waren mit den Schuldigen. Manchmal schlugen die Heimtückischen, die Kriechenden aus der Dunkelheit zu. Warum diese? Weil sie die Schuld den anderen zuschanzen wollten und auch des Systems wegen, welches bemitleidenswerte Figuren aus ihnen gemacht hatte, die mitunter ihren Anblick im Spiegel nicht mehr ertrugen.

Die Ausgangssperre galt für alle. Nach der abendlichen Studierstunde mit den Erziehern fand im Speisesaal eine Versammlung statt, der Fernseher ebendort blieb für diesen Tag ausgeschaltet. Die Strafreden der Erzieher füllten das Hauptabendprogramm, die kulinarische Konferenz fiel an diesem Mittwochabend aus. Sie appellierten an unsere Verantwortung, der oder die Täter sollten wie erwachsene Männer zu ihren Taten stehen, sie lockten mit Straffreiheit, einige wenige drohten unmissverständlich mit Gewalt. Die Mehrheit von uns blieb ungerührt, betrachtete diesen „bunten Abend" als das, was er war, eine Rhetorikübung für Erzieher zu unserem Gaudium. Einige wenige Schüler versuchten gegen die Täter Stimmung zu machen, *Schleimer sammelten Punkte in der Erzieherwelt, die Zukunft würde ihnen Ohrfeigen bescheren.* Ein Machtwechsel hatte sozusagen stattgefunden, die Partisanen hatten die Macht an sich gerissen und wir waren nicht willens, sie allzu schnell wieder abzugeben.

Brock proklamierte allgemeine Ausgangssperre und allgemeines Fernsehverbot bis zur Auffindung der Täter. Holger sprang urplötzlich auf, sein Stuhl fiel hinter ihm krachend zu Boden. Das Poltern des Stuhles bescherte ihm Aufmerksamkeit, alle schauten gebannt in sein angespanntes Gesicht.

Laut rief er: „Wer ausbeutet, wird irgendwann ausgebeutet werden und genauso funktioniert es mit der Gewalt. Wer sie andauernd anwendet, wird einmal selbst daran zugrunde gehen. Dieses kindliche Bestrafungssystem ist eine Verächtlichmachung des aufgeschlossenen mündigen Schülers. Dies verhindert seine Selbstständigwerdung, ist gleichzeitig eine Diskriminierung des Lernenden in einem degenerierten Erziehungssystem. Und was bedeutet ein degeneriertes Erziehungssystem?"

An dieser Stelle blickte Holger in die Runde, gab der Zuhörerschaft einen Moment zum Luftholen und zum Überlegen und brach wie ein Gewitter an einem schwülen Sommertag ein. Seine Stimme dröhnte im Speisesaal, war nahe am Überschlagen.

Er schrie: „Ein degeneriertes Erziehungssystem ist eine Rückbildung, ein Rückschritt gewissermaßen ins tiefste Mittelalter. Nur weil die uns erziehenden Personen teilweise zu feige, zu bequem und auch zu überheblich sind und mit keinerlei pädagogischen Attributen ausgestattet sind, will man Duckmäuser und notorische Jasager aus uns machen. Wir aber lassen uns nicht länger den Mund verbieten, wir wollen ein Mitspracherecht, weil es um unsere Zukunft geht. Wir lassen uns nicht länger den Mund verbieten, wir lassen uns nicht länger den Mund verbieten …!"

Baffe Erziehergesichter, gegenseitiges Anschauen, sie forderten Ruhe, doch je mehr sie nach Ruhe riefen, desto lauter lärmten wir dagegen: „Wir lassen uns nicht länger den Mund verbieten, wir lassen uns nicht länger den Mund verbieten …!"

Der Satz „Auch wir haben Rechte, unsere Eltern bezahlen schließlich dafür" ging im Sprechchor unter. „Wir lassen uns nicht länger den Mund verbieten, wir lassen uns nicht länger den Mund verbieten …!"

Die Stimmung war angeheizt, wir standen auf den Stühlen, den Tischen, genossen dieses wilde Durcheinander, diese von Holger ausgelöste Situation der Konfusion. Wir weideten uns an der Fassungslosigkeit der Erzieher. Sie standen verblüfft und konzeptlos umher, taten nichts, standen der Revolte erstaunt und voller Unglauben gegenüber, die Luft im Saal roch nach Gewalt, nach Kampf.

Brock schritt ein. Er gab Kommandos, schickte die Jüngeren auf die Zimmer, wies seine Erzieher an, die Tische und Sessel beiseitezuschieben, Bulldog führte Holger hinaus, zwei andere drängten Gerd und mich in die Ecke. Wie ein Feldherr stand Brock inmitten des Saales, hart, unnachgiebig, gleich einem Felsen. Seine hellblauen Augen blitzten, er hatte seine Fassung wiedererlangt, rollte die Gruppe von außen auf. Er befahl uns gruppenweise auf die Studiersäle, Erzieher hatten die Schularbeiten zu kontrollieren und den Stoff für den nächsten Tag zu prüfen.

Das Heimsystem hatte bei diesem Miniaturaufstand eine kleine Schramme davongetragen, hatte aber überlebt. Trotzdem war mir klar, dass dieser Tag in die Annalen der Heimgeschichte eingehen würde. Spätnachts auf dem Zimmer besprachen Gerd, Holger und ich noch den ereignisreichen Tag. Holger räsonierte lang und intensiv über das abrupte Ende der Rebellion, bedauerte das Ausbleiben der Schlägerei. In unseren Gesprächen herrschte Einigkeit darüber, Brock nicht zu unterschätzen. Niemand von der Erzieherseite erwies sich als so ausgekocht und ausgebufft wie er. Brock hatte lehrbuchmäßig reagiert: die Gruppe zerstreuen, die Rädelsführer absondern, die Ruhe wiederherstellen. Wir redeten über Details, wogen die Für und Wider ab, fluchten über die Kriecher und Schleimer, beendeten langsam und leise das Gespräch. Jeder für sich ließ die vergangenen 24 Stunden Revue passieren, dachte sich mit diesen Erinnerungen in den Schlaf. Alles in mir war aufgewühlt, so viel war passiert in letzter Zeit. Morgen hatte ich eine Französischarbeit zu schreiben, ich hatte mir nicht einmal die Zeit genommen, nur daran zu denken. Mir schien, früher war ich vorwärts in die Zukunft gegangen, zurzeit katapultierten mich die Ereignisse mit atemberaubender Geschwindigkeit nach vorne. Ich flog in das Morgen, ohne Zeit zu haben, einmal in Ruhe durchzuatmen oder neue Luft zu holen. Die Bremse kreischte nur an den Wochenenden, da holte mich das Gestern ein, verschüttete mein Lachen, zerstörte meine Illusionen, gebar neue Leiden. Die Stimmungen in mir wechselten oft rasch. Ich schirmte manche ab, wehrte mich akkurat gegen ihr Nachobengleiten. In dieser Welt wollte ich nicht als zerbrechlich gelten, durfte keine Gefühle zeigen, schluckte und schluckte, spuckte sie mit meinen Aggressionen wieder aus, beharrte auf deren freien Lauf, wenigstens verbrannten meine Magenwände nicht.

Die verschiedensten und fremdartigsten Gedanken drehten die Bilder in meinem Kopf, jagten Empfindungen und Gefühle in ein wirres Knäuel, vom Sturm davongeblasen. Dieses Schlechtwetter in meinem Denken verscheuchte den sich anpirschenden Schlaf, auf den der Körper sehnlich wartete. Ich schlüpfte in meine Turnschuhe, griff nach Feuer und Zigaretten, schlurfte zum offenen Fenster, zündete mir eine an, warf das Streichholz achtlos nach unten in den Garten. Ich blies den Rauch langsam und konzentriert aus, verfolgte mit den Blicken sein sanftes Entschweben. Der Rauch zog langsam weg, ganz langsam als wüsste er nicht, wohin er entschwinden sollte. So wie ich, dachte ich. Nirgends gehöre ich wirklich hin. Oder überall und nirgends. Ich inhalierte tief, so tief ich konnte, blies den Rauch in den Himmel. Ich sah die leuchtenden Sterne über mir, den endlosen schwarzen Himmel mit den zarten, kleinen Lichtern. Manche leuchteten heller, manche nur matt. Die Welt der Sterne sprach mich an, Sterne gaben den irdischen Dingen eine neue Dimension oder vielmehr waren sie selbst eine andere, eine Dimension über der unsrigen.

In einem dieser wundervollen Momente, in denen ich meine Augen diesem nächtlichen Lichterteppich zuwendete, war ich der Faszination des Alls und des Universums erlegen. Ich hatte meiner geweckten Neugierde mein ganzes Interesse geschenkt, mir Wissen angeeignet, mich damit auseinandergesetzt, was Sterne genau waren, was sie zum Leuchten brachte. Sterne, nichts anderes als kompakte gasförmige Himmelskörper, die wie unserer Sonne in ihrem Innern Energie freisetzen und dadurch selbstständig leuchten, nur soweit entfernt, dass sie uns nur noch als Lichtpunkte erschienen. Unsere Galaxis, eine von einigen hundert Milliarden, und jede dieser Galaxien umfasste einige hundert Milliarden Sterne.

Rauchend stand ich beim Fenster, starrte unentwegt in das Himmelsdach hinaus, mutmaßte, welches dieser Lichter wohl der nächste Stern, der Proxima Centauri, war, ungefähr 23 Billionen Meilen oder vier Lichtjahre weg. Ich begriff, welch klitzekleines Rad in dieser großen Maschine Welt ich doch war, kam mir unbedeutend und grenzenlos alleine gelassen vor. Ich verstand nicht nur meine Umwelt nicht, ich war mir nicht einmal im Klaren über mich. Verlangte ich zu viel vom Leben, war vielleicht ich der Schuldige? Fragen über Fragen. Niemand konnte sie mir beantworten, wohl schon deshalb nicht, weil ich nicht wusste, wen ich fragen sollte, auch gar nicht wusste, wie diese Fragen zu formulieren waren. Ich nahm mir vor, nicht so weitflächig zu denken, die auf mich zuziehenden Gedanken, die ich nicht begreifen konnte, einfach beiseitezuschieben, sie zu verhüllen, einzunebeln und diese gedanklichen Lichtpunkte somit ihrer Strahlung zu berauben.

Der Morgen des anbrechenden Tages öffnete sich als graues Ungetüm, in dem die Bilder nur langsam, wie in Zeitlupe dahinliefen. Die Geräusche auf der Tonspur schallten in den Ohren, der Lautstärkenregler auf dem Maximum abgebrochen. In mir fand sich kein Funken an Selbstvertrauen, die Gedanken an die bevorstehende Schularbeit peinigten mich. Mein Wissen entsprach einer Leere, das Wissen als solches inexistent, quasi nicht als Wissen zu bezeichnen. Ich hatte anderes zu tun gehabt, keinen Gedanken daran verschwendet, keine Zeit auf das Lernen verwandt. Unsicher rauchte ich vor dem Frühstück eine Zigarette nach der anderen, trank danach nur eine Tasse Kakao. Das Essen schob ich beiseite, mir stand der Sinn nicht danach. Ein Gedanke hängte sich an einen anderen, mehrere Gedanken verdichteten sich zu einer Überlegung. Holger tat mit, zu zweit war alles leichter, ein schulfreier Tag. Die miesen Gefühle in meiner Magengegend schwanden, das in der Imbissstube zu uns genommene Frühstück mit heißem Leberkäse und Mayonnaise verscheuchte die letzten muffigen Gedankenstimmungen in mir.

Wir verdrückten uns in die Bude der Studentenverbindung, welcher Gerd und ich angehörten. Dort durchblätterten wir Zeitschriften, hörten Musik, tranken Bier, hingen rum, sahen die Welt im Lot. Um elf übersiedelten wir ins Rathauscafé. Wir passten auf unseren Lehrern nicht zu begegnen, trafen im Café auf Freunde und Bekannte, alle Welt hatte frei. Eine Partie Schach, eine zweite, eine dritte. Nicht so bei den Getränken, ewig lange saßen wir beim ersten. Papierscheine fehlten uns, Münzen Mangelware. Den morgendlichen Freitag würden wir genauso wie heute begehen, die paar Samstagsstunden würden sich von selbst verflüchtigen, in diesen würde nichts Weltbewegendes geschehen, und dann endlich ab in die Osterferien. Die Entschuldigung für unsere Absenz konnte Gerd regeln, für ihn als begnadeten Zeichner und Maler wies die Unterschrift des Heimleiters keinerlei Probleme auf. Eine Unterschrift ohne Schnörkel und Girlanden nannte Gerd den Brock'schen Namenszug. Die meisten Entschuldigungen trugen Gerds Handschrift, auch die sogenannten offiziellen. Dies taten wir, um die Klassenvorstände sozusagen an die „falsche" zu gewöhnen. Bei Brock holten wir uns die „offizielle" Entschuldigung, um sie prompt zu verwerfen. Bei Rückfragen würde Brock sicherlich schwören, dies wäre seine eigene, und so waren alle „Brock's" einheitlich. Im Internat käme nie jemand, auch Brock nicht, auf die Idee, dass wir wagen könnten die Schule zu schwänzen. Indem sich die meisten Lehrkräfte der anderen Schulen und sie selbst sich untereinander kannten, würde sich dieses Problem von vorneherein ausschließen, dachten sie. Aber gerade weil sich alle kannten, sprachen sie sicherlich nicht darüber, wer vom Internat gerade krank im Bett lag. Wenn wir nicht hemmungslos dahinschwänzten, eine todsichere Sache, und die Klassenvorstände wiederum maßen einer Internatsentschuldigung großes Gewicht bei.

Ich atmete locker und beschwingt, sah hinter den Rauchschwaden unserer Zigaretten in das ernste, fast sorgenvoll zu nennende Gesicht von Holger.

„Tief atmen, Junge, wenn du nicht so gut drauf bist, tief atmen, das hilft. Hab ich von einem Freund aus meinem Wohnort, der zwei Jahre in Indien gelebt hat. Tief atmen, ruhig zurücklehnen, das wirkt wahre Wunder, bringt dir ein unheimliches Feeling."

Ich hatte nie einen Freund besessen, der bis nach Indien gekommen war, mit solchen Geschichten wertete ich mich und mein Selbstwertgefühl zurecht. Indien besaß nicht nur den Reiz des Fremden für uns, es gab demjenigen, der dort gewesen war, den Anstrich des Aussteigers, der über den Dingen stand, über unserem Gesellschaftssystem. Alleine beim Klang des Wortes Indiens dachten viele meiner Freunde sofort an Marihuana, an Hippies, an freie Liebe, an das unendliche Schweben auf rosa Wolken. In manchen meiner Tagträume machte ich mich auf in fremde Länder und Kulturen, brach aus in eine andere, neue und bessere Welt.

Holger und ich lächelten uns verträumt zu. Das Lächeln und die aufgestaute Hitze in uns brachten unsere Gesichter zum

Leuchten, als zeugte der Sonnengott höchstpersönlich unsere Launen. Der Stimmungswechsel tauchte unsere Gedanken in freundliche Bilder. Ostern, ein Schlüssel zum „Gutaufgelegtsein"; meine Großtante hatte vor, mich zu Verwandten von ihr nach Obertauern mitzunehmen. Ich sollte Ski fahren, eislaufen, toben, einfach ausspannen, auf andere Gedanken kommen, hatte Tante Mitzi gesagt, und wenn sie versprach, dass diese Leute sympathisch seien, dann war das nicht nur so dahingesagt, nein, das hatte Hand und Fuß. Ihre Großnichten, drei Mädels in meinem Alter, eine jünger, eine gleich alt, eine etwas älter, kehrten in den Ferien heim in die elterliche Skipension, sollten dort mithelfen, sich erholen und Spaß haben. Und ich mit ihnen. Ich freute mich auf diese mir unbekannten Menschen, ihre auf Fotos abgelichteten Gesichter versprachen eine lustige Zeit. Hübsche, frech lachende Mädchengesichter strahlten in die Linse des Fotografen. Meine Neugier war grenzenlos, Osterhasen, ich komme. Und wen interessierten bei solch rosigen Aussichten schon Prüfungen oder ähnlicher schulischer Kleinkram?

Schlag eins stürmte Gerd bei der Tür herein, gefolgt von einem Flüstern und Raunen so mancher Kaffeehausbesucher. Ein riesiger schwarzer Hut mit breiter Krempe belastete Gerds Kopf. Den Hut, der die Blicke von den übrigen Tischen wie einen Lichtkegel auf uns bündelte und aussah wie die Requisite zu einem Italowestern, behielt er selbstverständlich im Sitzen auf.

Sekundenlang grinste uns Gerd an, sein lachendes Schweigen spannte uns auf die Folter, das Funkeln in seinen Augen verhieß eine gute, eine blendende Nachricht. Im Telegrammstil informierte er uns: „Alles okay, habe euch krankgemeldet – ich ebenfalls krank – bin um 11.00 Uhr abgehauen – habe meine goldene Uhr beim Juwelier verkauft – genug Geld bis Ostern – wir können richtig einen draufmachen!"

Den Hut samt neuer Schale hatte Gerd erst heute erworben, dafür seine goldene Uhr, ein Geschenk seines betuchten Großvaters, endlich verkaufen können. Wir jubilierten, stießen auf goldene Zeiten an, eine Abschiedsfeier vor den Ferien mit Starkstrom stand ins Haus. Der Punkt war gesetzt, wen interessierten Strafen, Erzieher oder Verbote! Wir zogen um in die Weinstube, tauschten den Kaffee mit dem süß schmeckenden Rotwein, dem Afrikaner, der sich so hervorragend für Gedankenblitze eignete. Wir begruben das Thema Internat, sprachen bei diesem herrlich süßen Traubensaft über dies, über jenes, vor allem über Mädchen, Hasen, Mädels, Mitschülerinnen. Ein Thema, unerschöpfliche Quelle ständig neuer Gedanken.

Britta und Romana kamen.

Der ansteigende Puls demolierte das innere Thermostat, beheizte die Herzen im Übermaß und ohne Druckausgleich, sodass unsere geringfügig besäuselten Köpfe begannen wie Leuchtstäbe zu glühen. Unverschämt rot, aufgeregt rot. Gerd verehrte Britta, ich stand auf Romana. Britta tat zeitweise überdreht, laut Holger, weil sie fast immer unter Speed stand oder eingeraucht war. Bei solcher Thematik durfte man Holger nicht über den Weg trauen, er übertrieb ständig, seiner Meinung nach rauchte sich halb Gmunden täglich ein oder begab sich auf Trip.

Holger machte seine Augen zu seinen Händen, strich mit den Augen über die Brüste der Mädchen. Er grinste verzückt dabei, drückte mit den Händen auf der Tischplatte herum, hielt sich daran fest, so als hegte er die Befürchtung, seine Hände könnten sich verselbstständigen.

Romana wendete den Kopf, rief laut „Hallo, hallo … usi … hallo!" Das schwarzhaarige Mädchen kam zögernd näher. Holger besorgte ihr Stuhl und Glas, ein neuer Liter, sie hieß Uschi, Rufname Usi.

Bombenstimmung. Ausgelassen lachten wir, dachten nur des Hungers wegen ans Internat, erzählten von diesem, trugen Anekdoten über die Erzieher vor. Wir übertrieben, malten die täglichen Erlebnisse in fidelen Farben, rückten uns in den Erzählungen als Helden in den Vordergrund. „Nur die Wahrheit, wir sind die Tonangeber", sagte ich laut. Die Mädels kicherten, irgendwer erzählte einen Witz, wir zerkugelten uns, lachten uns die letzten Unsicherheiten und Hemmungen aus dem Leib. Ich hörte Romana andächtig zu, wie sie von sich erzählte, himmelte sie lächelnd an, sah lange seidige Wimpern, dunkelbraune Augen, das Gesicht eingerahmt von wunderschönen langen strohblonden Haaren. Laufend nachgeschenkt, neu bestellt, Speckbrote rollten an. Der große Zeiger auf der Uhr drehte konstant seine Runde, drei Stunden schon saßen wir hier, tauschten unseren Tisch mit dem Waggon. Der Waggon war eine Art Nebenzimmer, sechs bis acht Quadratmeter groß, ein alter mit unzähligen Kerben und Dellen versehener Holztisch in der Mitte, die Holzbank rundherum. Die Schiebetür galt als der Clou, sie trennte den Waggon vom Lokal ab, die Bedienung erschien nur auf Knopfdruck, die Glocke an der Wand angebracht. Ungestört und unter uns, neugierige fremde Blicke blieben draußen, niemand sah unser Tun. Genau darum ging es. Eine Einladung in den Waggon war gleichzusetzen mit, *ich begehre dich.* Die Mädchen in Gmunden kannten das Ritual, die unseren versperrten sich ihm nicht. Wir lösten die Etikette, tranken Bruderschaft. Gerd mit Britta, ich mit Romana, Holger blieb Uschi. Die Arme ineinander eingehängt, leerten wir die Gläser. Ich sah nicht nach den anderen, brachte meine Lippen an die von Romana, merkte, wie sie zurückzuckte, zog sie sachte mit der Rechten an mich. Sie öffnete ihre Lippen, kurzes Atemholen, ein langer Kuss, der kaum beendet sofort neu begann. Zwischen den Küssen erzählte sie wieder von sich, gab zu, dass sie und Britta uns heute schon im Café gesehen hatten, uns nachgegangen waren. Dafür küsste ich sie. Glücklich studierte ich ihr hübsches Gesicht, genoss ihre zarten, meinen Hals streichelnden Hände. Was für ein Tag, dachte ich, ein phänomenaler Tag, ein Glückstag. Irgendwann mussten die Mädchen schließlich gehen, ein Stück begleiteten wir sie. Ich kostete das Abschiedsgeknutsche aus, ein Treff für den nächsten Tag war ohnehin geplant.

Ein rosa Schleier hatte sich über mich gesenkt, der die Probleme um das Internat, die Schule, auslöschte. Ich sah durch den Heimleiter hindurch, bemerkte sein ernstes, grimmiges Gehabe nicht, wollte es nicht bemerken, freute mich in den Abend hinein. Ich lag auf meinem Bett, hielt ein Buch in den Händen, sah keine Zeilen, keine Wörter, keine Buchstaben. Ich sah nur diesen verschwommenen rosa Nebel, aus dem für Sekunden Romanas

Bild entstand. Ihr Bild brannte sich ein in meinen Kopf, verhüllte als seidenes Tuch mein Denken und Sehen. Die Liebe verschlang mein Denken, hatte über mich einen Zauber verhängt, der mich betörte. Ich träumte Zukunftsträume, natürlich mit ihr, mit meiner Fee. Einige Minuten vor 21.00 Uhr trieb mich ein spontaner Gedanke auf, ich schlich außer Haus, zur Telefonzelle gegenüber. Ihre Stimme vermengte sich mit dem Knacken in der Telefonleitung, welches meist den Beginn eines Gesprächs anzeigte. Froh darüber, dass gleich sie am Apparat war, ich nicht mit den Eltern sprechen musste, hauchte ich in die Telefonleitung: „Hallo Romy, ich mag dich!"

„Ich dich auch."

Zwei in den Telefonhörer gehauchte Küsse fanden sich in der unendlichen Telefonleitung. Ihr „Gute Nacht, schlaf schön" klang wie „ich liebe dich", musikalisch umrahmt von Geigen und Trompeten, ein Engelsorchester spielte in meinem Herzen.

Die Farbe Rosa vermengte meine Müdigkeit und meine Träume zu Schlaf. Ich tanzte auf der Spitze der Pyramide. Ich, der Herr und Meister, hatte den Zwergen am Fuße der Pyramide zu befehlen, sah voll Stolz auf sie hinab. Meine Untertanen erkannten mich an, ich lebte als ihr König und an meiner Seite die Königin. Ich war aus dem Nichts erschienen, ein Messias. Die mir Zujubelnden hatten meine Gegner zu vernichten, die Eiferer zu zerstören und wenn meine Königin den Wunsch äußerte, sollten sie überleben. Ich wollte gnädig sein.

Mein Gehirn dachte als Baum, die Gedanken hingen als Blätter an den Ästen, trieben im Wind.

Der neue Tag kündigte sich mit Sonnenstrahlen an, die den See auf Hochglanz polierten. Die Luft schien statisch geladen, roch nach Spannung, nach Elektrizität, nach Donner und Auseinandersetzung. Ein Tag vor den Osterferien. Die Schule hatte ich innerlich abgehakt, schwebte bereits im Ferientaumel. Der Vormittag plätscherte seicht dahin wie ein kleiner sich durch die Landschaft schlängelnder Bach, der bei Kehren lustig gluckste, auf dem Weg zur Mündung. Allzeit bereit ein reißender Strom zu werden.

Der Nachmittag war ein Spaziergang mit Romana, ein unendlicher Kuss sozusagen, durchbrochen von unseren Worten, unseren gegenseitigen Liebesbeteuerungen. Wir führten Gespräche über das Ich, den jeweiligen Menschen, die Gedanken. Wir gingen so, dass die Aprilsonne in unsere glücklichen Gesichter schien. Ich wünschte mir dieser Spaziergang ohne Ende, immer so mit ihr dahingehen, in die Sonne schauen und gleichzeitig die Sonne neben sich spüren. Ich sagte es ihr, sagte es zu mir, schrie es über die Wiese: „Ich bin verliebt, ich bin verliebt, ich bin verliebt!"

Die Erde hatte sich unter mir gedreht, die Finsternis war verschwunden, endlich lebte ich unter der Sonne. Wie lange wohl? Ich wischte die Schatten weg, genoss das Jetzt. Mein junges Leben strahlte, Romana spendete den Glanz. Ich küsste und küsste sie, strich über ihre weiche Haut und ihr geschmeidiges Haar, bereit in ihr zu ertrinken. Die Holzbank lud uns ein, ertrug stillschweigend die ungestümen Umarmungen unserer Leidenschaft. In unserem gegenseitigen Festhalten flüchteten wir vor den über uns schwebenden Wolken des Abschieds. Morgen begannen die Ferien. So sehr ich darauf gewartet hatte, so ungelegen erschienen sie mir jetzt. Abschied, welch bitter schmeckendes Wort. Für elf Tage verschwand meine Sonne von meinem Himmel. Welch ein unabsehbarer langer Zeitraum, wenn man die kurze Dauer unseres Zusammenseins bedachte. Romana flüsterte mir Liebesschwüre ins Ohr, sie kitzelten mich angenehm. Die Uhrzeiger fraßen uns die Zeit weg. Ein letztes Mal bewunderte ich ihr Gesicht, dachte, dass ihr gepresstes Lächeln meiner Wehmut entsprach, wir rissen uns los. Tschüss … servus … ich liebe dich … wir telefonieren … hab dich lieb … servus …

Sie winkte mir, ich hob die Hand, sie war schon im Hauseingang verschwunden. Auf dem Weg ins Internat trödelte ich, lenkte meine Gedanken zurück an Romana, schwelgte in dem Feuer, welches sie in mir entfacht hatte. Ich brannte vor Glück, die Hitze meines Herzens stach in meiner Brust. Ich fühlte, dass die Stiege zur Zukunft nicht so steil verlief, wie anfangs angenommen, sah die golden und silbern funkelnden Stufen, nahm mir vor, auf dem Weg in das flirrende Morgen die Vergangenheit wie Ballast abzuwerfen. Ich wollte sie an der tiefsten Stelle versenken, dass niemals mehr auch nur ein Schiefer oder Fingerhut davon an die Oberfläche treiben konnte. Die wahre Geburt von Stefan H. geschah in diesen Tagen, geboren aus der Kraft des Lebens und der Liebe, die wie ein Blitz in mich einschlug.

Am Ende der von Bäumen gesäumten Esplanade, unterhalb des Internates, lag das Sportcasino. Mit seinen Kegelbahnen, Flipperautomaten und dem ganztägigen Treiben an der Bar Anziehungspunkt für Internatsschüler, auch wegen oder trotz der Nähe. Die Heimordnung untersagte den Besuch auf das Strengste und trieb uns gerade deshalb in die nachbarlichen Arme. Meine Schuhspitzen drehten sich unvermutet zum Eingang des Lokals, der Magnet zog mich durch die Tür. Prompt traf ich auf Gerd und Holger, die gelenkig die Kugel schoben. Bis zum Abendessen lag noch eine gute Stunde vor uns, die Biere kreisten. Wir schwatzten und lachten, Holger spottete über meine verliebt leuchtenden Augen. Ich orderte bei Herrn Franzi, dem gemütlichen Ober, eine Runde Rum.

„Auf dass alle Augen leuchten mögen!" Wir tranken unbekümmert und voller Erwartung, was uns dieser Tag noch bieten würde.

Das Abendessen wartete nicht auf uns. Wir blickten in zwei finstere Gesichter, die zu einem Strich gezogenen Münder schwiegen wider Erwarten. Wir grinsten voll innerlicher Wärme an Brock und dem heutigen Erzieher vorbei in den Speisesaal hinein. Ausnahmsweise bekämen wir noch das, was übrig geblieben war, sagten sie. Wie es aussah, hatte das, was vorher da war, nicht anders ausgesehen, gerochen oder geschmeckt, war vielleicht nicht ganz so kalt gewesen.

„Verbrenn dir nicht die Zunge", witzelte Holger.

„Ich bin magenkrank, ich darf nichts aus dem Kühlschrank essen", antwortete Gerd.

„Ich weiß nicht, was ihr habt, ich esse gerne Eis."

„Vor allem merkst du, wenn das Zeug so saukalt ist, den Geschmack nicht so intensiv", fiel wieder Holger ein.

„Du meinst, die Brühe hat ursprünglich nach was geschmeckt?“, fragte Gerd.

„Immerhin gibt’s heute ein österliches Festessen anstatt der obligaten zwei trockenen Freitag-Semmeln.“

Gerd widersprach: „Bei den Semmeln weiß man, was man hat, da kann die Küche nichts versauen!“

„Einspruch, Herr Richter, erinnere nur an den Präzedenzfall Brock gegen Brock. Die Frau schälte aus Gier die Semmeln, höhlte sie aus und füllte sie mit Kartoffelschalen.“

Gerd spuckte vor Lachen in seinen Teller.

Wir löffelten und alberten, saßen – allein im Saal – unser Abendessen ab.

Nach dem Abendessen tobte die wilde Jagd durch das Haus. Die Vorfreude auf die Ferien wühlte alle Schüler irgendwie auf, bewirkte ausgelassenes Treiben von ganz jungen wie älteren Kollegen. In diesem lustig surrenden Bienennest sauste der Erzieher von einem Lärmherd zum nächsten, klopfte hier ein paar harte Sprüche, teilte anderswo ein paar Ohrfeigen aus. Ein Streit geschlichtet, der andere noch voll im Gange, Holzpantoffeln als Wurfgeschosse eingesetzt, die Musik röhrte …

Verfolgungsjagden über die steinerne Stiege, ein Schmerzensschrei, Blut rann über den Fußboden. Das Gejammere schwappte über in fluchendes Wutgeheul: „Du hinterlistige feige Sau …“

Ein nasses Handtuch flog auf die Glühbirne, die Finsternis zischte und rauchte gleich Pulverdampf.

„Wer hat meinen Tischtennisschläger geklaut?“

„Spinnst du, das ist meiner!“

Der Abend lief vielversprechend an. Mario rannte mit angezogenen Boxhandschuhen dem kleineren Fritz hinterher, verpasste jedem, der sich ihm in den Weg stellte, einen Schlag, und schrie ohne Unterlass: „Ich bin der Champion, ich bin der Champion, niemand kann mich besiegen!“

Aus dem Tischtenniszimmer quoll Rauch, ein misslungenes Experiment die Ursache, etliche Tischtennisschläger verbrannt oder angekohlt. Die Brausetasse floss über, obwohl niemand dahinter stand, was hatten die vielen Schuhe in der Dusche zu suchen?

„Herr Professor, der Karli hat meinen Kassettenrecorder ruiniert!“

„Ist gar nicht wahr, er lügt, er will aus meinem Fußspray eine Bombe bauen und ich …“

Der Erzieher befreite einstweilen Markus von seinen Fesseln, verhinderte damit, dass ihn seine Zimmerkameraden mit dem Kopf nach unten am Türbalken aufhängten, nur weil er angeblich in ihr Bett gepinkelt hatte.

Die Grenze zwischen dem irren Tollhaus und dem tollenden Irrenhaus verlief fließend.

Das laute Zuschlagen der Türen fiel an diesem Abend nicht weiter auf, ebenso unser klammheimlicher Abgang. Wir hatten befürchtet, Erzieher oder Heimleiter würden versuchen uns im Auge zu behalten, bei diesem Wirbel und Geheule undurchführbar.

Wir ergriffen vom abendlichen Gmunden Besitz. Übermütig, in den Taschen mehr Geld als je zuvor, Gerds wegen, hungerten wir nach neuen Erlebnissen, drängten uns in den alkoholgetränkten Abend der Erwachsenenwelt. Ein Kaffee mit Rum als Auftakt, der Rum halb so teuer wie der Kaffee. Vom Rathauscafé in den Schwan, ein kleines Bier, ein nächstes beim Hackenwirt, ein Hallo hier, ein Servus dort. Dem Anschein nach trieb es alle Schüler von Gmunden heute zum Ausgehen, servus, grüß dich, du auch hier. In dem Gedränge an der Bar klammerten sich die Schaumkronen mancher Biere an fremden Mänteln und Jacken fest, hingen vereinzelt an den Oberlippen. Schluckweise verleibten wir jegliches Gebräu unseren Körpern ein, in wasserklaren Strahlen schieden wir es aus, spritzten den Urin über den Ölanstrich der Toilette, belustigten uns an der nassen Wand.

In ein Lokal hinein, aus dem nächsten heraus, *ein und aus.* Wir wollten alles, bekamen einiges, aus und ein, ein und aus. Ständig auf der Suche wechselten wir die Lokale, suchten das Abenteuer, wussten gar nicht, was wir suchen sollten. Wir hatten Blut geleckt, forderten immer mehr und mehr für uns, wollten uns nehmen, was uns gebührte. Was stand uns zu? Ich schluckte den Rauch der Luft, atmete die Gläser leer, nahm die angebotenen Pulver. Wir gingen aus, wir gingen ein, das Eingehen zerstörte das Ausgehen.

Das Abendbild zerfiel in Puzzleteile, abgerissene Gliedmaßen, fehlende Köpfe, die Menschen verschwammen. Den Bildern fehlten manche Teile, lauter Invaliden tummelten sich im Bild, die schiefe Optik verzerrte die Gesichter. Servus hier, hallo dort, wohin verschwand das Hier, wohin bewegte sich das Dort, zu wem sprach ich? Ein neues Getränk, ein Glas Bier. Nicht meine Brille beschlug sich, der milchig weiße Schleier lag über meinen Augen, hing über den Bildern vor mir. Die schiefen Münder vor mir tranken und tranken, schütteten die Flüssigkeiten in ihren Trichter. Das Servus verschwand hinter einer Grimasse, ich lehnte an Gerd oder saß ich auf Holger? Wer stieg mir ins Gesicht? Ein wilder Kreisel holperte in meinem Kopf, drehte sich immer wilder, tanzte unter meiner Stirn. Das hell schallende Gelächter fiel aus meinen Ohren zu Boden. Der Kreisel tanzte sich jetzt quer durch meinen Körper in den Magen. In meinen Innereien wuchs eine Kapsel zur Faust heran, quetschte ein Organ nach dem anderen aus, nahm mir die Luft. Die Bauchmuskeln spannten sich an, zogen die Magendecke nach innen, während sich ein Teil nach dem anderen zu verkrampfen begann.

Die Suppe dampfte, erzeugte brodelnde Blasen, die einander gierig umschlangen, auf- und übereinander kreisten. Die Flüssigkeit kochte über, beschmierte die Wände. Die Säure fraß mich an, ätzte meine Nasenwände. Mich ekelte vor diesen üblen Gerüchen, welche samt dieser schweren Wand auf meinem Gesicht lagen. Die Zähne taten weh, die Faust in mir zog die Luftröhre in die Tiefe, brach den Mund auf. Ich erwischte keine Luft, riss den Mund weiter und weiter auf, die Lippen auseinandergerissen, als wollte ich lachen. Gerade als ich meinte, die Explosion in meinen Innereien überstanden zu haben, zerdrückte mir der Knall das Gehirn. Meine Ohren rissen aus, flogen an meinen Augen vorbei, die sich unmittelbar danach aus meinem Gesicht lösten. Mein Kopf zerplatzte. Das Feuer fraß meine Zunge, verkohlte die Zähne und höhlte meinen Gaumen aus. Flammen schlugen aus meinem Mund, die Lippen verbrannten, zerfielen zu Asche. Die

Schwere wich aus meinem Körper, gewichtslos fühlte ich mich an, zerfiel in mich selbst. Die Reste meiner Hülle samt meinem Ich zerstoben in alle Richtungen.

Ich sah Bilder vor mir, die nicht lebten, sah keine Bewegung in ihnen, eben nur Bilder, ähnlich denen, die ein flimmernder Projektor an weiße Wände warf. Ein Bild nach dem anderen, keines ging in ein anderes über, keines verschwamm, im Gegenteil, gestochen scharfe Projektionen traten vor meine Augen. Ich sah die Linien, sah Kanten und Ecken, Kreise, die sich nicht bewegten. Unverständnis packte mich, wo blieb die Bewegung? Ich konnte die Ecken, Felder, Kanten und Flächen nicht miteinander in Verbindung bringen. Ich sah, und sah eigentlich nicht. Doch war ich nicht blind, die Felder boten sich ausgemalt, Farben gingen in andere Farben über, Farben umrahmten Schattierungen, die Schattierungen umrahmten wiederum die Farben und diese Fläche drückte gegen mein Schauen. Das Bild drückte gegen mich und ich begann zu fallen. Ich fiel mitten durch das Bild. Dieses blies sich allmählich und mit Bedacht auf, um schließlich in meinen Eingeweiden zu platzen. Die Detonation in mir drückte die Bildfetzen in Luftströmen durch meine Ohren, ich schrie, schrie meine Angst in das mich fressende WEISS. Ein riesiger, weißer Hund saß auf mir, rang mich nieder.

Indem die Lautsprecher in mir abrupt einsetzten, ich wirre Geräusche, gepaart mit blechernen Stimmen und schrillen Tönen aufnahm, begriff ich erst, dass ich bis zu diesem Zeitpunkt gar keine Töne wahrgenommen hatte.

Meine Überlegungen begannen, ich reihte die Gedanken aneinander wie Perlen auf einer Kette, Perle um Perle, Gedanke um Gedanke. Mit einem Male kam Bewegung in die Bilder vor mir. Ruckartig setzte diese ein, verband gleichzeitig die Bilder mit meinem Denken, ich nahm das Leben um mich wieder wahr. Als Erstes spürte ich Schmerzen, meinte, meinen Kopf in ein Dreieck gepresst. Ich sah um mich, sah weiß. Perle an Perle, Gedanke an Gedanke.

Ich fand mich inmitten eines weißen, mir Schreck einflößenden Behandlungsraumes eines Spitals mit all seinen monströsen

Instrumentarien, seinem weißen Menscheninventar. Ich bemerkte die Menschen auf dem Bild vor mir, das Bild zeigte Handlung. Ich sah mich in einem dieser grässlichen Betten liegen, sah den Plastikschlauch aus meinem Mund ragen, die Kanüle aus dem rechten Arm. Langsam nahm ich die Bilder vor mir auf, musterte bedächtig einen Gegenstand nach dem anderen, eine Person nach der anderen. Meine Augen wanderten die Konturen der Personen ab, von unten nach oben, von oben nach unten. Ich maß die Proportionen ab, richtete die Augen wie einen Lichtstrahl auf die Personen, zielte auf die Gesichter. Der Hammer traf meinen Kopf. Die Wucht des Schlages erschütterte das Kopfinnere, gab dem Gehirn einen elektrischen Schlag, setzte den Bewusstseinsrotor wieder in Gang. Das Triebwerk kam auf Touren und ich ahnte, warum ich nur starre, unbewegliche Formen gesehen, warum sich die Bilder als solche nicht bewegt, warum sie nicht laufen gelernt hatten.

Mein Denken war ausgefallen, mein Verstand stillgestanden. Nur jetzt in diesem Augenblick lief der Motor meiner Verstandesmaschine wieder an, arbeitete mit hoher Drehzahl. Ich sah die Personen, erkannte sie. Das Eis löschte meine Flammen, mein Denken erstarrte. Der Heimleiter und mein Vater standen vor mir. Ich fiel in ein weißes, kaltes Loch, Wellen voll Empörung, Vorwürfen und Zurechtweisungen schwemmten mein Ich in ein tiefes Tal, dem wahrscheinlich tiefstgelegenen Punkt der Erdoberfläche. Meine fleischliche Hülle blieb, die Ohren verkapselt, das Fühlen ausgeknipst. Ihre Münder klappten auf und zu, unzählige Gesichtsmuskel gerieten alleine durch ihre Mienenspiele in Bewegung. Eine beinahe als wild oder zumindest als heftig einzustufende Gestik unterstrich das Marionettenhafte an ihnen. Sie gestikulierten ihre Gemüter in Rage, breiteten ihre Emotionen vor mir aus. Ich hörte nichts, absolut nichts. Mein Bewusstsein lag auf Grund. Die Springflut an Anschuldigungen hatte die Grundfesten meiner labil zusammengezimmerten Nervengebäude erschüttert, und so hielt der schwere Anker der Krise, eisern wie er selbst, mein Denken abgeschottet, während sie, der Heimleiter und mein Vater, sich in ihrem Denken das Jawort gaben, zu

Brüdern wurden und mittels der Ekstase des Zornes einen Orgasmus durchlebten.

Der Begriff Alkoholvergiftung stand nicht nur im Raum, er ummantelte mich bei der Heimfahrt in Vaters Auto. Seine Blicke prügelten mich und machten die nicht ausgesprochenen Vorwürfe sichtbar. Ich las in seinen Augen, in seinem Gesicht, in seinen Gebärden. Er ließ mich seine Verachtung spüren, das Wort oder besser gesagt die Diagnose Alkoholvergiftung deckte mich zu. Er unterließ es, mit mir zu sprechen, schüttelte ab und zu demonstrativ den Kopf, murmelte und schnitt Grimassen. Keine komischen Grimassen, sondern er furchte die Stirn, hob die Augenbrauen und holte gleichzeitig tief Luft, drückte damit seinen Unwillen aus; oder er spannte abwechselnd die linke und die rechte Wange an, kniff sie so lange zusammen, bis ein Grübchen entstand, wechselte danach wieder. Indem er es vermied, mit mir zu sprechen, und gleichzeitig halblaut gemurmelte Brocken von sich gab, so als redete er mit sich selbst, versuchte er einerseits einer einseitigen Unterhaltung aus dem Weg zu gehen und andererseits konnte ich später nicht behaupten, er hätte mir Vorwürfe gemacht, und somit gelang es ihm trotzdem, die Vorhaltungen zu erzeugen und damit bei mir, wie er dachte, ein schlechtes Gewissen auszulösen. Wie immer bewies sein Vorgehen Methode.

Die von ihm gegebenen Worte und Wendungen zielten auf meine Eingeweide und meine Genitalien. Tiefschläge. *Alkoholvergiftung* – alleine wie er das Wort aussprach, war es schon Vorwurf genug. *Alkoholvergiftung – diese Schande – Mama, würde daran zerbrechen – Alkoholvergiftung.* Sicher dachte er, steter Tropfen höhlt den Stein. *Undankbarkeit – gut, dass deine Mutter das nicht mehr erleben muss – Alkohol … Alkohol … Alkoholvergiftung.*

Dieses Wort umklammerte mich, dieses monotone Dahingemurmle verstärkte mit aufreizender, aber unnachgiebiger Langsamkeit beharrlich den Druck auf mich, schnitt mir die Luft ab, sodass ich erneut zerplatzte, überlief. Meine Bauchmuskeln krampften, das Zwerchfell zog sich zusammen, der Magen lief zurück, Schleim und saure Flüssigkeit spritzten mangels eines Mageninhaltes auf die Autokonsole. Und derweil meine Eingeweide verbrannten, mein Körper im Fieber erglühte und hin und her geschüttelt wurde, spritzte meine Gallenflüssigkeit auf meinen Vater, hinein in sein schrilles Schreien.

Dem Sturm folgte die Stille, mein Vater verschluckte die Sprache, verlernte das Reden. Schreie starben, noch bevor sie ausgestoßen. Die Heiligkeit seines Autos zu besudeln ließ ihn seinen Sohn verlieren, innerlich aufgeben, verstoßen. Er war getroffen.

Kein Wort mehr zu mir, keine Beschuldigungen, kein Tadel, keine Andeutungen, keine Anspielungen, nichts. Anfangs tat mir das Schweigen wohl, dem ersten Tag in Stille folgte der zweite. Stille, Schweigen. Er war doch mein Vater. Die Last schmerzte, ich suchte das Gespräch, gab Beteuerungen, die ich gar nicht geben wollte, gab Versprechen ab, die ich unmöglich halten konnte, nicht halten wollte. Stille, Schweigen. Er sprach nicht mit mir. Ich kroch an den Wänden entlang, wäre hochgekrochen, wenn ich gekonnt hätte. Ich versuchte mich in Musik zu versenken. Ich ließ die Rhythmen in mich einfahren, schluckte Rotz und fraß meine Tränen. Warum lebte ich nur? Ich wollte … ich würde … ich hätte … ich hätte sollen … hätte ich doch … hätte ich doch nicht …

Selbstvorwürfe quälten mein Denken, behinderten mein Atmen, förderten nur neue Tränenausbrüche zutage. „Mutti, wo bist du, warum hast du mich so alleine gelassen?"

Ich wusste nicht, wohin, das Skifahren hatte Vater gestrichen, so viel hatte er noch gesagt. Wer half mir bloß? Frage an Frage. Wer war ich? Was war mit mir, was war los mit meinem Denken, mein Fühlen tat weh, ich getraute mich nicht einmal an die schönen Stunden mit Romana zu denken. Ich verdrängte sie, hatte Angst, sie zu verlieren, war zu schlecht für sie, war abscheulich, hatte Fürchterliches angestellt, warum nur hatte ich mich so gehen lassen? Was war ich, wer war ich, was hatte ich nur getan? Nie wieder trinken, Sühne wollte ich leisten, nie wieder Alkohol, tot sein, Alkohol, sterben, verflucht … Warum eigentlich?

Atmen, atmen, tief atmen, eins, zwei, tief atmen, Zug um Zug atmete ich tief in mich hinein, saugte Leben in mich, atmete den

Dreck, der in mir war, aus. Ich warf mich zu Boden, auf den Bauch, stemmte die Hände fest auf den Boden, keuchte zwanzig Liegestütze herunter. Ich drückte das Kreuz durch, einundzwanzig, zweiundzwanzig, … siebenundzwanzig, … dreißig. Ich rollte mich auf den Rücken, schnaufte und mit dem heftigen Atmen kehrte das erste Mal seit Tagen wieder Ruhe in mich ein. Sogar ein Lachen gelang mir. Meine Lebensgeister schienen erweckt, die Kraft in mir wuchs an, die Kraft aus dem Hass. Ich dachte an ihn, spuckte auf die weiße Zimmerwand, schrie meine Wut aus mir heraus. Keine Schreie, nein, das Brüllen eines Besessenen, Schreie aus und in das Dunkel, Schreie, die Blinde sehend machten. Der Hass zeigte mir einen Weg aus der tiefen Finsternis in mir heraus. Nun wollte ich doch wieder nach dem Leben greifen, verschmähen konnte ich es später noch.

Ich packte meine Sachen, stopfte das Skizeug in eine separate Reisetasche. Vorsichtig schloss ich die Haustüre auf, schlich mit den zwei Taschen und den Skiern bewaffnet, jedes laute Geräusch vermeidend, zum Gartentor. Ich war dabei, mich aus dem Hause zu stehlen, dachte plötzlich, so nicht, meine eigene Feigheit ging mir gegen den Strich. Ich setzte die Füße mit Druck auf, tapste quer über die Gemüsebeete. Die blecherne Gießkanne stand schief an den wackeligen Pfosten gelehnt, mein Fuß warf sie um, das scheppernde Geräusch gefiel mir. Ich setzte mein Gepäck ab, grinste schadenfroh. Der Schwung warf mich fast um. Die Gießkanne landete mit einem Knall an der Hausmauer, fiel neben der Mauer auf die Waschbetonplatten, kugelte sich mit lautem, hallendem Geschepper aus; so laut, dass dieses Geräusch der fünfzig Meter entfernt liegenden Nachbarschaft noch Rätsel aufgab. Ich hob mit Schwung meinen rechten Fuß an, um durchzustarten und davonzulaufen, setzte ihn spontan ab, ging demonstrativ langsam weg. Das erwartete Gezeter und Geheul blieb aus, kein Gekeife, nichts. Vielleicht war er aus dem Haus gegangen. Es musste so sein, unvorstellbar, dass diesem Knall nicht eine Explosion seines Gemütes folgte.

Im Zug hatte ich mir zurechtgelegt, was ich meiner Großtante sagen wollte, hatte alles genauestens ausformuliert, alles schien so einfach. Nun stand ich vor ihrem Haustor, die Klingel schaute mich an, ich die Klingel. Ich zauderte, bekam Angst, was war, wenn sie schon alles wusste? Sicher wusste sie. Vater hatte sicherlich telefoniert, würde sie mich reinlassen? Sollte ich? Meine Finger strichen über die Klingel, ich schaute durch die Klingel hindurch, nein, ich würde nicht läuten, überlegte es mir anders, war bereit zu gehen. Ich hörte nicht die Geräusche der Straße, nahm nur das Rauschen in meinen Ohren wahr. Ich drehte mich um, griff nach der Tasche, die Tür öffnete sich, Tante Mitzi. Ich musste zu Tode erschrocken aussehen, weil sie lachte. Sie riss mir das Gepäck aus der Hand, schob mich in den Gang hinein, umarmte mich. Sie lachte und weinte, drückte mich ganz fest, so fest, dass es wehtat. Diese Kraft hatte ich dieser hageren, kleinen, alten Frau nicht zugetraut. „Dummer, armer, kleiner Bub“, schluchzte sie, ich schluchzte, sie heulte, ich heulte. Ihre Tränen benetzten die meinen und umgekehrt. Als wir uns gefangen hatten, hing die Welt nicht länger schief, mein Glücksstern leuchtete wieder. *Obertauern, ich komme, Romy, ich liebe dich.* Ich schwärmte Tante von ihr vor, ich redete und redete, weinte und lachte, war wieder ein bisschen glücklich, sogar ein bisschen viel. Ich war nämlich doch nicht alleine auf dieser weiten, weiten, schönen und oft so beschissenen Welt.

Heimkehr – Kleinstadt, nimm deinen Lauf

Zwei Nicht genügend, in Französisch und in Geschichte, standen meinem Aufstieg in die Maturaklasse im Wege. Es war mir unmöglich gewesen, im Schlusstrimester das bis Ostern Versäumte nachzuholen. Phasenweise hatte ich mich ehrlich bemüht, mich wirklich reingehängt. Mit „Zeig es IHM“ hatte mich Tante Mitzi motiviert und gefordert.

„Du kannst es ja, du musst nur wollen. – Und wenn nicht, so geht die Welt nicht unter.“

Das stimmte, wegen meines Versagens würde die Erdkugel nicht in sich zusammenfallen, kein Strom oder Bach deswegen zu fließen aufhören, kein Windstoß mich von dannen blasen, nicht einmal ein Lüftchen würde sich daran stoßen. Damit war automatisch das Ende meiner Schulzeit angebrochen, ich hatte mich nach Alternativen umzusehen. Denn, sagte Vater, mein Verhalten hätte bewiesen, dass ich nicht länger in der Schule verbleiben wollte. Für meine Faulheit und Dummheit würde er nicht länger Geld verschwenden.

Was für Alternativen? Ich gestand mir ehrlich zu, dass ich nicht wusste, was ich wollte, hatte nicht den Hauch einer Ahnung, was ich später werden wollte, womit ich meinen Lebensunterhalt verdienen wollte. Arbeiten und damit einen Beruf haben, dieser mit einem Male sehr nahe auf mich lauernde Zustand war in der Vergangenheit kein Thema, und somit aus meinem Gesichtsfeld gewesen. Die Dinge, von denen ich dachte, dass sie mir Spaß machen würden, rückte mein Vater aus meinem Denken, tat sie als Hirngespinste ab. Er hatte es immer sehr gut verstanden, mir meine Ideen auszureden, diese als absurd hinzustellen, und mich damit automatisch seiner Autorität unterstellt, mir meinen Selbstwert entzogen.

„Das ist nichts für dich, davon kann man nicht leben.“

„Was, mach dich doch nicht lächerlich, dazu bist du nie im Leben geeignet."

„Das hättest du dir früher überlegen sollen, da wäre eine technische Ausbildung besser gewesen, jetzt ist's zu spät dafür."

„Das würde dir gefallen? Ja, das kenne ich und in zwei Jahren überlegst du es dir wieder anders."

Mutter fehlte mir. Sie hätte mich in Schutz genommen, mir zugehört, hätte mich meine Meinung und meine Gedanken aussprechen lassen, sie nicht sarkastisch abgewürgt. Wie in Gottes Namen sollte ich meine Gedanken auf die Zukunft kanalisieren, wenn ich mit Schallgeschwindigkeit durch die Gegenwart brauste. Selten fand ich die Zeit über das Vergangene nachzudenken, wie sollte ich da Pläne für eine Zukunft schmieden, wenn mir die Gegenwart den Boden unter den Füßen wegzog.

365 Tage zählte ein Jahr. Zwölf Monate zu dreißig Tagen oder rund viereinhalb Wochen. Die Woche zu sieben Tagen, der Tag zu 24 Stunden. 8760-mal kreiste der große Zeiger in einem Jahr. Stunden über Stunden. Wie viele davon hatte ich im letzten Jahr für mich genützt?, fragte ich mich. Die meisten hatte ich anderen Menschen geopfert, sie damit verbracht, das zu tun, was die anderen wollten, von mir erwarteten. Ich erkannte das Fehlen der Mitte in meinem Leben. Der Personenkreis, dem ich erzieherisch unterstand, behauptete, er wolle mein Bestes, dieses ging aber nicht konform mit meinen Lebenserwartungen. Ich bewegte mich in einem kreisähnlichen Labyrinth. Auf der Suche nach dem Ausgang traf ich des Öfteren auf helle Lichtflecken. Hatte ich endlich die Stelle ausgemacht, wo sich die Strahlen des Sonnenlichtes durchgezwängt hatten, waren diese von fremder Hand längst zugemauert, abgedichtet, abgeschottet. Auf dem ausgebesserten Mauerwerk las ich *wir meinen es gut mit dir – alles zu deinem Besten – wir wissen, was gut für dich ist.*

Ich irrte weiter in den dunklen Gängen des Lebens, die andere mir zuwiesen. Den Traum des Schauspielers begrub ich in der Finsternis, welche die Leere in mir füllte. Stücke schreiben, auf der Bühne stehen oder Journalist sein, waren dies wirklich absurde Kinderträume eines Siebzehnjährigen, der an der Realität des Lebens vorbeisah? Ich hatte Artikel über Popmusik an Jugendzeitschriften gesandt, Reportagen über Popgruppen verfasst, Kurzgeschichten geschrieben; all dies wurde abgetan mit aufgezogenen Augenbrauen, einem einseitigen, nur eine Gesichtshälfte betreuenden Lächeln und dem Spruch: *ganz nett.*

Mit meinem Atem entwich mir ein tiefer Seufzer, wie gerne hätte ich bewiesen, dass ich imstande war, eine neue Schulchance zu nützen. Die Autorität malte die Bilder meines schulischen Misserfolges in leuchtenden Farben, warf mir das Versagen vor in einem System, das mehr als übliche Rücksichten, meiner persönlichen Lebenssituation entsprechend, geübt hatte.

Versager! Versager! Versager! Versager! Versager! Unausgesprochene Worte und doch suchten mich diese Worte wie Geister heim. Jeder Person, die mich zu meinen schulischen Leistungen befragte, glitten diese Rufe als lautloser Schleim über die Lippen, wahrnehmbar nur für meine sensibilisierten Empfindungen.

Nach meinem Dafürhalten hatte ich mich in diesem Schuljahr gut geschlagen. Wider Erwarten. Ein Schuljahr oder drei Trimester. Ein Trimester erstreckte sich über drei Monate und auf jedes davon fielen 10 Schularbeiten, ebenso viele schriftliche Tests und weiters standen um die zehn mündlichen Prüfungen ins Haus. Der Osterhase hatte mit sechs negativen Noten gedroht, ein Trimester weiter blieben zwei. Ich hatte die Aufholjagd knapp verloren. Verloren, was nicht mehr zu gewinnen war. Ich erinnerte Vater an seine bei jedem verlorenen Spiel seines Fußballclubs strapazierte Äußerung, *ein voreingenommener Schiedsrichter ist kein Unparteiischer, sondern ein Gegner. Solch ein Spiel kann man unmöglich gewinnen.*

„Das ist etwas ganz anderes, das hast du dir selber zuzuschreiben. Du hättest von Anfang an dafür sorgen können, dass dir der Lehrkörper wohlwollend gegenübersteht, aber deine Betragensnote spricht ja Bände!“

„Ja, aber immerhin habe ich mich im letzten Trimester gewaltig verbessert. Ist das nichts?“

Er widersprach mir abrupt: „Um in deinem Jargon zu sprechen, verloren ist verloren. Das Torverhältnis eines Fußballspiels ändert nichts an der Niederlage. Aber das ist typisch für dich. Immer eine Ausrede, die Niederlage nicht akzeptieren können. Womöglich forderst du von mir eine Belohnung für das gute Zeugnis."

Die Antwort blieb ich schuldig.

„Und außerdem, auch Anna und Gerhard haben gesagt, du hättest das leicht schaffen können, das Nicht genügend in Geschichte ist absolut nicht notwendig!"

Sein Gesicht nahm Farbe an, ich zog mich zurück. Anna und Gerhard haben gesagt … Lächerlich. Anna und Gerhard, zwei unserer Familie angehörende Lehrer. Seine Stiefschwester.

Ich schnaubte. Wann hatten Anna und Gerhard je meine Partei ergriffen?

Anna und Gerhard. Verdammt, ich drehte und wendete. Alles Drehen half nicht, ich hielt immer den Schatten in meinen Händen, egal wie ich die Situation beleuchtete. Alle Welt, Verwandte, Bekannte meines Vaters, Großeltern, Onkeln, Tanten, alle betrachteten mich offensichtlich als Versager.

Wieder einmal stand ich mit dem Rücken zur Wand. Egal ob es regnete oder die Sonne schien, die Wand drückte, erdrückte vieles in mir. Ich vermied es, mich zu wehren, gönnte meinem Denken und meinen Empfindungen eine längere Ruhepause. Die letzten Ferien.

Ich fand mich ab und gleichzeitig fand ich mich zurecht. Die Kleinstadt lag mir. Ich schloss neue Bekanntschaften, traf mich mit denen, die ich oder sie mich bereits im Kindergarten geprügelt hatte. Neue Gesichter halfen mir die alten zu vergessen. Der fahrbare Untersatz, ein Geschenk meiner Großeltern zu meinem Sechzehner, gefiel der neuen Clique, besonders den Mädchen. Ich mochte die mich von hinten umfassenden Arme, legte mein Moped umso dreister in die Kurve, spürte das sich an mich schmiegende Mädchen hinter mir, ihre Brüste drückten weich gegen meinen Rücken. Mit Vollgas sauste ich durch den Sommer, küsste und tanzte in den Tag hinein. Im September schrieb ich mich in die Tanzschule ein, zwei Abende die Woche. Die Stunden des Tages verbrachte ich mit Zuwarten auf Feierabend, fügte mich in das Unvermeidliche, ergab mich dem Staatsdienst. Vater hatte meine Bewerbung ausgefüllt, mich angemeldet, mich zu den Aufnahmsprüfungen kutschiert. An meinem ersten Arbeitstag wartete er im Auto, bis sich die Eingangstüre hinter mir verschloss. Hatte er mit meiner Flucht gerechnet? Wenn ja, dann wusste er, was er mir antat. Ich hatte mich längst ergeben, gewann dem Berufsleben zumindest eine positive Seite ab, die finanzielle nämlich, die mir Unabhängigkeit versprach. Warum er ausgerechnet einen Eisenbahner aus mir machen wollte, kapierte ich nicht. Dieser Berufsstand entsprach in meiner Rangordnung in etwa dem letzten, die Zugehörigkeit zu demselben empfand ich als das Letzte.

Ich ertrug geduldig die eingeschränkte Sichtweise meiner Vorgesetzten, die mir umständlich erscheinenden Arbeitsabläufe sowie den Spott und manche hämische und beißende Bemerkungen. Auf Sätze wie *„Wer nichts ist und wer nichts kann, geht zur Post und Bundesbahn"* reagierte ich entweder gar nicht oder zahlte es ebenso zurück, legte ein Scheit nach, getreu nach der absolvierten Lebensschule des Internates.

Ich hatte Mühe, mit den an mir vorbeiziehenden Tagen und Wochen Schritt zu halten. Die neuen Bilder legten sich über die alten, verwischten die Erinnerung. Die steigende Zahl der Monate drängte Romanas Bildnis aus meinem Kopf. Manchmal dachte ich an sie. Die Gedanken an sie rochen nach Blütenduft, ich sog sie ein, ganz tief. Ich verpackte diese Welt der Gedanken, begrub den Frühling mit ihr in meinem Herz. Ich dachte daran, als ich mich von ihr verabschiedet hatte, dachte daran, was wir uns versprochen hatten, obwohl wir beide unser Lügen erkannten. Der Abschied von ihr zerbrach eines der letzten Gefühle, die ich für meinen Vater hegte, denn er riss mich aus meiner Welt, meinem Gmunden. In den ersten Tagen hatten mir die Gedanken an Romana die Luft genommen, mich der Schärfe meiner Bilder beraubt.

Romanas wegen hatte ich meinen Schatten überwunden, hatte versucht mit meinem Vater über meine Zukunft zu reden. Ich offenbarte ihm mein Denken, wies auf die Probleme hin, die mir entstanden waren, versuchte meine zu Auswüchsen gemündeten Ausbrüche zu erklären. Ich sprach davon, was mir Mutter bedeutet hatte und wie sie mir mit ihrer Krankheit einen Teil meiner Jugend nahm. Ich sprach zu einer Statue, deren steinerne Kälte mich verwundete.

Anfangs hatte ich ihn höflich ersucht, dann gebeten, ihn angefleht, um das Repetieren gebettelt.

„Lass mich privat wohnen, in Gmunden. Weg vom Internat, so kann ich lernen, wann ich will, und niemand kann mich ablenken. Ich beweise dir, was ich kann. Bitte. Bitte."

Das ewige Eis des Gletschers leuchtete aus seinen Augen. Nichts auf der Welt könnte ihn umstimmen, hatte er geantwortet. Und nie wieder dachte ich, nie, absolut nie, würde ich ihn um etwas bitten, mich solcher Demütigung aussetzen. Ich hielt mich dazu an, nicht in Aggressionen zu verfallen, nicht aufzuschreien, ihn niederzubrüllen, ihn anzuspeien. Obwohl ich mich erleichtert gefühlt hätte.

Romana hatte ich noch einmal aufgesucht, ihr die Botschaft nicht am Telefon übermitteln wollen. Es nicht gekonnt. Zu sehr sehnte ich mich nach ihr, zu viel bedeutete sie mir. Die Sommersonne schmolz unsere Leiber, unsere Körper reagierten heiß und wild. Der Frühling hatte mich zum Mann gemacht, in der prallen Hitze eines heißen Sommertages kostete ich die Liebe mit ihr noch einmal aus, bis die Glut der Hölle den Abschied verhieß.

Emotionslos durchwanderte ich das Jahr neben meinem Vater. Das Verdienen des eigenen Geldes bescherte mir das Recht, das zu tun, wonachmir der Sinn stand. Nicht nur innerhalb des sogenannten Rahmens, denn diesen zerbrach ich oft. Meine Arbeit bestand aus einer Summe von Tätigkeiten, die Aufgabe blieb aus. Ältere Kollegen, denen der Zweifel an der Sinnhaftigkeit ihrer Arbeit und am System auf die Stirn geschrieben stand, unterhielten mich mit ihren derben Späßen, ihren Erzählungen aus der

Vergangenheit – *ja früher war's noch was bei der Bahn, aber heute …* – und akzeptierten mich. Akzeptanz bedeutete mit ihnen zu trinken. Das Trinken richtete sich weder nach der Tageszeit noch nach dem Datum. Montagmorgen oder Heiligabendnachmittag. Das maßlose Spiel kannte keine Grenzen. Das erste Weihnachtsfest ohne Mutter erlebte ich im Alkoholdunst. Ein Kollege, der Junggeselle war, einer, dem die Scheidung einsame Weihnachten bescherte, einer, dem die Scheidung nicht ausbleiben würde, und ich. Der Feierabend verschob sich in die Dunkelheit, die alkoholischen Firmenpräsente hielten uns bei Überstundenlaune.

„Stefan, wo hast du den Korkenzieher?"

„Ja, mach du das, Stefan!"

Das rauchige Buffet einer Tankstelle beendete unsere spätabendliche Herbergssuche. Das Bier vertrug sich nicht mit dem Sekt. Abwechselnd erbrachen wir uns auf der Toilette. Den säuerlichen Geschmack spülten wir mit Cola-Rotwein hinweg. An der Schwelle zum Christtag zog ich meinen Oberkörper durch die Haustüre. Vater schritt mir entgegen, winkte lachend. Schweißtropfen glänzten auf seiner Stirn und auf seinen Backen, eine silbrige Patina überzog sein Gesicht. Dieser Film aus Schweiß schimmerte unter dem Licht der Küchenlampe in grellem Pink. Die Platte auf dem Plattenspieler drehte sich leer durch, der Tonabnehmer war von der Rille gerutscht. Vater füllte ein Glas für mich, lachte, weil der Sekt über den Tisch spritzte. Er setzte sich mir gegenüber, umschlang mit der Rechten mein Genick, zog mich zu sich. Unsere Köpfe trafen schwungvoll aufeinander, beide spuckten wir beim Lachen.

„Mein Sohn, ich bin stolz …"

„Du bist bald Beamter, … ich bin stolz …"

Wir tranken und umarmten uns. Das Zusammentreffen zweier Wellen besprühte unsere Gesichter mit Speichel. Die Perlen des Schaumweins warteten sekundenlang auf unseren Hemden, bis sie sich in den Stoff klammerten.

Das Bad schaukelte mich hin und her. Um nicht neben die Klomuschel zu pinkeln, richtete ich meinen Strahl in das Waschbecken. Das gläserne Bild über dem Wasserhahn zielte mit seiner

Fratze auf mich. Ich staunte in den Spiegel, erkannte mich kaum. Der Unglauben schnalzte meine Kinnlade zu Boden, übertönte das Säuseln in den Ohren. Das Bild formierte sich vor mir, richtete sich auf in seiner ganzen Größe zu seiner vollkommenen Abstraktheit. Nicht ich betrachtete, das Schauen betraf mich.

Auf meinem Hals brannten zweifingerbreite rote Male, kleine rote Felder wuchsen ineinander. Den Augen fehlte die Verankerung, kreuz und quer, die Pupillen hatten sich aus der Parallelität gelöst.

Stille Nacht, heilige Nacht,
alles schläft, einsam wacht
nur das traute hochheilige Paar.
Holder Knabe im lockigen Haar,
schlafe in himmlischer Ruh'
schlafe in himmlischer Ruh'!

Wenn einer von uns am Küchentisch einnickte, hielt der andere Wache. Eisern. Weihnachten, das Familienfest! Der Alkoholstrom spülte mich hinweg, versenkte die schmerzenden Empfindungen.

Mit dem neuen Jahr rückte mein 18. Geburtstag näher. 18 Jahre bedeutete Auto fahren, beinahe erwachsen sein, bald volljährig. Ich brach ein in die Welt der Erwachsenen, der Alkohol verband uns. Eintritt in die Freiwillige Feuerwehr, einmal die Woche probten wir den Ernstfall, tranken danach, als würden wir für das Trinken ausgezeichnet. Wettkampfmäßiges Trinken. Der schnellste Feuerwehrtrinker leerte die Halbe Bier in vier Sekunden. Ich trainierte zusätzlich an zwei Abenden mit Gleichgesinnten – ebenfalls neu Hinzugekommenen – für das Feuerwehr-Leistungsabzeichen. Hinterher verfeinerten wir unsere Trinktechnik. Auf die Menge und die Schnelligkeit kam es an. Mit der anwachsenden Promillezahl stieg das Gaudium. Mitunter spendierten honorige Bürger einen Doppelliter Bier für uns Jungfeuerwehrmänner. Dieser Krug kreiste in der Runde, jeder trank einen Schluck. Der Vorgänger desjenigen, der ihn austrank, hatte die nächste Füllung zu bezahlen. Wir lernten in mächtigen Schlucken zu trinken. Manchmal stülpten wir über den Krug die „Saufmaschine". Ein Deckel schloss das Glas luftdicht ab, im Deckel waren sechs dünne Glasröhrchen angebracht, die bis kurz über den Grund des Glases reichten. Oberhalb des Deckels steckten auf den Glasröhrchen sechs Plastikschläuche mit ca. einem Zentimeter Durchmesser. Jeder der Kampftrinker griff sich einen Schlauch, beugte sich leicht nach vor und auf das Kommando „Achtung – 3 – 2 – 1 – angesaugt!" schluckte jeder, so viel und so schnell er nur konnte. Wir rauften um Sekunden. Alles über zwölf Sekunden kam einer Blamage gleich, bei sechs bis acht Sekunden lagen unsere Spitzenwerte.

Das morgendliche Aufstehen plagte mich, jedoch an den pelzigen Geschmack in meinem Mund gewöhnte ich mich. Mundwasser half, die Alkoholfahne vertrieb ich morgens wie tagsüber mit scharfen Drops oder Zuckerln. Ich achtete darauf, dass sich Kaugummi und Atembonbons immer in meinen Taschen fanden. Des Rauchens wegen, sagte ich.

Aus den neuen Gesichtern von gestern formierte sich die Zahl meines ständig ansteigenden Bekannten- und Freundeskreises des heutigen Tages und jener danach. Nicht wenige meiner Freunde verbrachten die Woche im Internat, studierten an der Uni. An den Wochenenden warfen wir uns hungrig in die Stunden des Tages und noch hungriger in die der Nächte. Wir organisierten Partys, besuchten Schlossfeste, Sommerfeste, Kirtage, Tanzveranstaltungen, 5-Uhr-Tees, manche Mostkost in der Umgebung. Wir diskutierten mit Gleichaltrigen und dem Pfarrer bei der Katholischen Jugend, rekrutierten von dort die Mädchen zu unseren Partys.

Mitunter führte ich Mädchen aus, besuchte mit ihnen oder alleine die Pflichttermine unserer örtlichen Ballsaison. Ich wirbelte die Mütter meiner Favoritinnen im Kreis, tanzte Links- und Rechtswalzer mit ihnen, Rock, Blues und Slow mit meinen Angebeteten. Meine Größe und mein Bewegungstalent prädestinierten mich zum Tänzer. Im dunklen Abendanzug mit bunter Fliege durchtanzte ich gekonnt und elegant den Saal und die Ballnacht. In der Schnapsbar trank ich mit den Vätern, dafür schmunzelten sie oder sahen weg, wenn ich ihre Töchter in die finstren Ecken der Sektbar drängte. Das Licht der Kerze warf flackernde Schatten in unsere Gesichter, verhüllte mehr, als es Licht spendete. Wir sahen mit den Händen, streichelten und erforschten, die Münder ineinander verhakt. In der Kühle der Nacht dauerte der Heimweg endlos, leidenschaftliche Küsse und Umarmungen in den Hauseingängen verhinderten das Erfrieren. Die Karnevalszeit war eine kalte Zeit, das Heimbringen Ehrensache. Ich lernte die verschiedensten Düfte zu unterscheiden, von Chanel No. 5 bis Opium und die grundlegenden Spielregeln der Kommunikation, wie zuhören, auf die Körpersignale achten und den bewussten Einsatz von Komplimenten.

Ich durcheilte die Gedankengänge der Mädchen, nistete mich in fremden Herzen ein, brach sie vereinzelt. Ich tat das, was mir gefiel, und das, wofür mich meine Freunde bewunderten. Selten hörte ich auf meine innere Stimme, flatterte von Nest zu Nest. Rastlos suchte ich die Bekanntschaft von neuen Menschen und Gesichtern. Fast tagtäglich änderte sich die Person, zu der ich mich hingezogen fühlte. Ich sah unzählige Tränen fließen, manchmal küsste ich sie voll Reue weg, immer dann, wenn ich in die spiegelnde Tiefe von traurigen Augen und liebender Wehmut gesehen hatte.

In den rauschenden Ballnächten erschnupperte meine Nase nicht ausschließlich edle Düfte, sondern ich roch zum ersten Male den Kloakengeruch, der als verlogene Hülle über unserer Kleinstadt schwebte. Ich sah nicht nur, wie verheiratete Familienväter fremde Ehefrauen heimlich abknutschten und unheimlich befummelten, mir war mehr als ein Blick hinter die Fassade gestattet. Wer mit wem, wessen Ehe war Staffage, welche Frau küsste gerne Frauen, die Verhältnisse rotierten ins Unendliche. Das Geheimnis meiner ehemaligen Volksschullehrerin, die ihren Mann mit Hörnern versorgte, wurde auch zu meinem. Eine attraktive Frau, welche bestimmte berufliche Prägungen in ihr Privatleben übertrug, die sie zur Stimme der Kleinstadt und zu einem Alphaweibchen machten. Ihre familiäre Dominanz war über die Gartenzaungrenzen bekannt, der Einfluss ihres Gatten, ein maßgebliches Rad im politischen und wirtschaftlichen Kleinstadtgetriebe, erstreckte sich zwar weit über den Bezirk hinaus, begann aber außerhalb seines Gartentores.

An Biertischen hatte ich schon mal vernommen, was man dieser Frau unterstellte, hatte mich nicht durchringen können alles für bare Münze zu nehmen, vieles als übertriebenes Geschwätz von ausgelassen zechenden Männern abgetan. Doch dort wo Sumpf, gedeiht der Unrat.

Allzeit bereit, dachte ich.

Im schummrigen Licht der Kellerbar stand sie an ihren Kavalier gelehnt, rieb mit dem Rücken zu ihm ihr Hinterteil an seinem Unterleib. Mit ihrem Blick maß sie die wenigen zu dieser fortgeschrittenen Stunde noch Anwesenden. Ballkleider verflochten sich mit Abendanzügen, jedes Paar versank im eigenen Schatten, leise Musik übertönte das Kichern, Flüstern und Schmatzen, niemand nahm Anteil an dem, was die Nachbarn taten. Sie griff hinter sich, öffnete den Hosenschlitz des Galans, schlüpfte mit ihren Fingern durch das Tor. Sie beließ die Hand an dieser Stelle. Er hatte sich mittlerweile an einen Barhocker gelehnt und schaute zur Decke. Sicher dachte er in diesem Augenblick nicht an seine florierende Zahnpraxis, noch weniger an seine Gattin, zu der alle Welt Frau Doktor zu sagen hatte. Von meinem Sitzplatz im hintersten Winkel aus verfolgte ich die Bewegungen der beiden, abgelenkt nur durch das Mädchen neben mir. Gegen die frivolen Spielchen der beiden blieb die wilde Schmuserei von uns Kinderkram. Die Welt der Erwachsenen war immer für eine Überraschung gut.

Ich verschwendete nicht die geringsten Energien auf mein berufliches Fortkommen, schämte mich zeitweilig meiner Tätigkeit. Meine Freunde studierten oder erlernten zumindest einen Job, den sie sich ausgewählt hatten. Ich sah in meiner Beschäftigung nur den Umstand, der mir allmonatlich Geld einbrachte. Neuerdings verfügte ich sogar über ein Bankkonto, und damit auch über finanziellen Spielraum und über mehr Geld als die Freunde.

„Leihst du mir bitte …"

Ich verlieh. Gerne half ich aus. Mit einem bezahlten Getränk, mit Zigaretten, mit etwas Geld.

Ich träumte keine Träume, verzichtete auf berufliche Ziele, ging den Gang, den alles gehen sollte. Das kleine Rädchen des großen Uhrwerks drehte sich nur der Unterhaltung wegen mit den anderen im Kreis. Ich unterließ das Querulieren nicht aus Anstand, sondern meiner Freuden wegen, der Feste, der Feiern halber.

Die anderen lernten unter der Woche für ihre Prüfungen, Abschlüsse, opferten ihrer Zukunft auch vereinzelt einen Freitag- oder Samstagabend. Egal was sich anbot, im Zentrum jeden Trubels tauchte ich auf. Jeden Tag, jede Woche, jeden Abend, immer. Lachen, Kartenspielen, tanzen, Kino, Partys, Diskothek, Schachspielen im Kaffeehaus, gemeinsame Abende im Jugendclub, Mopedausflüge, Feuerwehreinsätze, Geburtstagsfeiern, Fußballplatz. Die Einwände meines Vaters überhörte ich, handelte nach meinem Gutdünken, erwachsen. Seine Wutausbrüche und Schreie änderten nichts an meinem Verhalten, bewiesen mir nur, dass er der Alte geblieben war. Bevor der Topf am Überlaufen war, befreite ich ihn von seinem Druck. Ich hob den Deckel, gab nach, stimmte zu. Ich spielte das Spiel auf meine Art. Rücksichtslos spielte ich die Spiele, war nicht bereit zu verlieren, nicht mehr. Stunden und Tage danach verfuhr ich wie eh und je, heuchelte aufs Neue, lebte in meiner Welt für meine Welt.

Er konnte seine Drohungen gar nicht wahr machen, mich aussperren, mich hinauswerfen, alles leeres Gerede. *Was würden die Leute sagen?* Die von ihm aufgestellten Spielregeln und Glaubenssätze vermiesten ihm nun das Spiel. Ihn schmerzte, dass ich ihn mit seinen Waffen schlug. Gemeinsame Gespräche unterband der Fernsehapparat und ermöglichte mir, mich in die Bilder zu flüchten, ihm nicht in die Augen sehen zu müssen. Die Angst, etwas vom Leben zu versäumen, trieb mich ständig außer Haus, in die

Arme der Unterhaltung und des Alkohols. An den Wirtshaustischen trafen wir aufeinander, spielten die heile Welt des Vaters und des Sohnes inmitten der Kleinstadtwelt.

Dadurch, dass die Kleinstadtwelt in allen Belangen allgegenwärtig war, entzog sie mir und meinen Freunden den für unsere Entwicklung notwendigen Freiraum, die Möglichkeit, sich nicht immer der Beobachtung und damit der Bevormundung aussetzen zu müssen. Wir litten darunter. Ich erkannte in den Strukturen die Grundzüge des Internats wieder. Die allgegenwärtige Autorität sorgte für die Regeln und deren Einhaltung, erzog die Jugend nach den Dogmen ihrer eigenen Erziehung, nicht dazu bereit, nur einen Millimeter davon abzuweichen. Die Verschiedenheit geistiger oder politischer Grundhaltung drückte sich nicht aus in verschiedener Sinnesart, sie ähnelten alle einander, ob Lehrer, Feuerwehrkommandant, Gendarmerie- oder Eisenbahnbeamter. Selbst der Priester, der die Katholische Jugend betreute, sah niemals über den Rand seiner Hornbrille hinaus. Kurzsichtig ging er den Weg, den alle gingen, vermied die Felsbrocken und Brennnesseln des Wegrandes.

Meine Freunde und ich befreiten uns von dem Druck auf dieselbe Art und Weise, wie einst im Internat, vor einer halben Ewigkeit an Jahren. Wir lebten unsere Aggressionen aus. Jung – Frech – Leidenschaftlich – Kämpfen und Siegen, J F L K S, die Initialen des Quintetts. Jochen, Fritz, Ludwig, Karl, Stefan oder Johnny, Fritz, Lucky, Karli, Stefano.

Unsere Väter grüßten einander herzlich auf der Straße, zogen vor den Frauen den Hut, manche duzten sich. Die Kleinstadt hatte seit jeher nur wenige neu aufgenommen, deshalb kannte sich die Generation vor uns aus ihrer Jugend, ihrer Schulzeit. Auch wenn, wie sie nicht müde wurden uns daran zu erinnern, damals die Zeiten ganz anders, schwerer gewesen waren. Die letzten Jahre ihrer Jugend fielen mit den letzten Kriegsjahren zusammen, beendeten abrupt die Jugend.

Auf dem Hang hinter dem Kirchenwirt waren wir bereits als Kinder gemeinsam Ski gefahren und den Hohlweg, der auf die der Stadt abgewandte Seite führte, verbotenerweise mit unseren

Schlitten hinuntergedüst. Den angrenzenden Wald hatten wir als unser Territorium betrachtet, Sommer wie Winters dort auf den Pfaden unsere Erfahrungen in der Kunst der Indianertechniken, dem Anpirschen, dem Fallenstellen, dem Lagerbauen durchmacht, Kämpfe mit verfeindeten Banden ausgefochten. Unzählige Narben und blutverschmierte Schrammen verdankten wir unseren Kriegsspielen, die Zahl der Strafen und Ohrfeigen unserer Eltern lag vermutlich noch über der Anzahl der Verletzungen.

Im Kindergarten hatten wir gemeinsam gesungen und um die matt schimmernden dunkelblauen Bauklötze und den *Laudi* gestritten, die begehrtesten Objekte aus der Spielzeugschatzkiste der geistlichen Kindergartenschwestern. Das viereckige braune Holzding, circa drei Zentimeter dick, fünf Zentimeter breit und einen Dezimeter lang, hatten wir als *Laudi* bezeichnet, weil es auf einer Seite ausgehöhlt war und in unserer Fantasie einem Lautsprecher gleichkam, den man zum Mund halten konnte und der nach unserem damaligen Empfinden die Stimmen verstärkte. Die schimmernden Bauklötze hießen Seifen; Einzelstücke, um die sich bei der morgendlichen Öffnung der Truhe alles balgte. Ein Tag mit einer dieser Kostbarkeiten war automatisch ein guter Tag.

Umstände, die in der jeweiligen Familie beheimatet waren, sowie der Besuch von abweichenden Schultypen hatten unser Quintett auseinandergerissen, die Gemeinsamkeit des *schwierigen Schülers* hatte uns in Internate und damit in verschiedene Richtungen des Lebens außerhalb unserer Geburtsstadt verfrachtet.

Nun spielten wir erneut zusammen. Das Spiel der Aggression, indem wir unsere Ängste in Wut verwandelten und über diejenigen ausbreiteten, die gar nichts dafür konnten. Wir spielten Zerstörung, ohne an die Gefahr zu denken, dass unser Spiel auch uns zerstören konnte.

Oft dachte ich darüber nach, warum und wieso alles so gekommen war, warum uns zeitweilig die Grenzen verschwammen, warum auch wir keinen Millimeter nachgaben. Worin lag die Ursache unserer Aggressivität? Hatten uns die Internate geformt, mit ihrem System, das unsere Unterdrückung zur Folge hatte?

Wie war das entstanden, das uns nun zu dem machte, was wir waren: gefährlich und unberechenbar, nur darauf wartend, endlich zuzubeißen.

Lag die Schuld wirklich nur bei der älteren Generation, die ja letztendlich die erziehende Generation war, weil diese mit dem neuen Zeitalter wenig beginnen konnte, mit ihrem Denken noch an die Regeln der Nachkriegszeit gefesselt war. Warum versuchten sie seit Jahren uns *unsere Musik* auszureden?

„Lasst euch die Haare schneiden!"

„Zieh etwas Ordentliches an."

„Wir haben das auch nicht gehabt …"

Wir schlugen los, begeistert von unserer Sache, giftig wie Kobras und bissig wie hungrige Wölfe.

Die Nacht trug das Knattern der Motoren durch die Häusergassen. Der Fahrtwind zauste an unseren Haaren, kühlte unser Temperament. Verwegen saßen wir auf den Mopeds, lagen in Rennpose auf dem Tank, überboten und forderten uns gegenseitig heraus.

Born to be wild …

Wir rasten durch die Dörfer der Umgebung, ungezügelt und wild. Wir stoppten vor großen Bauernhöfen oder anderen Gebäuden, die uns ins Auge stachen. In unseren Augen schwamm die Lust an der Zerstörung, die Scheiben klirrten, Stein um Stein zerschoss Scheibe um Scheibe. Mit unseren Gefährten zerpflügten wir die Gartenbeete, kippten Mülltonnen um, leerten den Inhalt auf die Straße. An Straßenbaustellen demolierten wir, was es zu demolieren gab. Die rot-weißen Absperrhölzer verschleppten wir in andere Straßen, rissen manche Barrikaden um und verbogen die Hinweisschilder. Von Mal zu Mal wurden unsere Handlungen dreister und unberechenbarer. Wir kippten die an Brücken angebrachten Blumenkisten ins Wasser, schrien und heulten den Schlachtruf „Granada", der für Verwüstung und unsere Aggression stand. Wir hängten in einer Wohnsiedlung die Gartentore aus, zerschlugen mit Holzprügel das Glas der Fenster und Eingangstüren. Einmal befestigten wir an der Gartentür ein dünnes Stahlseil, dessen Verbindung mit einem parkenden Auto das Öffnen nach innen verhindern sollte. Probierte der Hausbesitzer mit Gewalt, so riss er die Stoßstange seines Autos aus. In der Regel suchten wir uns unbekannte Personen für unsere Schikanen aus, aber auch gezielte Aktionen passierten. Unzählige Menschen lebten in unserem Einzugsgebiet, denen wir die Pest an den Hals wünschten, sie mit Lustgefühl zusammengeschlagen hätten, uns nun so für das eine oder andere Unrecht revanchierten. Immer dann, wenn eine solche Aktion anstand, gingen wir besonders sorgfältig zu Werk.

Das absolute Highlight bildete für uns eine Spritzfahrt mit dem Auto. Sporadisch gelangte einer von uns an die Autoschlüssel des Vaters, benutzte den mitternächtlichen Tiefschlaf für unsere Zwecke. Die anderen konnten besser mit dem Auto umgehen als ich, dies ersparte mir meistens das Nerven zermürbende Herumkramen in der abgelegten Kleidung meines Vaters, die Suche nach dem Autoschlüssel, das leise Herausfahren aus der Garage und dann, wenn das ganze Abenteuer vorbei und ich bereits den siebzehnten Tod gestorben war, alles retour. Fein säuberlich die Spuren verwischt, immer noch die Angst im Gesicht und im Magen.

Fritz durfte sich in Sachen Auto als Spezialist bezeichnen; geschickt gelangte er an den Schlüssel und ebenso geschickt steuerte er das Auto seiner Eltern durch die haarigsten Kurven, driftete auf nassem Boden gleich einem Profi.

Die Samstagnächte gehörten uns, sie garantierten unser aller Anwesenheit. Fritz saß hinter dem Lenkrad, der Wagen rollte ohne Motor aus. Wir behandschuhten unsere Hände, ergriffen das vorbereitete Handwerkszeug. Der trockene Asphalt schluckte die Schritte unserer Turnschuhe, die geflüsterte Verständigung ging als leises Zischen unter. Das Auto von Karls ehemaligem Lehrer stand in der Einfahrt seines Reihenhauses. Mit Schleifpapier rauten wir den Lack auf, bestrichen die helle Farbtönung des Fahrzeuges mit knalliger Farbe. Mit großen Pinseln bearbeiteten wir das Auto, strichen über Lack und Scheiben. Jochen schraubte die Nummerntafeln ab, vertauschte diese mit denjenigen eines dreißig Meter entfernt abgestellten Autos. Unangemeldet und leise waren wir aufgetaucht, lautstark verabschiedeten wir uns. Karl drückte die Klingel neben dem Gartentor, Jochen und Lucky schmissen eigroße Steine auf die Fensterscheiben. Das Klirren des Glases ging unter in dem lauten Knall, den das Zerplatzen der Eingangstüre verursachte; beidhändig hatte ich ausgeholt und die Eisenkette mit Wucht auf das vermeintliche Panzerglas sausen lassen. Der immense Knall erschreckte selbst uns. Die Scheibe war nicht in hunderttausend Einzelteile zerborsten, sondern meine Kette hatte nur eine Schneise in das Glas geschlagen. Dieses *„Nur“* bewies die gigantische Dicke des eingesetzten Glases. In meinen Ohren summte die Detonation nach, ich drehte abrupt den Kopf, der Oberkörper folgte. Durch die abrupte Drehung wickelte sich die Kette um meinen rechten Fuß, schlug mit einem Ende unsanft auf mein Schienbein. Ich befreite meinen Fuß, lief mit voller Kraft zum Auto. Fritz wartete mit laufendem Motor.

„Schnell, schmeiß dich hinten rein“, sagte er.

Die anderen stürmten nach. Die Geräusche, die sie von sich gaben, klangen nach Lachen, doch die angespannten Gesichter sprachen eine andere Sprache. Dunkelheit und Aggression entzogen den Gesichtern das Sympathische, drückten ihnen den Stempel der Fratze auf.

„Den Christbaum vom Garten habe ich ausgerissen und durch das zerbrochene Fenster geworfen.“

„Im Ernst?“

„Logisch“, Lucky lachte ein unechtes Lachen, erzählte stolz die letzten Momente seiner, unserer Tat.

„Hast du gesehen, ich hab mindestens vier Fenster getroffen.“

„Das ist gar nichts, ich habe ihm noch das Seitenfenster des Autos eingeschlagen.“

„Was hast du? Das Seitenfenster eingeschlagen?“

„Schön blöd, jetzt fährt er in die Werkstatt.“

Glaubst du, der wäre sonst nicht in die Werkstatt gefahren?“

Manchmal redeten wir durcheinander, redeten dagegen, alle gleichzeitig. Das heftige Atmen stoppte den Redefluss, aufgewühlt sprudelten die Gedanken aus dem Mund.

„Das war schon etwas gar brutal heute. Dieser Lärm.“

„Hoffentlich hat niemand die Autonummer gesehen."

„Wie sollte. Erstens hat niemand herausgeschaut und zweitens bist du ohne Licht losgefahren." Karl zerstreute Fritz' Ängste. Er benutzte Schleichwege für unsere Rückfahrt, stellte kurz vor drei Uhr morgens den Wagen in die elterliche Garage. Ein deutliches Aufatmen löste unsere verkrampften Gesichter.

Müde und aufgewühlt lag ich im Bett, gefangen von meinen Gedanken und Ängsten. Die Ängste bescherten mir wirre Träume, in denen ich abstürzte oder in die Tiefe fiel. Häufig sprang ich im Traum über ein Hindernis und fiel aus heiterem Himmel in eine grenzenlose Tiefe. Ich fiel und fiel. Urplötzlich entzog man mir den Boden und ich trudelte nach unten. Das Fallen nahm oft länger in Anspruch als das vorher Geschehene, das stets harmlos begann. Ich lief einen Hang hinab, sprang über einen Felsen und hinter diesem Felsen gab es nur eine grenzenlose Leere.

Ich sprach so gut wie nie mit den anderen darüber, dass mich die Ängste des *Entdecktwerdens* oft tagelang, wochenlang verfolgten, quälten. An den Wochenenden fühlte ich mich von der Kraft, die von unserem Quintett ausging, behütet, doch diese wich mit den Montagen. Sie flüchteten mit dem Wochenende aus der Kleinstadt in die Fremde, in die Schulen, die Internate. Ich flüchtete mich jedes Mal aus der Woche in das Wochenende, ertränkte meine Ängste im Glas mit neuen Freunden. Dadurch, dass Fritz, Jochen, Karl und Lucky die Wochentage, die Ferien ausgenommen, selten zu Hause verbrachten, zersprang mein Freundeskreis in zwei Teile. In einen für die Woche und einen fürs Wochenende. Ich hätte viel gegeben, die beiden Teile zu einem Ganzen zu verbinden, der Versuch schlug fehl. Die einen stellten sich über die anderen, benutzten aus Unsicherheit ihr Vokabular, demütigten damit. Der Ärger der anderen Gruppe war berechtigt, ihre Befürchtungen waren wieder einmal eingetroffen. Sie meuterten oder frotzelten über der anderen Arroganz, übernahmen die aus Urzeiten stammenden Vorurteile der Herkunft und Schulbildung.

„Die glauben, die sind was Besseres, nur weil sie ins Gymnasium gehen."

„Der gibt doch nur so an, weil seine Alten ein Spielzeuggeschäft haben."

„Da kann er wenigstens mit den Teddybären herumknutschen, denn wie der blöd ist, bekommt er nie eine Freundin."

„Sag das nicht Flori, gleich und gleich …"

„Ja, wenn der Papi das Sitzenbleiben zahlt."

„Ja, mit Geld kannst du dir alles richten."

„Wer ewig lange in die Schule geht, ist zu blöd für das Leben."

Mit solchen oder ähnlichen Phrasen machten sie ihrer Enttäuschung Luft und kupferten ihre Väter oder älteren Arbeitskollegen ab. Ein anderer, ein Vorurteil, sprach aus ihrem Mund. Doch diejenigen, die es als Vorurteil entlarven hätten können, die hatten es verabsäumt.

Irgendwie schaffte ich es, mich nicht zwischen die Stühle zu setzen. Alle sahen es gelassen, wenn ich meine Zeit mit Leuten verbrachte, die sie nicht verstanden, nicht akzeptieren wollten. Keine Gruppe bedrängte mich, im Gegenteil, jede hielt einen Stuhl für mich frei. Mich schmerzte, wenn eine Gruppe über die andere herzog, weil ich mich beiden zugehörig fühlte, sie alle mochte.

Es blieb dabei.

Die Wochenenden schweißten das Quintett so zusammen, wie es die Tage im Internat mit meinen Zimmerkollegen vermocht hatten. Das Reservoir unserer gemeinsamen Erlebnisse stieg an, und damit auch die gemeinsamen Geheimnisse. Bestandene Abenteuer zogen sich wie ein roter Faden quer durch unser Denken, verbanden die zusammen erlebten Freuden mit den erlittenen Schmerzen. In manchen Dörfern des nahen Innviertels, in Kneipen oder auf Tanzveranstaltungen waren wir zu weit gegangen, hatten unser Mundwerk zu lose geführt, zu vorlaut agiert, waren anderen zu nahe gekommen. Nicht immer standen wir auf der Seite der Sieger, ernteten das, was uns viele heimlich wünschten, riesige Dresche. Nach den ersten verlorenen Kämpfen „Mann gegen Mann" hatte ich mein Boxtraining wieder aufgenommen und mich zusätzlich für Karate angemeldet. Die Schlag- und Stoßtechniken, insbesondere die mit den Füßen durchgeführten, vervollständigten meine Art des Kämpfens. Mit dem richtigen Maß an Technik und der erworbenen Härte und Brutalität, die Kämpfen in Bier geschwängerter Zeltfestatmosphäre entsprang, besiegte mich mitunter nur der Alkohol. Nüchtern besaß ich das Auge und die Schnelligkeit, mich mit mehreren Gegnern zu messen.

Das Recht des Stärkeren galt. Das Wirtshaus applaudierte über eine gewonnene Partie Armdrücken, verspottete die Verlierer, blieb denen, die sich mutig in die Flucht stürzten, die Anerkennung schuldig.

Wir spielten Katz und Maus. Luckys kleine Statur umkreiste die Opfer, sein spottendes Mundwerk zog die Stänkerer an und über sie her. Der Schutzengel beschützte die Maus.

Lucky spielte dieses Spiel auch dann, wenn mir nicht danach war. Es passierte, dass er sich mit zu vielen anlegte, ihn kümmerte es wenig, seiner Natur nach löffelten ihm andere die Suppe aus. Einer für alle, alle für einen, der Spruch reduzierte sich auf einer für alle.

Das rosa Papier, welches jahrelang unser Denken beherrscht hatte, besaßen wir mit einem Schlag, mit einer Prüfung. Die Prüfer sprachen uns die Fahrerlaubnis zu, der letzte Schritt in Richtung Erwachsenenwelt war getan.

Ich las nicht, was auf den Formularen gedruckt stand, zählte insgesamt sieben Unterschriften. Der Bankbeamte hinter dem tresenähnlichen Schalter lächelte freundlich, reichte mir eine Mappe für meine Durchschläge. Ich durfte mich ab diesem Moment zu den Autobesitzern zählen. Die Autoerhaltungskosten und die Raten beschnitten meinen Lebensstandard.

Frühmorgens griff ich nach dem ersten Paket Spielkarten, mischte sie durch, mischte abwechselnd richtig und falsch. Ich hielt den Kartenstapel in der linken Hand, hob mit der rechten Hand etwa die Hälfte des Stoßes von unten her ab, warf ihn auf den in der linken Hand verbliebenen Reststapel. Die Rechte fasste diesen Reststapel und warf ihn nach dem gleichen Verfahren nach vorn. Diesen Vorgang wiederholte ich mehrfach. Entscheidend waren dabei die höchste Sicherheit im Ergreifen der Kartenstöße und größtmögliche Geschwindigkeit. Außerdem war wichtig, dass die Karten immer wieder in der richtigen Reihenfolge lagen, der Mischvorgang ja nur vorgetäuscht wurde, in Wirklichkeit gar nicht stattfand. Ich legte Kartenbrücken und übte Kartensprudel. Die rechte Hand bog den Kartenstapel der Länge nach gleichmäßig ein, die unter Biegespannung stehenden Karten flogen in die linke Hand, hätten sie sollen, flogen quer durch den Raum zu Boden. Ich sprudelte, mischte, trainierte meine Merkfähigkeit, versuchte mir bereits beim Zusammenschieben der Karten die Kombinationen einzuprägen. Im Internat hatte sich niemand an meine Kartenkünste gewagt, zu viel Taschengeld war mir zugeflossen. Die Karten drehten sich um meine Finger, betteten sich in meine hohlen Hände ein, um Sekunden später hervorzuschnellen. Karo, Herz, Treff, Pik, altdeutsche Karten, Rommékarten. Asse und Könige tanzten in meinen Träumen, Damen ritten auf Bauern. Die Welt der Spielkarten manifestierte sich in meinem Gehirn. Trumpf sticht. Die Kartenfontäne bremste sich selbst aus, die Karten verschlissen. Vier bis fünf Pakete in der Woche. Die freien Minuten entfielen auf das Üben der Fingerfertigkeit mit Karten. Meine Umwelt belächelte diese Marotte, akzeptierte sie. Ein Spiel verkürzte die Wartezeit nach der Suppe auf die Hauptspeise. Schnapsen, Preference, Poker, genügend Zeit für eine Runde 17+4. Es war nie notwendig, andere zum Mitspielen aufzufordern, gar zu oft drängten sie sich auf, fieberten einem Spiel mit mir entgegen. Meine Hände steckten von früh bis spät in den Spielkarten, die ich nach dem Aufstehen wie Handschuhe anzog und erst zum Schlafengehen abstreifte. Schafkopf, Canasta, Skat, Tarock.

Das Repertoire verdankte ich Opa. Dieser biedere Mann hatte zeit seines Lebens gerne gemischt und gezockt. Weniger an den Biertischen; mit Oma, mit seinen Kindern, mit Nachbarn, mit Freunden, mit denen, die daherkamen, sogar mit dem Briefträger hatte er auf die Schnelle ein Bummerl ausgeschnapst. Bei Oma und Opa waren die Spielkarten immer in greifbarer Nähe gelegen, so wie der Kapselöffner für die Kronenkorken der Bierflaschen. Gebrauchsgegenstände. Die einzige Vorbereitung auf das Kartenspiel bestand bei Oma im Aufsetzen ihrer Lesebrille. Bei schlechten Karten drückte sie den Zeigefinger gegen den Mittelteil der Brillenfassung, die normalerweise über der Nase schwebende, nicht auf ihr aufliegende Brücke. Den Gradmesser für ihren Druck bildeten die Karten; wenn die seitlich auf der Nase aufliegenden Seitenstege rote Kerben auf der Nasenwurzel zurückließen, war sie nahe am Verlieren. Ein Grund mehr, warum sich meine Großeltern immer darauf freuten, wenn ich als Kind die Schulferien bei ihnen verbringen durfte, Oma und Opa hatten einen ständigen Kartenpartner. Fiel einer von ihnen durch Arbeit, die tagtäglichen Verrichtungen aus, so frönte der andere in der Zwischenzeit mit dem Enkel seiner Lieblingsbeschäftigung. Und der Enkel? Dem gefiel's, er lernte gerne, vermutlich intuitiv, denn diesmal traf der Spruch *„Du lernst für das Leben"* voll ins Schwarze. Canasta, Kratzen, Herzen, Sambacanasta. Diese Spiele beherrschte ich bereits in einem Alter, in dem Gleichaltrige noch Probleme mit dem Quartettspiel hatten, die Karten laufend ihren Händchen entglitten.

Mitspieler mit vielseitigen Kartenkenntnissen waren gefragt, in vielen Gast- und Kaffeehäusern unserer Stadt wurde tagtäglich, allabendlich, in manchen ganztägig gespielt. Für den, der gehen musste, fand sich immer einer, der einsprang. Die Spielkarten besserten mein Eisenbahnsalär auf, überholten es mitunter. Die Erfahrung zeigte mir, Alkohol vertrug sich schlecht mit dem Spiel, Leichtsinn fraß das Geld. Ich trank langsamer, verdünnte mit Mineralwasser oder Orangensaft – auch mit Cola –, animierte dafür meine Mitspieler zu trinken. Gefinkelte Tricks von anderen übernahm ich, verbuchte die Verluste als Lehrgeld. Die Kurve bewegte sich auf und ab, summa summarum lebte ich nicht schlecht.

Das Vaterland rief nach mir. Die dreißig Schillinge Sold pro Tag reichten nicht einmal für den Sprit, immerhin fuhr ich an den Wochenenden von der Kaserne in Wien nach Hause und zurück, fünfhundert Kilometer, die Spritztouren zu Hause nicht eingerechnet. Die Spielkarten und die Unterstützung von Oma,

Onkel und Tanten verschafften mir acht wilde und angenehme Bundesheermonate, legten mir keinerlei Beschränkungen auf. Ich trank, soviel ich wollte und konnte, rauchte mit den täglichen drei Packungen Zigaretten die Finger gelb. Die Bundesheerzeit glitt unter mir davon, sie gefiel mir. Nicht dass ich sie freiwillig hätte verlängern wollen, aber das erste Mal in meinem Leben konnte ich tun und lassen, was ich wollte. Von Kasernenregeln und Soldatenpflichten abgesehen, war ich nur mir selbst verantwortlich. Die Welt der Uniformen und Dienstgrade setzte ich in den Sand, schob die Figuren nach Belieben hin und her, spielte mit ihnen. Wien bot mir den überdimensionalen Sandkasten, in dem ich meine Schlachten austrug, ganze Kompanien im Sand versinken ließ oder sie in Kirschrum ertränkte. Zwei Silbersterne grüßten drei Silbersterne, drei Sterne grüßten den silbernen Balken, alle zusammen rissen vor dem Goldstern die rechte Hand zum militärischen Gruß empor, erblassten vor dem Goldfasan. Ich hatte vor dem ganzen System strammzustehen, nur mit einem Unterschied: Es war nicht mein System. Das Prinzip der Ordnung behagte mir deswegen, weil es die Spielwiese meines Sandkastens vergrößerte. Mit meinem freundlichsten Lächeln grüßte ich den Silber- wie den Goldstern, sie salutierten mir, meine Hand blieb unten, steckte in der schwarzen Schlinge. Wer es verstand, der benützte den Kasernenhof als Bühne, Sprungbrett für das groteske Theater des Lebens.

An den Wochenenden zu Hause befreite ich mich von dem aufgestauten Druck, öffnete das Ventil. Ich tobte meinen Körper auf den quietschenden Liegesitzen meines Autos aus, zündete mit meinen Freunden das Feuerwerk über der Stadt.

J-F-L-K – Jochen, Fritz, Lucky und Karl. Das fortschreitende Studium hatte sie in ihrer Grundhaltung nicht verändert, andererseits doch. Sie kämpften, wie sie sagten, nach wie vor gegen die Allmacht der kleinbürgerlichen Intoleranz an. Die aggressiven Aktionen schufen keine bessere und angenehmere Welt, sie demonstrierten das Unverständnis am Gesellschaftsgefüge. Als Studenten gestanden sie sich nicht mehr zu, dass sie diese Aktionen einfach nur aus Jux oder Freude an der Aggression machten, sie gaben dem Ganzen einen gesellschaftspolitischen Anstrich, wehrten sich vehement gegen den Begriff *Streiche*.

Und trotzdem hielten wir uns den Bauch vor Lachen, als wir vom Fenster aus zusahen, wie der Gendarm die vorher von uns befestigte Schnur mit Bierdosen mühevoll demontierte. Bei strömendem Regen. Übermütig hatten wir spätabends eine Bierdosenkette an der vorderen Stoßstange des Gendarmerieautos befestigt, sodass beim Wegfahren ein Höllenspektakel entstand. Um auch in den Genuss des Schauspiels zu kommen, hatte Jochen angerufen, sich als Pfarrer ausgegeben, der im Pfarrhof verdächtige Geräusche wahrgenommen hatte. Von Jochens Zimmerfenster sah man auf die abgestellten Gendarmerieautos, kriegte genau mit, wie die zwei Gendarmen in der Dunkelheit unters Auto blickten, die Stablampe zu Hilfe nahmen, schließlich im Rückwärtsgang das Auto zurückschoben, sodass die Bierdosen unter dem Auto zum Vorschein kamen. Der Draht über der Stoßstange ließ sich nur schwer entfernen, gestoppte acht Minuten, acht Minuten im Regen. Ein Regen, der in Minutenschnelle die Straße in eine glänzende Fläche verwandelt hatte, von der das Wasser nicht mehr abrann, sondern sich in kleinen Seen sammelte.

„Schade, er hat das Folgetonhorn nicht eingeschaltet, das hätte für den romantischen Anstrich gesorgt", sagte Karl lachend. Jochen alberte weiter: „Ich will aber dieses Tatüüütataaaa hören."

„Tatüütataaa, die Feuerwehr ist daaa." Ich stapfte durch das Zimmer, tat so, als bliese ich auf einer Trompete. „Tatüütataaa, die Feuerwehr ist daaa."

„Und wenn wir uns heute wirklich noch die ausfahrende Feuerwehr geben?" Lucky grinste.

„Wie meinst du das?"

„Feuerwehralarm natürlich!"

„Du meinst falschen Alarm geben?" Jochen beantwortete die Frage von Fritz.

„Natürlich, willst du Blödmann, nur damit wir die Feuerwehr sehen, ein Haus anzünden?"

Wir kreischten vor Vergnügen.

Das Bett empfing mich mit der Wärme der Daunen, ich kuschelte mich in deren Weiche ein. Um drei Uhr morgens brüllte die Sirene. Lucky hatte Ernst gemacht. Ich hatte daran gezweifelt, die Späße potenzierten sich. Ich verzichtete darauf, mit der Feuerwehr auszurücken, wickelte meinen Körper wieder in die Tuchent ein.

Die sonntäglichen Stammtischgespräche hatten nur das Thema Feuerwehr und Fehlalarm zum Inhalt. Irgendwer hatte in der Nacht den Feuerwehrkommandanten in dessen Wohnung angerufen, sich als Bauer der Umgebung ausgegeben und gesagt: *„Bei uns hat der Blitz in die Scheune eingeschlagen, es brennt, es brennt …“* Der Feuerwehrkommandant hatte sofort Alarm gegeben, auf einen Rückruf verzichtet, sich nichts dabei gedacht, dass gar kein Gewitter stattgefunden hatte. Zornige Feuerwehrgesichter redeten in den Wirtshäusern von nichts anderem, tranken sich mit Bier und Schnaps die Röte ins Gesicht und den Frust von der Seele.

„Bist du auch ausgerückt?“, fragte mich einer.

„Nein, bei so etwas verzichte ich dankend, war Gott sei Dank zu betrunken, hab gar nichts Richtiges gehört, von wegen Sirene und so … so eine Riesenschweinerei …“, fluchte und lachte ich.

„Tja, wenn du nichts gehört hast, dann hast du wohl einiges getankt, hättest womöglich das Feuerwehrzeughaus gar nicht gefunden, mit deinem Dusel.“

„Womöglich hat der Kommandant auch einiges getrunken gehabt“, feixte ich zurück. In der Gaststube des Kirchenwirtes debattierten die Männer darüber, ob der Schuldige gefasst würde. Der Rauchqualm zog nicht ab, die Schwaden hingen wie Gewitterwolken im Raum. Die Kellnerin und der Wirt kamen mit dem Bierzapfen nicht nach, zu rasch schütteten die Männer das Bier in ihre Kehlen. Dem Schwarzmaier Ferdinand stand der Schweiß auf der Stirn, so sehr redete er sich in Rage. Im Bademantel sei er über die Straße gelaufen, erzählte er, hatte gedacht, die paar Hundert Meter zum Feuerwehrdepot schaffte er ohne Schirm. „Duschnass bin ich worden, duschnass!“ Er schüttelte seinen massigen Schädel und hob den Bierstutzen zum Gesicht, als nähme er ein Fernrohr auf. Mit einem Riesenschwung noch dazu. Prompt schüttete er das Bier über seinen grünen Jagdrock, versuchte mit der Hand die Flüssigkeit abzustreifen, der Loden sog sich aber sogleich voll.

„Aber den Rotzlöffel, wenn ich erwische, den erschlag ich“, versprach er.

„Und wie willst du den erwischen?“, fragte ich ihn.

„Das weiß ich noch nicht, aber ich erwisch ihn.“

„Das glaub ich, der Ferdl hat noch jeden erwischt. Das ist wie beim Jagen. Auch wenn's eine Zeit dauert, bis der Ferdl endlich trifft, aber irgendwann erwischt er auch den Hirschen“, frotzelte ein anderer.

Sie lachten und schrien, tranken und tobten, grölten und soffen. Für Gesprächsstoff war gesorgt, ein Grund mehr, um zu trinken. Manche Hand griff neben das Glas, die Lache rann über den Tisch. Rot geäderte Augen stierten hinter der Kellnerin her, unterbrachen die Gedanken der Rachsucht.

Viele Tage sprachen sie noch davon, waren überzeugt, dass der Täter in die Falle ginge, denn: „Sicherlich probiert er's noch einmal!“

„Meinst du?“

„Ja, und dann haben's ihn mit der Fangschaltung. Jetzt hat auch der Kommandant eine.“

„Soo?“

Das Warten auf den erneuten Versuch fruchtete nicht, Ruhe kehrte ein. Irgendwann lachten sie darüber, lachten über sich selbst. Dies zeigte, dass viel Gras über die Sache gewachsen war, andere Themen die Unterhaltung bestimmten. Die Jahreszeiten drehten sich im Kreis, meine Wehrdienstzeit war längst abgelaufen. In meine Arbeit investierte ich so wenig wie möglich, eckte bei Vorgesetzten immer häufiger an. Vater begrüßte mich freudestrahlend in den Wirtshäusern, zu Hause zermürbten wir uns gegenseitig, führten unseren Kleinkrieg. Wie gehabt. Mit einundzwanzig Jahren zog ich aus, suchte mir eine eigene Wohnung. Tante Mitzi unterstützte mich. Vater wehrte sich auf seine Art. Er tat erleichtert, gab mir das Gefühl, bis dato in seinem Haus unerwünscht gewesen zu sein. Mitunter waren wir nahe daran, uns anzuspringen. Stattdessen schrien wir. Gleichzeitig, sodass keiner den anderen verstand. Danach tranken wir Cognac. Er schenkte die Schwenker halb voll ein, nippte an seinem Glas. Ich trank in großen Schlucken.

„Du säufst zu viel. Du landest als Alkoholiker." Er hatte mir das Glas eingeschenkt, der Vorwurf und die Belehrung folgten als Nachschlag. Ich tobte.

„Behalte dir deinen Scheißcognac. Sagst du das, weil du Angst hast, ich könnte dir zu viel wegtrinken? Behalte dir deinen Scheiß." Ich warf das Glas an die Wand, der Stuhl hinter mir kippte um.

„Ja, wenn dir jemand die Wahrheit sagt, dann explodierst du. Weil du die Wahrheit nicht erträgst. Es ist ja nicht die erste Alkoholvergiftung, die mein Herr Sohn erlebt. Er kennt sich ja aus damit."

„Du hast es notwendig, mir Belehrungen über den Alkohol zu geben, du, der du halbe Nächte im Wirtshaus verbringst."

„Ja, nur mit dem Unterschied, dass ich es aushalte und nicht besoffen in die Arbeit gehe, so wie du. Glaubst du, die auf der Eisenbahn sind so unbedarft und merken nicht, dass du fast jeden Tag mit einer Alkoholfahne kommst?"

„Ist mir scheißegal, ob die es merken, ich wollte ohnehin nie auf die Bahn."

„Aha, sind wieder die anderen schuld daran, dass du in der Schule durchgefallen bist. Mutti würde sich im Grab umdrehen."

„Lass gefälligst Mutti aus dem Spiel und hör endlich auf mit deinen Vorhaltungen, sonst …"

„Was sonst? Was soll dieses Drohen? Willst du losgehen auf mich? Glaubst du, ich, ich, Karl H. fürchte mich vor so einem Buben, nur weil er den Ruf hat, ein übler, brutaler Raufbold zu sein? Wage es nicht, ich zertrete dich."

„Das würde dir passen, dass du dann überall erzählen kannst, mein Sohn erhebt die Hand gegen mich. Und von wegen Raufbold. Was weißt du schon über mich und mein Leben?"

„Auf alle Fälle mehr als du denkst. Die Spatzen pfeifen ohnehin alles von den Dächern und ich kenne deine aggressive Handschrift, die von dir und die deiner sogenannten Freunde, die sogenannten Herrn Studenten. Alles Radaubrüder!"

„Was hast du gegen meine Freunde, wen meinst du überhaupt?"

Er senkte seine Stimme, maß mich spöttisch und ich spürte, wie etwas Bedrohliches von ihm ausging, mir die Luft abschnitt, Angst mich gefangen nahm. Angespannt zischte er: „Du weißt sehr gut, wen ich damit meine. Ich möchte nicht in unserem Bezirk die Vandalenakte der letzten Jahre überprüfen und mit euren Alibis vergleichen. Eure heimlichen Ausfahrten mit dem Moped, danach ohne Führerschein … immer dann, wenn ihr alle in der Stadt wart, ist etwas passiert, und …"

„Was und …" Die Hand in meinem Magen zerdrückte die Eingeweide, quetschte mein Innerstes aus. Hitze- und Kälteschauer krochen in kurzen Intervallen über meinen Rücken. Die Haut zog sich zusammen, kräuselte sich. Ich atmete schwer.

„Dann geh doch zur Polizei, geh doch, wenn du glaubst, ich habe etwas damit zu tun", schrie ich und funkelte ihn hasserfüllt an.

„Sag das nicht, nachher bereust du es womöglich." Leise und langsam sprach er, als ließe er sich die Wörter vor Genuss auf der Zunge zergehen. Seine Vorwürfe saßen, die Schläge trafen mich mit voller Wucht. Ich verzichtete auf einen dementsprechenden Abgang, wollte nur weg, raus. Ich verstand ihn nicht. Was bezweckte er damit. Wusste er wirklich und wie viel? Verdammt, dachte ich, hatte ich ihn unterschätzt? Ich fuhr mit dem Auto durch die Nacht, stoppte an den weithin sichtbaren Leuchtschriften, die Unterhaltung signalisierten. Ich trank da und dort, trank mich durch die Nacht.

Ich steckte meine Energie in die Gestaltung der neuen Wohnung. Vorstellungen die Einrichtung betreffend besaß ich so gut wie nicht, hatte mich nach der Decke zu strecken. In finanzieller Sicht. Tante half mir beim Aussuchen, sie bewies in diesen Dingen nicht nur guten Geschmack, sondern auch Einfühlungsvermögen. Sie unterschied sehr wohl zwischen Möbeln für ihre Generation und

Einrichtungsgegenständen für mich. Manche Dinge hätte ich nie im Leben genommen, fand sie zu hypermodern, zu überdrüber, doch Tante bestärkte mich. Sie war eine famose Frau. Als ich sie am Abend einmal in Salzburg besucht hatte, lief gerade ihr Fernsehgerät. Sie übertrieb es nicht mit dem „Röhregucken", schaute sich allabendlich die Nachrichten an, Sendungen über die Natur und natürlich Opern, Operetten und alles, was mit Theater zu tun hatte. Diesen Dingen war sie als Salzburgerin verpflichtet, scherzte sie stets. Aber bedeutend mehr steckte hinter dieser Leidenschaft, konnte sie doch schwierige Rollentexte von Schauspielen auswendig aufsagen, seitenlange Gedichte aus dem Stegreif vortragen und die Arien der Mozartopern in italienischer Sprache mitträllern. Vielleicht war das Theater ihr Traum von einem erfüllten Berufsleben gewesen, den sie beiseiteschieben musste, weil sie ihre Eltern zu pflegen hatte. Jahrzehnte. Die Neugier nagte an mir, ich wagte dennoch nicht sie danach zu fragen, hatte Angst, einen wunden Punkt zu berühren. Und Tante zu verletzen war für mich ein Ding der Unmöglichkeit, lieber täte ich mir wer weiß was an. Sie hatte immer zu mir gehalten, wenn mich ihre Gardinenpredigten auch manchmal zerzausten. An diesem besagten Abend nahm ich neben ihr Platz und verfolgte mit ihr die letzten Minuten, wie sie sagte, der Krimifolge aus der Serie *Der Kommissar*. Sie mochte den Hauptdarsteller Erik Ode und die Art, mit der er die kniffligsten Fälle löste, immer ohne Gewalt. Die leise Hintergrundmusik schwoll an, der Auftakt zum Finale, vermutete ich. Auf einem Bett lag eine tote junge Frau, barbusig. Die Kamera schwenkte weiter. Tantes spitzer Schrei riss meinen Kopf in die Höhe und ich spannte unwillkürlich meine Schultermuskeln an.

„Hast du das gesehen?", meinte sie, wobei sie das Wort *„das"* ganz speziell betonte.

„Na, dieses nackte Mädchen auf dem Bett natürlich. So eine Zumutung."

Ich wunderte mich darüber, dass sie sich deshalb so aufregte, dachte, dass ich sie nicht so eingeschätzt hätte, sich über ein nackiges Mädchen so zu mokieren. Sie war halt doch eine alte Frau, dachte ich, auf ihrem Biedermeierstuhl sitzend.

„Derjenige, der dieses Mädchen ausgewählt hat, sollte sich schämen, ist dir das überhaupt aufgefallen?"

Jetzt übertreibst du aber, Tante, dachte ich. So viel Theater um eine unverhüllte Schauspielerin.

„Das Mädchen ist mir aufgefallen, Tante ..."

„Das Mädchen", sagte sie ungeduldig. „Die Brust, ob dir die Brust aufgefallen ist?" Ich musste sie wie ein Autobus angesehen haben, weil sie zu lachen begann.

„Das junge Mädchen hat eine Hängebrust. In diesem Alter! Warum die keinen Sport betreibt. Als Schauspielerin noch dazu, da soll sie gefälligst Gymnastikübungen machen. Was glaubt die, dass eine gute Figur von alleine kommt?" Wieder einmal staunte ich über Tante, immer für Überraschungen gut, und ich hatte sie als altmodisch eingestuft. Natürlich musste sie mir noch die Übungen vorführen, welche bei schlaffem Busen zu mehr Straffung führen würden, meinte schelmisch, ich könnte diese so manchen jungen Mädchen, die es notwendig hätten, vorführen.

„Schließlich kommt es auch dem Mann zugute, wenn die Brust der Frau wohlgeformt ist", sagte sie abschließend.

Ich sagte selten Tante Mitzi zu ihr, vermied den Namen meist auch dann, wenn ich über sie sprach, sagte einfach nur *Tante.* Sie sorgte dafür, dass meine Wohnung zur Einrichtung passende Vorhänge und Teppichböden bekam, organisierte mir Geschirr und Gläser. Auf die Frage, wer für meine Einrichtung verantwortlich zeichnete, antwortete ich später oft: „Mein Innenarchitekt." Ja, sagten die meisten darauf, selber könnte man so etwas nie im Leben so perfekt und harmonisch zusammenstellen. Bei einer blickmäßigen Wohnungsinventur erfasste ich, dass bis auf das französische Bett und den Schirmständer im Vorzimmer alles Tante ausgesucht hatte. Das Phänomenale daran war nicht nur, dass die von ihr ausgewählten Sachen toll aussahen, sondern, dass sie alle diese Sachen bezahlt hatte. Sie hatte auch den Grundstein zu meiner Bibliothek gelegt, mich dazu animiert, mir ständig neue Literaturgebiete zu erschließen. Als Zwölfjähriger hatte ich die Bücher sozusagen gefressen, mir die Abenteuer von Karl May einverleibt, die Kriminalromane rund um die 5 Freunde von Enid Blyton, hatte sicherlich zwanzigmal die deutschen Heldensagen gelesen, den Untergang der Nibelungen. Die zwei Freunde, Volker der Spielmann und Hagen von Tronje faszinierten mich besonders, der strahlende Held Dietrich von Bern strahlte mir zu intensiv, sein Lehrer Hildebrand, eben ein Lehrer. Später las ich alles, was ich in die Finger bekam, von Konsalik bis Harold Robbins, von Hesses Siddhartha bis zu den Underground-Geschichten vom Außenseiter Charles Bukowski. Mit Tante diskutierte ich über Wolfgang Borchert, sprach über Kafkas Prozess und die Bücher von Thomas Mann. Sie pflichtete mir in meinem Urteil über Handke und Plenzdorf zu, „Die Leiden des jungen W.", eines meiner Lieblingsbücher. Nur an H.C. Artmann schieden sich die Geister, für mich eine Kultfigur, sie lehnte ihn aufs Heftigste ab. Ihn mochte sie nicht, neckte mich öfters mit einem seiner banalsten Gedichte:

Ein Männlein steht am Schalter
so gar nicht stumm
und sagt zu dem Beamten:
Sei bloß nicht dumm,
gib die schönen Piepen her,
glaube mirs, die freun mir sehr,
und drückste auf die Klingel,
leg ich dir um.

„Ja, an diesem Werk kennt man den großen Dichter", spottete sie. Sie stand keineswegs der moderneren Literatur skeptisch oder gar besserwisserisch gegenüber, im Gegenteil, sie besaß Humor, konnte sie sich wahrlich vor Lachanfällen nicht mehr retten, wenn sie die geschliffenen Formulierungen des steirischen Heimatschriftstellers Reinhard P. Gruber, seinen „Hödlmoser" zitierte. Ich streifte mir die Haut der Hauptfiguren über, versenkte mich in den Geschichten, durchlebte so manches Buch. Ich fühlte mit Goldmund, sah in ihm das Denkmal, welches sich Hesse in dieser Figur gesetzt hatte. Ich stieg in die tiefsten Abgründe der menschlichen Seele hinab, weidete mich nicht nur an den beschriebenen Ängsten, ich fühlte sie. Die oft grausigen

Beschreibungen Edgar Allan Poes nahmen mich deshalb für ihn ein, weil ich die Tragik begriff, die hinter einem Menschen stand, der solche Geschichten schrieb. Poe, London, Bukowski, alle waren sie dem Alkohol verfallen. Simmel hatte oftmals seine frühere Alkoholsucht zugegeben, Artmann galt als exzentrischer Whiskytrinker und Wolfgang Bauer ebenfalls nicht als Kostverächter. Ich machte den Gedanken, dass Intelligenz und Kreativität in exzessiven Handlungen wurzelten, zu einer meiner Lieblingsthesen, die in der Frage gipfelte: Wie nahe lag das Genie beim Wahnsinn? Ich setzte mich mit Persönlichkeitspsychologie auseinander, las über Alfred Adlers Individualpsychologie, nahm den Namen Sigmund Freud so selbstverständlich in den Mund, wie andere über Heinz Konsalik sprachen. In vielem fühlte ich mich meiner Umwelt überlegen, handelte und sprach danach. Mit den lateinischen Vokabularen, die ich permanent in meine Sprache einbaute, schuf ich mir keine neuen Freunde, gefiel mir jedoch in meiner Rolle des intellektuellen und trinkenden Außenseiters, der im Staatsdienst versauerte.

Tante verstand es, mich für neue Wissensgebiete zu begeistern. So selbstverständlich, wie sie mir jedes Jahr Ferientage in Italien und zweimal sogar in England bezahlt hatte, so selbstverständlich motivierte sie mich für die Sprachkurse in der Volkshochschule, zu denen sie mich angemeldet hatte.

Caro hatte Spaß daran, die Wohnung in Schuss zu halten, sie sorgte für Ordnung. Freitags und samstags übernachtete sie bei mir, wochentags selten. Caro hatte mich in einer Disco blauäugig angestrahlt, eine Stunde später küssten wir uns. Caro besaß das Temperament von zwanzig Wildpferden. Quirlig sprang die kleine Grazie durchs Leben, am liebsten lachte und tanzte sie sich durch den Tag. Mit ihrer Leidenschaft erzeugte sie Fieber in mir, setzte ihre Heilkünste ein, trieb das Fieber permanent in die Höhe. Das Bärenfell auf dem Fußboden ließ Haare, die weißen Büschel kitzelten auf der Haut.

Caro fraß mich auf, nahm mich jeden Abend in Beschlag. Für sie war das Leben eine schnurgerade Autobahn, sie wusste immer, was sie wollte. Im Gegensatz zu mir. Zielstrebig verfolgte Caro ihre Pläne, dagegenhalten galt nicht. Ein Sprichwort besagte: *Wenn's dem Esel zu gut geht, dann geht er auf das Eis tanzen.* So sehr ich mich zu Caro hingezogen fühlte, irgendwie packte mich immer dann, wenn eine Beziehung schon einige Zeit andauerte, die Unrast. Ich suchte; weil ich aber nach etwas suchte, von dem ich so gut wie keine Vorstellung hatte, irrte ich nur ziellos herum. Meine Verirrungen führten mich in das Netz der Kneipen, Kaffeehäuser, Kartenspiele, Feten, endeten beim Alkohol. Ich verstrickte mich in diesem Netz, tat damit den Menschen, die mich liebten, sehr, sehr weh. Die Tränen von Caro rührten mich, änderten nichts an meiner Einstellung. Caro träumte von einem Leben mit mir, während ich auf der Suche nach dem Leben selbst war. Ein innerer Zwang trieb mich an, egal was ich besaß, was ich auch tat, ich wollte mehr, bekam nie genug. Beim Trinken wie in anderen Belangen fehlte mir das Maß, die Grenze. Wenn zehn Personen schrien, so schrie ich am lautesten, von zehn Personen, die sich betranken, mutierte ich mit Sicherheit zum Betrunkensten. So wie mir Kompromisse unbekannt waren, wich ich nicht ab von dem einmal eingeschlagenen Weg, ging diesen Weg der ständigen Extreme. Innerlich auf dem Sprung, hatte jemand gesagt. Ich hatte bestritten, füllte die Leere in mir mit Alkohol.

Das stete und nächtelange Saufen und Rauchen kostete mich meine physische Kondition. Das Ausmaß meiner Bewegungsaktivitäten hatte ich längst auf ein Minimum reduziert, bewegte mich wenig bis gar nicht. Meine Trainings hatte ich seit dem Bundesheer eingestellt, die sportlichen Aktivitäten versiegten im Laufe der Monate.

Die Jeans spannten sich um die Hüfte, der Bauch drehte den Hosenbund nach außen. Der Alkohol hatte mich aufgeblasen, die Appetitzügler sollten die Figur korrigieren. Ich spülte Bier hinterher, des pappigen Geschmackes wegen.

Ein um zwanzig Jahre älterer Kollege, mit dem ich häufig Zechtouren unternahm, sagte: „Wenn du abends mit mir trinkst, so gehst du auch einmal eine Bergtour mit.“ Ich hatte gelacht, seine Leidenschaft für die Berge nicht für bare Münze genommen. Was hatte ich in den Bergen zu suchen, dachte ich. Nach meiner Denkweise führte der Weg auf den Berg durch Zuhilfenahme der Seilbahn oder er war solchen Menschen vorbehalten, die in diesen Gegenden aufgewachsen waren, mit den Bergen von klein auf vertraut waren. Ich besaß nicht den Ehrgeiz, ein zweiter Luis Trenker sein zu wollen. Auf Knickerbocker und Hut wollte ich gerne verzichten, alleine die Gedanken an diese rot karierten Wanderhemden stießen mir sauer auf.

Einmal war keinmal.

Die Sonne und die Anstrengung öffneten die Schleusen, eine silbrige Schicht aus Schweiß überzog meine Haut. An den Füßen hingen bleierne Gewichte, der schwere Rucksack drückte. Die Sonne hatte unseren Aufstieg von hinten verfolgt, brannte sich ein in mein Genick. Ehrfurchtsvoll staunte ich vom Gipfel in das Tal, vergaß zu sprechen. In der Ferne reihte sich ein Zacken an den anderen, seitwärts schmiegte sich ein Bergrücken an den nächsten, dahinter warteten neue Felsspitzen, noch eindrucksvollere. Keuchend hatte ich mich nach oben gearbeitet, hatte deshalb meinen Lungen das Nikotin vorenthalten. Erst auf dem Gipfel, müde an das mannhohe Stahlgerippe des Kreuzes gelehnt, saugte ich den Rauch gierig ein. Diese Bergwelt rund um mich war etwas total Neues, eine völlig neue Perspektive tat sich mir auf. Die Häuser unten im Tal lagen wie Streichholzschachteln nebeneinander, der Lack der Autos glänzte in der Sonne. Die Bergstraße zerschnitt die grünen Almwiesen, teilte sie auf in verschieden große Parzellen.

In der Berghütte bekam ich zu essen und zu trinken. Die Muskeln meiner Waden heulten auf, über die Blasen klebte ich Pflaster. Das Bier schmeckte wie selten zuvor, verdunstete bereits, wenn ich nur danach griff. Dem Leiden folgten die Freuden, das Besäufnis blieb nicht aus.

Auf diese Art verbrachte ich nun viele Tage, viele Wochenenden. Ich litt ständig unter den Mühen des Aufstieges, durchlebte danach die Wonnen des Hüttenlebens. Der abendliche Hüttenzauber bot urige Überraschungen, derbe Späße, endete immer in einer Lache voll Alkohol. Manchmal fielen wir gleichzeitig mit der aufgehenden Sonne in die harten Matratzen des Lagers, schliefen den Rausch nur zur Hälfte aus. Berghütten, in denen der Wirt über die Hüttenruhe eisern wachte, mieden wir.

Mit zunehmender Übung und Routine verflog die Angst vor dem „Hinunterschauen". Ich durchstieg die an Felswänden angebrachten Leitern und die mit Stahlseilen abgesicherten Stellen ruhig und gekonnt. Nach und nach behagte mir dieses Gefühl, andere bezeichneten es mit: „Du bist schwindelfrei."

So wie Markus der Arbeitskollege meine Begeisterung zu den Bergen entfacht hatte, führte ich Fritz in die Geheimnisse der Bergwelt ein. Der Rest unseres Quintetts floh vor anstrengenden Freizeitaktivitäten, suchte nur den ruhenden Ausgleich zum Studium oder saß an den Freundinnen fest.

Mit Fritz teilte ich die Anstrengungen der Touren und deren Freuden, den letzten Geldschein, die Jause, den letzten Schluck Bier und später auch das Bergseil. Die nur der Jugend eigene Mischung aus Zuversicht, Leichtsinn und frechem Übermut gestattete es uns, die ersten extremen Wanddurchsteigungen heil und unverletzt zu überstehen. Unbekümmert und ohne die Fähigkeit, die Gefahren des Berges richtig einschätzen zu können, waren wir drauflos geklettert, ohne die Kenntnis von Sicherungstechniken und Ähnlichem. Die Dachstein-Südwand durchstiegen wir ohne Seil im sogenannten Freigang. Nicht deshalb, weil wir so gut, so perfekte Kletterer waren. Die dünne, im Rucksack mitgeführte Reepschnur wussten wir nicht einzusetzen, besaßen nicht den Hauch einer Ahnung, wie wir uns in das Seil einbinden sollten, geschweige denn wie wir uns gegenseitig sichern konnten. Beharrlich stiegen wir nach oben, begegneten dem einsetzenden Schneefall mit lockeren Sprüchen, *immer nur raufschauen und nicht nach unten, unten wohnen alte Weiber, oben junge Hasen.* Unsere angespannten Sinne fanden keine Minute Zeit für negative Überlegungen oder gar Angst, ein Abbruch der Tour wäre zu jedem Zeitpunkt unmöglich gewesen, die notwendige Technik, um uns abzuseilen, fehlte.

Das Berg-Know-how und die Sicherungstechniken trainierten wir hinterher in Alpinkursen. Ich lernte mich in Schnee und Eis zu bewegen, übte den Umgang mit Steigeisen. Anfangs riss ich damit die Stutzen auf; grellrote Stutzen, an deren Farbe sich die Blutflecken nicht abhoben, nur der brennende Schmerz zeugte vom aufgerissenen Fleisch. Dies passierte immer dann, wenn ich die Füße zu nahe beieinander aufsetzte, mit dem rechten Fuß beim Gehen am linken Unterschenkel streifte und umgekehrt. Bei einem Kursus des Alpenvereines vervollkommnete ich die Steigeisentechnik, den Einsatz von Pickel, das Gehen am Seil. In der abendlichen Wärme der Hütte zischten die Biere, brachen die Gläser. Der Praxis des Tages folgte neben dem Gaudium des Abends die Theorie des Knotenknüpfens. Immer wieder, solange bis wir die Schlingen schlafwandlerisch zurechtlegten. Den Anseilknoten, den Achter, den Prusikknoten … und all die vielen anderen, die sich irgendwer ausgedacht hatte, um das Bergsteigen nicht zum reinen Vergnügen ausarten zu lassen.

Im Winter benutzte ich nun Tourenskier, schaffte den Aufstieg mit Fellen. Das Skifahren war mir seit jeher gelegen, mit vier Jahren hatte mich meine Mutter bereits in die Geheimnisse von Schneepflug und Stemmbogen eingeweiht, das Wedeln folgte.

Ich juchzte vor Freude, wenn der Schnee wie weißes Puderpulver in der Luft zerstob, ich Schwung um Schwung in einen jungfräulichen Hang setzen konnte. Die gleichmäßige Spur bewunderte ich von unten, sprach am Abend in der Hütte noch lange über das traumhafte Gefühl des Dahingleitens auf diesen staubenden Kristallen. Diese Begeisterung nährten wir mit harten Getränken, tranken so lange, bis der Krug am Überlaufen war, der nächste Morgen uns den Abend nahm.

Fritz und ich wuchsen zu einem eingespielten Team, egal ob beim Saufen oder am Berg. Wir schmückten unsere Gipfelbücher mit Eintragungen der Zinne, der Königsspitze, des Cevedale, die Watzmann-Ostwand fehlte uns, die Regengötter hatten uns zu sehr bedrängt.

Fritz studierte seit Jahren quer durch Fakultäten und Studienrichtungen, fand nicht die ihm behagende Richtung. Ich selbst gehörte mittlerweile sechs Jahre dem Staatsverein an, mit dem ich mich absolut nicht identifizieren konnte. Ich arbeitete, um Geld zu verdienen, Spaß und Freude an der Arbeit besaß ich keine. Jeder Privatbetrieb hätte sich aufgrund meiner Arbeitseinstellung und meiner Illoyalität wegen schon lange von mir getrennt. Nicht die Leistung zählte, sondern reines Funktionieren war gefragt. Jegliche Kreativität zerschellte am Paragrafendenken von sturen Vorgesetzten, mit denen ich häufig clinchte. Des Saufens wegen beanstandete mich keiner, dies war allgemein geduldet. Meiner Dienststrafen wegen hatte man mich bisher nicht angestellt, das hieß, nicht in den Beamtenstatus erhoben. Die dagegen sprechenden Gründe waren oftmaliges Zuspätkommen, mangelnder Respekt gegen Vorgesetzte, Schädigung des Ansehens; die periodische Regelmäßigkeit dieser Dienstvergehen benannte das System als: einschlägige Anstände, bestrafte sie mit Verweisen, Rügen und Geldbußen. Anstatt der erwünschten Einsicht zeigte ich Spott und Sarkasmus, sammelte die Niederschriften dieser Dienststrafen wie Strafmandate, hing mir diese Reminiszenzen des Ungehorsams in Bilderrahmen über dem Schreibtisch auf, der nächste Zusammenstoß somit vorprogrammiert.

Mein Faible für die Berge minimierte weder meinen Alkoholkonsum noch meine Wirtshaustourneen. Das Bergsteigen stärkte zwar die Muskeln und bräunte meinen Teint, gab mir den Anstrich der Verwegenheit; doch dem Alkohol frönte ich, egal ob zu Hause oder in den Bergen. Ein Grund zum Trinken fand sich immer, ebenso ein Partner. Im Kreise meiner Freunde und Bekannten war es chic, zu trinken, wir überboten uns in den vom Alkohol verursachten Eskapaden. Gemeinsam lachten wir darüber, trafen uns, um zu trinken. Hemmungslos tranken wir, kümmerten uns nicht um die Promillegrenze für Autofahrer, geschweige denn um den morgendlichen Restalkohol.

Die Alkoholvergiftung von einst lag Lichtjahre zurück in der Vergangenheit, aus der einstigen Freundschaft mit Alkohol entstand eine tiefe Beziehung, die Abhängigkeit. Der Spaß wandelte sich um in Ernst. Das Alter schritt unaufhörlich voran, der Spiegel log nicht. Mit fünfundzwanzig Jahren lebte ich ohne Ziele in den Tag und in den Alkohol hinein. Vergnügen, Spaß, mein Denken zielte auf ausgelassenes Leben, auf ausschweifendes Leben. Während meine Jugendfreunde an ihren beruflichen Zielen feilten, ging ich solchen aus dem Weg, nährte nur die von Tante ausgestreute Saat der Fremdsprachen, indem ich mich laufend in neue Sprachkurse einschrieb. Fremdsprachen zu sprechen erleichterte mir im Urlaub die Kommunikation, das Trinken, die Zechereien mit Einheimischen.

Die Reise ins Meer

Das Karussell drehte sich immer schneller, ich mittendrin, ein Entkommen unmöglich. Jedes Mal, wenn ich davoneilen wollte, zog mich diese kräftige Hand in das Zentrum zurück. Der Morgen entstand als tiefes Tal inmitten der Berge, die Stimmung und das Befinden lagen in diesem Tal. Mein Denken und Fühlen kroch in den Morgenstunden am Boden herum, das Selbstwertgefühl stieg erst mit dem Alkoholpegel. Auf einer imaginären Skala wäre es gleich nach dem Erwachen im Minusbereich gelegen, unter null.

Ich registrierte das Splittern des Glases nur am Rande, maß den zu Boden fallenden Scherben keinerlei Bedeutung bei. Auf die blutende Stelle der linken Hand klebte ich ein Pflaster, welches im dritten Anlauf endlich hielt. Das Auftreffen des Weinbrandes auf die halb mit Kaffee gefüllte Tasse erzeugte ein blubberndes, mich belustigendes Geräusch. Warum, wusste ich nicht, ich lachte. Ich griff mir beidhändig die Tasse, führte sie zum Mund, schlürfte und schlürfte. Sekundenlang wartete ich auf die Wärme; sie kam mit einem Wärmeschub in der Bauchgegend, strahlte von dort in alle Richtungen aus und ich verlor die Unruhe, streifte das Zittern ab. Ich ging zum Kühlschrank und schenkte mir kaltes Mineralwasser ein. Kaltes Mineral versetzt mit Zitronensäure und einem Schuss Whisky. Die Erfahrung hatte mir gezeigt, was mit guttat, was mich beruhigte. Ich wusste, ich war wieder drauf, musste meinen Spiegel erreichen, dann blieben auch die Ängste verschwunden. Ich konnte arbeiten, niemand in meiner Umgebung schien etwas zu merken. Die Kleinstadt gab die Spielregeln vor, ich rebellierte nicht dagegen, nahm teil an diesem Versteckspiel. Solange die Trinker und Alkoholiker den Schein wahrten, nahm niemand in der Stadt Anstoß daran. Nur die dem Alkohol Verfallenen, die ihr letztes Hemd zu Alkohol machten, wurden von der Kleinstadtmoral verachtet und ausgestoßen. Womöglich würde mich dieses Stadium erst heimsuchen? Ich schauderte. Zeit, den Pegel zurückzustellen, die Grenzen etwas zu begradigen. Körper und Geist verlangten nach Erholung, Luftveränderung, nach einer Alkoholpause.

Ich dachte an die unmittelbar zurückliegenden Tage, sah nichts Auffallendes daran, sah nur das *sich Häufen* der Exzesse; Besäufnis an Besäufnis gereiht zu einem endlosen Rausch. Das Gestern war in einer undurchdringlichen Finsternis untergegangen, so sehr ich mich bemühte, ich holte nichts aus dieser Finsternis ans Licht. Die Sonne riss die Dunkelheit nicht auf, nur überschwappende Wellen spülten das Treibholz der Erinnerung, die Fragmente, ans Land des heutigen Tages. Ich sah Uschi, sah sie weinen, fühlte ihre Tränen an meinen Wangen oder war das vorgestern gewesen? Ein Strafzettel steckte in meiner Brieftasche, ergebnislos suchte ich nach Banknoten, Gott sei Dank der Führerschein war da … Ich sah nicht durch den Nebel, warum Polizei? Hatte ich mit Uschi gestritten, weinender Nebel. Ich schob die Puzzleteile in meinem Gehirn hin und her, kein vernünftiges Bild entstand. Die zweite Whiskymischung half genauso wenig.

Zeit zu gehen, den Krawattenknoten zurechtgezogen, nicht zu viel, der Magen war nervös genug, Rasierwasser auf das blütenweiße Hemd gespritzt. Heuchler dachte ich, wo blieb der Rebell, der diese verlogene und verkrampfte Gesellschaft anspie, sie mit der Flasche in der Hand züchtigte, ihr damit zeigte, was sie, diese Kleinstadtgesellschaft, mir ihren selbst erstellten Normen und Richtlinien hervorbrachte. Zorn und Wut paarten sich, trieben mir die Tränen in die Augen. Ich keuchte und schluckte, schluckte die Tränen, keuchte Rotz.

Ruhig, ganz ruhig, nur ruhig bleiben, sagte ich mir, ruhig, nicht durchdrehen. Genau das würde diesen Spießbürgern gefallen, ihren Schandmäulern neuen Gesprächsstoff bieten. Ruhig, tief atmen. Ich inhalierte den Rauch der Zigarette tief, saugte schwer atmend das Nikotin immer wieder in mich hinein. Zwar hatte ich mich wieder gefangen, war aber trotzdem betroffen ob des Gefühlsausbruches, der mich gerade heimgesucht hatte. Hatte ich doch eben bewusst erlebt, wie desolat mein Seelenzustand war, dieser Ausbruch einem kleineren Nervenzusammenbruch ähnelte oder gleichkam. Ich begriff, dass dieser Blick in meine Seele, in mein ramponiertes Ich, ein Hinweis war: Die Uhr hatte nicht zu ticken aufgehört, sie war davongeeilt. Die Uhrzeiger zeigten fünf vor zwölf, wenn nicht schon mehr. Höchste Zeit, den Schlussstrich zu ziehen; wieder einmal, sagte ich mir. Ich zwang mich tief zu atmen, jetzt nur nicht verzweifeln. Ich würde sowohl meine Nerven als auch mich selbst auf Erholung schicken, ausruhen, ausspannen, langsam den Alkpegel senken, auf andere Gedanken kommen. Beschwingt und tief atmete ich, dachte, dass ich noch einige Wochen Urlaub guthatte, sah mich schon in den Bergen. Ich alleine auf einer romantischen Berghütte, wandern, lesen, Kraft tanken für die Zukunft.

Ein neuer Anfang, alles erschien so einfach, … und der Abend? … gehörte wieder dem Alkohol. Die Bühnen wechselten, das Bühnenbild stets das gleiche. Die lange Bar, ein paar Hocker, aus Holz oder Chrom, mit Plastik- oder Ledersitzfläche, einige Mädchen als Statisten, ein paar Freunde oder Bekannte in den Nebenrollen. Die Nebenrollen wurden laufend umbesetzt, nur selten hielten die Akteure länger durch, setzten zwischendurch aus, um nach einiger Zeit neu dazu stoßen zu können, in eine neue Nebenrolle. Der Hauptdarsteller wechselte nie, die Rolle war ihm auf den Leib geschrieben. Er wäre freiwillig nie abgetreten, hätte freiwillig nie auf einen Platz im Rampenlicht verzichtet, befürchtete bei Fernbleiben etwas zu versäumen. Dieses *Etwas* ließ sich nicht definieren. Es war meine Sucht nach Unterhaltung, dass ich immer dabei sein musste, die Suche nach dem Vergnügen. Ein innerer Zwang trieb mich außer Haus in mein Seelen-Zuhause, die Bars. Die Grußformeln törnten mich an, der Bekanntheitsgrad war eines der sich abnutzenden Privilegien des Stammgastes. Indem ich mich tagtäglich herumtrieb, holte ich jene Zeit meiner Jugend auf, in der mich mein Vater bewusst aus dem Verkehr gezogen hatte, mir die damaligen Freuden meiner Mutter wegen versagte. Gott, wie lange war das her. Warum rief ich Gott? Wenn auch der Ruf einer umgangssprachlichen Redewendung entsprang, sah ich in mir den Ungläubigen, besser *Nichtglaubenwollenden,* den Atheisten. Der Atheismus als Weltanschauung behagte mir, weil er nicht konform mit der Allgemeinheit ging, sich nicht nur vom breiten Denken der Masse abhob, sondern auch soweit anders war, dass dieses Zugeständnis den Großteil der Kleinstadtdenker in eine geistige Unruhe versetzte. Ich hatte Jean Paul Sartres existenzialistischen Roman *„Der Ekel"* gelesen, hatte allerdings für mich das Recht in Anspruch genommen, nicht alles verstehen zu müssen. Alleine der Satz von Sartre *„Freie Existenz ist nur möglich, wenn es keinen Gott gibt"* machte mich zu seinem Sympathisanten. Das Wissen um ihn und seine Glaubenssätze erhob mich in den Augen der die Kleinstadt beherrschenden Bürger zum Querdenker.

Jedes Mal wenn meine Gedanken über meine Mutter stolperten, ich mir ihr Bild ins Gedächtnis rief, rutschte mein Vater ins Bild, verwischte damit die unscharfen Konturen des Gesichtes meiner Mutter. Mit diesem Bild schloss sich die Gedächtnislücke vom Morgen. Ich hatte ihn in der vorigen Nacht getroffen, mit ihm Schnäpse geleert. Familie einmal anders. Der Herr Berufsschullehrer säuft um zwei Uhr früh mit dem Sohn um die Wette, trinkt und verbrüdert sich mit dem Gegenstand seiner Verachtung, schluckt die Kotze und erstickt leider. Die Vorstellung „Vater und kotzen" verleitete mich unweigerlich zum Grinsen. Würde er so wie ich mit würgenden, kehligen Lauten erbrechen oder würde er die Schreie so dezent wie möglich halten, womöglich mit der Rechten nach dem Stofftaschentuch greifen, den kleinen Finger geziert abgespreizt? Danach sorgsam die Lippen abtupfen, verstohlen nach links und rechts schauen und hohlen Kreuzes heimschwanken. Herr Oberlehrer mit den besten Haltungsnoten, grinste ich in mich hinein. Mit der Erinnerung, dass Vater nach unserem gemeinsam geleerten fünften Schnaps meine Getränkeauswahl gerügt hatte, *lass doch die harten Sachen,* verflog mein Grinsen.

Belanglose Gespräche in die durch das Lokal schwebende Musik hinein, ab und zu ein Nippen am Bierglas, ein Kaffee mit Weinbrand dazwischen. Man sagte, das Lokal besaß Atmosphäre.

Das Holz, heller als dunkles Bier, dunkler als Branntwein, vermittelte heimelige Wärme. Das Mobiliar war Holz, das Inventar war ich, gewinnbringende Abschreibposten. Die Staffage lächelte blond, mal schwarz, brünett. In einigen Betten war ich gelandet, es lohnte nicht, keine Beziehung, keine Gefühle, geheuchelte Leidenschaft. Ich war nahe am Überkippen ins Sentimentale, brauchte Aufmunterung, nur kein Selbstmitleid. Was tat ich noch hier? Mein Ich schrie nach Luftveränderung, auf in die Berge, gleich morgen. Die würzig frische Bergluft spüren, über die in der Sonne schrumpfenden Schneefelder wandern, sich mit den letzten sauberen Schneeresten das Gesicht einreiben und sich dieses von der Maisonne verbrennen lassen, dem braunen Schnee beim Schmelzen zusehen …

„Zahlen bitte!"

„… ja, … ein Gin Tonic noch …!"

Karl schneite ins Lokal. Karl kam nicht wie Dutzende andere einfach und normal zur Tür herein, seine Auftritte waren in Szene gesetzt. Er war sich selbst der beste Regisseur. Diese Auftritte glichen Schneestürmen an einem heißen Sommertag, nicht vorhersehbar, von Paukenschlägen untermalt, bloß dass berstende Gläser die Paukenschläge ersetzten. Karl trug gute Laune als Kleidung, bevorzugte als Zigarettenmarke Happy, andere sprachen vom *Smileymännchen.* Ich mochte ihn, er war mein Freund, und umgekehrt. Karl war mir seit dem Kindergarten vertraut. Wir wuchsen zusammen auf, die ersten gemeinsamen Streiche, gemeinsame Mädchenerlebnisse, die ersten Exzesse. Auswüchse verbanden. Armin das Einhorn, mit dem mich haarige Bergtouren und noch haarigere Besäufnisse verbanden, hatte gemeint: „Hoffentlich entspricht er nicht dem ersten Eindruck." Armin verdankte den Beinamen Einhorn seinem Lotterleben, drei gescheiterte Ehen, mehr als zehn aufgelöste Verlobungen. Trotz seines ergrauten Goldhaares, das er von hinten nach vorne legte, um die zunehmende Kahlheit seines Schädels zu verdecken, sah Armin nicht seinem Alter entsprechend aus. Niemand schätzte ihn auf fünfzig Jahre; seinem Charme entzogen sich wenige, Frauen so gut wie nie. „Meine Tragik des Lebens wird sein, dass ich als altes verwaistes Einhorn sterbe“, hatte er irgendwann und irgendwo fabuliert, das Buschfeuer brannte von Dorf zu Dorf, von Kneipe zu Kneipe, den Spitznamen behielt er für alle Zeiten. Armin galt bei extremen Berg- und Skitouren als wilder Hund, doch keineswegs als leichtsinnig. Am Berg war er es gewohnt, sich auch auf andere zu verlassen, ihnen hundertprozentiges Vertrauen entgegenzubringen. Über Karl hatte er geurteilt: „Mit dem möchte ich nie in eine Notsituation geraten, der würde jeden verkaufen, nur um sich selber zu retten. Den würde ich nicht einmal auf den Traunstein mitnehmen, denn wenn der Hunger hat, frisst er dir die letzte Schnitte Speck weg und säuft den letzten Schluck Bier aus.“ Armin sprach eine harte und deutliche Sprache. Ich wusste, dass der vor Tatendrang strotzende Karl von niemandem zu übervorteilen war. Irgendwie der geborene Egoist, seine Ideen naturgemäß die besten, aber mich liebte er, für mich wäre er durchs Feuer gegangen und ich für ihn.

Indem ich die Zusage gab, spürte ich sofort, dass ich dabei war, einen riesigen Fehler zu begehen. Bereits als Kind hatte ich immer die liebe Not mit Entscheidungen gehabt, traf sie in der Regel viel zu früh, zu spontan. Später ärgerte ich mich maßlos darüber, alleine aus dem Umstand heraus, nicht oder zu wenig die Für und Wider abgewogen zu haben. Ich sah immer erst nach der Entscheidung die Nachteile der Sache, für die ich mich entschieden hatte, und ebenso erst hinterher die Vorteile der aufgegebenen Sache. Mein Vater hatte mich mit sinnlosen Vorhaltungen wie *„Ja, das hättest du dir vorher überlegen müssen“* oder *„Du hast das doch selbst ausgesucht“* meist in dem Gefühl bestärkt, wieder einmal falsch ausgewählt zu haben. Selbstzweifel kamen hinzu, war ich entscheidungsschwach, nicht fähig vorauszudenken, abzuwägen, oder war es nur meine Unsicherheit, der nicht vorhandene Glaube an mich selbst?

Nicht dass mich Karl eingelullt hatte, er besaß eine Begeisterungsfähigkeit, die einfach mitreißend war, aus deren Sog sich kaum einer befreien konnte, fast niemand es wollte. Ich begriff, dass mein Körper und meine Psyche nach Erholung in den Bergen verlangten; die Berge unter Umständen die letzte Chance waren. Gegen Griechenland hatte ich allerdings Argumentationsnotstand.

Ich quälte mich, hätte schlicht und einfach Nein sagen sollen, ich hätte nicht beginnen sollen abzuwägen, ich hätte und hätte und hätte. Der Reiz an einem Griechenlandabenteuer zu zweit mit einem Campingbus war für niemanden abzustreiten, am wenigsten für mich. Ich hatte aufs Neue die Vernunft ignoriert, sie mit Füßen getreten. Egal, was kümmerte mich die Zukunft, verschwendete Gedanken, das Jetzt zählte. Für mich selbst hatte ich Ausreden parat, versuchte mir einzureden, dass ein Erholungsurlaub in den Bergen entgegen meiner anfänglichen Denkweise ohnehin nicht das Beste, das Nonplusultra für die Seele gewesen wäre. Karl und ich tranken und prosteten auf Griechenland, die Sicht verschwamm, Nebel zog wieder auf. Tief in mir drinnen wusste ich, dass der Abstieg nicht aufzuhalten war. Ich trank darauf, lachte aus dem Nebel heraus, trank mich in den nächsten Tag hinein.

Die erwachende Sonne stieg in das strahlende Blau des Himmels, blitzte mit ihren Strahlen gegen die Windschutzscheibe, blendete meine Augen. Ihr Gleißen machte mich noch durstiger, noch trunkener. Ich nahm meine Sonnenbrille zu Hilfe, um ihr am Volant nicht gar so ausgeliefert gegenüberzusitzen und um das endlos scheinende trostlose graue Asphaltband vor mir, die Autostrada, besser sehen zu können. Manchmal verschwamm das Grau mit dem Blau des Himmels, verschmolz zu einer spiegelnden Einheit. Ich hielt das Tempo des VW-Busses auf konstanten hundert km/h, dem Idealtempo für Wagen und Motor. Karl war die ganze Nacht durchgefahren, schlief nun dem Süden entgegen. Der Plan sah vor, die Abendfähre in Brindisi zu erreichen. Nächsten Tag gegen Mittag würden wir in Patras sein. Tank- und Pinkelstopps waren die einzigen Pausen, die wir uns genehmigten. Keine Zeit für ein gemütliches Glas Wein oder Bier; so trank ich aus unserem Reiseproviant die unmöglichsten und möglichen Mischungen vor dem Lenkrad. Wein, Wein mit Cola, Cola mit Weinbrand, alles zusammen. Die Sonne grinste, das Bild vor mir schwamm zeitweise davon, hielt dem Druck des Auges jedoch stand, zerbrach nicht. Die breite graue Schiene vor mir verschmälerte sich abrupt. Mein Auge sah am Rande des endlosen Fließbandes beige Kostüme, hell- und dunkelblaue Uniformen, schwarze Hosen mit roten Streifen. Das von meinem Auge wahrgenommene Bild ging in meinem Gehirn unter als x-beliebiges Bild, gelangte nicht als Information an meine vom Alkohol vernebelte Schaltzentrale. Ich bremste nicht, irgendeiner meiner noch nicht vom Alkohol blockierten Instinkte und Reflexe nahm den Fuß vom Gas. Wie unter Zwang begann ich zu lachen. Das Lachen schaukelte meinen Oberkörper, die Hände sorgten für Gleichgewicht. In meiner Vorstellung wirbelten diese Kostüme und Uniformen durch die Luft, schon hörte ich ihre schrillen und lustigen Schreie, sah rotes Blut spritzen. Gleich war ich bei ihnen, Zinnsoldaten sollten wie Spielzeug dem Himmel entgegenfliegen. Die Luft roch nach Scherben, das Bild stank nach Blech und Glas. Polizisten sowie Gedanken purzelten wirr durcheinander. Mein Lachen riss ab, das Szenario von der Kamera ausgeblendet, keine dem Himmel entgegenschwebenden Carabinieres zu erblicken. Ich war vorbei, wieder auf der schnurgeraden Piste Richtung Brindisi, holperte in die Sonne hinein, wieder in ein klares Bild.

Gerade als die Sonne dabei war, zu versinken, platzten wir in das farbige Treiben des Hafens von Brindisi. Der Geruch von Öl vermischt mit Petroleum, Schweiß und Fisch klebte wie ein nicht sichtbarer Film an allem und jedem, lag als deutlich wahrnehmbares Flirren in der Luft, Ekel in der Magengrube. Niemand stieß sich daran oder besaß nur mein Magen diese Sensibilität? Vermutlich hatten sie keine Zeit, um auf den Geruch zu achten, die Macht der Gewohnheit hatte ihren Geruchssinn längst abgestumpft und verätzt. Das Hafenleben erweckte den Anschein gehetzter Betriebsamkeit, hie und da nahm die abendliche Beladung der Fährschiffe sogar hektische Formen an. Die Chauffeure der schweren Lastzüge bewiesen bei den engen Auffahrten zu den Fähren ihr Können, lenkten die klobigen Brummer auf den Zentimeter genau dorthin, wo sie der Einweiser hindirigierte.

In adrettes Weiß gewandete Seeleute umschwirrten das wuchtige Fährboot. Sie schritten und stolzierten in makellos sauberen Uniformen, die jeder Waschmaschinenwerbung zur Ehre gereicht hätte. Blütenweiße Hosen, Hemden und Jacken. Die Männer überreichten Befehle oder nahmen sie entgegen, beides mit unbeschreiblicher Nonchalance, verkauften oder kontrollierten die Fahrscheine, gaben Auskunft oder verweigerten diese, indem sie den Fragesteller weiterschickten, waren wichtig oder taten nur so.

Die Luft im Frachtraum erlebte ich stickig und heiß, hier roch es nach Plackerei, nach schweren Maschinen, nach Arbeit. Dieser kleinen Welt in der finsteren Tiefe des Schiffsbauches sah man an, dass hier die Mühen und Leiden wohnten, dieses Refugium nichts mehr mit der Seefahrer-Romantik, welche die blütenweiße Offizierskleidung vermittelte, gemein hatte.

Wieder auf Deck schnaufte ich durch. Mein Brustkorb wölbte und senkte sich heftig, so gierig sog ich die Luft ein. Stumm lehnte ich an der Reling, beobachtete, wie sich der Abstand zwischen Land und Fähre rasch vergrößerte. Unzählige kleine Fischerboote begleiteten uns eine Weile, bis sie entweder zurückfielen oder anderen Kurs einschlugen. Die abendliche Brise trocknete mir den Schweiß von der Stirn, das Hemd klebte an meiner Haut. Das monotone Schlagen der Maschinen vermengte sich nicht mit dem Rauschen des Wassers, die Geräusche überlagerten sich. Einige Momente schnupperte ich noch die Würze der Seeluft, machte mich dann auf ins Innenleben des Schiffes, sondierte die Räumlichkeiten, die für Vergnügungen bereitstanden.

Ich entschied mich für die kleine Bar, reservierte mit einem größeren Geldschein beim „Waiter" zwei Thekenplätze, hatte bei vergangenen Reisen erfahren, wie sich die Menschen mit Einbruch der Dunkelheit in die Lokalitäten drängten. Ich holte Karl, der versonnen der orangen Sonne beim Eintauchen im Meer zusah.

„Waiter, please, two beer, äh – Heineken, and two Metaxa please."

„Okay Sir. Where do you come from?"

„Austria."

„Österreich? Sehr gut, ich habe in Lech am Arlberg gearbeitet, viele Jahr, dann in Innsbruck, schön …“

Der Steward strahlte uns an, war wie die übrige Besatzung des Fährschiffes Grieche, stolz und freundlich. Ich stieß mit Karl an auf das Bevorstehende, die Zukunft gewissermaßen, auf das Abenteuer.

„Zwei Metaxa noch und zwei Bier bitte.“

Wir tranken auf Griechenland, auf Karls Wohl, auf meines, auf das Wohl der Daheimgebliebenen.

„Noch mal?“

„Ja gerne, trinken Sie etwas mit?“

„Im Dienst trinke ich keinen Alkohol, Sie verstehen. Aber gerne würde ich einen Kaffee mit Ihnen trinken.“

Wir tranken und tranken. Karl trank schnell, trank mit dem Vorsatz, sich zu betrinken, für mich klang die Trinkerei nach Alltag, mein Element. Das An-der-Bar-Lehnen war mein Metier, hier war ich zu Hause. Ich sah die unzähligen Flaschen, kannte die Namen; es war so, als hätte ich gute Freunde getroffen. Das Trinken hier berauschte mich nicht im selben Ausmaß wie daheim, vom Zustand der Volltrunkenheit Lichtjahre entfernt. Ich trug das Gefühl eines berauschenden Glückszustandes in mir, gewann den Eindruck, der Alkohol würde mich heute höchstens aufputschen, denn demolieren.

Die Bar schloss eine Stunde nach Mitternacht. Aufgekratzt verweigerte ich den Schlaf. Karl lag längst schief schnarchend auf einem der unbequemen Lehnsessel, die nach Reihen geordnet für Nichtkabinenbesitzer zur Verfügung standen. Die trockene Luft in diesen Sälen reizte meine Bronchien, hustend ging ich ins Freie. Ich starrte in die unendliche, von leuchtenden Sternen durchbrochene Kuppel, welche das Meer von allen Seiten wie ein riesiges Dach überspannte. Ich inhalierte Seeluft, die Eindrücke und Marlboro. Mit der linken Hand rauchte ich, mit der rechten umklammerte ich das Geländer der Reling. Das eiserne Rohr griff sich kühl und rissig an, der Lack war abgeblättert, vom Salzwasser zerfressen. Die Unebenheiten stachen auf der Hand, rauten die Haut auf, doch keinen Millimeter lockerte ich meinen festen Griff. Nicht dass ich Angst hatte, ins Meer zu fallen, mich schockte die weite und unheimliche Schwärze rund um das Schiff. Ich dachte an den großen Wendekreis, den so ein Schiff haben musste, zur Unwendigkeit verdammt; dachte, wie unmöglich die Rettung einer jetzt in dieser Finsternis ins Wasser geratenen Person war. Die Dunkelheit verwandelte alle meine Empfindungen in Furcht. Die blinkenden Sterne hoch oben mochten aus der Sicherheit romantisch scheinen, aus der dunklen Nässe heraus wirkten sie sicherlich lächerlich, nicht als Licht, höchstens als Sternschnuppen. Die Sterne tauschten untereinander ihre Plätze, die Bilder vor mir rollten, drehten sich um die eigene Achse.

Aus dem Nichts war eine Figur ins Bild gerückt, stand unweit von mir. Ein Mann mit dunklen, nassen Haaren lehnte an der Reling, lehnte so gelassen dort, dass ich sofort das Unechte seiner Bewegung spürte. Er schaute auf die mir abgewandte Seite, heckwärts. Ich musterte seine abgewetzte Kleidung, bemerkte, dass die ausgebeulte dunkelgraue Hose ursprünglich nicht für ihn bestimmt gewesen war, an Bund und Gesäß Falten schlug. Durch die Gürtelschlaufen war eine braune Kordel gezogen, vorne lose zusammengeknüpft. Jedes Mal, wenn ich einen kurzen Moment wegschaute, meinte ich danach, er sei näher gerückt. Was tat dieser Mann hier und was wollte er von mir? Womöglich wollte dieser Fremde mich in das Schwarz stoßen, mich erbärmlich in der Finsternis aussetzen, mich in das dunkle Nichts leeren. Ich sah mich wild umherschlagend hinter dem Schiff, fraß das Wasser, sah den Lichtpunkt immer kleiner werden. Welche Richtung, diese, nein diese, tief atmen, tief atmen.

Hüte dich, Stefan, dachte ich. Wiederholt drehte ich mich rasch um, nichts an der Haltung des Mannes hatte sich verändert. Energisch sog ich am Filter meiner Zigarette, vibrierte bis in die Zehenspitzen. Warum sollte mir dieser Mann Böses wollen? Ich atmete mir ein Lächeln zurecht, hörte in die Stille hinein, die trotz des Maschinenlärms über dem Schiff lag. Diese empfindsame Stille schreckte und regte mich auf. Die Angst in mir wuchs mit dem Unbehagen, das von diesem Fremden ausging. Unbeweglich, gleich einer Statue. Reling und Körper verschmolzen zu einer plastischen Einheit, an deren Starre meine in den Rücken gebohrten Blicke abprallten. Ja oder nein, er oder ich. Die Talfahrt vom Berg der Entscheidungen setzte ein. Ich wartete, dass die Finsternis in mir und um mich auseinanderbrach und mich von meiner Angst befreite. Mein Körper zitterte in der warmen Nachtluft. Ein Zeichen? Ich schlich auf die andere Seite des Schiffes, stahl mich langsam von hinten an den Mann heran. Er war mit der Reling verschweißt, rührte sich nicht. Ich stand ruhig atmend hinter ihm. Hatte er mich nicht bemerkt? Noch konnte ich zurück, noch drehte er sich nicht um. Die Entscheidung musste ich in diesen Augenblicken fällen, ja oder nein? Wie in einer tiefen Trance bückte ich mich, umfasste mit beiden Händen seine schlanken Fußfesseln und während ich geräuschvoll einatmete, federte ich bereits hoch, warf den Mann schwungvoll über das Geländer der Reling. Kopfüber. Ich hörte deutlich den Platsch, das Auftreffen des Körpers auf der Meeresoberfläche. Versteinert wartete ich auf Schreie, überlegte eine kleine, ganz kurze Weile, ob ich nach Hilfe rufen sollte, verwarf diesen Gedanken sofort. Keine Schreie, nur lustiges Geplantsche, das immer weiter zurückblieb, sodass ich nicht ausmachen konnte, ob dieses platschende Brodeln den Heckwellen entstammte. Befreit atmete ich, ging in das Innere des Schiffes, fand einen ruhigen sicheren Platz, streckte mich aus, schlief sofort ein.

Die Landevorbereitungen am frühen Morgen setzten mit einem Schlag den Tag in Gange. Alles und jedermann, was die Nacht nicht in Kabinen verbracht hatte, wischte und rieb sich mit klammen Fingern den Schlaf aus den Augen. Wie aufgescheuchte Ameisen drängten viele Passagiere zur zur Insel gewandten Relingseite, starrten auf das im Morgensonnenlicht erstrahlende Korfu. Offenen Mundes bestaunten viele das Farbenschauspiel um die nördlichste der Ionischen Inseln Westgriechenlands. Schroffe Felsenküsten türmten sich zu einem überaus imposanten Kalkgebirge auf, welches trotz seiner für meine Verhältnisse niedrigen, sicher unter tausend Meter zählenden Seehöhe die Insel zu beherrschen schien. Die Menschen am Hafen winkten fröhlich zu uns herüber, beobachteten mit uns das Anlegemanöver. Jeder

Handgriff der Seeleute wirkte routiniert, mehr noch: selbstsicher. Möwen kreisten um das Schiff, stiegen hoch in den Himmel hinauf und sausten wie der Blitz herab, fischten nach Nahrung. Mitunter wagten sie sich nahe ans Schiff, schwirrten im Sturzflug über uns, so nahe, dass ich die roten, mitunter auch gelben Schnäbel und Beine in der Sonne glitzern sah.

Karl umarmte mich grinsend, seine Bartstoppeln stachen.

Er brabbelte: „Fröhlichen guten Greco Morgen, hier trink.“ Er reichte mir eine angerissene Bierdose. Ich spülte mit einigen Schlucken die Reste der vergangenen Nacht weg, atmete tief durch, griff nach einer Zigarette, hielt mich schwankend an der Reling fest. Karl lachte laut auf, sagte: „Fall nicht ins Wasser.“

Das laute Lachen löste das Bild vor meinen Augen auf, vernichtete die Farben. Schwarz setzte ein, nicht als Farbe, sondern als Zustand. Eine riesige Faust schob sich durch meinen Mund in den Schlund, schlängelte sich wie ein Fragezeichen in die Tiefe meines Magens. Die auf meinem Horizont anwachsende Fragenanzahl die letzte Nacht betreffend verbreitete meine vom Magen ausgehende Übelkeit. Laut würgend erbrach ich. Wo war die Nacht? Hatte ich geträumt, hatte ich den Mann ins Wasser geworfen? Nein, dies war unmöglich; unmöglich? Hatte ich durchgedreht, hatte sich mein Denken von meinen Handlungen gelöst?

Ängstlich sah ich um mich. Die Gesichter wandten sich von mir ab, die Kotze war über meine Kleidung verteilt, stank säuerlich. Wohin sollte ich die in meinem Gehirn auftauchenden Szenen zuordnen? Gehörten diese Bildfolgen zu einem Traum oder war es tatsächlich so, was ich mich die ganze Zeit fragte? War ich verrückt, schizophren womöglich? Wusste irgendjemand Bescheid über das, was diese Nacht geschehen war? Ich beruhigte mein konfuses Denken mit der Schlussfolgerung: Wer sollte etwas wissen, wenn ich selbst von nichts wusste. Trotzdem erkannte ich, dass ich mich mit solchen Gedankengängen nur belog, Balsam auf die Wunden zu schmieren versuchte. Schweißtropfen glänzten auf meiner Haut. Die Angst entzog mir die Körperflüssigkeit, mein Ich rotierte. Ich ging zur Toilette, verriegelte die

Kabine, setzte mich auf die verdreckte Brille. Ich hielt meinen Kopf in den Händen, überlegte, dachte nach, kramte in den Erinnerungen. Ich ergründete nicht, was wahr sein konnte, wo setzte die Realität ein, und vor allem das Warum. Ich vergaß zu atmen, würgte, schluckte, drehte mich rasch um, mein Kopf versank in der Muschel.

Ich wünschte mich an einen anderen Ort, in die Berge. Das Weinen holte mich ein, half auch nicht. Ich konnte mich mit niemandem besprechen, zu niemandem beichten. Nicht zu Karl, nicht zu anderen. Ich war alleine mit der vergangenen schwarzen Nacht, der Teufel hatte mich mit ihr beschert. Ein Geschenk der Hölle, ganz allein für mich. Ich musste mich aufraffen, meine Kräfte ordnen, nicht zusammenbrechen. Was konnte passieren, ja was? Vielleicht lag im Horror dieses Nachtdurcheinanders meine Chance vom Trinken loszukommen. Niemandem durfte ich von dieser Nacht erzählen, sie war einzig mein Schicksal; die Beherrschung schrie nach mir, sie sollte meine Moral für die Zukunft sein, die Angst mein Zaumzeug.

Meine Gedanken drehten sich in Spiralen, verwickelten sich. Die Bilder des Vormittages kreisten entgegen die Spiralrichtung, wirbelten zentrifugal durch das Gehäuse meines Kopfes. Weil diese Bilder jeglichen Schöngeist vermissten, sog ich sie in mein Innerstes, um sie dadurch der Öffentlichkeit zu entziehen, gewissermaßen die ureigenste Zensur. Wieder und wieder erbrach ich die Bilder, flüchtete meinen Kopf in die Toilettenmuschel.

In den Nachmittagsstunden kühlte ich meinen Kopf in den angenehm kühlen Fluten des Ionischen Meeres. Das Schwimmen tat mir gut, beruhigte meine Nerven. Bei der Zollkontrolle war ich vor Angst fast zusammengebrochen, hatte ich mich doch im wildesten Dickicht meiner Ängste und Gedanken befunden, nach dem Ausgang gesucht. Karl schrieb meinen Zustand dem Alkoholkonsum der vergangenen Nacht zu. Ich lag mit dem Rücken auf dem Wasser, schob diese Wirren in mir beiseite, atmete ruhig und tief, das Wasser erfrischte. Relativ rasch setzte die Regeneration ein, das erste Mal an diesem Tag verspürte ich so etwas wie ein freudiges Urlaubsgefühl.

Die Sonne der nächsten Tage trocknete meine Seele, der Nebel in mir verzog sich, die gute griechische Kost unterstrich mein Wohlbefinden. Ich tat alles, um nicht an die bewusste Nacht denken zu müssen, kam nicht auf den Trichter, stellte nur fest, dass ich derzeit nicht fähig war zu verdrängen, höchstens momentan zuzudecken. Die unzähligen auf mich lauernden Fragen sprangen mich bei jeder sich bietenden Gelegenheit, bei Zeitungsständen, bei Uniformen und Ähnlichem an: Was war mit der Leiche? Was dachte die Polizei? Wer war der Mann? Familie?

Die Strafe war schweigen, sie vergewaltigte mein Denken. Niemandem konnte ich mich offenbaren, Karl würde mich für verrückt halten. Wieder waren die Gedanken bei diesem leidigen Punkt angelangt. War ich noch normal? Ich wollte nach Hause, moralische Bedenken hatte ich längst keine mehr, hatte nur Angst um meine Haut.

Ich war Karl ein schlechter Urlaubspartner, verstand seine Späße nicht, lachte nur, wenn ich trank, trank, wenn ich lachte. Die Sonne bräunte meine Haut und bleichte meine Haare, egal wie diese Nacht verlaufen war, ich war ich, ich atmete, ich schwamm, ich würde die Heimfahrt überstehen, ich wollte wieder angreifen.

Wir fuhren entlang der Küste um die Peloponnes, den südlichsten Teil des griechischen Festlandes, begutachteten so berühmte Stätten der griechischen Kultur wie Olympia, Messéne und Neméa, bis hin zu den Burgen der Kreuzritter und dem byzantinischen Mystras. Nicht weil uns die baufälligen Denkmäler der Geschichte in irgendeiner Weise interessierten, nein, um später sagen zu können: „Da waren wir." Olympia, ein riesiges steinernes Feld. Hier ein paar steinerne Brocken, dort einige abgewetzte Stufen, alles zerbröckelte. In einigen Dörfern fern vom ausgelassenen Trubel der Tourismusorte fanden wir das wahre Griechenland, jenes, das mir unter die Haut ging. Liebenswerte Menschen, die uns mit einem Lächeln begrüßten, uns gastfreundlich zu Speis und Trank einluden. Immer dann, wenn ich mich an einem Ort wohlfühlte, gerade dabei war, mich zu entspannen, drängte Karl weiter. Eine unruhige Kraft in seinem Inneren trieb ihn an, immer weiter und weiter zu anderen Orten, zu Kultstätten, die ihm eigentlich egal waren, in belebtere Städte und von dort flüchteten wir auf ruhigere Plätze. Das erste Mal in meinem Leben erfuhr ich die Einseitigkeit einer Beziehung am eigenen Leib. So wie ich Dutzende Male mit Mädchen, die mich liebten, umgegangen war, so geschah es mir nun in einer Männerbeziehung. Die Erkenntnis, dass diese Freundschaft mit Karl keine war, nur eine Zweckbeziehung, schmerzte. In der gnadenlosen Tiefe unserer Seelen marschierten wir entgegengesetzte Wege, fanden nur beim Trinken zueinander. Er hatte jemanden gesucht, der das tat, was er wollte. Und ich? Ich hatte mir eingeredet, dass ich als Person ihn anzog, uns nicht nur die Bande der erlebten Taten verbanden, hatte erwartet, dass ich ihm als Mensch mit all meinen Ängsten und Gefühlen etwas bedeutete. Immer deutlicher vermittelte er mir das Gefühl des Beifahrers, des zu Gehorchenden. Er interessierte sich ausschließlich für seine Person, *sein Wille geschehe.* Eine Freundschaft sollte Geben und Nehmen sein, dachte ich, er erhob sich über mich, belächelte mich vielleicht innerlich. In diesen Momenten der Besinnung fühlte ich mit den Menschen, die ich im Laufe der Jahre, im Strudel des Alkohols, verletzt und gekränkt hatte, nur aus Geltungssucht oder um mein minderes Selbstwertgefühl zu überdecken. Frei nach dem Motto: Angriff ist die beste Verteidigung. Jeder bekommt das, was er verdient, alles im Leben kommt zurück, dachte ich.

Im Fahrtenbuch vermerkte Karl die angesteuerten Orte, von Gythion, über Tripolis, Nafplion, Argos, nach Korinth. Wir staunten von der Brücke aus in die Tiefe, ich dokumentierte mit etlichen Aufnahmen, wie ein Lastkahn die Meerenge von Korinth durchpflügte. Mit dem Fotoapparat fing ich die Bilderbuchlandschaft ein, erfreute mich an den kräftigen Farben, erlebte mit all meinen Sinnen diese Eindrücke. Ich schmeckte das Salz des Meeres an meinem Gaumen, hörte den Wind in das Meer eintauchen, atmete die Freuden einer zufriedenen Welt.

Die alte Frau lachte mich an, gab mir in ihrem Haus zu trinken, ein Glas Wasser. Der Weg zu ihrem Haus hatte sich gezogen, länger als eine halbe Stunde trug ich ihr Bündel mit Lebensmittel den holprigen gewundenen Hügelweg hinauf. Vorbei an Johannisbrotbäumen und wilden Ölbäumen schwitzte ich mich aufwärts. Ich schaute genau auf die rote Erde zu meinen Füßen, um nicht zu stolpern und um nicht in die getrocknete Scheiße von irgendwelchen Tieren, vermutlich Esel oder Muli, zu treten. Ihr Lachen beschenkte mich. Mit groben, rissigen Händen drückte sie mich auf den Stuhl, setzte sich neben mich. Auf dem Meer lagen Millionen von Glasperlen, blendeten meine Augen. Durstig trank ich in großen Schlucken, lächelte zurück.

Sie nahm meine rechte Hand zwischen ihre Hände, hielt sie ganz fest, lächelte und sagte etwas in ihrer Sprache, die ich nicht verstand. Minutenlang saßen wir so. In ihren Berührungen lag keine Peinlichkeit, sondern die liebevolle Zärtlichkeit einer Großmutter. Ihr Holzsessel knarrte und ächzte unter ihren Bewegungen, seine ausgeblichene verwaschene Farbe zeugte davon, dass er seit Jahren Wind und Wetter trotzte. Wie seine Besitzerin. Sie brachte eine Karaffe mit Wasser, ein Stück trockenes Brot, dazu eine Flasche Ouzo und zwei Gläser. Ihre Behausung stand alleine auf diesem Hügel. Alleine und verlassen, und doch ging von dieser Einsamkeit eine majestätische Erhabenheit aus, wie man sie oft in Burgen und Festungen ausmachte, die über dem geschäftigen Umtrieb und den Vergnügungen des darunter lebenden Volkes thronten. Ihr Heim glich einer Hütte, kein Luxus, weder außen noch innen. Rund um ihre Behausung wuchsen Oleandersträuche, deren rosa Blüten den weißen, brüchigen Steinziegeln eine romantische, fast malerische Note gaben. Die Frau wies mit der Hand auf das Haus, lächelte und flüsterte ein paar Silben. Die Sprache ihres Körpers drückte Freude und Stolz aus. An diesem Ort umgab mich eine Aura der Zufriedenheit und wenn ich mich umschaute, fand ich zwar keinen materiellen Reichtum, ich verstand aber, dass in dieser bescheiden, fast demutsvoll zu benennenden Art der Frau alle Reichtümer eines erfüllten und glücklichen Lebens lagen. Eine Frau, die mit sich und der Natur im Einklang lebte. Die Kerben in ihrem Gesicht, die pergamentene Haut, die wenigen Zähne, all dies sprach für ein hohes Alter. In ihren Augen aber schwamm die unbeschreibliche Schönheit des Landes; sie glichen den glitzernden Flecken im Meer, dort wo die Spätnachmittagssonne das Wasser traf und es ausleuchtete.

In der Luft schwang das Fernweh von sentimentaler und schwermütiger Musik, die unendliche Ruhe von Menschen, die füreinander Zeit hatten. Ich nahm die Natur um mich mit einer Intensität wahr, wie ich es nur in stillen Stunden in den Bergen erlebt hatte, vergaß sogar zu rauchen. Sie blieb sitzen, als ich mich aufmachte, winkte und lächelte. Sogar dann, als ich sehr weit unten angekommen, sie nur noch als Punkt ausmachte, meinte ich ihr Lächeln und ihr Winken zu sehen.

Mit forschen Schritten tauschte ich in Ancona die Planken des Fährschiffes mit dem Festland. Ich sah nicht zurück, ließ die Vergangenheit ein für alle Mal hinter mir. Hier in Italien setzte die Gegenwart ein. In den Discos von Rimini umarmte ich das Leben, küsste manch spitzen Mund, ohne die Welt erneut ins Glas fallen zu lassen und ohne, dass mich meine Tollheit der Vergangenheit erfasste. Ich lachte ein ausgelassenes Lachen, das Lachen der Zukunft.

Schritt für Schritt in die Zukunft

Ich überlegte mir den Schritt, den ich zu gehen bereit war, kurz, dafür ausführlich. Jetzt war die Zeit gekommen, wo ich aufhören musste mich am Leben vorbeizumogeln, allem und jedem die Schuld für mein Versagen zuzuschieben. Die Zeit war reif fürs Handeln. Mit anderen Worten, ein nochmaliges Fliegen aus der Kurve raubte mir jede Chance auf eine Zukunft.

Salzburg im Sommer. Tante und ich quetschten uns in die Festungsbahn mitten unter die Touristen. Ich mochte den Geruch fremden Schweißes nicht, hielt an der Meinung fest, dass fette Menschen widerlich rochen, so wie ich Knoblauchgeruch als penetrant empfand. Wir spazierten den Weg von der Festung zum Café Winkler, kehrten nicht ein, gingen hinunter ins Müllner Bräu. Die riesige Klosterbrauerei behagte Tante, mir sowieso. An einem Wochentag wie dem heutigen war es uns ein Leichtes, im großen Saal Plätze zu finden. Während ich zur Ausschank ging, sah sich Tante nach einer Jause für uns um, bei einem der am langen Gang untergebrachten Verkaufsbuden, in denen es von herrlichen Salaten bis zu knusprigen Stelzen, Aufstrichen, geräucherten Fischen, Broten und Knusprigkeiten vom Bäcker, Bierrettich und Leberkäse, so ziemlich alles gab, was das Jausenherz begehrte. Derweil spülte ich die steinernen Bierkrüge im Wasser der Schwemme, ging die fünf Schritte weiter zur Ausschank. Gegen Übernahme der Kassenbons füllte der Bierzapfer die Krüge, Zug um Zug. Die vollen Krüge drehte er mit Schwung über die glatte metallene Oberfläche der Schank, so gekonnt, dass sie herrutschten, gerade vor mir haltmachten, ohne dass auch nur ein Tropfen Bier verschüttet wurde. Der Maßkrug für mich, der Halbliterkrug für Tante. Wir saßen gemütlich, aßen mit den Fingern den warmen Leberkäse, tunkten die Stücke in Senf ein, kauten genießerisch Pfefferoni und Perlzwiebeln dazu.

„Na Bub, sag mir schon, was dich bedrückt. Die ganze Zeit willst du mir etwas sagen und bringst es offensichtlich nicht über die Lippen. Ist deine alte Tante so zum Fürchten?“

„Nein“, lachte ich. „Gott sei Dank nicht!“ Wieder einmal verblüffte sie mich. Ihre Zuneigung zu mir tat mir gut, ich gab mir den notwendigen Ruck.

„Du, ich will unbedingt die Bahn verlassen.“ Schweigen. Sie sagte nichts, kaute ruhig an ihren Pfefferoni, trank einen Schluck Bier hinterher, wischte sich mit dem Handrücken den Schaum von den Lippen. Sie, die in Restaurants mit Messer und Gabel umging wie eine Gräfin, in ihrer Haltung mit einer Aristokratin gleichzog, genoss auch auf diese urige Art und Weise zu essen.

„Du, ich hab gesagt, ich werde kündigen. Unwiderruflich.“

„Ja, ja, ich hab dich verstanden, sehr gut sogar.“ Jetzt war es an ihr, zu lachen.

„In jeder Weise verstehe ich dich“, sagte sie.

„Hast du schon eine Ahnung, was du machen möchtest, hast du etwas Bestimmtes im Auge?“

„Nein, erst einmal nur weg von diesem Verein. Ich halte das nicht länger aus, will es nicht aushalten, ich …“

„Ja, ja, ist schon gut. Ich war ohnehin niemals im Leben so ein Fan der österreichischen Bahn. Das weißt du genau. Sonst hätte ich mit deinem Exverein nicht etliche Jahre prozessiert.“

Exverein hatte sie gesagt, dachte ich. Dies hieß, sie war auf meiner Seite. Und ich hatte gezweifelt. An Tante gezweifelt, dabei war sie doch stets die Einzige gewesen, die zu mir gehalten hatte. Tränen stiegen mir in die Augen. Sie schaute mich prüfend und fragend an.

„Der Pfefferoni ist so scharf.“ Ich nahm den Krug auf, sah auf den Boden des Kruges, stellte ihn wieder ab.

„Hol dir ruhig noch ein Bier.“

„Nein danke, ich mag keines mehr.“

„Nun tu bloß nicht so, Stefan. Ich weiß sowieso genau, dass du jetzt nicht mehr so viel trinkst. Das merke ich dir an, kenne ich an deiner Nasenspitze. Außerdem brauchst du bei mir nicht zu schwindeln, dies sei ein für alle Mal gesagt. Denk immer daran, deine alte Tante Mitzi ist allzeit bereit dir zu helfen, dir zuzuhören oder wenn du willst, aber nur wenn du es ausdrücklich verlangst, dann gebe ich dir auch einen Rat. Aber ich bin nicht so alt geworden, um dir nun meine Besserwisserei aufzuzwingen oder gar um dich zu schulmeistern."

Ich grinste in den Stoßseufzer hinein. „Tja, das Schulmeistern können ohnehin andere besser, die haben es von klein auf gelernt."

„Reden wir nicht über ihn, Stefan, er kann auch nicht aus seiner Haut." Ich wollte zu einer Erwiderung ansetzen, ihr Zeigefinger drückte auf meine Lippen. „Psst", flüsterte sie.

„Wir haben anderes zu besprechen, als deinen Vater auszurichten, und jetzt hole dir ein Bier, nimm aber mir auch noch ein kleines mit."

Bei ihr verloren stets alle meine Probleme an Gewicht oder lösten sich in Luft auf. Dass Tante in sich noch eine Aversion gegen die Bundesbahn herumtrug, daran hatte ich nicht mehr gedacht. Dies entstammte den sechziger Jahren, als sie spät abends von einer Bergtour auf der Tauplitzalm zurückkam und in der Finsternis am unbeleuchteten Bahnhof eintraf. Reparaturarbeiten sorgten im Gleisbereich für eine lang gezogene tiefe Grube, die von einer Seite nicht abgesichert war. Tante fiel in der Dunkelheit in das Loch, brach sich das Schlüssel- und Nasenbein, verstauchte sich den linken Knöchel und verletzte sich auch am rechten Fuß so schwer, dass sie ohne fremde Hilfe nicht mehr aus der gut zwei Meter tiefen Finsternis kam. Leider hörte ihre Hilfeschreie in den Abendstunden niemand, so richtete sie sich mittels ihrer Bergausrüstung für die Nacht ein. Die auf den Morgenzug wartenden Fahrgäste nahmen endlich die Schreie wahr und brachten ihr Hilfe. Feuerwehr und Rettung befreiten Tante mittels Flaschenzug aus ihrem nächtlichem Gefängnis.

Tante forderte von der ÖBB-Führung Wiedergutmachung. Deren Anwälte vertraten den Standpunkt, dass diese Fallgrube ausreichend abgesichert gewesen war, ihr also selbst die Schuld am Sturz zuzuschreiben war. Nachdem Tante von den ÖBB-Anwälten nur, wie sie sagte, Floskeln, verdrehte Vokabularen und mitunter pampige Worte erhalten hatte, beauftragte sie zwei der besten Salzburger Anwälte mit der Causa, die sich über Jahre hinzog. Immer neue Gutachten, neue Sachverständige, neue Verhandlungen. Ihre Gegner verschleppten das Verfahren, rechneten fix mit ihrer Aufgabe. Und wie sie zugab, wurde die ganze Chose, sie benützte dieses Wort immer anstatt Scheiße, selbst ihr zu viel. Alleine die Kosten für die Gutachter, allesamt sofort zu berappen, beliefen sich auf mehr als eine Million Schilling, dazu Anwalts-, Gerichtskosten, Spesen, und, und, und … Nach fünf Jahren rieten ihr die Anwälte dem Vergleich, der sie finanziell begünstigte, zuzustimmen. Sie besaß die Fähigkeit, die jeweilige Situation objektiv einzuschätzen und danach zu handeln; ohne Rücksicht auf Verluste.

Ihr Herz gehörte den Bergen und bei Bergtouren war sie immer ihren Mann gestanden. „Jawohl, meinen Mann", hatte sie damals auf meine Frage geantwortet. Hart im Nehmen und mit einer Energie ausgestattet, die ihr ein Leben lang half die gesteckten Ziele zu erreichen. Beim Bergsteigen hatten ihr auch ihre deformierten Zehen niemals wehgetan, während sie beim Herumspazieren in der Stadt schon öfter mal ein wehleidiges Gesicht zog. Sie besaß einen sogenannten Hallux valgus, eine Fehlstellung der Großzehe, die im Grundgelenk aus ihrer natürlichen Richtung stark zur Kleinzehenseite hin abgewinkelt war. Durch Abdrängung der Nachbarzehe wurde diese zwangsläufig zur Hammerzehe umgebildet. Aus unbekannten Gründen verzichtete Tante auf operative Korrektur, wohl weil sie den Ärzten nicht grenzenlos vertraute, sie angeblich bei der Pflege ihrer Eltern schlechte Erfahrungen gemacht hatte, über die sie aber niemals sprach. Diese Abnormität ihrer Füße erduldete sie seit ihrer Kindheit, konnte ihr jedoch nicht die Freuden und extremen Touren des Bergsteigens verleiden. Sie war im Alter von sechsundfünfzig Jahren die Watzmann-Ostwand durchstiegen, mangels einer gleichgesinnten Gefährtin im Alleingang.

Was sie sich in den Kopf setzte, erreichte sie, privat wie im Beruf. So wie sie das kleine Geschäft ihrer Eltern in einen erfolgreichen und modernen Betrieb verwandelt hatte, sich allzeit von ihrer Eingebung und Intuition, ihrer inneren Stimme hatte leiten lassen, so schlug sie die Ratschläge ihrer Rechtsbeistände in den Wind, prozessierte und kämpfte munter weiter. Sie schrieb Leserbriefe an Zeitungen und Illustrierten, verschaffte sich sogar im Salzburger Rundfunk und Landtag Gehör. Nach weiteren drei Jahren unterschrieb sie des Geldes wegen den Vergleich. „Trotzdem hat's sich ausgezahlt", sagte sie.

„Wir sollten für dich etwas finden, was dir wirklich Spaß macht. Auf alle Fälle solltest du mit Menschen zu tun haben. Du kannst sie behandeln."

„Ich?"

„Ja, du. Vor allem dann, wenn du ihnen positiv gegenübertrittst und endlich deinen Wall um dich herum niederreißt, der dich langsam aber sicher vernichtet. Du musst lernen, an dich selbst zu glauben, Stefan. Du bist etwas ganz Besonderes und du brauchst niemandem auf der Welt irgendetwas beweisen, am wenigsten dir selbst."

Sie sah mich so eindringlich an, dass ich die Augen niederschlug und aus Verlegenheit am Bierkrug nippte.

„Auch deinem Vater musst du nichts beweisen. Würde es dich sehr stören, wenn ich meine Verbindungen spielen lasse? Vielleicht finde ich etwas für dich." Das war wesentlich mehr, als ich mir von diesem Gespräch erwartet hatte, und bei ihr störte mich sowieso gar nichts. Sie war die Insel der Ruhe in meinem Leben, eine Insel der Hilfe und Rettung.

Drei Wochen später knallte der Startschuss, ich begann in einem Salzburger Reisebüro. Die dreimonatige Probezeit raste an mir vorbei. Meine neuen Chefs waren überrascht, welchen Heidenspaß mir meine Ausbildung bereitete und welchen Enthusiasmus ich mitbrachte. Ich hatte mit fremden Ländern und Gebräuchen zu tun und alle Informationen darüber, wie das Studieren der jeweiligen Landesgepflogenheiten, der klimatischen Bedingungen, der kulturellen Angebote, empfand ich als unheimlich spannend. Aber auch die Informationen über die verschiedenen Fluglinien, die Unterschiedlichkeit der Reiseveranstalter, sämtliche Belange in Bezug auf die Buchungsmaschinerie, die Möglichkeiten der Urlaubs- und Stornoversicherungen, all das nahm ich mit Freude und Wissbegierde auf. Das Verkaufen der Ware Urlaub erhob mich automatisch zum Urlaubsexperten und die Allgegenwart der Urlaubsfreuden machte mich selbst auch dermaßen glücklich, etwa so, wie sich ein Juwelier an seinen Geschmeiden ergötzte. Zum ersten Mal in meinem Leben begeisterte mich meine Arbeit, ich wusste nun, was Menschen meinten, wenn sie sagten, sie hätten ihr Hobby zum Beruf gemacht. In wenigen Monaten war ich ein anderer geworden, ruhig und ausgeglichen, und weit weg vom andauernden Sturz ins Glas.

Der Ausbildung vor Ort folgten Seminare in puncto Verkaufstraining, Telefontraining, Umgang mit Reklamationen. Diese fanden in der Hauptstadt Wien statt; angenehme Atmosphäre, untergebracht in guten Hotels und Trainer, die es verstanden, zu motivieren. Ich lernte durchwegs sympathische Menschen kennen, bunte Vögel, alte Reisebürohasen, die bereits um den halben Globus gereist waren, Veteranen der Tourismusbranche und kreative junge Geister. Viele davon weiblichen Geschlechts. An den Abenden zechte ich mit ihnen, hörte mir die Qualen an, die sie mit ihren Partnern erlebten, und in den Heurigenkneipen fielen wir uns gegenseitig um den Hals, tauschten im Hotelzimmer die Geheimnisse unserer Körper aus. Einige Monate verbrachte ich in der Zentrale in Wien, kehrte zurück nach Salzburg, übersiedelte danach endgültig nach Linz. Die oberösterreichische Metropole lag meiner Kleinstadt am nächsten, sie konnte ich in einer Stunde mit der Bahn oder einer Dreiviertelstunde mit dem Auto erreichen. Je nachdem. Die Autofahrten überwogen, die Promillegrenze brach selten.

Auf der Touristikmesse in Salzburg entfernte ich mich vom Einheitsbrei der breiten Masse, die Augen der Chefs filmten mich. Bei solchen Aktivitäten lief ich zur Höchstform auf, erfreute mich ehrlich an der täglich ansteigenden Besucherzahl, kannte im dichtesten Gewühl um unseren Messestand keine Verschleißerscheinungen, im Gegenteil. Ich schäkerte mit den italienischen Mädels der Adriastände, so viel Zeit musste sein. In der Mittagspause

trank ich manchmal mit ihnen ein Glas Sekt, hofierte sie in ihrer Muttersprache, ließ mich im Gegenzug von ihnen zu einem nachmittäglichen Espresso einladen. Der Regionschef hatte mir eben gesagt, dass er meine Arbeit schätzte. Er stand in seinem dunkelblauen Anzug neben mir, grinste lässig; der letzte Messenachmittag brach an. Angela winkte vom Nebenstand, kam einige Minuten später mit meinem Kaffee, mein Boss grinste noch mehr.
„Angela, sei libera stasera?" – Bist du heute Abend frei?
„Stasera? Ma si." – Heute Abend? Aber ja!
„Andiamo al discothequa?" – Gehen wir in die Disco?
„Con piacere, Quando ci incontriamo?" – Das wäre schön, wann treffen wir uns?
„Alle otto, come al solito?" – Um acht, wie immer?
„Si Stefano, mi vieni a prendere all'albergo?" – Ja Stefan, holst du mich im Hotel ab?
„Si Angela, nell'atrio." – Vor dem Foyer.
„Ciao Stefano, a stasera." – Bis heute Abend.

Mein Chef rückte ganz nahe zu mir, lächelte und schüttelte leicht den Kopf. „Wenn Sie in vierzehn Tagen nichts Besonderes vorhaben, dann fahren Sie bitte mit mir nach Italien, auf Hoteltournee."

„Liebend gerne …"

Meine Sprachkenntnisse öffneten die Tür ins Paradies. Bei der Einstellung hatte ich nur die in der Schule gelernten Sprachen, wie Englisch und Französisch, angegeben, etwas Latein rundete die Angaben ab. Die in der Volkshochschule erworbenen Italienisch- und Spanischkenntnisse kamen mir nun zugute, dass ich dabei war, Griechisch zu erlernen, verschwieg ich einstweilen, denn aus dem Kartenspiel wusste ich, immer einen Trumpf für später aufheben.

Hoteltourneen waren Reisen in die jeweiligen Urlaubsländer, bei denen wir die Vertragshotels besichtigten und überprüften, ob sie den angegebenen Standards entsprachen. Für diese Aufgaben war es nicht unabdingbar, aber ein wesentlicher Vorteil, wenn man die Landessprache beherrschte. Oftmals waren Verhandlungen zu führen, Verträge mussten mitunter abgeändert werden, ein Blick hinter die Kulissen war oft vonnöten und dieser ergab sich automatisch bei einem Gespräch mit dem Personal.

Mein Chef sandte mich in den nächsten zwölf Monaten auf alle großen Tourismusmessen in Europa, sodass ich nach dieser Zeit ein umfassendes Bild von der Branche hatte, selber als kleiner Experte galt. Das Herumflanieren auf Massenveranstaltungen und in Hotels lag mir, der Zweireiher als Arbeitsgewand gefiel mir wesentlich besser denn die frühere schmucklose Uniform.

Auf meinen Dienstreisen benutzte ich das Flugzeug häufiger als andere Leute die Bahn. Ich war in den Tourismusgebieten von Spanien, wie z. B. auf den Kanarischen Inseln, egal ob es Lanzarote oder Fuerte war, ebenso zu Hause wie in den adriatischen Badeorten oder den Hauptstädten Europas. Mein Chef investierte in mich, kein Seminar zu teuer. Deutsche Rhetorikgurus schliffen die Unebenheiten meiner Sprache ab, lehrten mich die Taktik des Verhandelns und die Kenntnisse der Kommunikation. Die Leitung der neu eröffneten Filiale in meiner Kleinstadt übernahm selbstredend ich, obwohl erst knapp drei Jahre an Bord der Firma. Das neue Geschäft übertraf die erwarteten Umsätze bei Weitem, doppelt, fast dreifach. Meine Ideen schlugen ein und es war so, wie Tante gesagt hatte, der Umgang mit Kunden lag mir.

Ich hatte die Welt der Reisen und Urlaubsträume fest im Griff, identifizierte mich mit der Branche, lebte glücklich in der heilen und farbenfrohen Welt der Urlaubskataloge. Meine Mitarbeiterinnen schätzten mich und meine Arbeit. Nichts auf der Welt vermochte meinem Stern die Leuchtkraft zu nehmen und er gewann sogar kontinuierlich an Höhe.

Der einzige meiner alten Freunde, zu dem ich mich noch herzlich hingezogen fühlte, war Fritz, die anderen begrüßte ich wie Tausende Bekannte, trank und scherzte mit ihnen, Trinkgesellen. Unsere Gespräche fanden selten festen Boden, trieben so wie einst im seichten Gewässer dahin. Karl, Jochen, Lucky, sie waren zu dem geworden, was sie einst verachtet hatten, gefangen in der kleinbürgerlichen Welt ihrer Eltern, schämten sich heute für ihre

Ausbruchsversuche von gestern, für ihre vergangene Aggressivität, mit der sie diese Welt verändern wollten. Was ich früher nicht bemerkt hatte, sah ich heute als den größten Kritikpunkt unserer Beziehung, unsere Sprachlosigkeit. Wir saßen in den Wirtshäusern zusammen, schwangen lockere und übertriebene Reden, kommunizierten aber nicht miteinander, sondern sprachen aneinander vorbei. In Gruppen waren wir nicht fähig uns zu unterhalten, überspielten dieses Manko, indem wir uns gegenseitig aufzogen, uns in Gesprächen schikanierten. Früher hatten wir uns stundenlang damit fertiggemacht, wer von uns die Matura nicht schaffen würde, *und wenn, dann erst mit achtzig,* so lautete der Spruch der Vergangenheit. Einer hatte immer begonnen, die anderen zogen nach und zum Schluss peckte jeder gegen jeden. Einmal hätte der am liebsten geweint, dann der; in unserer Naivität erkannten wir nicht, wie weh wir uns gegenseitig taten, dachten nur, das gehörte sich so, von Freunden müsste man sich diese Sachen eben bieten lassen. Heute aber wehrte ich mich gegen diese Art von Spaß, wurde prompt als Spielverderber abgekanzelt. Interessant, dass gerade die, welche für sich eine große Sensibilität in Anspruch nahmen, den rüdesten Ton anwarfen. Paarweise fand mitunter eine tiefer schürfende Unterhaltung als die der Beischlafthematik statt, sobald sich aber ein Dritter dazugesellte, wurden die Gefühle rasch zugedeckt und mit den Schuhen darauf herumgetrampelt. Wir lachten laut und übertrieben, immer auf Kosten eines anderen. Der, den es gerade traf, lachte mit verkniffener Miene mit, bis es ihm gelang, die Zielscheibe weiterzureichen. Sprüche führen, Sprüche klopfen, Schmäh halten, so nannten wir diese Form der Unterhaltung, die nur aus Hohn und Spott bestand, einer den anderen so lange quälte und sekkierte, bis irgendwer das Handtuch warf, nach Hause flüchtete. Ich beherrschte die Regeln, der alte Spruch *Angriff ist die beste Verteidigung* bewahrheitete sich. Kein Verbalschlag, der zu tief lag, im Gegenteil, desto tiefer, desto vergnügter brüllte und kreischte der Rest.

Ob das Privatleben oder das Aussehen, den Sprüchen wuchs der Bart.

Du hast schöne Zähne, gibt es die in Weiß auch?

Du bist gut angezogen. Schöne Menschen haben schöne Kleider, aber du bist auch schön angezogen.

Du hast einen tollen Anzug, sag deinem Schneider, er kann gut wenden.

Aus deinen Ohren kann man eine Lederhose machen … nichts gegen dein Gesicht, aber Rüben gehören in den Keller … du schielst ja wie Clarence der Löwe …

Der Alkohol wirkte als Katalysator. Mitunter löschte nur das Wissen um die jahrelange sogenannte Freundschaft die Lunte an der Dynamitkiste. Die Fäuste blieben in den Taschen, ein derber Spaß ersetzte die Prügel. Man leerte dem anderen Schnaps ins Bier, verschmierte die Scheiben seines Autos, versteckte die Schlüssel oder den Mantel. Ähnlich der Vergangenheit drückte sich die Aggression in Gemeinheiten aus.

Es war an einem dieser wunderschönen Wochenenden im Spätherbst, das alle Welt für einen Ausflug nutzte. Alles drängte unter die Sonne, um Energie zu tanken für die bevorstehende nasskalte Jahreszeit, vor der den meisten Menschen graute. Die späte Nachmittagssonne tauchte die Landschaft in ein rötliches Licht, nahm den von grünbraun bis rot reichenden Farbschattierungen des Waldes den Filter weg. Grell leuchteten die Farben an diesem vermutlich letzten Sonntag in diesem Jahr, an dem die Motorradfahrer ideale Verhältnisse vorfanden.

Ich fuhr mit etwa achtzig km/h in die Geschwindigkeitsbegrenzung, den Siebziger. Eine lang gezogene Linkskurve dehnte sich vor meinen Augen aus. Ein Motorradfahrer sauste an mir vorbei, ich sagte zu Helga, meiner Reisebüromitarbeiterin und Bettgefährtin: „Das Zauberwort mit den zwei T. Flott, flott unterwegs." Wir hatten in Salzburg an einer Touristikveranstaltung teilgenommen und des schönen Wetters wegen den Weg über die Bundesstraße gewählt. An die Linkskurve schloss eine kleine Steigung an, das Ende der Geschwindigkeitsbegrenzung, danach eine lange abschüssige Gerade.

Ich sah die Autos in der Mitte der Straße stehen, bremste abrupt. Das am Boden liegende Motorrad passte nicht in diesen

Sonnentag, entzog dem Bild die Farbe. Ich parkte am Straßenrand, lief aufgeregt zu den fünf oder sechs Menschen vor, die um das Motorrad standen. Die auf dem Asphalt verstreuten Glassplitter glänzten, umringten den am Boden liegenden Mann wie ein Kranz. Es sah aus, als klebte der schwarze Motorradanzug auf dem grauen Asphaltband, unbeweglich und starr. Das Unfallopfer lag auf dem Bauch, der Kopf mit dem knallroten Helm schien seltsam verdreht. Mir fiel sofort auf, dass die Relation der handelnden Bilder vor mir im Verhältnis zum Ton nicht stimmte. Ein Schalldämpfer deckte die Geräusche zu, als ob eine unheimliche Stille dabei war, sich auszubreiten. Die um den Motorradfahrer knienden Menschen schienen auf alles, was laute Geräusche verursachen konnte, zu verzichten. Ihre Bewegungen entsprachen Personen, die Angst um die Ruhe eines anderen hatten, so wie sich Menschen um die Abendzeit in den Gängen von Spitälern bewegten oder so wie sie sich auf Friedhöfen verhielten. Der auf und ab jaulende Sirenenton kündigte das weiße Rettungsauto an, Sekunden später sprangen drei Männer heraus, zwei Retter und ein Arzt. Das flackernde Blaulicht gab der Situation eine gespenstische Note, machte den ständig neu Dazukommenden auf eindringliche Weise klar, was da geschehen war. Die Feuerwehr und die Gendarmerie trafen ein, sperrten die Unfallstelle ab. Dadurch, dass die Straße stark befahren war, wuchs die Autokolonne in beiden Fahrtrichtungen ständig an. Ich sah den Arzt, der beim Unfallopfer gekniet war, aufstehen, ein Rettungsmann ging mit langsamen Schritten zum Auto, stellte das Blaulicht ab. Diese Handlung verstärkte die unheimliche, über dem Geschehen liegende Stille. Nach weiteren zehn Minuten rückte ein schwarzes Leichenauto zum Unfallort vor. In Minuten war der Motorradfahrer in einer Aluminiumbox verstaut und weggebracht. Die Uniformen entwirrten das Verkehrsknäuel, regulierten und beruhigten mit ihren lautlosen Befehlen, der Sprache ihrer Arme.

Der Mann auf dem Motorrad hatte versucht zwei Autos zu überholen und dabei das Blinken des vordersten übersehen, welcher dabei war, abzubiegen. Seine Vollbremsung misslang, er prallte auf ein entgegenkommendes Fahrzeug und schlug mit dem Kopf auf die Straße. Zwanzig Minuten waren seit meinem Eintreffen vergangen, als wir die Weiterfahrt aufnehmen konnten, als für zufällig Daherkommende nichts mehr auf die Schwere des Unfalles hinwies. Zwanzig Minuten, dachte ich, solange dauerte es, bis ein Mensch, der vorher munter und lebendig war, gelacht und gestrahlt hatte, in eine Schatulle verpackt und abtransportiert war. Die Feuerwehr hatte vorbildlich gearbeitet, alle Spuren des Unglücks waren beseitigt. Irgendwo würde eine Mutter vergeblich auf den Sohn warten, eine Frau sich über den Verbleib ihres Mannes wundern und Kindermünder würden wiederholte Male nach dem Papa fragen. Egal welche Antwort die Kinder auch erhielten, sie würde sie nicht befriedigen und Unverständnis und Tränen hervorrufen.

In der Zeitung des nächsten Tages war der Unfallhergang in einigen Zeilen nachzulesen. Eine Spalte, nicht mehr als zehn Zeilen. Dieses Erlebnis stimmte mich sehr nachdenklich, denn oft schon hatte ich mir Gedanken über den Tod gemacht, daran gedacht, was nachher sein würde, vor allem für die anderen. Wie schnell war man wohl vergessen? Eine kurze Notiz in der Zeitung, einige Gespräche lang das zentrale Thema der Stammtische im Ort, Tränen beim Begräbnis, ein Nachruf hie, ein paar schlechte Worte dort. Einzig die nächsten Verwandten würden länger Trauer tragen, bis sich der Schleier des Vergessens über den Toten senkte. Unbarmherzig drehte sich das Rad der Welt und des Schicksals weiter, sprang im Tod wie im Leben gnadenlos mit Verlierern um, frei nach dem Motto: *wo gehobelt, da fallen Späne – wer den Schaden, der hat den Spott.*

Die Uhr des Schicksals drehte sich unaufhörlich, die Zeit bewegte sich in nur einer Richtung davon. Im Kreise meiner Bekannten und Freunde wuchs neues Leben heran und während ich noch in Gedanken beim Ausrichten meiner Feier für den *Dreißiger* war, zählte dieses Erlebnis bereits zur Vergangenheit, ging unter in der Zahl der Eheschließungen und Taufen. Kaum dass neues Leben entstanden war, neigten sich andere dem Ende zu.

Unerwartet griff sich der Tod seine Opfer, schlug aus der Dunkelheit der finsteren Mächte zu. Wie sollte man ihm trotzen, wenn sich gegen sein Zuschlagen keine Vorbereitungen treffen ließen? Er verhielt sich wie ein Tier, das seiner Beute hinterhältig auflauerte, und nicht als Jäger, der sein Opfer im Kampf erlegte. Tod bedeutete für mich etwas Endgültiges, Unwiederbringliches und die Beschäftigung mit dem Tod als unwiderruflichen Beender des Lebens setzte in meinem Gehirn immer wieder einen Impuls in Gang, der die Frage nach dem Sinn des Lebens aufwarf. Brachte es Sinn, sich durch die Querelen des Lebens zu kämpfen, wenn einen gerade dann, wenn man am wenigsten damit rechnete, das Schicksal ereilte.

Diese Gedanken suchten mich auf dem Friedhof heim, einer der Plätze, die ich als unsympathisch einstufte, ich aber gleichzeitig das Ausmaß der vorherrschenden Ruhe und Stille an einem solchen Ort bewunderte und diesen Faktor als Balsam für die wirren Gedanken von Trauernden empfand.

Mir war, als ob die leichte beschwingte Musik von Mozart über den Friedhof schwang, oder hatte dies damit zu tun, dass mich die Erinnerung einholte? Sie, die jetzt in der Tiefe der Erde ruhte, hatte meine Liebe zu Mozart entfacht, mir die Musik näher gebracht, ihre Musik. Was hatte ich ihr alles zu verdanken, dachte ich, und wie oft hatte ich ihr eigentlich gesagt, was sie mir bedeutete? Eine nicht zu beschreibende Kraft spannte das Innere meines Kopfes an. Ganz langsam und allmählich krampften die Muskeln, von den Ohren ausgehend bis zu den Halsmuskeln, der Augen- und Stirnpartie. In meinem Denken bekam ich Angst, dass die Sehnen, Bänder oder Wer-weiß-welche-Schnüre und Drahtverbindungen meines Gesichtes reißen könnten, so arg verknüpfte diese Spannung mein Gesicht. Der Schmerz zog so lange an, bis das Weinen einsetzte und mir Erleichterung verschaffte. Jetzt hatte ich wirklich niemanden mehr, dem ich mich anvertrauen konnte, und was noch viel, viel schlimmer war: Sie hatte mich beschützt. Ich begriff in diesem Moment, dass ich ab sofort auf mich alleine gestellt war. „Tante, du wirst mir fehlen", flüsterte ich in den sanften Wind hinein, der die Instrumente der Natur und somit des Lebens zu einer Symphonie verband. Das harmonische Pfeifen des Windes, das Rascheln des verfärbten trockenen Laubs, die Stimmen der Vögel, die Geräusche der Straße, die manchmal heftigen Stöße des Windes als Fanfaren der Sehnsucht – all dies einzig Tante gewidmet, für ein, wie ich hoffte, erfülltes Leben. Ich betete für sie, nicht eines dieser Kirchengebete wie Vaterunser oder Rosenkranz, sondern etwas Persönliches, mit meinen eigenen Worten. Immer wieder passierte etwas, womit ich nicht gerechnet hatte, dachte ich. Immer wieder. Ich sprach für sie den romantischen Vers von Rilke, den sie gerne rezitierte.

Immer wieder

Immer wieder, ob wir der Liebe Landschaft auch kennen
und den kleinen Kirchhof mit seinen klagenden Namen
und die furchtbar verschweigende Schlucht, in welcher die andern
enden: immer wieder gehen wir zu zweien hinaus
unter die alten Bäume, lagern uns immer wieder
zwischen die Blumen, gegenüber dem Himmel.

Wem waren in der Vergangenheit meine unzähligen Neubeginne gewidmet gewesen, wer hatte mich bestärkt? Machte es jetzt überhaupt noch Sinn, den eingeschlagenen Weg zu verfolgen? Oft zeigte sich mir das Leben als sehr schöne Fee und nichtsdestotrotz konnte ich in diesem intriganten Spiel des Lebens unmöglich Sieger bleiben. Wie gesagt, es war ein Spiel. Ein Scheißspiel. Ich spann den Faden weiter, dachte, dass nicht das Spiel die Ursache vielerlei Unglücke und menschlicher Tragödien war, sondern die von der Gesellschaft aufgestellten Spielregeln. Die Spießbürger waren es, die andere Menschen zugrunde richteten, indem sie sich über alles und jeden ein Urteil anmaßten, ständig auf ihrer sogenannten klaren Linie beharrten, auf ihren Weg, als den einzig richtigen, pochten.

Die Unruhe hatte mich wieder gepackt, die Suche begann erneut. Natürlich fand ich nirgendwo, doch wie ein Fieber hatte mich diese Unruhe ergriffen und trieb mich außer Haus, in die Arme des Vergnügens und des Alkohols. Die seichten Gespräche, die mich oft angeödet hatten, ersparten mir die Auseinandersetzung mit meinem Ich. Genau genommen wusste ich gar nicht, warum, aber seit Tantes Tod machte mir das Leben keinen Spaß mehr, zumindest nicht im selben Ausmaß wie vorher. Sogar die gelegentlichen Querelen mit Vater amüsierten mich nicht länger, zogen mir den Nerv. Ich fühlte mich gefangen in einer Welt, die mir zu eng und zu klein geraten schien, in der dem Alltag die Farbe fehlte, nur schwarz und weiß vorherrschte.

Auf der Suche nach dem Abenteuer vermied ich kein Risiko, setzte unentwegt alles auf eine Karte. Und verlor nie. Ob ich mit den Skiern eine Steilrinne befuhr, in der ein Sturz das garantierte AUS bedeutet hätte, oder ob ich mich zum Gaudium meiner Besucher in den frühen Morgenstunden vom Fenster meiner im dritten Stock liegenden Wohnung abseilte und mich mittels zweier ins Seil eingebundener Seilschlingen, den Prusikschlingen, wieder emporhangelte. Ich jagte mein Auto mit hohem Tempo in die haarigsten Kurven und sprang einer Wette wegen von der Stadtbrücke in den darunter fließenden Fluss. Fünf Meter Tiefe, das Wasser nur mannshoch. Ohne zu überlegen tat ich den Sprung in die nächtliche Dunkelheit. Weder Schrammen noch Schnupfen trug ich von diesem Wagnis mitten im Februar, der Zeit des Faschings.

Übermütig tobte ich mich durch die Veranstaltungen und Gschnasfeste, hinterließ eine Spur aus gebrochenen Herzen.

Karl veranstaltete am Faschingssamstag eine Party. Etwa vierzig Personen tummelten sich in seiner 120-qm-Wohnung im neunten Stock, nahe an den Sternen. Mein Kostüm war das einer Hure, grell geschminkt, mit schwarzer Strumpfhose, knappem Minirock und weißer Seidenbluse, durch die der schwarze Büstenhalter frivol durchschimmerte. Die laute und wilde Musik unterband die Unterhaltung, die Hände ersetzten die Sprache. Ausgelassen tanzten und tranken wir, umarmten und küssten uns. In dieser Nacht lebte die Vergangenheit auf, alte Rockmusik und alte Freunde. Jochen, Lucky, Fritz und Mädchen, mit denen wir aufgewachsen, die mit fünfundzwanzig längst verheiratet waren und nun schon seit Jahren geschieden. Freunde und Bekannte von einst, dazu frisches Blut der Gegenwart. Diesmal war es umgekehrt; der weibliche Part der Partygäste griff mir frivol auf die bestrumpften Beine und aufs Gesäß. Sie tätschelten die, wie sie sagten, strammen Schenkel, lachten und umgarnten mich.

In der rechten Hand hielt ich das obligate Glas, mit der linken zog ich Ute, die Schwester von Jochen hinter mir her. Wir zwängten uns an den herumstehenden und tanzenden Gruppen vorbei, die Gesichter leuchteten bizarr im farbigen Licht der Glühbirnen, die Körper warfen ekstatische Schatten. Vereinzelt standen Paare in die Nischen gedrängt, die Arme und Beine wie zu einer modernen Skulptur verschlungen, oder saßen auf einem Sessel ineinander verhakt. In Ermangelung eines stillen Plätzchens setzten wir uns auf den Boden. Um das Gleichgewicht zu halten, lehnte ich mich mit dem Rücken an die Wand. Das Gewicht von Ute drückte auf mich, ich spürte ihre weichen Brüste auf meinem Oberkörper. Aus der leidenschaftlichen Umarmung zogen mich zwei kräftige Arme weg, stießen mich beiseite. Jochen. Er riss mich in die Höhe, schüttelte mich, schrie mir ins Ohr: „Du bist ja doch das Letzte. Lass sie sofort in Ruhe, sonst zerlege ich dich."

„Spinnst du, Ute ist alt genug selber zu entscheiden, was sie will. Wer bist du? Bist du der Wächter ihrer Unschuld? Gerade du?"

Ute drängte sich zwischen uns, schob ihren Bruder zur Seite. „Musst du mir wirklich alles versauen in meinem Leben, mische dich nur nicht in meine Privatangelegenheiten. Schau lieber, dass du mit dir zurande kommst."

Die zarte Ute hatte sich so vehement und entschlossen zwischen uns gedrängt, dass ich befürchtet hatte, sie würde ihren Bruder ohrfeigen. Ihr Gesicht schaute mit einem Male so grimmig aus, dass ich nicht anders konnte, als lachen, und ihren fragenden Blick mit einem lieben Kuss auf ihre Wange beantwortete. Der Balkon gewährte uns Zuflucht, empfing uns friedvoll und mit frischem Wind. Im Inneren der Wohnung schob eine Hand den Vorhang der Balkontür ein kleines Stück zur Seite, Jochens Gesicht tauchte auf. Er grinste uns hämisch an, ballte seine rechte Hand zur Faust und streckte den Mittelfinger nach oben. „Was soll das?“, fragte mich Ute. Sie drückte gegen die Tür, diese gab nicht nach, war von innen verriegelt worden.

„Dieses blöde Arschloch“, fluchte sie laut. „Was bildet der sich eigentlich ein? Glaubt er, er muss auf seine Schwester aufpassen?“

„Er wünscht sich wahrscheinlich einen anderen Umgang für dich.“

„Einen anderen Umgang? Er hat doch immer behauptet, er sei ein Freund von dir.“

„Vielleicht einen jüngeren Umgang?“

„Was soll das. Ich bin volljährig und alt genug, dass ich weiß, was ich tue. Außerdem wer hat gesagt, dass ich dich heiraten will?“ Ich lachte. „Willst du nicht?“

Wir küssten uns zärtlich, meine Hände zerwühlten ihre langen blonden Haare. Ute kannte ich von klein auf, als sie noch der kleine Wildfang gewesen, auf den der große Bruder Jochen aufpassen musste. Als sie in die Volksschule eingetreten war, hatte mich gerade der Staat zu seinem treuen Diener berufen, mich zum Soldaten gemacht. Nun war sie eine reizende, junge Frau von zwanzig Jahren, die selbstbewusst in die Zukunft schaute. Ich sah mich um, maß den Abstand zum Nachbarbalkon, sagte zu ihr: „Warte, ich versuche es über den Nachbarbalkon, die sind heute sowieso auf bei diesem Lärm.“

„Was, pass bloß auf, das sind fast zwei Meter!“

„Nein, höchstens einundeinhalb“, grinste ich.

Ich stieg über die Balustrade, drehte mich mit kleinen Schritten vom Geländer weg. Vorsichtig balancierte ich auf dem schmalen Balkonvorsprung, stellte den linken Fuß seitlich. Ich verlagerte das Gewicht vom rechten auf den linken Fuß. Mit der linken Hand umschloss ich das metallene Abschlussrohr des Geländers und winkelte den rechten Fuß leicht ab. Ich stieß mich mit der linken Hand und dem linken Fuß gleichzeitig ab, streckte das rechte Bein weit nach vor, griff blitzschnell mit beiden Händen nach der Metallstrebe, welche den Balkon umrandete und das Gerüst für die Verkleidung bildete. Ich fasste so fest zu, dass meine Handflächen stachen und brannten, derweil meine Vorderfüße auf dem Mauervorsprung Halt fanden. Schnell stieg ich ins Innere des Balkons und klopfte beim Fenster.

Kurz darauf konnte ich Ute aus ihrem Gefängnis befreien. Wir stärkten uns in der Küche, delektierten uns an der mitternächtlichen Gulaschsuppe, tranken Bier dazu. Das Licht in der Küche leuchtete hell und strahlend, ein Grund mehr, dass etlichen Bekannten die zärtliche Art und Weise ins Auge stach, mit der Ute und ich uns begegneten. Sie himmelte mich mit ihren dunkelgrünen Augen an, in denen alle Smaragde dieses Kontinents schimmerten. Ihren anwesenden Freundinnen und Bekannten erzählte sie lauthals vom blöden Scherz ihres Bruders und von meinem Balkonsprung. Ein Riesenhallo begann, das Staunen stand ihnen in die Gesichter geschrieben. Der dazugekommene Jochen schwächte ab.

„Das ist doch gar nichts, jeder Blödmann bringt das zusammen."

„Auch du?", frotzelte ich ihn.

„Wer weiß, ob das überhaupt stimmt. Manche Menschen fantasieren sich in ihren Alkoholträumen da so etwas zusammen."

„Lieber Fantasieträume als Angstträume."

„Ja, es gilt schon, etwas zu wagen, wenn man als Maulheld ein junges Mädchen beeindrucken will."

„Du bist wirklich fies, Jochen", schrie Ute ganz laut.

„Zeig uns das Kunststück, Stefan", sagte irgendwer. „Ja, zeig es uns", setzten andere ein.

„Na los, Stefan, zeig, was du kannst. Du lässt dich sonst nicht so lange bitten."

„Auf geht's, Stefan …" Ein Sprechchor entflammte. „Stefan … Stefan … Stefan … Stefan …"

Ich wusste in diesem Moment noch nicht, ob ich erneut springen sollte. Nicht wegen der Gefahr überlegte ich, aber wenn ich sprang, blamierte ich Jochen. Was soll's. Er verdiente es nicht anders. Stillschweigend schritt ich auf den Balkon, kletterte über die Brüstung und sprang, so wie eine Stunde zuvor. Nur drehte ich mich diesmal beim anderen Balkon um und sprang auch wieder zurück. Die Meute klatschte und schrie, Ute fiel mir um den Hals. Sie zog mich zu sich, flüsterte mir ins Ohr: „Du bist verrückt, mach das bitte nicht zu oft, sonst bekomme ich Angst um dich.“ Ich schwieg, streichelte nur mit den Fingern ihre Wange. „Du bist der Größte“, skandierten sie und ich ergab mich ihrer Bewunderung, grinste Jochen demonstrativ an, so verächtlich wie mir nur möglich. Ich bedachte in diesem Augenblick nicht, dass sich Jochen jetzt ganz klein fühlen musste, am Boden zerstört war. Ich vergönnte es ihm, seine Problemwelt interessierte mich keinen Millimeter, jeder war für sich selbst verantwortlich.

Und Jochen setzte an das Geländer zu übersteigen. Er verträgt es nicht, zu verlieren, dachte ich. Er zögerte den Sprung lange hinaus, jeder schien den Atem anzuhalten.

„Jaaaa …“, schrien sie und Jochen stand auf dem Vorsprung des anderen Balkons. Auch er drehte sich um hundertachtzig Grad, machte sich bereit für den zweiten Sprung zurück. Ich lächelte, dachte, wenn er jetzt wieder heil ankam, würden wir uns um den Hals fallen und alles vergessen. Es lohnte nicht zu streiten und ich mochte seine kleine Schwester wirklich. Vielleicht hatte ich mich sogar ein bisschen verliebt? Wer weiß, dachte ich.

Ich beobachtete Jochen genau, sah, dass er sich mit beiden Händen festhielt. Ich wartete darauf, dass seine rechte Hand das Geländer losließ, denn so konnte er unmöglich springen. Sich beidhändig abzustoßen war ein Ding der Unmöglichkeit, nie im Leben würde er aus dieser gestreckten Position die Hände und Beine schnell genug nach vorne bekommen. In dem Sekundenbruchteil seines Absprunges erkannte ich seinen Fehler, wusste um den Ausgang. Ich sah seine verkniffene angespannte Miene und den zu schwach geratenen Abstoß. Seine Arme bewegten sich viel zu spät nach vor, die Hände griffen daneben. Wie in Zeitlupe fasste seine Hand in die dunkle Leere, danach die andere Hand. Seine Finger krachten auf die Verkleidung des Balkons, wollten sich in die glatte Oberfläche bohren, stattdessen scherten die Fingernägel nur über die raue Platte, hinterließen ein durch Mark und Bein gehendes Geräusch, als kratzten sie den Kunststoff auf. Seine Hände schlugen auf dem Balkonvorsprung auf, aber anstatt sich in die Kante zu krallen, bogen sich seine Finger auseinander und Jochen strampelte und ruderte in die Tiefe. Ich hörte keinen Aufprall, sah ihn nur als weißen Fleck auf der Straße liegen. Eine übernatürliche Ruhe brach an, die sich beständig ausbreitete. Die ausgelassene Fröhlichkeit war in Sekunden abgestreift, machte der Überraschung Platz, die nahtlos in einen tiefen Schockzustand wechselte. Wie ein Buschfeuer verbreitete sich die Nachricht unter den Gästen. Ein Mädchen begann zu heulen und vom Balkon aus vernahm ich eine herannahende Sirene. Ich sah mich nach Ute um, wollte sie zurückhalten, um zu vermeiden, dass sie nach unten lief und Jochens zerfetzten Körper sah. Ich fragte Karl: „Hast du Ute gesehen, ist sie nach unten gelaufen?"

„Lass sie in Ruhe. Für heute hast du genug Schaden angerichtet, Stefan. Du mit deinen Spielchen. Verschwinde sofort aus meiner Wohnung, bevor wir dich verjagen!"

Ich sagte nichts. Kein Wort mehr, wie ein geprügelter Hund schlich ich aus dem Haus. Eine Stunde später meldete ich mich bei der Gendarmerie und gab meine Aussage ab. Ute sah ich nie wieder. Zwei Tage später schnitt sie sich mit einer Rasierklinge die Pulsadern auf. Ihre Eltern, die sie rechtzeitig fanden, verboten mir einen Besuch im Spital. In einem Aufwaschen untersagten sie mir auch die Teilnahme an Jochens Begräbnis. Sein Vater formulierte es in einem Vieraugengespräch etwas weniger heftig, bat mich, nicht zu erscheinen. Nicht dass sie mir die Schuld zuweisen wollten, sagte er, aber Jochens Mutter stände nach wie vor unter Schock und ich wäre für sie ein rotes Tuch.

Ich verstand ihren Schmerz, begriff, dass für sie nichts mehr so sein würde wie vorher, das Schicksal ihnen die Kinder entrissen hatte und sie das Schicksal Stefan benannten. Ich ertrug die scheelen Blicke und die stummen Vorwürfe unserer Kleinstadt, trug sie aufrecht wie eine zu Unrecht aufgebürdete Last. Wieder einmal galt ich als *persona ingrata.* Ich fragte mich, ob es lohnte, dagegen anzukämpfen. Gegen die landläufige Meinung der Kleinstadtbürger setzte ich mich nicht zur Wehr, beließ es bei den stummen Anschuldigungen. Warum sollte ich ihnen etwas erklären, was sie nicht verstanden, gar nicht verstehen wollten. Sie hatten bereits über mich gerichtet, jegliche Gegenwehr täten sie als Schuldbekenntnis ab, dachte ich.

Ich zog mich in meine Welt zurück, in eine Welt, in der ich zu Hause war und die mich verstand. Ein unendlicher Traum, aneinandergereiht aus unzähligen Episoden einer unwirklichen, imaginären Wunderwelt, die alles verzeihende und zudeckende Spiegelwelt des Alkohols. So wie sich die Meister der Meditation zu ihrer Spiritualität bekannten, so versenkte ich mich in der geistigen Welt der Spirituosen. Die Veränderung meiner Lebensumstände verlagerte meine Trinkgewohnheiten. Ich trank nicht mehr des Spaßes wegen, sondern in erster Linie um der Einsamkeit zu entgehen und um zu vergessen. Kontinuierlich und konsequent schüttete ich das tiefe Loch in mir zu, vertrieb die mich aushöhlende Finsternis. Ich vertraute nur dem, der mich nie verraten würde, der einzige und beste Freund auf der Welt, Alkohol. Er war für mich eine Mutter, die alle Sorgen zu Bett sandte und mich freisprach von den Vorwürfen einer ungerechten Kleinstadtwelt. Ich gab mich dem Alkohol mit einer Leidenschaft hin, die mich verbrannte. Ausgiebig und schonungslos badete ich in den braunen Flüssigkeiten von Whisky bis Cognac. Das Essen vergaß ich, das Zuführen von Alkohol geriet zur Selbstverständlichkeit wie die Besuche auf der Toilette. Mein Denken kroch diese unendliche Einbahnstraße entlang, aus der mich niemand befreite, nicht befreien konnte; nur kurzfristig stoppen, wie etwa die Abnahme meines Führerscheins kein Einhalt, sondern nur eine logische Konsequenz meiner Handlungen war. Wer auch sollte Interesse an mir zeigen, mein Vater etwa, der mir mein Ende und meinen Verfall vorhergesagt hatte? Ich belastete mein Denken nicht mit Gedanken um die Zukunft oder Fragen meine Arbeit im Reisebüro betreffend, ich trank mich durch die Tage, durch die Quartale, durch die Jahre.

Und so trudelte ich tiefer und tiefer …

Die Anstalt

Als ich durch das Tor ging und die weißen Kittel sah, setzte mein Begreifen ein. Ich begann wieder zu sehen. Nicht, dass ich bis jetzt nichts gesehen hatte, sozusagen blind gewesen war, nein, mein reales Verständnis hatte ausgesetzt. Wieder einmal. Mein Denken war abhandengekommen, mir hatte die Sicht der Dinge gefehlt. Die Handlungsabläufe um mich hatte ich wie einen Film betrachtet, nichts verstanden, die Figuren gesehen, das Geschehen nicht aufgenommen. Bis zu diesem Augenblick, meinem Eintritt in die Welt des Klinikums, hatte ich vor meinen Augen nur verschwommene Bilder beobachtet, durch diese hindurchgesehen in neue Bildfolgen, wieder hindurch und so weiter.

Meinem Verstand fehlte in diesem Augenblick noch das Warum und Wieso, ich wusste aber, dass meine Welt zerborsten war. Sicherlich nicht zum ersten Mal waren die Gläser um mich und in mir zerbrochen. Die Kugel beendete ihren Lauf, suchte sich ihr Heim, rien ne va plus. Der Alkohol war ausgelaufen und versiegte gemächlich im Boden. Der Duft, die Blume war noch zu verspüren, war in mir; mein Denken, meine Bewegungen, mein Atem waren voll davon.

Es war Tag. Die Nacht musste auf mich herabgestürzt sein und mich ertränkt haben. Ich saß vor einem Pult, gab bereitwillig, fast mechanisch möchte ich sagen, über meine Person Auskunft. Ich kramte in den Laden meines Gedächtnisses, konnte die Lücken nicht schließen. Während des Sprechens erkannte ich, dass ich die Wörter nicht so ordnen konnte, wie ich gerne gewollt hätte, die Formulierungen zerbrachen. Gerade als ich meine Gedanken neu formieren wollte, merkte ich, dass die von mir nicht zu beantwortenden Fragen weder Wiederholungsfragen noch neue Fragestellungen zur Folge hatten und trotzdem nicht unbeantwortet blieben.

Padre, Padrone – mein Vater, mein Herr. Niemandem gönnte ich den Anblick meines physischen und psychischen Untergangs, diesen Zusammenbruch meines Bewusstseins. Nur ganz wenige Menschen auf dieser großen weiten Welt hätte ich jetzt bei mir haben wollen, ihn am allerwenigsten, und die Menschen, nach denen ich gerne gerufen hätte, hielten sich bereits in einer anderen Welt auf, in einer besseren, hoffte ich.

Die theatralische Bezeichnung *große weite Welt* veranlasste mich zu grinsen. Vaters Erstaunen über mein Gegrinse schlug sich in Ärger nieder. Er meinte; *nicht angebracht, fehl am Platze, ich hätte es am allerwenigsten notwendig, der Schaden wäre bereits groß genug …* Die Worte fielen in den Trichter, zerflossen mit meinen Tränen, schwammen davon. Mein Ausguss verstopfte, ich hörte aber keinen Knall, obwohl es einen gegeben haben musste, ich platzte. Ich tanzte auf den Scherben der Nacht, schrie ihn an, spuckte mit meinen Schreien meine Lunge aus. Die Kraft verließ mich, mein Toben wechselte in ein Schluchzen, ich weinte und zitterte, zitterte und weinte. Die Krankenschwester nahm mich am Arm, führte mich fort. Eine andere ging zu ihm, ich spürte im Davongehen seine Blicke im Rücken, vermied panisch mich umzusehen.

Die Schwester brachte mich auf meine Abteilung.

„Dies ist Ihr jetziger Urlaubsort, wo Sie sich erholen können", sagte sie. Mein Gesicht quittierte ihren Versuch, freundlich sein zu wollen, indem ich probierte meine Lippen in ein Lächeln zu ziehen, da fiel die Tür zur Abteilung knallend ins Schloss. Ich drehte mich um, erschrak über das Fehlen einer Türschnalle, das Lächeln schlitterte in eine weinerliche Grimasse.

In einem geräumigen nach Desinfektionsmitteln riechenden Badezimmer hatte ich mich auszukleiden. Die beiden Krankenschwestern schienen teilnahmslos, waren in meinem Alter und wirkten so steril wie der Geruch hier. Ihre Stimmen klangen ähnlich. Einschmeichelnd süß. Ich stand nackig vor ihnen, sah ihnen beklommen zu, wie sie meine Kleidungsstücke zusammenlegten und sorgsam aufhängten, wegpackten, die einzelnen Stücke sorgsam auflisteten. Die mit den dunklen Haaren reichte mir nach unzähligen Ewigkeiten auf dem Pranger ein Nachthemd. „Rasch überstreifen“, dachte ich. Die blonde Schwester, die größere der beiden, hinderte mich daran; sie sprach zu mir, ungläubig schaute ich sie an. „Zuerst waschen wir Sie“, hatte sie gesagt. Schon hatte ich mich zu bücken, Brünett seifte mich ein, Blond spritzte mich ab. Auch das Geschlecht sparten sie nicht aus. Vom weiß geflies-ten Boden ging Kälte aus. Nichts Erotisches lag in dieser Situa-tion, in ihren Taten, in ihrer Arbeit. Ich fühlte mich gedemütigt, mich waschen lassen zu müssen war entwürdigend; meine Ge-sichts- und Nackenmuskel zogen sich zusammen, das Schütteln des Oberkörpers leitete den Weinkrampf ein.

Die weißen bildlosen Wände starrten mich lauernd in meinem quietschenden Bett an, allzeit bereit auf mich loszugehen, über mich herzufallen. Ärzte kamen und gingen. Sie maßen den Blut-druck, zapften Blut, hörten mich mit ihrem Stethoskop ab, prüf-ten die Reflexe, sagten wenig, fragten nichts. Den älteren Arzt stufte ich als Primarius ein, das Alter ersetzte die Rangabzeichen. Seine Lippen formten ununterbrochen neue Wörter, pausierten so gut wie nie. Manchmal leckte seine Zunge über die Lippen. Ich sah den Lippen bei ihren Bewegungen zu, verarbeitete das Ge-hörte erst später, machte mir erst dann meinen Reim darauf. Ich hatte die Endstation des Zuges mitbekommen, hatte die nicht zu öffnenden Türen registriert, hatte die Begriffe Trunksucht, Kreis-laufzusammenbruch, Alkoholvergiftung, Blackout und ähnliche, alle im selben Zusammenhang stehenden Vokabel, vernommen, sie zu anderen addiert, die Nacht subtrahiert. Nun wusste ich, wo ich stand, wo ich lag. Nach meinen Rechenversuchen musste ich volltrunken vor einem Hauseingang gelegen haben, besoffen und eingeschlafen. Das Rote Kreuz und Vater taten ein Weiteres die Haltestellen vorbeizulassen und die Endstation herbeizuführen.

Das abartige Weiß des Zimmers vergewaltigte mich, Gott sei Dank befand ich mich alleine im Zimmer. Ich hätte niemandem Rede und Antwort stehen können, wollte mit niemandem spre-chen, wollte alleine sein und fühlte mich gleichzeitig alleine ge-lassen. Meine Privatsachen, meine Kleider hatten sie weggesperrt. Kein Geld, keine Uhr, am Nachttisch lag ein Neues Testament und bei der geistlichen Schwester hatte ich mir ein weiteres Buch aussuchen können, nur Kinderbücher. Die Auswahl war nicht groß gewesen, Bücher für Kinder eben. Ich las sogar gerne in Kinderbüchern, fühlte mich als ewiges Kind, war stolz darauf, kindlich sein zu können. Dies hatte ich jedoch stets für mich behalten, die harte und raue Welt der Erwachsenen wies absolut keinen Bedarf an erwachsenen Kindern auf, behandelte sie doch die kleinen Kinder schon so, dass es ihr nicht zur Ehre gereichte.

Rübezahl, Münchhausen, Deutsche Heldensagen, Pippi Langstrumpf, Momo, Kästners Emil und die Detektive. Ich entschied mich für zwei, bekam nur eines, nahm die Heldensagen. Meinen Vorschlag, das Neue Testament gegen ein weiteres Kinderbuch zu tauschen, überging sie. Meine Gedanken bastelten den Slogan: „Tausche Jesus gegen Rübezahl!" Die schwarz-weiße Ordenstracht wankte vor meinen Augen hin und her, erinnerte mich daran, wie wir die Schwestern als Kinder genannt hatten: Pinguine. Die Buchschwester befand meinen Ausspruch für wenig spaßig, Bibelstellen täten mir gut, ihre vorwurfsvollen Blicke brannten auf meinem Gesicht.

Jedem Spitalzimmer sein Kruzifix. Die Holzfigur auf dem Kreuz lachte mich aus, beschämte mich. Ich drehte ab, brachte meinen, wie ich dachte, nichtsnutzigen Körper aus dem Sichtbereich des Kreuzes, drückte mich unter die weiß bezogene Decke, heulte erneut.

Die Nacht fraß den Tag, der nächste Tag schluckte unweigerlich die vorangegangene Nacht. Das Karussell drehte und drehte sich, ich konnte nicht einmal vor mir selbst leugnen, dass sich alles wiederholte, quasi alles schon da gewesen war, ich dies alles schon einmal erlebt hatte. Die Rettungsversuche der anderen, ihre Bestrebungen mich umzupolen und dazu ich, der alles, was sie auch unternahmen, ignorierte und immer weitertat, einzig und alleine mit dem Ziel, mich selbst fertigzumachen, mich selbst so rasch wie möglich zu zerstören. Zumindest schien es so.

Das Fachpersonal in dieser Krankenanstalt handelte unnachgiebig. Sie begegneten mir höflich, freundlich-süß, aber bestimmt.

Die Therapie war unmenschlich, fast grausam zu benennen. Heuchlerisch wurde ich gebeten, tat ich nicht das oder entsprach ich nicht dem, was sie bezweckten, so bekam ich nichts zu rauchen, kein Abendessen, sie entzogen den Lesestoff. Sie forderten nicht einfach ein, sie baten. Nächster Tag, dieselbe Prozedur. Ich begann diese gruppentherapeutischen Sitzungen, bei denen die Patienten im Einheitsnachthemd und im Einheitsschlafrock im Kreise sitzend sich gegenseitig mit den eigenen Problemen bewarfen, aufrichtig zu hassen. Stunden hatte ich in der Mitte des Kreises verbracht, musste den anderen meine Alkoholexzesse schildern, musste stets aufs Neue wiederholen, warum ich trank, warum ich nicht einfach Alkohol ablehnen konnte, warum ich nach einem Glas nicht aufhörte, warum ich ein zweites, ein drittes, ein viertes trank, warum ich weitertrank, wenn ich ohnehin wusste, was mich am nächsten Morgen erwartete, warum ich am nächsten Morgen, am nächsten Tag trank und trank und trank.

Ich verachtete diese scheinheiligen Gesichter um mich, hasste, wie sie mich anstarrten, wie sie dem Gruppenleiter, den Therapeuten zustimmten, wie mir diese Menschen, die ja genauso Alkoholiker waren wie ich, sagen wollten, was richtig war und was nicht, wie sie meinten meine Handlungen verurteilen zu müssen; Bastarde, dachte ich. Und immer und immer saß ich in der Mitte, weinte und schrie und weinte mir die Seele aus dem Leib, niemand half mir.

Irgendwann einmal stand mir dieses Theater bis zum Hals, ich verkehrte den Spieß ins Gegenteil, schrie und tobte mit den Therapeuten, bezichtigte sie, dass sie ihre Stellung dazu benutzten, sich abzureagieren. Ich stellte die Therapieformen infrage, ihre Ausbildung, ihre Befähigung, einfach alles. Ich benutzte sämtliche mir bekannten Kommunikationsmethoden, beantwortete ihre Gegenfragen genauso wie sie selbst mit erneuten Fragen, und flüchteten sie sich in ihr Fachchinesisch, so beantwortete ich ihre folgenden Fragen in Italienisch, Spanisch oder Französisch. Ständig wechselte ich meine Stimmungsbilder; hatte ich mich minutenlang versöhnlich gezeigt, so griff ich wenig später mit stakkatoartigen Salven an. Ich verdrehte ihre Aussagen, spielte das alte Katz-und-Maus-Spiel, spielte die Aussagen der Ärzte gegen jene der Therapeuten und umgekehrt. Sie fielen darauf herein, weil sie mich ernst nahmen. Der Gruppenleiter verteidigte sein Team und bewies mir damit, dass meine Methodik erfolgreich war. Prompt goss ich Öl ins Feuer, belächelte nicht ihn, sondern sein Team. Ihm streute ich Rosen. Damit hatte ich erreicht, dass sie sich selbst einmal in die Defensive gedrängt sahen, dass sie ihre Taktik bzw. ihre Grundeinstellung neu überdachten, dies erwartete ich nicht, wäre von Therapeuten zu viel verlangt gewesen. Denn so wie die ihnen sehr nahestehende Berufsgruppe der Ärzte waren sie in ihrem herrschaftlichen Wohnsitz Olymp fest einzementiert.

Oft und oft dachte ich an Alkohol, wollte jetzt nur alles daran setzen, um diese grenzenlose Scheiße hier zu überstehen. Die Blitze in meinem Hirn gebaren neue Ideen, eine davon: den Vorsatz fassen, mich zu bessern. Zumindest meinen Wachhunden diesen Vorsatz verkaufen.

Der Oberarzt reagierte auf einen Entlassungswunsch nur insofern, als er mich mit einer Kopie des von mir unterschriebenen Vertrages beschenkte. – „Lesen Sie's als Gutenachtgeschichte", sagte er.

Mein Zorn auf Vater war nicht in Schreie oder Worte zu kleiden. Er hatte mich gelinkt, hatte mich bei meinem Eintritt in die Klinik diesen Vertrag zeichnen lassen – ein vermaledeites Stück Scheißhauspapier – welcher besagte, dass ich während meines Aufenthaltes hier in der Klinik, dessen Eintritt selbstredend aus freien Stücken erfolgt war, mit dem einverstanden war, was die behandelnden Ärzte in Übereinstimmung mit meinem Vater für mich als gut befanden. Ich war erst zu entlassen, wenn mich diese beiden Parteien als geheilt anerkannten. Diese einmal getroffene Vereinbarung sollte nicht widerrufbar sein.

Gott o Gott, stöhnte ich. Die Wut schoss in meinen Bauch, eine zornige Faust quetschte meine Eingeweide. Egal von welcher Seite ich das Problem anging, nicht der Schimmer einer Lösung tauchte auf. Diese Hilflosigkeit, der ich ausgeliefert war, förderte die negativen Gefühle in mir zutage. *Ich werde es ihnen allen heimzahlen,* dachte ich. *Ich werde so viel Alkohol in mich einsaugen wie niemals zuvor. Ich werde mich zu Tode trinken. Ich will Vater bei meinem Begräbnis um mich trauern hören und dann von oben oder auch von der Hölle auf ihn herab- bzw. hinaufschreien, ihn auslachen ob seiner jämmerlichen Trauer, er mir besser zur rechten Zeit ein Vater gewesen wäre, als nun diese kümmerlichen Tränen über mein Grab fließen zu lassen.* Tränen um mich? Ich zweifelte. Eventuell der Leute wegen.

In den künftigen Gruppensitzungen geriet das therapeutische Wunschbild zur Wirklichkeit. Ich zerschellte im Dialog mit ihnen, kehrte jämmerlich und voller Demut in mich. Anstatt mich noch länger zu wehren, gab ich klein bei. Ich knirschte hörbar mit den Zähnen, frisierte ihnen so den eitlen Kopf. Eifrig, dafür leise geworden, beteiligte ich mich an den Diskussionen, sprach mich los vom Alkohol und bekundete Einsicht gegenüber meiner Vergangenheit. Der Mittelplatz blieb immer öfter für andere reserviert. Neue Gesichter, ich sagte ihnen, dass die Zukunft für mich gleichbedeutend war mit Abstinenz, es für mich nicht anders sein konnte, da mein verabscheuenswürdiger Freund mich in der Vergangenheit fast um meine Zukunft gebracht, mich beinahe eliminiert hatte. Ich bastelte mit den Therapeuten an den Verhaltensstrategien für die Zukunft, um dem hochgeistigen Treibstoff aus dem Wege zu gehen und gleichzeitig in der Gesellschaft bestehen zu können. Von Woche zu Woche steigerte ich mich, übertraf die anderen im Engagement für die jeweiligen Themen, vergaß nicht hin und wieder den Meinungen der Therapeuten zu widersprechen. Seitdem ich mich ihren Vernunftgründen zugänglich zeigte, gaben sie sich große Mühe in der Art und Weise, wie sie mit mir verkehrten: freundschaftlich, jovial, teilweise auf einer intellektuellen Ebene, zuvorkommend, das Herablassende brach selten durch.

Saulus wandelte sich zu Paulus und … retour. Ich dachte an nichts anderes, als mich zu betrinken, mich zu besaufen, mich in

Alkohol zu ertränken, und mein Vater sollte meine Leiche aus der Alkohollache fischen. Ich sah ihn über mich gebeugt, sah sein verwundertes Gesicht, vermisste erneut seine Tränen, sah nur den Vorwurf, den sein Gesicht ausdrückte, als fasste er selbst meinen Tod noch als Affront gegen ihn auf.

Ich wartete und wartete meiner Entlassung entgegen. Ergeben saßen wir im Kreise, wie aufgefädelt, Nachthemd an Nachthemd gereiht, einträchtig dem Alkohol abgeschworen. Privatkleidung nicht verboten, nur unerwünscht. Die Adjektive, mit denen die Neuen unsere Einheitskostümierung bedachten, reichten von grässlich, schändlich bis lächerlich. Die Streifen des Schlafrockes unterstrichen unsere Situation: ausgeliefert. Ich bezwang meine Gefühle, stieß mich nicht mehr an der aufgezwungenen Tracht, widerstand auch dem Drang, mich in dieser lachhaften Verkleidung so zu bewegen wie in Designerklamotten, als trüge ich Armani oder Lacoste. Jede Minute des Tages drückte mein Gesicht diese zufriedene Miene aus, mit der ich mein Nachgeben demonstrierte, unterwarf mich ihnen sogar in meiner Körperhaltung. Alles war zu ertragen. Um endlich meinen Geist in die Flasche destillieren zu können und eins zu werden mit den flüssigen Stoffen, wollte ich mich mit dem Alkohol nicht nur geistig, auch körperlich verbinden. Der Haken an der Sache trieb mich in ein geistiges Dilemma, ich durfte mich nicht verraten. Schweißausbrüche unterbrachen meinen Schlaf, Träume plagten mich. Hatte ich laut nach Alkohol gerufen? Ich verzweifelte schier an meinen Zweifeln. Nicht den Hauch eines Augenblickes lang erwog ich, dem Alkohol auf Dauer abzuschwören. Die Idee wirkte nicht nur abwegig, ich empfand sie als Hochverrat. Alkoholverzicht hieß zugeben, dass Vater der Stärkere war, er in unserem Machtkampf gewonnen hatte, er für alle Zeiten damit protzen könnte und auch würde, mich wieder auf den richtigen Weg, den seinigen nämlich, zurückgeführt zu haben. Nein, ich konnte den Rest – auch wenn es ein kurzer Rest sein sollte – meines Lebens sehr gut als Trinker leben, mir bedeutete es nichts, mich als Trinker abgestempelt zu wissen. Die scheelen Blicke der Spießbürger trug ich als Ordensspange an meinem Revers, genoss es, wenn die Mütter den Töchtern den Umgang mit mir verboten. Verbotene Früchte reizten gerade Frauen, wie jedermann seit Evas Rausschmiss aus dem Paradies bekannt war.

Ich fühlte mich wohl in meiner Trinkerhaut und hier in der Anstalt fasste ich den unumstößlichen Entschluss, einer zu bleiben. Ich schrieb die ärztlichen Ratschläge in den Wind, mir lag nichts an einem langen Leben. Gerne wollte ich meiner geschwollenen Leber beim Wachsen zuschauen, sie genüsslich im Destillat einweichen. Mein schulmeisternder Vater sollte mir bei meinem Ende ruhig zuschauen dürfen, ihm war seinerzeit ja auch daran gelegen, mich am Sterben meiner Mutter hautnah zu beteiligen. Die Vorstellung, mein Ende sei greifbar, erheiterte mich, gab mir die notwendige Kraft, um mich aus den Fängen der Klinik zu befreien.

Bisher waren mir die Gedanken an Selbstmord verpönt gewesen, mit einem Male erschien mir die Möglichkeit, mein Ende selbst zu inszenieren, in einem anderen, einem strahlenden Lichte. In den letzten Tagen hatten sich meine Gedanken um dieses Thema gebündelt; den Zeitpunkt seines Abganges selbst zu bestimmen eröffnete ungeahnte Wege, schuf Platz in meinem Gehirn für Unmengen von Bildern, die vor Ideenreichtum und in helle Farbe getunkten Feindseligkeiten nur so strotzten. Nie war mir bewusst geworden, dass ein Freitod die Chance bot, der eigene Regisseur seines Todes zu sein. Die Vielfalt der Mittel, mit denen das Publikum zu schocken war, begeisterte mein Gehirn, erleichterte mein Denken im Sanatorium. Diese läppische Klinik, mit läppischen Insassen und allerläppischstem Personal, hatte mein Denken eingesperrt, in diese läppischen Bahnen gelenkt. Ich wollte endlich raus, hätte diesen Wunsch allzu gerne mit Brachialgewalt durchgesetzt. Mühsam hielt ich diesen Wunsch zurück. Ich trainierte meinen Geist, meine Wachsamkeit, um den Rest des mir noch verbleibenden Aufenthaltes rasch hinter mich zu bringen und um nicht zu guter Letzt auf bösartige Finten und Listen der Ärzte hereinzufallen.

Das durchdachte Szenario eines selbst gewählten Abschieds von Erden, schlicht Selbstmord, auch Freitod oder etwas verklärter als Suizid formuliert, rief in mir die Erinnerungen an das Ende von Albeer wach. Auf Albert getauft, hieß ihn alle Welt Albeer, die zweite Silbe betont, das T verschluckt, das E trug den Ton. Der Ausdruck *alle Welt hieß ihn Albeer* war keine zugespitzte Metapher, sondern galt. Die Provinzstadt bildete den Mittelpunkt der Region, Bezirkshauptstadt, für die Einheimischen Wohnort und Welt. Ein Muster überzog die Stadt, ein kleines Karo, die Längen- und Breitengrade dieser Welt. Wir lebten in diesem Karo und nicht einmal ich, der Verrufene, der Dauerbrenner der provinziellen Tratschkolonie, der ständig als Gesprächsthema zwischen die Backenknochen der mit dem Zeigefinger auf mich Weisenden geriet, konnte nur annähernd den Bekanntheitsgrad von Albeer erreichen. Die Stadt trug ihn auf Händen. Er fand dies durchaus in Ordnung, ihm gebührend.

Die Stadt pries seine Interessen als Talente. Die Stadt, und mit ihr die braven und weniger braven Bürger, schätzte den Sportler Albeer, den Musiker Albeer, den Lehrer Albeer, den Weiberhelden Albeer, den Trinker Albeer.

Der Sportler Albeer trat den Fußball, schwitzte und atmete kurz beim Spiel. Er vermied die Leiden eines harten Trainings, hatte wenig Lust, sich abzuplacken, ein Trainingsfaultier mit Begabung. Begabung für Fußball, Begabung und Leidenschaft für Musik. Seiner Tanzband hatte er sein Herz verschrieben, in der städtischen Kapelle blies er den Marsch, sein Werkzeug die Klarinette. Albeer, der am liebsten die Gitarre zupfte, am Klavier souverän in die Tasten griff –, *it's Boogie time* – war für den Stadtkapellmeister der Fels, auf den dieser die Kapelle baute. Albeer gerieten die Stunden zu Minuten, ihm verflüchtigte sich die Zeit. Er konnte seine Vorlieben für das gesellige Leben nicht bändigen, häufig drohte seine Uhr den Kalender zu sprengen, jedoch der Felsen hielt. Die Stadt dankte ihm seine Standhaftigkeit, sie klatschte Beifall bei seinen Streichen. Bei ausschweifenden Eskapaden klopften ihm die Stadtväter jovial die Schulter, die Schuld an Exzessen schrieb man anderen zu, mitunter mir, niemals Albeer.

Albeers Lieblingsspruch *Am Anfang stand das Weib, bald tat sie's im Stehen* erwies sich über die Bezirksgrenzen hinaus als geflügeltes Wort. Albeer frönte dem anderen Geschlecht, ließ nichts unversucht, um mit so vielen Nixen wie nur möglich die Bettfedern zu drücken. Er versprach feste Bindungen – Verlobung, Heirat – so als gäbe ein anderer die bereits beim Aussprechen als vage erkannte Zusage: *Heute komme ich früher nach Hause.*

Der Krug brach vor dem Brunnen.

Das Gerede, der Pädagoge Albeer, das Idol der gesamten Schülerschaft, hätte Alkoholprobleme, schlich über den Boden, über die asphaltierten Straßen unserer Welt. Es hieß, Albeer löschte die lodernden Flammen seines wilden Privatlebens mit Alkohol. Die Menschen zertrampelten das Gerücht, doch während die einen das Feuer zu löschen versuchten, schürten andere heftig. Ein Buhler hier, ein zertretenes Herz dort, der Lauf der Welt. Die Stadt blieb Albeer wohlgesinnt. Die Sager verteidigten ihn, jene Stadtväter, welche die Interessen der Stadt beständig und offiziell zu wahren versuchten und die Geschicke derselbigen inoffiziell, aus zweiter Reihe gewissermaßen, mittels Fäden in Händen hielten und ihm verpflichtet waren. Diese Honoratioren suchten die Wurzel, fanden das Übel, das Glutnest nicht. Sie tanzten vergeblich in der erkalteten Asche. Der Spruch *Die Zeit heilt alle Wunden* verlor den Kampf gegen die klobige Redensart *Steter Tropfen höhlt den Stein.* Die Stadt stellte die Feuerwehrarbeiten ein, die Zecher an den Stammtischen flüsterten hinter vorgehaltener Hand, munkelten: *„Was Wahres wird an den Gerüchten schon dran sein."*

Die Haarnadelrisse an der Weltkugel von Albeer weiteten sich aus zu Sprüngen, zu ausgewachsenen Rissen, das eine kam zum anderen. Die Welt war schäbig geworden. Das den Helden bewundernde und liebende Weibervolk propagierte die Gleichberechtigung, vergaß diese sofort wieder, wenn's um das Begleichen einer feudalen Rechnung ging. Albeer rief weiterhin munter: *„Nobel geht die Welt zugrund!"* Das Geld lieh diese Bank und jene Bank, beim Lachen blitzten die Zähne, das Herz stach, alle sahen ins Gesicht, niemand ins Herz.

Albeer war nicht Josef, verwandelte sich nur unter Marias strengem Blick in Josef. Zu keinem x-beliebigen Josef, nein zu Josef dem Sünder, zu Josef den um Vergebung Bittenden, zu Josef dem Reumütigen, zu Josef dem Weinenden. Er flehte Maria an, beteuerte seine Liebe zu ihr, schwor bei allen Heiligen, die er kannte, dass die weiblichen Hauptdarstellerinnen seiner Romanzen nie und nimmer sein Herz erreicht hätten, er bloß dem Äußeren verfallen, auf den Leim gegangen war. Erneut ein Schwur, *nichts Ernstes,* alleine der Umstand, dass die Namen derjenigen, welche ohnehin aus seinem Gedächtnis gestrichen seien, er über keinerlei Erinnerungen verfügte, müsste Beweis genug sein. Maria sah auch dies anders, so wie sie davor oftmals etwas anders gesehen hatte, nicht vermocht hatte in seinen Blickwinkel einzutreten. Sie bedauerte die Mädchen, die mir nichts dir nichts vergessen wurden, fand die Handlungsweise der so handelnden Männer verwerflich, meinte diese dafür hassen zu müssen. In Maria breitete sich die Traurigkeit aus, das Barometer stand auf Regen, die Schleusen drohten zu bersten. Marias unbeherrschte Schluckbewegungen motivierten ihren Kehlkopf zu ungelenken Sprüngen. Der Klumpen saß tief in der Brust, als Herz, nicht gebrochen, nur angeknackst. Was hieß nur, dachte sie. Sie liebte ihn, musste ein Ende finden, um nicht selbst zu verenden.

The Kinks – Let's all drink to the death of a clown!

Das wahre Gesicht des Clowns wohnt im Herz, sorgfältig vor den Zuschauern verhüllt.

Ich nippte im Stehen hastig am Weinglas, tanzte leichtfüßig mit dem Queue in der Hand um den Spieltisch, sang zu dem Lied aus der Musikbox. Der Titel hatte sich verflüchtigt, egal, mein Song, E9. Ich grätschte lässig die Beine, legte die Linke auf den Tisch, beugte den Oberkörper nach vor, visierte an und stieß hart zu. Der weiße Spielball prallte von der Bande zurück, traf unvorhersehbar die schwarze Kugel. Nach einer Unzahl von Ewigkeiten, in denen die schwarze Acht behäbig und stur in Richtung Loch kullerte, und ich meinen vorprogrammierten Sieg schwinden sah, setzte zart und geräuschlos das Ende des Drehmoments ein. Die

Acht hielt zwei Zentimeter vor dem Loch. „Juuuiiiih“, mein Schrei klang kehlig und heiser. Ich fasste Conny um die runden Hüften, wirbelte mit ihr zweimal um die eigene Achse, küsste sie auf ihre aufgeblasenen Wangen, orderte zwei Whisky bei ihr.

Albeer stierte an der Bar im Nebenraum einsam in sein Glas. Die Rauchschwaden drückten auf seine Schultern, seine Augen fielen ins Bierglas. Den heutigen Tag konnte er nicht als den seinigen bezeichnen, dieser war längst an andere verkauft. Niemand fragte Albeer nach seinem Kummer, niemand fand sich, mit ihm seine Probleme zu teilen. Die Tristesse war verbannt an die ungastliche Nebenbar, ausgeschlossen und alleine.

Highlife im Saloon, die Stimmung hielt, was der Lärm versprach. Die Sperrstunde brach an, trotzdem kein Ende des Abends in Sicht. Albeer flüchtete vor seinem halb vollen Glas, philosophierte bedächtig: *„Das Bier ist auch nicht mehr das, was es einmal war.“* Ein philosophischer Abgang, Luft und Stimmung im Lokal rochen nach Alkohol.

„Conny princess“, schrie ich, ergriff den Queue wie eine Gitarre, ahmte einen Gitarristen nach ... Hey Joe von Jimi Hendrix ... die Version von Luky Schrempf ... Mein Verdienst, dass sich diese Scheibe hier in der Musikbox fand. Luky, ein oberösterreichisches Popunikum und Fan der „Roaring Sixties“, hatte schon mehrere LPs herausgebracht, die heimischen Radiosender ignorierten ihn. Seine Musik, insbesondere seine Texte, passten nicht in das unifarbene Radioklischee. Ich kannte ihn aus der Linzer Beiselszene, dem Bermudadreieck, – Exzesse bis zum Morgengrauen – versorgte Freunde und Bekannte an ihren Geburtstagen mit seinen Platten, achtete nicht darauf, ob ich Freude oder Verwunderung erntete.

Luky hatte mit seiner Band bereits die Tourneen der Kinks und anderer namhafter Popgrößen als Vorgruppe verstärkt. Am Schlagzeug wirbelte sein Sohn, den er aus Bewunderung für die Musik von Alvin Lee, den Leadgitarristen der Rockgruppe Ten Years After, auf den Namen Alvin getauft hatte. Luky bewies mit seinen ausgefallenen, nicht für Biedermänner geeigneten Texten seine Lebenserfahrung.

Hey Joe – jetzt bist Du wieder do
Hey Joe – drüber san wir gar net froh
sechs Jahr bist jetzt im Häfen gwehn
besser wann's di drinnen lassn hättn – für uns alle – Hey Joe
damals host auf de Gabi gschossn
doch jetzt hackelts wieda brav in da Flügelhofgossn –
des is leiwand – Joe
von de Hosn do wart kane mehr auf di, ehrlich Seppal,
des Geschäft des hob jetzt i und des is bessa a so.
Hey – hallo – servas Joe
um Gottes Willn, jetzt stehst auf amoi do
Hey Joe, du waßt, i man des gar net so
schau Alter, Du host me eh so gfehlt,
du bist der Boss von da Unterwelt
des wissen ma alle, alle Joe
„Du host damals an schweren Fehler gmacht,
das't der Heh olles gsogt host
hot mich ins Häfen bracht, aber jetzt bin i do –"
moch kann Blödsinn – Hey Joe …
druck net oh … naah …
(de Kritiker werdn weinen vor Zorn, da Luky spielt an
Hendrix jetzt is alles verlorn, also schiaß Joe)[3]

Ich hüpfte mit meiner imaginären Gitarre durch das Lokal, warf mich auf die Knie, den Rumpf weit nach hinten gebeugt, drosch mit meinen Fingern in die nicht vorhandenen Saiten. Eine Feder schnellte mich empor –, Hey Joe. – Ich röhrte in das unsichtbare Mikrofon meiner rechten Hand, sprang von Tisch zu Tisch. Mein Publikum tobte ausgelassen mit, applaudierte seinem Star, während der Zeiger der Uhr gnadenlos vorwärts rückte, die Polizeistunde sich überholte. Zur Geisterstunde zelebrierten wir die wilde Jagd, fremde Geräusche in dieser finsteren, unendlich be-

3 Liedtext aus der Langspielplatte. „Her mit dem Computer" – LUKY SCHREMPF BAND 1987, Songtitel „Hey Joe" (Text: Luky Schrempf)

trunkenen Nacht. Eine Nacht wie selten. Wir erschöpften unsere Kräfte, sanken ausgelaugt nieder; mein Geist fiel in Connys weites Dekolleté, durch die üppigen Brüste, landete verwirrt im nächsten Tag.

Die Faust mit der Nachricht schlug unbarmherzig auf meine Nieren ein, die Luft blieb weg, die Eingeweide wanderten in den Kopf. Ich versuchte den galligen Geschmack mit Soda wegzuspülen, dabei explodierten die Perlen der Kohlensäure in meinen Atemwegen. Die Toilette empfing mich, die Muschel in Händen übergab ich mich.

Die in meinem Büro eingehenden Informationen schaukelten sich gegenseitig hoch, die wildesten Spekulationen reichten sich die Hand, wanderten über den Bildschirmhorizont der örtlichen Gerüchtebörse.

Spekulationen entsprangen Fantasien, die Nachricht blieb Tatsache. Sie bestand. Um Mitternacht hatte sich Albeer vor die Lokomotive eines Schnellzuges geworfen. Kein Unfall. Ein Abschiedsbrief gab Zeugnis. Mit einem Hang zum Lyrischen hatte er seinen Abschied als *Untertauchen in den Scherben seines Lebens* bezeichnet.

Albeer, niemand hatte gestern Zeit für dich. Albeer, der Name brach an meiner anschwellenden Zunge, blieb an meinen Lippen haften. Albeer, mon ami. Der hochprozentige Alkohol brannte schließlich meine Wunden aus, *c'est la vie Albeer – ich trink auf dich, it was your show.*

Das Begräbnis deckte die Erinnerungen zu, ein Festival für den Klatsch. Andächtig bestaunten wissbegierige Augen die vielen, in züchtiges Schwarz gehüllten, jungen Frauen. Maria erklomm ungewollt die Leiter des Ruhms, ihr zu Ehren zückte die Welt der Bürger ihre Spießruten. Der Priester und die Redner danach logen sich durch Albeers Leben, zu Hunderten warfen die Leute mit der kleinen Schaufel Erde in seine Grube, manche Träne benetzte den Sarg. Der Scheiterhaufen für Maria entstand in Worten, sie loderte. Ich spie auf diese verlogene heile Welt, dachte: *Albeer, mein Freund, was hilft's, c'est la vie, Albeer, ich trink auf dich. Dein Leben war eine Show, prost, Albeer, die Show war gut.*

Vater

Alles ist mir übergeben von meinem Vater. Niemand kennt den Sohn als der Vater, und auch den Vater kennt niemand als der Sohn, und wem es der Sohn offenbaren will.

Matthäus 11,27

Die Hand, die mich hergebracht hatte, holte mich aus der Anstalt ab. Ich freute mich der Sonne ins Gesicht zu blinzeln, lenkte den Blick weiter in das ernste Gesicht meines Vaters, dessen Augen mich forschend musterten. Ich hatte ihm absolut nichts zu sagen, begrüßte und verabschiedete mich in einem mit demselben schlaffen Händedruck. Um nichts auf dieser Welt war ich bereit in sein Auto zu steigen, ließ ihn vor den Kliniktoren einsam und verwirrt zurück. Meine Schauspielerei fand ihr Ende, ich frönte dem abgeschworenen Laster und trank auf ihn, der mir diese Monate meines Lebens gestohlen. Prost Vater.

Ihn aus meinen Gedanken zu eliminieren schaffte ich nicht einmal mit Alkohol.

Ich hatte immer behauptet, dass er ein ausgesprochenes Lehrergesicht besaß. Nur Lehrpersonen konnten einen so anschauen, mit diesem durchdringenden Blick, unergründlich und doch voll Vorwürfen. In der Welt von Vorwürfen lag seine Heimat, er, der nie einen Millimeter nachgab, nie unrecht hatte oder jemals zugeben würde, dass er einer Täuschung unterlegen war.

Vorwurf – am vorwurfsten – der Obervorwerfmeister.

Er tätigte seine Vorwürfe nicht irgendwie, nein, dahinter steckte System. Er handhabte seine Vorwerferei so geschickt, dass die meisten Betroffenen lange Zeit gar nicht mitbekamen, dass seine Vorhaltungen als solche zu werten waren. Jedermann gestand ihm seine rhetorischen Fähigkeiten zu, bewunderte sie.

Seine sprachlich brillanten und stets lang andauernden Ausführungen, die eine Strafpredigt zum Inhalt hatten, begannen oft mit der harmlos scheinenden, spontan durchaus einleuchtend klingenden Erklärung, dass seiner Meinung nach jeder kritikfähige Mensch, der Kritik ausüben wollte, diese auch an sich selbst ertragen musste. Um überhaupt den Sachbegriff Kritik ermessen zu können, musste man sie erst einmal hinnehmen. Diese Worte galten jedoch nicht für ihn, denn wenn ich ihn darauf ansprach, brachte er seine altersbedingte Erfahrung ins Spiel und verwies darauf, dass ihm aufgrund seines Alters und seiner Sorgen mit mir gewisse Schwächen einfach zugestanden werden sollten. Sorgen mit mir. Geschickt wendete er den Spieß, gängelte mich mit Formulierungen wie: „Du wirst ja wohl selbst zugeben, dass dies und das nicht richtig war."

Eine seiner Lieblingsvariationen war unzweifelhaft die Vorwurfausführung, in deren Verlauf er den Vorwurf als solchen verschleierte, indem er sich selbst seiner allseits bekannten Schwäche bezichtigte, der aufbrausenden Art, von mir Jähzorn genannt. Er sagte beispielsweise: „Ich bin kein Freund von immer wiederkehrenden Vorhaltungen und Vorwürfen, nein, bei mir gibt es ein kurzes, manchmal markantes Donnerwetter, dann ist die Sache ein für alle Mal aus der Welt!" Den anwesenden Bekannten oder Verwandten untermauerte er seine Thesen mit neuen Vorwürfen gegen mich und niemandem war es je aufgefallen.

Er sagte: „Stimmt doch, Stefan, gib zu, ich hab dir nie vorgehalten, als du vom Internat geflogen bist, ich hab nie mehr etwas gesagt über das in deinem Schreibtisch aufgefundene Haschisch, auch die Geschichte mit dem aus meiner Brieftasche entwendeten Tausender ist längst vergessen. Jugendsünden", lachte er. „Ein kräftiges Donnerwetter, ja das entspricht meiner Art, aber Vorhaltungen nein."

Vermutlich glaubte er selbst, was er sagte, merkte nicht, dass er mit solchen Litaneien den Weg der Vorhaltungen beschritt. Aber warum sollte er dies begreifen, hatte ich selbst doch jahrelang daran geglaubt. Er hatte mich so weit manipuliert, dass ich seine Ausführungen für bare Münze gehalten hatte. Seltsam und arg fand ich, dass sich nie jemand gefunden hatte, der ihn durchschaute und der auch den Mut bewies, ihm das zu sagen. Ihm kam zugute, niemand vermutete hinter seiner Fassade solche gezielt gesteuerten Indoktrinationen. Im Nachtrag hatte ich mir von der wohlmeinenden Verwandtschaft anzuhören, wie gut es Vater mit mir meinte, welch tollen Vater ich gar hätte, ich ihm zu Dank verpflichtet war. Bei solchem Getue hatten sich mir stets die Nackenhaare gesträubt, die Kotze in mir stieg an. Trotzig und aggressiv hatte ich reagiert, war früher für solche verbalen Spiele zu unerfahren, zu unbeherrscht, vielleicht auch zu naiv. Ich prügelte die Anwesenden mit meiner Ansicht, der aufgestaute Ärger überschäumte meine Sätze, umsprudelte die Worte, die nüchterne Meinung avancierte zum kriegerisch vorgetragenen Pamphlet, Beleidigungen inklusive. Ich sagte ihnen, was ich über ihre scheinheilige Phrasendrescherei dachte, redete mich auf den Turm der Rage. Mit dem anwachsenden Ingrimm stieg die Lautstärke meiner Stimme, ich schrie ihnen ins Gesicht, verlor dadurch den letzten Funken an Glaubwürdigkeit und die letzten mir Gewogenen wandten sich von mir ab. Abgesteckte Grenzen bildeten die Parteien, meine Einmannpartei focht mit dem Rücken zur Wand. Die Sieger verhöhnten den Verlierer, prämierten das schwarze Schaf, straften es mit Acht und Bann.

Die Krone auf Vaters Haupt saß wie angegossen. Im zweiten Teil solch einer Demonstration litt er vor seinem Publikum, empfing die Kondolenz über den Missratenen wie Applaus. Vater spielte mit den Zündern, das Feuer legten andere für ihn. Seinen manipulativen Fähigkeiten und meiner Unfähigkeit in Sachen Diplomatie verdankte ich, dass mich das Gros der Verwandtschaft gerne ans Kreuz, geringstenfalls an ein schwarzes Brett geschlagen hätte. Tatsächlich hatte ich mich durch meine unkontrollierten rüden Auftritte selbst isoliert; hinterher fragte niemand, wer den ersten Stein geworfen.

Zeitlebens hatte ich mich über seine selbst gewählte Ausgrenzung aus dem politischen Leben gewundert, weil er geradezu prädestiniert war für diesen Beruf, für mich der geborene Politiker war.

Ich bekam sehr gut mit, dass sie ihn gewollt hatten, die Freiheitliche Partei wie die Volkspartei. Warum er nicht zu vereinnahmen war, erfuhr ich nie. Später lag es sicherlich an dem mangelnden Taktgefühl eines schwarzen Ortskapos. Lange hatte er der Volkspartei dies nachgetragen, tendierte danach sehr zur blauen Seite, letztlich vermochten aber auch seine dortigen Freunde nicht ihn zum Einstieg in die Ortspolitik zu bewegen.

Die Inpieterie der Volkspartei – von Vater so bezeichnet – bestand darin, dass kaum vierzehn Tage nach dem Begräbnis meiner Mutter ein Stadtrat meinen Vater als Kandidaten für die nächstanstehenden Wahlen gewinnen wollte. Der Stadtrat bekannte, den Beliebtheitsgrad meines Vaters an den Blumen- und Kranzspenden und der Zahl, der am Begräbnis teilnehmenden Personen geschätzt zu haben. Ein Argument genau in die Hoden meines Vaters. Diese fast ohnmachtspendende Ehrlichkeit überstieg seinen Horizont, vergraulte ihm die ÖVP für alle Zeiten, und damit die Politik.

Für mich hätte Vater gut in diese Partei gepasst; in unserer Kleinstadt die absolute Vereinigung von Spießbürgern. Vater sah ich als Prototyp eines Durchschnittsstädters, engstirnig bis an die Grenzen seines Hutes. Mit seiner Hutmode war es mir immer gelungen, ihn aufzuziehen, hier reagierte er empfindsam. Mit dem Hut konnte ich nebenbei seine schwache Seite, das Autofahren, angreifen, da er zu der Gattung Autofahrer zählte, die mit Hut fuhr, obwohl er Geschmack besaß und eine Vorliebe für ausgewählte und modische Kleidung hegte. Der unvermeidbare Hut lag im Auto, wartete darauf, noch vor dem Zündschlüssel in Betrieb genommen zu werden.

Witze über sich, sein Auto und seinen Fahrstil nahm er hin, fügte sich ins Unvermeidbare. Lange Zeit grassierten im Ort die Oberlehrer-Autowitze, die vermutlich seiner Schule entstammten.

Witzebeispiele:
Wer war der größte Antiquitätenspezialist der Umgebung? Mein Vater, er schaffte es, ein neues Auto innerhalb von zwei Wochen alt aussehen zu lassen.

Wieso fuhr der Herr Lehrer ein freiheitliches Parteiauto? Es war gar keines, schaute nur so aus, weil es so viele Schmisse trug.

Selbstverständlich sorgte ich für die Verbreitung dieses Witzegenres. Lange Zeit später, als niemand mehr an die Witze dachte, präsentierte ich ihm eine Sammlung unter dem Weihnachtsbaum. *The best of,* im Gegenzug zum alljährlichen Hemd, an dem er regelmäßig den Preis beließ. Mein nimmer endendes Lachen vertrieb irgendwann seine süffisante Miene. Mit seinen heftigen Atembewegungen manövrierte er sich in die Aufregung, besann sich rechtzeitig auf sein Herz. Immer, wenn er zu unterliegen drohte, brachte er sein Herz ins Spiel. Herzstechen, Herzflimmern, Herztropfen.

Der Arzt verbot die Aufregung, Vater sagte mit wenigen Worten und wenig Gestik mehr, als andere Menschen in stundenlangen Statements zustande gebracht hätten. Er hielt die linke Hand auf das Herz gedrückt, sagte mit heiserer Stimme: „Stefan …“ oder „Mein Sohn!“

Wie der Phönix aus der Asche, so fand sich der Beelzebub, dem für alles die Schuld zugewiesen werden konnte. Jahrelang hatte ich an ein krankes Herz geglaubt, hatte mich von ihm in die Ecke treiben lassen, in der er mich haben wollte. Sein Dirigentenstab schwebte unsichtbar über den Handlungen, allen und jedem zwang er seinen Willen auf.

Vater redete viel von früher, von der schweren Zeit, die seine Generation durchlebt hatte. Ich fragte mich, was dieses andauernde Berufen auf die damaligen Leiden und Entbehrungen mit der heutigen Zeit zu tun hatte. Jede neue Zeit gebar neue Helden. Mit den Gegensätzen von früher und jetzt wollte mir Vater demonstrieren, wie gut mein Leben, wie schön meine Jugend war. Er hatte das hinter sich, was seine Generation als eine schwere Jugend bezeichnete, hatte eine straff organisierte Kindheit, in der die Liebe nur sporadisch auftrat, durchlitten. Nach meiner Sicht der Dinge vollzog sich für seine Altersgruppe der Wechsel zu schnell, zu rasant. Sie bürdeten der Jugend unsinnige Lasten auf, stellten uns bizarre Hürden in den Weg.

Vaters Wort war das Gebet, er war der Herr, nach dessen Wille alles zu geschehen hatte. Ich wusste zu wenig darüber, wie Mutter mit ihm zurechtgekommen war, hatte sie nie sich auflehnen gehört. Ich selbst war an den mir nicht zu verheimlichenden Streitereien nie direkt beteiligt, hatte nur später ihre rot umränderten Augen gesehen. Diese Art von Geschehen war an mir vorbeigerollt, so neugierig ich auch war und so geschickt ich es auch anstellte, bei Zwistigkeiten blieb ich ausgesperrt.

Vater schrieb die Familiengesetze, fällte hernach die Urteile und fungierte zugleich als Oberster Gerichtshof. Unbequeme Fragen strich er entweder aus dem Protokoll oder ging ihnen rhetorisch aus dem Wege, indem er anstatt ich *man* sagte.

Das tut man nicht, man trägt keine langen Haare, man sitzt aufrecht, man trinkt nicht so viel Alkohol, man lässt sich nicht so gehen, man ist ja nicht alleine auf der Welt … und man, man, man …

Der Gipfel seiner vorgeschobenen Ausreden mündete in der Aussage: „Mir wäre dies ja egal, aber man tut das nicht."

Er scheute weder beruflich noch privat davor zurück, andere, einen X oder einen Y vorzuschieben, um seinem Licht nicht den Glanz zu rauben. Dieser Umstand hob ihn auf das Podest, verschaffte ihm den hohen Beliebtheitsgrad an seiner Schule und machte andere zum Buhmann. Nicht selten ärgerte ich mich darüber, wie die Leute auf ihn hereinfielen, außerdem untergrub der Superlativ „beliebteste Lehrkraft der Schule" meine Glaubwürdigkeit. Ich tröstete mich damit, dass er ja nicht wirklich beliebt war, nur mittels seiner ausgefeilten Manipulationstechniken die Leute in diese Sackgasse drängte.

Waren die Schüler die eine große Gruppe, die auf ihn abfuhr, zählte die Damenwelt zur nächsten großen Fangemeinde. Ob Alt oder Jung, sie mochten ihn. Er verstand es, ihnen nette Komplimente zu machen, er hofierte sie, versprühte Charme, verschenkte täglich unzählige verbale Blumensträuße. Er durchlebte als Witwer die Zeit eines Hahnes im Korb, dessen Beziehungen wechselten, sich vereinzelt überschnitten.

Seine Gefühle drangen selten nach außen, er versenkte sie in die Tiefe seiner Seele. So unnahbar, wie er sich für manche seiner

Geliebten entpuppte, so kannte ich ihn aus meiner Kindheit. Nie hatte ich auf seinen Schoß dürfen, hatte ihn nur umkreist und mitunter umzingelt. Hatte ich mich einmal wild und kurz entschlossen auf ihn gestürzt, so entzog er sich meiner Umarmung und mied meine Küsse. Hautnahen Kontakt hatte er als Kinderkram abgetan, für den einzig und allein Mutter zuständig gewesen war, auf deren Person sich später auch meine ganze Liebe konzentriert hatte. Dafür hatte er in der Auswahl von Strafen und in der Erschaffung von Schreckgespenstern Erfindergeist bewiesen. Er erfand den tobenden Poltergeist, noch lange bevor dieser ins Kino eindrang, den feuerspeienden blauen Drachen, die kinderfressende Spinne, welche allesamt den bösen Buben in den Träumen heimsuchten. Er bestrafte meine Tränenausbrüche, zu nahe am Wasser gebaut, sagte er, wies Mutter an mich strenger zu behandeln, um einen Mann aus mir zu machen. Vater griff auf überlieferte Strafmittel zurück, Knien auf Holzscheitern, und führte die Balanceübung ein, bei der ich kerzengerade stand und mit ausgestreckten Armen ein langes dünnes Holzrohr, manchmal auch deren zwei, über die Hände gelegt bekam und diese zu balancieren hatte. Fiel der Holzstab zu Boden, schlug mich Vater mit diesem oder verabreichte mir eine Tachtel.

Erziehungsmäßig war die Zeit der Männer angebrochen, die in der Vergangenheit viel Unrecht hatten ertragen müssen, die in ihrem Leben viel Leid gesehen. Die Nachkriegszeit schmeckte bitter, sie hatten die Tränen geschluckt, wollten oder konnten heute nicht mehr zugeben, dass sie manchmal lieber geweint hätten oder es vereinzelt auch taten. Sie durften keine Schwäche zeigen, sie trotzten der Härte des Lebens, in diesem Sinne erzogen sie ihre Söhne. So wie es einst ihnen widerfahren war, davor ihren Vätern und so fort. Töchter hatten es in dieser Hinsicht besser, bei Töchtern durften sie Schwäche zeigen, sich quasi von der Tochter um den Finger wickeln lassen. Den Söhnen stand der Drill zu, diesen zwangen sie das auf, was sie selbst nie erreicht hatten. Der Sohn hatte als hart zu gelten, in keiner Form verweichlicht, damit der Spruch *ganz der Vater* seine Geltung errang.

Womöglich hatte es Vater darauf angelegt, mich aus den regionalen Kleinkaro-Normen ausbrechen zu sehen, damit meine Schwächen öffentlich brachlagen und dadurch seine Schwächen für das Umfeld automatisch aus dem Blickfeld verschwanden. Seinem entschlossenen Auftreten nach war er überzeugt von seinen Stärken, aber es war nicht auszuschließen, dass er schauspielerte, auf diese Art und Weise nur seine Schwächen überspielte. Wer konnte wissen, ob in der Tiefe seines Unterbewusstseins nicht Ängste begraben lagen, dass ihn der Sohn überflügeln und ihm den Platz im Rampenlicht streitig machen konnte.

Seine Schwachpunkte projizierte er auf mich, mit Redewendungen wie: *Unterlasse deine handwerklichen Versuche, du kannst das nicht, du besitzt meine linken Handwerkshände* oder *Hör auf zu malen, du bist künstlerisch ebenso unbegabt wie ich …* Mit diesen Aussagen reduzierte er meinen Selbstwert und verleidete mir die betreffenden Sachen. Versagte ich wirklich, so besaß sein Spruch *Ich hab's dir ja gesagt* Gültigkeit und meine Selbstzweifel nahmen überhand. Desto mehr ich mich später in meiner Geisteshaltung von Vater lossagte, ihn und seine Empfehlungen aus meinem Gehirn eliminierte, desto besser erging es mir, sogar das Erröten verlor sich. Allerdings brachte ich es nicht zuwege, mich zur Gänze von diesen anerzogenen Ängsten zu befreien. Mir gelang es, meine teilweise Unsicherheit vor den Mitmenschen zu verstecken, sie ihnen zu verschweigen. Dies glückte mithilfe meines ältesten Freundes und Begleiters. Dem Alkohol hatte ich mich ausgeliefert, ihm meine Seele verschrieben. Mit diesem Spiel hatte ich irgendwann begonnen, so wollte ich es auch beenden.

Ich dachte an die Zeit zurück, als mein sechzehnter Geburtstag anrückte. Wochenlang hatte Vater Andeutungen dahingehend gemacht, eine Riesenüberraschung stünde bevor. Immer wieder zog er mich damit auf, lachte über meine Neugier und Ungeduld. Etwas Besonderes lag in der Luft. *Dein sehnlichster Wunsch erfüllt sich,* sagte er. Ich schrie innerlich auf. Seit Monaten träumte ich von dem Yamaha Moped, sammelte jeden Prospekt, den ich auftreiben konnte, klebte jedes Bild einer Yamaha an die Zimmerwand. Inbrünstig hatte ich mir seine Zustimmung erhofft, ein Viertel des Geldes besaß ich bereits, aber nun. Ich jauchzte und hüpfte, sehnte endlich den Tag herbei. Bis jetzt war Mutter meinem Yamahatraum entgegengestanden, aus Angst um meine Gesundheit. Seit sie aber der Krebs in das Spital gezwungen hatte, hatte sich ihre Einstellung geändert. Ihr ging es jetzt nur darum, mich glücklich zu sehen, denn sie litt sehr darunter, mich, wie sie sagte, so alleine zu Hause zurücklassen zu müssen.

In den letzten Tagen vor meinem Geburtstag tat ich alles, um nicht in letzter Minute meinen Vater zu verärgern und sozusagen mit der Hand auf dem Tank das Moped vorbeifahren zu sehen. Ich war echt gut drauf, lachte viel, strahlte von morgens bis abends. Ich hatte Ferien, arbeitete im Juli vier Tage die Woche als Mitfahrer eines Bierautos. Ich schleppte Kisten und Flaschen, hatte Spaß daran, mich erwachsen zu fühlen. Ich genoss mein herrlich junges Leben, träumte in die motorisierte Zukunft hinein. Mitunter schaute ich in die Schulbücher, übte sogar mit meiner Violine. Vater gefiel es, wenn ich musizierte, mir war dieses Instrument von Grund auf zuwider. In meiner Denkweise begann die Musik beim Spielen eines Schlagzeugs, einer E-Gitarre. Eventuell hätte ich Klavier gespielt, damit konnte man überwechseln zur Hammondorgel und zum Synthesizer. Der Geigenunterricht hatte mich nie begeistert, die Lehrer waren so verstaubt wie dieses antiquierte Instrument. Schon gar nicht mochte ich Stücke, in denen man die Saiten nur zupfte – pizzicato – auf das Führen des Bogens verzichtete. Freilich musste ich zugeben, dass solche Instrumente kleine Kunstwerke waren.

Der Korpus, der Resonanzkörper mit der Decke aus Fichtenholz und dem Boden aus Ahornholz, dem angesetzten Hals mit dem Griffbrett aus Ebenholz, dem in die Schnecke auslaufenden Wirbelkasten mit den seitlichen Stimmwirbeln. Die vier Darmsaiten g – d – a – e, die in Quinten gestimmt von den Wirbeln über den Sattel und den zweifüßigen Hartholzsteg zum beweglich befestigten Saitenhalter laufen. Der unterhalb der tiefsten Saite leicht schräg verlaufende Bassbalken erhöht nicht nur die Deckenspannung, sondern sorgt für eine gute Verbreitung der

Schwingungen auf der ganzen Deckenfläche. Sogar dem Lack kommt besondere Bedeutung zu. Er schützt nicht nur vor Feuchtigkeit, sondern beeinflusst die klanglichen Eigenschaften.

Bereits sechs Jahre quälte mich dieses Instrument, und was hatte ich davon? Keine Band suchte einen Geiger. Wozu auch? Wer möchte zur Unterhaltung immer jahrhundertealte Musik hören? Wir lebten im 20. Jahrhundert, nun war die Zeit der Rockmusik angebrochen. Laute Töne, akustisch verstärkt, riesige Boxen, ultimativer Sound. Geigen dienten zur Untermalung, als Hintergrundmusik, so wie G. Brooker von Procul Harum seine Songs etliche Male mit einem Orchester aufgeführt hatte. Die Show aber boten nicht die Geiger, sondern die Stars auf der Bühne, die nur in Ausnahmefällen diese zur Unterstreichung ihres Acts heranzogen. Und die Fans beklatschten die Popstars, nicht die Fiedler.

Nach dem Sternzeichen Krebs folgte der Löwe. Vater feierte seinen Geburtstag nur Tage nach mir, zählte bereits zu den Löwen. Vater hatte sich für den Samstagabend ein großes Fest ausgedacht, Verwandte und Bekannte eingeladen, um seinen Geburtstag, aber in erster Linie meine sechzehn Jahre würdig zu begehen. Würdig, feierlich und lautstark, so hatte er es angekündigt. Ich freute mich, wie ich mich seit Ewigkeiten nicht gefreut hatte, als dieser Tag anbrach. Mit Vater hatte mich die letzten Tage etwas verbunden, das sich nur schwer in Worte kleiden ließ. Zwischen uns herrschte etwas Stillschweigendes, ein Gefühl der Zusammengehörigkeit. Sein Verhalten drückte aus, dass er in mir nicht mehr das Kind sah, sondern bereit war, mich in den Bund der Erwachsenen aufzunehmen, und darüber hinaus schwang in seinen Augen so etwas wie Stolz auf mich mit. Ich sah ihn von der Seite an, lächelte, war überzeugt mich nicht zu täuschen.

Die Verwandten, die von weiter her kamen, trafen im Laufe des Nachmittags ein, nützten die Nachmittagsstunden für einen Besuch bei Mutter. Mutter gratulierte mir, sagte zu Vater: „Na hoffentlich gefällt sie ihm."

„Da bin ich überzeugt", sagte er und grinste.

Zwanzig Personen saßen rund um den großen Eichentisch auf der Veranda. Oma hatte ihn festlich gedeckt, auf den drei silbernen Platten häuften sich die belegten Brötchen, denen man Omas liebevolle Bemühungen von Weitem ansah. Vater kam aus der Küche mit zwei Flaschen Champagner. „Französischer Champagner“, betonte er und zog die Augenbrauen und Mundwinkel nach oben, entblößte seine Lachgrübchen. Oma ging hinterher, trug das Tablett mit den Gläsern. Sogar die schönen Bleikristallgläser kamen zum Einsatz, die ansonsten in der Glasvitrine versteckt waren, nur in die Hand genommen wurden, um sie vom Staub zu befreien. Oma reichte mit sicherer Hand jedem ein Glas, während Vater den Korken behutsam vom Silberpapier und vom Draht befreite. Er drehte langsam und mit angespannter Miene am Korken. Mit einem Knall schoss der Korken in die Luft, Vater achtete darauf, dass der Schaum in die abgestellten Gläser floss, kein Tropfen ging verloren.

„An diesem Festtag trinken wir heute nur das Beste“, lachte er. Er blieb weiterhin stehen, umfasste mit der rechten Hand ein Glas, hob an zu sprechen: „Liebe Freunde, liebe Verwandte, mein lieber Sohn. Wir sind heute zusammengekommen, um ein ganz besonderes Fest zu feiern. Stefan hat heute Geburtstag. Und es ist nicht irgendein Geburtstag, sondern der sechzehnte, genauer gesagt der siebzehnte, das heißt, er wird sechzehn Jahre. Mit diesem Alter verlässt ein junger Mensch den Weg der Kindheit, tritt langsam in die Welt der Erwachsenen ein, lernt auch den Ernst des Lebens kennen. Sechzehn Jahre ist auch ein Alter, mit dem man vor dem Gesetz vielerlei Sachen machen darf, z. B. Moped fahren, Rauchen, auch wenn ich diesem Laster nicht sehr zugänglich bin …“ Er legte eine kurze Pause ein, das Lachen verebbte.

„… mit sechzehn Jahren darf man alleine in bestimmte Lokale, in Kaffeehäuser, man darf in manche Kinofilme, die meisten sind ja nach wie vor ab achtzehn, so wie die Josefine Mutzenbacher, aber wie ich den Stefan kenne, hat er sich da mit seiner Größe bestimmt reingeschwindelt.“

Die gesamte Gesellschaft lachte und sah mich an, mein Erröten entband mich einer Antwort.

Oma fragte: „Wer ist die Mutzenbacher?"

„Ein Sexfilm!"

„Ein Sexfilm?"

„Ein Film mit lauter Nackerten", grinste mein Onkel.

„Jöö, und so was schaut sich der Stefan an?" Sie drehte den Kopf zu mir, staunte mich an, fragte meinen Onkel, ihren Sohn: „Woher weißt du, dass das ein solcher Film ist?"

„Weil ich ihn mir natürlich auch angeschaut habe!" Wiederum lachten alle.

Vater fuhr fort: „Du, Stefan, bist auf dem Weg zu einem Mann. Du wirst in deinem Leben noch viele Rückschläge hinnehmen müssen, aber auch viele Siege feiern. Manchmal wird nicht alles nach deinem Kopf gehen, ein andermal wird dich das Leben wieder verwöhnen. Stefan, es liegt an dir, mach das Beste daraus, alle Chancen liegen bei dir. Meine lieben Gäste, bevor wir zu den Geschenken kommen, trinken wir erst einmal auf unser Geburtstagskind, erheben wir unser Glas auf den jungen Mann in unserer Mitte, auf meinen Sohn Stefan, den Stolz meines Lebens. Lieber Stefan, alles Liebe und alles Gute zu deinem Geburtstag."

„Hoch soll er leben, dreimal hoch", rief Onkel Hans.

Wir tranken, die Kohlensäure kitzelte mich in der Nase. Oma wies auf den Gartentisch neben der Hausmauer, der zum Geschenktisch umfunktioniert worden war, auf dem Pakete in jeder Größe, verpackt in Geschenkpapier jeglicher Farbe, auf mich warteten. Sie sagte: „Darf er schon auspacken?"

„Mir scheint, du bist neugieriger als mein Herr Sohn."

Vater lachte und bat: „Einen kleinen Moment meine Herrschaften, ich möchte noch eine kurze Erklärung abgeben. Das Zählen der Lebensjahre ist noch kein recht alter Brauch, hat sich erst in der neueren Zeit durchgesetzt. Die Geburtstagsfeier gilt heute als Ausdruck eines modernen, linearen Zeitverständnisses und man hat sich angewöhnt, die Menschen, die einem etwas bedeuten, an diesem Tag zu beschenken. Weil dies nun ein ganz besonderes Alter ist, deshalb ein besonderes Geschenk. Dieses Geschenk hat nicht auf dem Tisch Platz gefunden, deshalb einen Moment …"

Ich wollte aufspringen, doch Vaters Handbewegung drückte aus: Bleib sitzen. Er verschwand für einen Moment im Nebenzimmer. Ich grinste voller Vorfreude, war neugierig, wie er das Moped durch die Balkontür schieben wollte, oder stand es womöglich noch beim Händler in der Werkstatt? Ich fragte mich, wie lange es dauern würde, bis die Formalitäten bezüglich Versicherung und Anmeldung abgeschlossen waren, oder hatte Vater dies alles bereits erledigt?

Die Tür öffnete sich, Vater trat hocherhobenen Hauptes und mit leuchtenden Augen ein, hielt einen Geigenkasten in Händen.

„Lieber Stefan, einem besonderen Menschen mit einer besonderen Begabung ein besonderes Geschenk. Meine Herrschaften, eine Violine des berühmten Wiener Geigenbauers Johann Anton Ertl, der vor knapp zweihundert Jahren geboren und vor gut hundert Jahren gestorben ist. Diese Violine für dich zum Geburtstag, lieber Stefan."

Der Blitz streifte mich. Eine unendliche Pause entstand, der Pulsschlag der Welt hatte abrupt ausgesetzt.

Ich zögerte: „... und das Moped?"

„Welches Moped?", fragte mein Vater.

„Ich bekomme kein Moped?", frage ich leise zurück.

„Nein, wieso, hast du ein Moped erwartet?"

Der Blitz zerteilte die Welt in zwei Teile, in meine und in diejenige meines Vaters; die davonstiebenden Funken trafen meine Augen, sie brannten und schickten Tränen zu Tal. Leer und ausgebrannt saß ich da, reagierte nicht auf die Wünsche und Kundgebungen der anderen, saß starr und aufrecht, schaute durch die mittlerweile vor mir auf dem Tisch liegende Geige. All meine Träume waren zerplatzt, der Tag war schrecklich dunkle Nacht geworden. Dieser Schlag tauchte alle Bilder, die ich mir seit Tagen, seit Wochen ausgemalt hatte, in grenzenloses Schwarz. Ganz klein fühlte ich mich, erdrückt von der Welt der Erwachsenen. Ich schaute in den Himmel, sah das graue Gebirge aus Wolken, welches sich vor die Sonne geschoben hatte – sie fühlte mit mir. Mein Gesicht tat mir unendlich weh, die Haut drohte unter dem Druck zu zerreißen.

Langsam erhob ich mich, schaute meinem Vater ins Gesicht.

„Moment bitte, die Geige gehört mir ganz alleine?“

„Ja natürlich, aber ich hoffe, dass du mich einmal spielen lässt!“ Er wirkte unsicher.

„Heißt das, ich kann mit der Geige machen, was ich will?“

„Selbstverständlich, solange du sie nicht verkaufst.“

„Wieso nicht verkaufen, du hast doch jetzt gerade gesagt, dass ich damit machen kann, was ich will. Das haben alle gehört.“ Meine Stimme gewann an Lautstärke.

„Ja, aber doch nicht verkaufen, weißt du, was eine Ertlgeige kostet?“

Ich wusste es nicht, aber in Geld gerechnet lagen hier sicherlich mehrere Mopeds vor mir auf dem Tisch.

„Weißt du eigentlich, warum ich Geige spiele? Dir zuliebe. Glaubst du allen Ernstes mich interessiert dieses blöde Instrument? Du weißt genau, ich will seit ewigen Zeiten E-Gitarre spielen, aber das, was ich mag, interessiert in diesem Haus niemanden. Ist okay. Damit werde ich und muss ich in Zukunft leben. Aber ich werde nicht länger irgendjemandem zuliebe etwas tun, was ich nicht will, und erst recht nicht Geige spielen. Egal ob du mit einem Gerät vom Stradivari-Toni auffährst, ich verspreche dir, von diesem Moment an rühre ich nie wieder, hörst du, nie wieder eine Geige an.“

Das Stimmengemurmel um mich schwoll an, Vater wollte mir ins Wort fallen, die ersten Beschwichtigungsversuche der Verwandten begannen. Irgendwer aus der Runde, eine Männerstimme, hatte eingeworfen: *Einem geschenkten Gaul schaut man nicht ins Maul.*

„Lass mich ausreden, ist schließlich mein Geburtstag und ihr müsst gar nicht immer zu ihm helfen. Und was bitte heißt geschenkter Gaul? Womöglich soll ich jetzt noch Freude und Begeisterung heucheln. Normale Menschen wollen dem Geburtstagskind eine Freude bereiten und nicht sich selbst. Angeblich gibt es sogar Menschen, die das schenken, was sich der andere wünscht.

Zuerst großes Getue um meinen sechzehnten Geburtstag, seit Wochen heißt es, jetzt bekommst du das, was du dir schon immer gewünscht hast, und dann diese Geige, die ich nicht einmal verkaufen darf. Aber sonst darf ich alles mit der Geige, ja?“

Ich packte sie in den Geigenkoffer, klappte ihn zu, schaute zornig und böse in die Runde.

„Verdammte Scheißgeige!“, schrie ich und warf mit Schwung den Geigenkasten in die Luft. Niemand wagte laut zu atmen, alle starrten gebannt in den Himmel, sahen dem Kasten bei seinen Drehungen um die eigene Achse zu. Etliche der Gäste zogen bei der Landung unwillkürlich den Kopf ein, bis sie das verpackte musikalische Kleinod als schwarzen Fleck in der Wiese sahen.

„Ich scheiß auf diese Geburtstagsfeier.“

Mein Vater sprang mit erhobener Hand auf, ich rannte davon, sperrte mich in meinem Zimmer ein. Mit lauter Musik verscheuchte ich die Geister, reagierte auf kein Klopfzeichen der Außenwelt, nicht an diesem Abend.

An den nächsten Tagen dämmte die Stille den Ärger ein. Weder Vater noch ich lösten den wirren Knopf, der unsere entgegensetzten Gedanken verknüpfte. Vater konnte nicht einlenken, weil er fürchtete, damit seine Autorität aufzugeben, und ich hing nicht mehr an meinem Traum, denn dessen Feuer war erloschen, und mit ihm war meine kleine Zukunftswelt abgestorben.

Nie wieder ergriff ich von diesem Augenblick an eine Geige. Sechs Wochen später schenkten mir meine Großeltern ein Moped, wollten mich überreden, nun wieder mit meinen Musikübungen zu beginnen. Tante stand zu mir, sagte: „Wer etwas schenken will, sollte es ohne Forderung tun, denn wenn er dafür etwas verlangt, so ist es kein Geschenk, sondern ein Geschäft.“

Die lebenslange Verweigerung meines Violinspiels hatte somit ihren Ursprung im ersten und zugleich erfolgreichen Auflehnungsversuch gegen meinen Vater.

Buch II – Heide

Was es ist

Es ist Unsinn,
sagt die Vernunft.
Es ist, was es ist,
sagt die Liebe.

Es ist Unglück,
sagt die Berechnung.
Es ist nichts als Schmerz,
sagt die Angst.
Es ist aussichtslos,
sagt die Einsicht.
Es ist, was es ist,
sagt die Liebe.

Es ist lächerlich,
sagt der Stolz.
Es ist leichtsinnig,
sagt die Vorsicht.
Es ist unmöglich,
sagt die Erfahrung.
Es ist, was es ist,
sagt die Liebe.

Erich Fried

Stefan H. – Und wieder und wieder bis zum Ende

Eben rauchte ich noch, wo war die brennende Zigarette, wo war sie hingeraten? Lag sie unter meinem Barhocker, war sie mir aus der Hand gerutscht, ohne es zu bemerken? Mein Bewusstsein war am Umkippen vom realen *Wahrnehmbaren* in eine Phase der gedachten Langsamkeit, eine Phase, in der das Denken mit den Bewegungen des Körpers nicht, besser nicht mehr, koordinierte.

Ich schaute suchend, wollte nicht aufstehen, hatte Angst, zu stürzen, der Raum zog Kreise in meinem Kopf. Wo war ich? Die Bedienung hinter der Bar erschien fremd, ich sah das Glas vor mir, klammerte mich mit beiden Händen daran, schluckte und schluckte, würgte und würgte. Die Musik kam von sehr weit her, ich vernahm keinen Text, hörte nur Töne, die Musik sein sollten, das heißt, ich begriff noch, dass diese Laute einer Melodie zugehörten, war aber nicht fähig die Summe der Töne als Melodie zu verstehen. Ton an Ton schwebte an meinen Ohren vorbei, vorbei an meinem dem Sturm trotzenden Körper. Die Windböen schlugen mir wild entgegen, kerzengerade hielt ich mich auf dem Hocker. Der Boden unter mir begann zu schwimmen, der Rauch schwebte wie eine Wolke um mich, ich inhalierte tief, die Zigarette musste sich von alleine entzündet haben. Die *Rechte* wusste nicht, was die *Linke* tat, das Bewusstsein ersäufte die Konzentration und umgekehrt. Im Glas vor mir schwamm die Sehnsucht, ich nippte, schluckte Cola mit Whisky, der Schmerz der Welt in diesem Glas. Ich vermisste die Lautstärke, die Geräusche fehlten, hörte nur das Wasser in meinen Ohren rauschen. Welches Wasser?

Ich blickte in die Tiefe des Meeres, das Glas war der Trichter zur See, das Tor in die weite Welt. Der Ton war noch nicht zurückgekehrt, kein tosendes Splittern, kein Klirren. Ich sah glänzende Glaskristalle auf meinen feingliedrigen Händen, welche das rote Meer hinwegspülte.

Lachen, nein danke! Ob eigentlich Gott wusste, wo ich mich jetzt befand? Ich ertrank im Rauch, hustete Luft, ein neues Glas vor mir, ich spülte und spülte. Die stickige Luft erdrückte mein Atmen. Ich spürte, dass mein Körper überlaufen würde, ich war im Ausland angekommen, alle Grenzen sozusagen überschritten.

Sie telefonierten nach einem Taxi, ich lag am Boden, versenkte mein Denken im Boden, war den Sturmböen hilflos ausgesetzt, vertrug das schlingernde Schiff nicht länger. Ich tauchte in die Tiefe, war nicht mehr aufzubekommen, nahm die Flüssigkeit wahr, vermutlich begossen mich die Überlebenden des Schiffsunglücks. Ich war bereit zu ertrinken, ich atmete und ertrank und … erbrach … in das Taxi.

Das Taxi fuhr ohne Chauffeur, trotzdem war ich gerettet. Irgendjemand hatte mich aufgefischt, wozu, wozu nur, denn gerade in diesem Augenblick erblindete ich. Ich erblindete, ich ertaubte, ich erbrach, ich starb, wollte sterben, endlich sterben. Das Sterben verschob ich, das Haus vor dem wir standen, kannte ich, wohnte hier, würde nicht sterben, warum dachte ich ans Sterben? Ich redete und redete, sah kein Gesicht des Lenkers, der Film riss erneut.

Das Feuer in meinem Rachen übertönte die tiefe Bewusstlosigkeit, das Brennen trieb mich auf die Beine. Ich stellte fest, ich konnte gehen, ich war geheilt, kein Rollstuhl, keine Krücken, verdammt wer war ich? Ich sah rund um mich, wo stand der Rollstuhl, welcher Rollstuhl, Durst, Wasser …

Wasser fressen wünschte ich, mich in Wassermassen hineinwühlen, abbeißen am Wasser, mich im herrlichen Nass zu wälzen. Mein Denken setzte ein, die Erinnerung blieb aus, war ich aus dem Ei geschlüpft?

Die Umgebung war meine, diese Wohnung mein Zuhause. Wie spät war es, welcher Tag, Sommer oder Winter, Arbeitstag, was war gestern? Was war heute? Oder ist heute schon morgen, war übermorgen vielleicht schon vorgestern?

Welcher Tag? Ruhe, Konzentration, ich zwang mich dazu, es war Mittag, welcher Tag?

Mitten in das Verbrennen meiner Kehle hinein pflanzte die Erinnerung den Terminus Samstag …

Sonntag, verdammt …

Samstag.

Mein Gaumen pappte, Feinde verdammten mich zum Feuerschlucken, die Flammen loderten aus meinem Mund. Das Bier dämmte das Feuer einigermaßen ein, die Sprache rückte wieder in mein Bewusstsein, die Laute kehlten noch etwas trocken. Sie troffen noch nicht vor Nässe, ich löschte und löschte.

Ich legte mich erneut ins Bett, wollte schlafen, den Bränden und Stürmen in meinem Kopf entgehen, wollte träumen von guten, von besseren Zeiten, wollte Sonnenschein in meine Gedanken implantieren, Ruhe und erholende, mich aufbauende Sonnenstrahlen tanken. Meine kaputte Gedankenwelt gab keine Ruhe, ließ kein Träumen und keinen Stillstand im Denken zu. Ich verdammte die wirren Gedankenbewegungen, war über- und aufgedreht, mein Denken stellte nicht so ohne Weiteres auf ruhig um.

Die Gedanken purzelten in meinem Kopf, schlugen Salti und vollführten Kapriolen. Ich war nicht ich oder war gerade das mein richtiges *ICH?* Ich sehnte Ruhe herbei, wünschte einfach ruhig dazuliegen und die konfusen Strömungen in meinem Denken weit fortzuschicken, wie ein Paket versenden.

Entspannen, angenehm träumen, dösen, wollte mich ein klein wenig wohlfühlen, von Heidi träumen, warum von ihr? Ich könnte schreien, ich schrie, was war los, los mit mir?

Es war Samstag, heute durfte ich noch schlafen. Weg mit den Sorgen und Ängsten. Am liebsten hätte ich alle diese aufwallenden negativen Gefühle verbrannt, schwarz übermalt, nur fort damit. Verdrängen, verstecken, warum verstärkte sich dieses flaue, abscheuliche Gefühl in meinem Magen? Meine Gedanken ließen nicht von der Vorstellung ab, dass sich in meinen Eingeweiden ein Geschwür zu einem Ballon aufplustern wollte. Schrecken und Leiden zogen meine Gesichtszüge in die bizarrsten Grimassen, wann zersprang wohl der Spiegel?

Die krausen Bilder meines Gehirns verwehrten durch ihre rege Tätigkeit dem aufziehenden Schlafbedürfnis den Eintritt. Sie spornten den von vielen Saufexzessen ohnehin malträtierten Körper zu Höchstleistungen an, kurbelten das Herz-Kreislaufsystem an und erhöhten die Drehzahl.

Das Herz pumpte und pumpte, stach und stach, ich atmete immer beschwerlicher und schwerer, wohl kein Sauerstoff in der Luft?

Mir war nicht gut, ich fühlte mich wirklich nicht gut.

Ich …, verdammt, was war mit mir?

Mir war zum Weinen, ich fühlte mich am Boden, ganz tief unten, war bereit mich zu entmaterialisieren, kroch moralisch schon in den Kellergefilden herum, hatte mein Ich versenkt. Die Hölle nahte, ich lächelte, Teufel ich komme, ich komme …

„Ich komme bald, aber zuerst trinken wir noch einen“, dachte ich. Ich versetzte etwas Cola mit einem Schuss Whisky, das flaue Gefühl wich einer angenehmen Benommenheit. Ich lag auf dem Rücken, lag einfach da, wartete, gab die Hoffnung nicht auf, das schwarze Loch in meinem Denken zu finden, durchzufallen, rauszufallen aus der Finsternis, raus aus dem Chaos meines Denkens, dem kopflosen Durcheinander, das mein Leben war, die ganze Alkoholscheiße …

Ich fand und fand keinen Abstand von meinem Gedankenzentrum. Ich war unzufrieden mit mir, mein Leben glich gelinde ausgedrückt einem chaotischen Fass, in dem die verschiedensten Alkoholarten, angefangen von Bier, Wein über Rum, Whisky und andere hochprozentige Destillate pulsierten, sich miteinander anfreundeten, sich bekämpften und am Ende doch ein Verhältnis eingingen.

Einerseits war ich gerne bereit am Alkohol zu verkommen, mich darin zu ertränken, war darauf eingestellt, mit meinem Körper für die Sünde *Alkohol* zu bezahlen. Andererseits spürte ich die Bewusstseinsveränderung, die Hand in Hand mit dem Alkohol einherging. Ich bemerkte die psychischen Veränderungen, die der Alkohol mit mir anstellte, schauderte vor Angst. Mein *ICH* war hochgradig gestört, ich wusste phasenweise nicht mehr, was ich tat, vermisste die Zusammenhänge in meinem Denken, konnte vieles, was ich anrichtete, nicht nachvollziehen. Manche Dinge betreffend begann ich mich vor mir selber zu fürchten. Nicht nur vor dem Morgen, sondern vor dem, was ich im *Morgen* tun würde. Nicht vor dem Erleben fürchtete ich mich, sondern vor dem, welchen Schaden mir mein *ICH* morgen zufügen würde – mein *ICH,* welches ich nicht als *ICH* empfand. Diese gedachten Formulierungen erschienen verdreht, aber ich konnte nicht einmal mir selber meine Gedankenzustände plausibel machen. Ich kehrte zurück zu den Gedanken mit dem *ICH,* welches nicht mein *ICH* war. Ich trug die Verantwortung für Aktionen, die ich nicht gewollt hatte. Musterte mich jemand auf der Straße, so fasste diese Angst nach mir, „Was hast du wieder getan?". Die Lücken in mir gaben nichts her, behielten die Erinnerung für sich. Wie weit war ich gegangen, warum schaute mich diese Person so kritisch an? Kaum die eine Angst weggespült, griff die nächste nach mir. Je schneller ich spülte, desto schneller folgten die Ängste. Ob ich die Betrachtung von oben, von unten, von der Seite, von der Schräge vornahm, das Ergebnis blieb nach jedem Drehen und Wenden unabänderlich. Mit anderen Worten, ich vermochte den Würfel nicht in eine Kugel umzuwandeln, die Quadratur des Kreises noch nicht entdeckt, auch nicht von mir. Zwei Seelen in der Brust, mehrere *ICHS,* wie nannte man dies? Ich musste endlich die Augen öffnen, ich belog mich doch nur selbst. Das Bild des edlen Trinkers bedurfte einer gröberen Korrektur. Ich war dabei, die letzten Reste meines Verstandes zu versaufen, war dabei, mich in die Reihe der *Irren* würdig einzuordnen. „Schizophren", ich schrie das Wort nochmals, immer wieder … „Schizophren, schizophren, schizophren …" Das schwarze Loch klaffte urplötzlich, ich atmete Finsternis, fiel und fiel und fiel …

Der Schlaf hatte mir gutgetan, meine Körperhülle bewegte sich wie auf Rädern, nicht so klobig und so abgehackt wie vor dem Schlaf. Die Welt würde ohne mich nicht aufhören zu existieren, schön wär's.

Ich musste rechtzeitig den Ausgang von diesem Planeten finden. Bald würde ich den Weg nicht mehr sehen, das Schild nicht lesen können oder womöglich für immer in einer dieser netten Anstalten untergebracht sein.

Früher hatten die Touren in und rund um den Alkohol Spaß gemacht, jetzt dagegen hatte mir der Feind ein Netz übergestülpt, in dessen feinen Maschen ich mich verfangen und verheddert hatte, ein Netz im Labyrinth ohne Ausgang. Oder auch wenn der Ausgang existierte, ich war der Parzival des Alkohols, blind für das Leben um mich, blind für existenzielle Wahrheiten, blind auch darin, was mich, meinen Zustand, meine Sucht betraf. Ich sah nur Alkohol, lebte gewissermaßen im Alkohol, hatte immer gedacht, niemand würde meinen Verfall bemerken. Wie lange würde ich meine Arbeit im Reisebüro behalten? Ich fröstelte, wollte meine Gedanken nicht mit solchen Problemen belasten.

Ich verdrängte, zog den Vorhang zu, flüchtete aus der Realität … – der erste Schluck brannte. Ich fragte nicht nach Tatsachen und Wahrheiten, erforschte meine Welt des Inneren erst gar nicht, war nicht dazu bereit, in diesen Spiegel zu blicken, ertrug mein Leben nicht, wollte nur verdecken, zudecken, die Angst zudröhnen mit Alkohol. Ich spürte den Klumpen im Magen, gerne hätte ich jemanden gehabt zum Anlehnen, war nicht stark, wie ich im Suff immer tat, war verletzlich, war … war nicht mehr ich.

Ich versuchte das Denken an und um mich zu beenden, lenkte die Flasche in das Zentrum meiner Blicke. Warum ging ich meinen Ängsten nicht auf den Grund, warum verschloss ich mich vor dem Problem Arbeit? Sah ich nicht die vorwurfsvollen Blicke der Kunden, erwartete ich allen Ernstes, dass meine Kollegin die Zentrale nicht über meine unzähligen Eskapaden informiert hatte? Ich bejahte für mich, schließlich hatte mich niemand gerügt, nicht in den letzten Monaten, niemand konnte mir etwas anhaben, niemand. Niemand, wirklich niemand? Ich zweifelte, würde auswandern, mich verstecken, aus vorbei. Ich hielt dieses Verwirrspiel keine Minute länger aus. Sah ich die Scherben nicht oder wollte ich die Schäden nicht sehen, die ich pausenlos anrichtete? Früher verzieh ich mir die verschuldeten Fehler insofern, indem ich sie als leichte Blessuren abtat, frei nach dem Motto: *Wo gehobelt, fallen Späne.*

Die Verbindung Alkohol mit Wut glühte in mir, schalt mich. Prompt erkannte ich die angestellten Verwüstungen, dachte an Heidi, erfasste das Ausmaß meiner Vernichtungsserien, kapierte das Irreparable daran. Nie im Leben vernarbten diese Schäden, Heidi … Heidi …

Heidi, ich hatte sie geliebt, geliebt wie nie jemanden zuvor. Aber diese Wut, die jedes Mal bei mir entstand, wenn mich jemand korrigierte, mich verbesserte, hätte sie nicht …

Ich tat mir wieder leid, schob die Schuld ab. Dabei hatte sie gar nicht … Was halfen diese Gefühlsausbrüche, diese Liebesreminiszenzen, das Leben vor mir war ausschlaggebend und wer hatte mich angezeigt wegen Misshandlung? Der Arzt? Sie hätte … Was soll's, Körperverletzung, die Verhandlung stand aus, ich vergrub meine Reflexionen an die Vergangenheit, wünschte die Marter aus dem Kopf zu entfernen. Die Flasche thronte auf dem Nachtkästchen, das Glas daneben, zwei Zentimeter mit Whisky bedeckt. Ich lag seitwärts im Bett, mit Blickrichtung auf das Glas, bis in den Zipfel der Tuchent, unterdrückte das Heulen, wimmerte und sog die weiche Wärme der Daunen ein.

Irgendwann vermischten sich die Bettwärme und Alkohol. Ich verweigerte das Aufstehen, badete im Bett. Der Tag entglitt zwar dem Lot, doch ich fand zurück zum Glück, die Reste meines Gewissens verschwanden in der Tiefe des Glases.

Heidis Bildnis entstand erneut in meinem Kopf, ich sah sie liegend vor mir. Der Bildhauer Gehirn erschuf sie erneut in diesem Augenblick, für mich allein. Zuerst ein verschwommener Knäuel, allmählich entstanden die Konturen und ich bestaunte die Skulptur, begaffte ihre Schönheit. Sie war es, ja, der Kopf fehlte, wo war ihr Kopf, jemand hatte den Kopf abgerissen?

Ich schrie „*Nein*", wo war ihr Kopf, beim Ausatmen spuckte ich Schleim, bekam Angst, ihren Kopf verschluckt zu haben.

Heidi, du warst meine einzige große Liebe. Liebe wie im Bilderbuch, rein und unbefleckt. Blödsinn, unbefleckte Jungfrau womöglich? Woher maßte sich mein Denken an in solch kitschige Schablonen abzugleiten? Heidi war eine Frau mit Erfahrung, sei's im Beruf, im Privatleben und sicherlich auch im Bett. Egal ob tagsüber oder sonst wo, sonst wann, sie war ich gewesen, ich war sie, unsere Gehirne dachten eine ganze lange Weile konform, fast wie eines.

Aber nur sie wollte ich geliebt haben, nein und nein, ich war mein Leben lang verliebt, ich liebte immer und ewig, sie genauso viel und genauso wenig wie die anderen Frauen und Mädchen vor ihr, die nach ihr …

Nach ihr, perplex dämmerte mir, dass es kein nach ihr geben würde, wenn ich mich weiterhin so zugrunde richtete. Warum projizierte mein Gehirn andauernd Bilder von ihr? Mein Körper verlangte nach einer Frau. Ich lachte gierig und wollüstig, unterdrückte mit einem Würgen das Weinen, wusste, dieses Verlangen existierte nur in meinem Kopf, da der Unterleib nicht mehr mitspielte. Ein abgestürztes Wrack träumte von Sex, ich korrigierte mein Selbstbildnis, sehnte mich doch nur nach menschlicher Wärme, Zuneigung, wollte nur geliebt werden, nur … ich …

Die in meinem Kopf spukenden Bilder ähnelten einander. Warum zerstörte ich jedes Mal das, wonach ich mich anscheinend am meisten sehnte? Die Schrauben in meinem Gehirn gehörten angezurrt, die Räder drehten sich vermutlich in entgegengesetzte Richtungen. Warum nur lief alles, aber auch alles verkehrt?

Heidi hatte ich vergöttert, sie auf Händen getragen, sie mit ihren Lieblingsblumen verwöhnt, sie mit Zärtlichkeiten bedeckt, sie angehimmelt, sie Stunden und Tage angelächelt, ihr Lächeln eingesogen und ihr gleichzeitig ein neues geschenkt. Heidi war mein Atem. Mein Fühlen und mein Denken waren ausgerichtet auf sie. Ich war programmiert auf sie, wollte es nicht anders, meinte keinen Tag ohne sie leben zu können.

Wo lag die Schuld für mein Ausrasten? Alkohol, ich verdamme dich! Ihre Nachtdienste zermürbten mich, ich eiferte auf Patienten und Ärzte, mochte des Abends nicht alleine zu Hause sitzen. Im Fernsehen sah ich in jeder Frau Heidi, sah, wie sie mit ihrer reizenden Art Ärzte betörte, Patienten verführte, sah, wie sie sich brünstig auf Männer stürzte, wollte neue Bilder sehen, was bekam ich …

Alte Lokale, alte Freunde. Ein Glas unter Freunden, warum kein zweites?

Über wem soll das Damoklesschwert des Pantoffels schweben? Ich lachte mein Lachen, präsentierte die Zähne. Die Zechkumpanen von einst schossen mit ihren gebogenen Mündern die verbalen Pfeile ab, trafen in die Schwärze meiner verbrannten Kehle, ich spülte und spülte, die Vorsätze gingen auf Grund.

Und nun lag ich hier in meinem Bett, alleine, mutterseelenallein, für immer und ewig dazu verdammt, hier alleine zu liegen. Die Vergangenheit rumorte in meinem Magen, die Flucht aus ihr trieb mich erst recht in den Sumpf. Das Heute würde wie gestern enden, der morgige Tag den vorherigen in nichts nachstehen. Nichts, aber auch absolut nichts würde sich ändern, so leid ich mir auch tat, so sehr ich alle verdammte, beschuldigte, die Wurzel blieb trotzdem ich. Meine letzte, absolut letzte Chance auf ein anderes, neues Leben wäre eine Zukunft mit Heidi gewesen, diese Chance verspielte ich durch Brachialgewalt. Ich wollte so enden, mein Unterbewusstsein bestimmte den Weg, mein Charakter trieb in der Gosse. Ich dachte an das Buch von Charles Bukowsky *Tagebuch eines Alkoholikers,* das Lachen schmerzte in den Eingeweiden. In Gedanken erbrach ich mein Leben, Vergangenheit und Zukunft auf die Müllhalde gekippt.

Stefan H. – HEIDE, der Beginn

Inmitten des grauen *Spitalweiß'* erschien sie mir als die erste wahrgenommene Farbe. Ich verehrte sie ab Beginn meines Aufenthaltes in ihrer Station. Nicht, dass sie die Stationsschwester war, die Abteilung führte oder Ähnliches. Die Bezeichnung „ihre" Station bezog sich einzig auf ihren Arbeitsplatz, galt nicht als besitzergreifend, war nur so gemeint als diejenige, wo sie, Schwester Heidi, ihren Dienst versah. Ich, der Patient, lag in ihrer Abteilung, die nicht die ihrige war, nahm ihre Freundlichkeit mir gegenüber persönlich. Ich empfing ihr Lächeln als Belohnung nach mitunter schweißtreibenden Therapiesitzungen, sah in ihr nicht die Krankenschwester, sah die junge, äußerst attraktive Frau, wünschte mich stark und prinzenhaft, um sie zu erobern. Ich träumte in das Weiß, dachte mich von dort weg, mit ihr an meiner Seite.

Ab und zu, wenn sie in ihren Nachtschichten nicht dem Geläute hinterherlief, verbrachte sie die Zeit an meinem Krankenbett, hörte mir gespannt zu, wenn ich von den Bergen, der Natur, von den Anstrengungen und Belohnungen sprach, die solche Gebirgstrips mit sich brachten. Wer durfte schon in seinem Leben jungen Murmeltieren beim Spielen zusehen und die kleinen Nager beobachten, wie sie die von der Gebirgssonne getrockneten Grashalme in ihre Backen stopften und es so in ihre Baue schleppten. Ich beschrieb klare Quellen und Gebirgsbäche, in die ich vor Schweiß dampfende Füße eingetaucht hatte, fabulierte weiter, dass daraufhin sogar der Bach zischte und rauchte. Mich begeisterte ihr ehrliches helles Lachen, die dunkelbraunen Augen blitzten und während des Erzählens bemerkte ich mehr und mehr, welch romantisches Wesen sich unter dieser hellblauen, einfachen Arbeitstracht verbarg, ein sensibler, verletzbarer und empfindsamer Mensch, dem man diese Attribute nicht ansah, das Innere geschützt von dieser kühlen Tracht der Krankenschwestern.

Auch sie erzählte von sich, breitete mit einfachen Worten ihre Kindheit vor mir aus, die mit sechs Geschwistern, einer Arbeiterfamilie entstammend, nicht leicht gewesen war. Sie öffnete mir in unzähligen Nächten ihre Seele, schilderte ihr Singledasein, dass sie immer Männern aufgesessen war, die sie ausgenutzt hatten.

Sie gestattete mir diesen Blick in ihre Privatsphäre vielleicht auch deshalb, weil sie, so wie die Ärzte, Therapeuten und das sonstige Pflegepersonal, mich bei der Ankunft in sämtliche Einzelteile zerlegt gesehen hatten, schutzlos, verirrt und verwirrt und was sonst alles noch. Einem kaputten Menschen vertraut man sich eher an, die absurde Natur eines Schwachen. Irgendwann hörte sie auf Herr H. zu sagen, die Vertrautheit wuchs. Ich erfuhr von ihr viel über die innerbetrieblichen Geränke, vom Zank und Neid untereinander, sah hinter die Weißkittel, sah nicht die Ärzte, sondern Menschen mit all ihren Schwächen, krankhaften Neigungen. Ich erhob manche gleich Göttern auf meinen Olymp. Heidi war Bestandteil meines Denkens, was würde draußen sein? Würde ich es schaffen, unsere so ähnlichen Wesen zu vereinen, würde sie es überhaupt wollen, was bedeutete ich ihr, bedeutete ich überhaupt etwas? Könnte ich je etwas für sie bedeuten, ich, der Alkoholpatient? Wie dachte sie über mich, empfand sie bloß das Mitleid der Krankenschwester mit dem Patienten, hatte ein Mensch mit solcher Vergangenheit, mit solcher Trinkvergangenheit bei ihr eine Chance, nahm sie so einen Menschen überhaupt ernst? Fragen über Fragen, aber dies alles half mir, wieder nach vorne zu schauen. Der Appetit aufs Leben stellte sich ein. Eines Nachts, sie saß wie ein Besuch im Sessel neben meinem Bett, rannen ihr in einem Gespräch glänzende Tränen die Wangen herunter. Sie winkte ab, unterband meine Worte, ihr zauberhaftes Lächeln trat zaghaft ins Gesicht. Sie beugte sich zu mir, küsste mich sanft mit weichen Lippen auf die Wange, flüsterte: „So einen Bruder hätte ich mir immer gewünscht!“

Dieses liebe Kompliment zog tief in meine Nieren ein, dieser Ansturm an Gefühlen ging mir nahe, hätte sie gerne beschützend umarmt, fürchtete aber etwas kaputt zu machen, denn, wie eine Frau schwesterlich umarmen, wenn man sie begehrte und ich mir mittlerweile sicher war, sie hoffnungslos zu lieben. Mit hoffnungslos meinte ich unsterblich oder grenzenlos, denn gerade diese ständig im Wachsen begriffene Liebe gab mir die Hoffnung, die ich brauchte.

Ich hörte das Schwingen der Sanatoriumstür hinter mir, drehte mich nicht um, schloss dieses Kapitel ab. Ich stieg ein in eine neue Zukunft, die mir gehörte. Getragen von der Überzeugung, endlich auf der Gewinnerseite zu stehen, hatte ich von meinem Plan, mich zu vernichten, mich dem Alkohol zu ergeben, endgültig abgelassen. Ich hatte aufgearbeitet und aufgearbeitet, tiefe Krusten aufgebrochen, die Vergangenheit ausradiert, die Zukunft brach an. Mental war ich gegen Angriffe jeglicher Art gewappnet, war stark genug, um mit bzw. ohne Alkohol zu leben, um im Dschungel der Welt zu bestehen. Vorwärts wies der Weg, nicht umdrehen, nicht schwach werden. Ich hoffte inständig, Heidi würde mir nachschauen, schaffte die fünfundzwanzig Schritte zum Taxi aufrecht und gerade, blieb stark, riskierte keinen Blick in die Vergangenheit.

Die Frühlingssonne bekam meiner blassen Haut, neue Klamotten, eine neue Frisur, Liegestütze zwischendurch für die Fitness, anstatt des Alkohols, Kaffees.

Ich lachte in ein neues, freundlicheres Leben hinein, genügend freie Tage warteten auf mich, noch vierzehn Tage Zeit, bevor ich wieder ins Reisebüro musste, durfte. Die Gedanken an die Arbeit gaben mir Auftrieb, warum sollte ich mich auch nicht auf meine Arbeit freuen, mein Selbstwertgefühl war in Ordnung, ich fürchtete mich vor nichts und niemandem, das Morgen winkte mir lächelnd zu und irgendwann kam das Wiedersehen mit Heidi. Ich nahm mir vor, genügend Zeit verstreichen zu lassen, der Abstand sollte für mich arbeiten. Sie dachte sicher an mich, sicher? Sicher nicht, sicher doch …

Am Telefon sagte sie spontan zu, ich war auch hundertprozentig davon überzeugt gewesen. Drei Tage und schon vermisste ich sie. Ich holte sie mit dem Auto ab, begrüßte sie zaghaft, redete und redete, hörte zu, nahm aber nichts auf. Ich hörte sie reden und reden, fuhr und fuhr, achtete wenig auf den Verkehr. Ich stellte ihr meinen Partner Sam vor, meinen treuen, mobilen Weggefährten. Sie fand meinen alten Volvo chic. Ich roch ihr duftiges Haar, saß im Café lässig neben ihr, hatte irgendwie nicht oder nur undeutlich geschnallt, dass wir aus dem Auto gestiegen. Ich sprang auf, lief zurück zum Auto, holte die Blumen. Ich drückte ihr einen kurzen Kuss auf die Wange, ergötzte mich an ihrem Erstaunen über den wunderschönen Frühlingsblumenstrauß. Sie schluckte, gab mir ihrerseits einen Kuss, der wohl schwesterlich gemeint war, und musterte mich eingehend. Sie bestückte mein Ego mit Komplimenten. Sicherlich wusste ich um mein positives Erscheinungsbild. Ich war neu und toll eingekleidet, war groß und schlank, umgarnte und hofierte sie charmant. Ich war nicht *ich* von früher oder doch, nur nicht der Negative, der Kaputte, ich war wieder ich.

Ich strahlte sie an, zeigte beim Lachen vierzig weiße Zähne, roch an ihrem seidig schimmernden Haar, gurrte: „Oh, mit Channel No. 5 gewaschen!" Ihr helles Lachen klang wie schon so oft, erfrischend und ehrlich. Wie waren Kinder, scherzten, die Scherze ließen die Tortenteller am Boden klirren, Stiefel mit Schlagobers. Die Kinder hielten sich an den Händen, versenkten die Blicke ineinander, die Augen verhakten sich, die Seele ward eins. Worte blieben aus, die Münder verstummten, man verstand sich auch so. Sie streichelte mich mit ihren wunderschönen dunklen Augen, beinahe vergaß ich zu atmen.

Am liebsten wäre ich auf der Stelle mit ihr in den Himmel entflohen, die Angst, etwas zu ruinieren, was noch gar nicht richtig begonnen, hinderte mich, und doch drückten ihre Augen das aus, was ich mir so sehnlichst wünschte. Ich fuhr sie nach Hause, hauchte einen romantischen Kuss auf ihre Lippen, flüchtete. Ich war selig und gleichzeitig unzufrieden, Zweifel flammten in mir, unterbrachen das Glücksgefühl.

Schon am nächsten Morgen rief sie mich an, die Sprache holperte, klang, als wäre ihre Stimme in eine Tränenwolke gehüllt. Tränen des Glücks beteuerte sie, flüsterte sie scheu und sanft. Momentan verstand ich nicht und endlich als das Begreifen einsetzte, vollführte ich einen innerlichen Luftsprung. Jetzt schwang dieses „Ich hab dich lieb" in meinem Ohr, betörte mein Trommelfell. Die Welt lag unter mir, die Kraft der Sonne strahlte mich an, strahlte aus mir heraus, ein Sonnenkind feierte seine Wiedergeburt.

Gesucht und gefunden. Die Stunden mit Heidi verrannen, das Glücksgefühl hielt an. Ich hatte nach den Sternen gegriffen und hielt die Sonne in Händen. Ich lachte und tanzte mit ihr durch die Tagesstunden, verschlang gierig ihre Liebe in den Nachtstunden, wir tauschten die Nacht mit dem Tag.

Wir waren eins, im Geiste ebenso wie im Bett. Sie war einfach wundervoll, ein Diamant, der mich nun tagtäglich mit seinen unzähligen geschliffenen Facetten anstrahlte, sprich anlächelte, anlachte und einfach nur verstand. Wir sprachen über Gott und die Welt, philosophierten über die Kehrseite der Sonne, denn Heidi war ein Mensch, der sich für Minderheiten einsetzte, dem die Armen irgendwo da draußen nicht egal waren. Ein Mensch, der sich zwar genauso gerne wie ich am Lachs delektierte, der aber doch über allem Überfluss nicht vergaß, dass es auch andere Menschen gab, eben Arme, Kranke, Süchtige, Schwarze, Ausländer und Reiche. Sie ereiferte sich in manchen Dingen, hatte fast radikal zu benennende Ansichten und doch bewunderte ich ihr grenzenloses Engagement, ihre Kraft, ihre Energie. Ich bemühte mich ihr in manchen Dingen, besonders den sie aufreibenden Sachen, der ruhende Pol zu sein, sie nicht zu bremsen, aber ihr Ruhe und Kraft zu geben, mit ihr die Energie zu tanken, die wir beide gut gebrauchen konnten. Ich zeigte ihr die bizarren Schönheiten der Natur, wies sie auf die Unterschiede in den Vogelstimmen hin, lehrte sie quasi Naturkunde. Sie und ich jagten hinter Schmetterlingen her, erfreuten uns an den farbenfrohen Blumenteppichen, tollten auf der Wiese, bezogen in die Tollerei den Sex mit ein, frönten dem Thema Nummer eins. Liebe im Freien, lachende Ameisen, neugierige Vögel und rotgesichtige Käfer um uns, erröteten sie vor Scham oder hatten sie sich zulange der Sonne ausgesetzt, einen Sonnenbrand abbekommen?

Die Abende zu Hause bei mir, sie lauschte auf dem weißen Fell liegend meinen vorgelesenen Geschichten. Wir spielten Backgammon oder reisten zusammen in die Länder unserer Fantasien, träumten mit offenen Augen einer wunderschönen, uns verwöhnenden Zukunft entgegen.

Wir liebten es beide, uns festlich zu kleiden, suchten immer neue Anlässe für das Tragen und Ausführen unserer Abendgarderobe. Ein Ausflug in die Landeshauptstadt mit Theaterbesuch, ein Ballettabend, ein Klavierkonzert oder ein Abend in der Festspielstadt Salzburg. Wir mischten uns unter das illustre Publikum im Tomaselli, saßen inmitten der Künstler und Touristen, sahen die uns bestens bekannte Stadt Salzburg mit neuen Augen, mit den Augen der Liebe.

Abends fuhren wir mit dem Mönchsbergaufzug zum Winkler, überschauten von dort hingerissen die unzähligen Lichter der beleuchteten Stadt, dankten Gott für diesen und die noch folgenden Abende, aber insbesondere für diesen Blick über die Stadt Salzburg, der einen zum Schwärmen verleitete, eines der schönsten Bilder unserer Heimat war, nach unserem Empfinden.

Dinner bei Kerzenlicht im Restaurant, unzählige Gänge warteten auf uns, aufgetragen von Smoking bejackten Obern, die uns aufmerksam bedienten, nach jedem Nippen am Glas Wein nachschenkten.

Sie gestand mir, noch nie im Leben so geliebt worden zu sein, so umschwärmt, so verwöhnt, ja so vergöttert. Ich küsste ihre Tränen weg, Heidi was hatte man dir angetan?

BUCH III – Heides Sicht!

Zusammenschrift aus den Aufzeichnungen,
Tagebüchern und Tonbändern der HEIDEMARIE STENZEL

Stefan H. brach in mein Leben ein wie ein Blitz, kein direkt einschlagender, nein, ein irgendwo in der Ferne in munterer Zickzackspur einfahrender, hell leuchtender Linienblitz, der das Gewitter als Vorbote ankündigt. Die zwischen Blitz und Donner liegende Zeit als Richtmaß für die Entfernung des Gewitters, die Anzahl der Sekunden geteilt durch drei geben die Entfernung in Kilometer. Stefan war solch ein Gewitter, ein elementares Naturereignis, der meine Existenz veränderte, mein Leben auseinandernahm und wieder zusammensetzte, kein Stein blieb auf dem anderen.

In meinem Denken und Sprechen teile ich mein Leben seither in zwei Abschnitte. In die Zeit vor Stefan und in die ab Stefan. Nicht um an ein bestimmtes Ereignis zu denken, so als ob jemand sagen würde, vor der Hochzeit und nach der Hochzeit, und doch bezieht sich alles auf die Hochzeit selbst, als Ereignis gesehen, und nicht auf die davor und danach liegenden Zeiten, wie bei der Zeit vor und nach einem Unfall oder nach was auch immer, wo nicht das einmalige Geschehen als solches zum Zentrum der Erinnerung aufrückt, sondern nur die Abweichung der davor und danach liegenden Zeiten mittels eines Ereignisses abgegrenzt werden soll.

Dies nur deshalb so überdeutlich, um zum Ausdruck zu bringen, was die beiden Lebensabschnitte in ihrer Verschiedenartigkeit für mich waren, wie TAG und NACHT, wie HELL und DUNKEL, wie KAIN und ABEL. Diese Vergleiche finde ich deshalb so passend, weil sie auf Stefan zutrafen, in dem zwei Persönlichkeiten steckten, die bei voller Entfaltung an JEKYLL & HYDE denken ließen, eben an GUT und BÖSE, wie SOMMER und WINTER.

Er war Abel genauso wie Kain. Mit dieser Klassifikation in zwei Abschnitte will ich diese nicht gesondert als „gut“ bzw. „böse“ werten, weder den einen noch den anderen in eine bestimmte Ecke rücken, denn in jedem Abschnitt kam das eine wie das andere vor. Rückblickend aber lässt sich behaupten, dass sie einander überhaupt nicht ähnelten, fast keine Gemeinsamkeiten hatten. Sie waren also „Tag“ und „Nacht“.

Mein Leben lief bis zu diesem Zeitpunkt wie auf Schienen. Die Zukunft schien vorhersehbar, die Negativa hielten sich in Grenzen, das Gröbste wohl überstanden, so wie ich nicht von Highlight zu Highlight eilte. Ich trieb im leise plätschernden Fahrwasser so dahin, verließ nie die Gleise, paddelte langsam, aber beständig vorwärts.

Stefan war der Vulkan, der küssen und gleichzeitig ausbrechen konnte. Mit Stefan war es, als ob ich in lauer Sommernacht im Meer geschwommen, mich in der nächsten Sekunde ein Sog in die Tiefe riss, unzählige Wasserwirbel mich in die Mangel nahmen, der Strudel mich eisern umklammerte und wie in einer Zentrifuge drehte. Wenn die Luft auszubleiben drohte, die Eingeweide fast zerbarsten, spuckte mich der Dämon aus, schleuderte mich in das nächste Extrem, in dem ich zu Engelsmusik auf Wolken zu tanzen schien. Mit ihm lebte ich zeitweilig im Grenzbereich. Er führte mich an meine Grenzen heran, bescherte mir Gefühle und Empfindungen, deren Ausleben ich mich in den kühnsten Träumen nicht getraut hätte zu ersehnen. Das Produkt einer konservativen, vor allem autoritären Erziehung und Umwelt verdrängte diese Gedanken einfach, hielt sich aufgrund der genossenen Erziehung gar nicht solcher Empfindungen für fähig, obwohl die Ausbildung dagegen sprach, das Thema rund um Freud, und damit um die menschliche Psyche, ja bei Gott kein spanisches Dorf war und sein durfte.

Ich, die wegen des spezifischen Krankheitsbildes unserer Patienten mit den Auswüchsen der menschlichen Psyche ständig befasst war, zweimal jährlich Psychologieseminare belegte. – Der ärztliche Leiter schrieb dies vor, um einerseits unsere Qualifikation im Umgang mit den Patienten ständig zu verbessern bzw. um das hohe Niveau halten zu können und andrerseits, um uns selbst zu schützen, unsere Psyche zu stärken, uns den Umgang mit den Patienten zu vereinfachen, dass deren Neurosen quasi nicht auf uns abfärbten.

Gerade ich, die geschult war, hielt mein Denken, was die eigenen Belange betraf, abseits. Ich wollte vielleicht meine Grenzbereiche gar nicht abgesteckt wissen, wollte diese Höhen und Tiefen nicht an der Oberfläche sehen, weil tief in mir, in meinem Unterbewusstsein die Angst saß, nicht mehr umkehren zu können, denn wer Blut geleckt oder gerochen …?

Stefan H. war keinesfalls der Prototyp eines Alkoholkranken. Von ihm ging eine Faszination aus, der sich auch eine Reihe meiner Kolleginnen ergaben.

In der Regel geschah es, dass ein Patient, der so kaputt und derangiert zu uns kam, wimmerte, wie ein Elendshaufen heulte und die Schuld seiner Alkoholprobleme auf Gott und die schlechte Welt schob, jedermann, nur nicht sich selbst die Schuld für sein Versagen im Umgang mit Alkohol gab, uns an- und bejammerte, abschwächte und schönfärbte.

Stefan heulte nicht vor Elend, er heulte nach Alkohol. Weinkrämpfe übermannten ihn genauso, er schüttelte sie ab, schrie und tobte mit einer Sprachgewalt, die wir hier noch nie, absolut nie erlebt hatten. Beschimpfte er bei seinen verbalen Attacken alles und jeden, so rutschte nie ein ausfälliges Wort über seine Lippen, er bewies Courage. Nein, es war nicht Courage in diesen Situationen, die war ihm ohnehin nicht abzuleugnen, er besaß Stil. Er stand zu seinem Trinken, seiner Sucht, ließ sich über die demokratischen Verhältnisse in unserem Land aus, die es einem Menschen wie ihm nicht erlauben wollten, zu trinken, nichts als zu trinken.

Hier lag der Hahnenfuß begraben. Unsere Patienten kamen freiwillig, warteten oft Monate auf einen Therapieplatz, sein Fall gebar sich anders. Sein Vater, eng befreundet mit dem vorstehenden Primarius, zeichnete für die Einlieferung verantwortlich, der Oberarzt unterschrieb die Einweisung. Die Du-Freunde hatten Stefan in einem Gespräch von der Notwendigkeit eines Aufenthaltes hier überzeugt, laut meinen Vorgesetzten hatte er sich schließlich einsichtig gezeigt und schriftlich eingewilligt.

Sie hatten ihm die Unterschrift abgerungen, ihn genötigt, donnerte Stefan. Hier sei er nun, schalt er, sein Denken könne man nie und nimmer umdrehen, er würde die Ärzte Mores lehren, an seinem Fallbeispiel ihre Unfähigkeit demonstrieren. Von Beginn an fluchte er nur auf den Ärztestand, er meinte Ärzte, Therapeuten und Psychologen. Uns Pflegepersonal sparte er aus, uns begegnete er freundlich, ließ es zeitweise gar an einer ausgewählten Höflichkeit nicht mangeln, gab sich fast unterwürfig, entschuldigte sich oft für den Ärger, welchen er verursachte, befürchtete fast, wir hätten diesen auszubaden. Man sah ihm an, dass er dies wirklich so meinte, wie er es sagte, wirklich peinlich berührt war, wenn er sich danebenbenahm, es sein Zustand nicht anders erlaubte, ihm seine desolate Psyche samt ebensolcher Physis in den Rücken fiel.

Das Missverständnis zwischen Therapie und dem zu Therapierenden lag darin, dass die Therapie auf eine anhaltende Entwöhnung abzielte, dem Patienten Stefan aber mit Vernunftgründen nicht beizukommen war, ihm seine heruntergewirtschaftete Physis ja komplett egal war, er seine Batterie – wie er es nannte – nur aufladen wollte, um sein Werk fortführen zu können, weiter zu trinken, weiter zu saufen, sich in Alkohol ertränken.

So rannten die Ärzte gegen eine Mauer, standen diesem auch nach unzähligen Stürmen noch intakten Bollwerk fast fassungslos gegenüber, nicht wegen dem Selbstzerstörungstrieb des Patienten, nein, sondern gerade weil sie begriffen, welche Kraft dieses bereits Tage andauernde „Wehren“ Stefan kosten musste.

Mit dieser Kraft, umgepolt natürlich, hätte er Achttausender besteigen können, sagten sie. Sie sprachen von nichts anderem mehr, diese Kraft mutierte zum Phänomen. Sie hielten in den

Gängen ausführliche Dialoge, auf dem Flur, im Treppenhaus wie in der Kantine bildete seine Stärke, dieser Motor, der ihn antrieb, das Thema Nummer eins. Nicht Sex, nicht blöde Kranken- und Krankenschwesternwitze, die üblicherweise andauernd in die Unterhaltung der Ärzte einflossen, bestimmten den Inhalt der meisten ärztlichen Stiegenplaudereien, sondern das Verhalten des Patienten Stefan H., dessen ureigenstes Kraftpotenzial, welches er für seine Selbstzerstörung einsetzte, und sich partout nicht umpolen ließ. Tage um Tage.

Versuche hatten zuhauf stattgefunden. Tage um Tage.

Medizinische Fachgespräche in den Waschräumen, das Jonglieren mit lateinischen Vokabularen, mittendrin der Name Stefan H…! Tage um Tage.

Er war auf dem Weg in die Sanatoriumsannalen, der Renner der Saison.

Was noch dazu kam, so ein Mensch faszinierte, magnetische Schwingungen zogen uns (meine Kolleginnen ebenso wie mich) zu ihm hin. Nicht zu dem strahlenden Helden, der war er nicht, im Gegenteil, dieses verletzliche Bündel Mensch – frei nach dem Dschungelbuch – verlangte Schutz, wollte sich anlehnen, war allein in der weiten Sanatoriumswelt. Mein Mutterinstinkt war geweckt, ich war hellwach, die Weichen gestellt, der Zug fuhr langsam ein.

Das Problem der Ärzte entsprang dem Umstand, dass Stefan zu seinem Alkoholismus und seinen Auswüchsen stand, und so alles, was von unserer, der Seite des Sanatoriums kam, vehement ablehnte, sich dagegen auflehnte, dagegen ankämpfte. Er stand dazu, psychisch gestört zu sein, so wie er zu seinem Wunsch stand, sich ins Grab zu trinken. Seine Physis, die nach einem Alkoholexzess zusammengebrochen war, ließ ihn hier landen. Er war die unfreiwillige Fracht, sein Vater der Spediteur. Das Letzte, was er wollte, war Entwöhnung. Er gestand seinem Körper höchstens etwas Ruhe zu, etwas Aufbau, um wieder mit dem fortzufahren, das ihn herbrachte.

Die Therapeuten kamen nicht an sein Inneres, konnten die Schale nicht knacken, wirkten hilflos, kannten den Code nicht, waren nicht darin geschult, einem Alkoholiker wie ihm, dem Latein so vertraut war wie ihnen, der zwar ihre Sprache sprach, diese jedoch verachtete, gegenüberzutreten. Niemand hatte es je nur zu denken wagen dürfen, das hohe Ross bis sich nun in den Schwanz.

Er tat das, was im Sanatoriumsalltag als Gotteslästerung galt, er kritisierte ihr Fachwissen, forderte sie heraus, ging gleich darauf auf sie ein, täuschte Anteilnahme vor, stellte Fragen zu ihrer Arbeit. Sie wähnten sich am Ziel, doch der Zug fuhr ohne Stefan in den Bahnhof. Längst abgesprungen.

Er trotzte ihren Provokationen, ließ sich weder festnageln noch verbal in den Sand manövrieren, drehte die Ansätze jeder Therapie sofort um, kehrte die in den Einzelsitzungen verwendeten Autosuggestionsformeln zum Gegenpol. Er erhöhte die Temperatur in den Therapieräumen, das anfängliche Transpirieren der Therapeuten geriet zum gewöhnlichen Schwitzen.

Dr. Rohm, ein junger Arzt, mit dem mich mal mehr als unsere Arbeit verband, meinte, an Stefan sei ein Generalstabsoffizier verloren gegangen.

Die massive Gegenwehr zehrte, verbrauchte die letzte, ohnehin nur noch in geringen Dosen vorhandene Substanz. Die stete Bedrängnis seitens der Therapie überspannte seine Nerven, trieb ihn ins AUS. Seine Körpermechanik setzte aus, fallweise urinierte er ins Bett, sein heulendes Toben vermengte sich mit Weinkrämpfen. Uns, dem Pflegepersonal, war längst jedes Veto oder Mitspracherecht verwehrt, die Theorie hatte sich wie in allen Krankenhäusern von der Praxis entfernt, ja abgesetzt. Die Ärzteschaft duldete schlichtweg keine Einmischung, tat unsere Sichtweise als atypische Betrachtungsform ab, riet uns zu verminderter Anteilnahme, verschanzte sich hinter Lateinarien. Sie hatten studiert, nicht wir, die Sympathie für Stefan wuchs und wuchs.

Stefans Schöpfkelle blieb trocken, das Reservoir leer, die Batterie verbraucht. Um in seinem Jargon zu sprechen, er gab w. o., er warf das Handtuch. Als früherer Boxer wusste er genau, wann ein Kampf vorbei war; die Ruhe glitt zurück, er gewöhnte wohl sein Denken an die Niederlage. Heute jedoch weiß ich, dass er in diesem Moment zu seinem letzten Gegenschlag ausgeholt hatte, diesen in den Augenblicken vorbereitet hatte, während sie, seine Gegner, seine Aufgabe als Sieg werteten. Sie gratulierten sich, bewies ihr Sieg doch einmal mehr, dass sie richtig lagen, sie die Stärkeren waren, zum Wohle des Patienten selbstverständlich. In dem langen Prozess des Kampfes waren sie Gegner gewesen, jetzt wo sein Wille gebrochen, verabsäumten sie erneut das Herabsteigen vom „weißen Olymp", bewiesen kein Gespür für seine Situation. Wer, wenn nicht sie, die Fachleute, sollte ihn verstehen, und wenn sie ihn nicht verstanden, wie wollten sie ihn bloß retten?

Der Himmel strahlte blau, das Pfeifen des Windes verstummte, die endlose Weite des Meeres glich einem silbernen Brett. Niemand sah die Wellentäler kommen, niemand sah sie gehen. Der Blitz traf das Silber.

Stefan lag in diesem Wellental, total besoffen, die Ärzte konstatierten eine Alkoholvergiftung groben Ausmaßes, 4,5 ‰!

Mit seinen lachenden blauen Augen überstand er's, niemand bekam aus ihm heraus, wie er sich den Stoff beschafft hatte, keine Spuren, keine leeren Flaschen, das Personal wusste von nichts, ich hatte Gott sei Dank dienstfrei. Sein Wesen und seine Art, die Menschen, insbesondere die, die um ihn waren, die Dienstleister gewissermaßen, zu behandeln, dürfte es spielerisch ermöglicht haben, an Alkohol zu gelangen. Geld tat vermutlich ein Weiteres. Dem System war eins ausgewischt, die interne Untersuchung brachte nichts zutage, er hatte auf- bzw. nachgegeben, das Besäufnis diente einzig und allein dem Zweck, zu zeigen, wer letztendlich der Stärkere war.

Er genoss sein Schweigen, die ärgerlichen Gesichter um ihn waren die Samenkörner seiner künftigen Kraft. Nicht einmal mir verriet er später sein Geheimnis, seine stereotype Antwort: *Er habe sein Ehrenwort verpfändet.* Ich machte mir auch so meine Gedanken, eventuell Tranquilizer mit Alkohol, eine Alkoholspritze? Das Fehlen jeglicher Spuren verwirrte mich, sicher bin ich mir heute, dass er den Exzess absichtlich in meiner Freizeit inszeniert hatte.

Warum er überhaupt endgültig nachgab? Hier existieren mehrerlei Meinungen …

Die Therapie griff, er konnte nicht mehr …

Er bestand beharrlich darauf, ab dem Zeitpunkt, da er sich in mich verliebte. Selbstverständlich schmeichelte mir dies, aber ich glaubte nicht nur, weil ich glauben wollte. Stefan hatte in diesem Punkt keinerlei Grund zu lügen und außerdem war er ein sehr schlechter Lügner. Er brachte zahlreiche Gemeinheiten ohne Gemütsregung zustande, doch die kleinsten Schwindeleien ließen sich in seinem Gesicht lesen.

Veränderungen, die auf abrupt hereinstürzenden Ereignissen basieren, befinde ich für ungefährlich, auf sie lässt sich's eingehen, falls notwendig entgegensteuern. Heimtückischer gestalten sich schleichende Veränderungen. Entweder erkennt man sie gar nicht als Veränderungen oder erst, wenn sich diese so weit manifestiert haben, dass es bedeutender persönlicher Kraftanstrengung bedarf, um den ursprünglichen Zustand wieder herzustellen, dieser Vorgang der selbst herbeigeführten abrupten Veränderung aber meist zu spät ins Bewusstsein dringt.

Irgendetwas geschah, geschah mit mir, begann zu geschehen. Kolleginnen sprachen zu mir über Stefan als *„dein Patient“*. In dieser Bezeichnung lag kein Spott, Neid, Bosheit oder sonst was, sie machte nur offenkundig, dass meine Mitstreiterinnen bemerkt hatten, wie sehr er mir am Herzen lag. Favoriten unter den Patienten zu haben galt durchaus nicht als ungewöhnlich, nicht jeder konnte sich mit jedem gleich gut verstehen. Überdies ging die Favoritenrolle so gut wie nie zu Lasten anderer Patienten.

Sonderbar war nur, dass ich die Veränderung nicht wahrgenommen, nicht begriffen hatte, was mir *„mein Patient“* mittlerweile bedeutete. Die anfänglich nur sporadischen Plauschereien waren längst zur lieben Nachtdienstgewohnheit avanciert. Durch diese Nachtgespräche hatte ich gelernt ihn zu verstehen, da er mir seine Welt dargelegt, seine Art zu denken nähergebracht, seine Seele vor mir ausgebreitet hatte. Der Patient Stefan H. institutionalisierte sich in mir, ich dachte nicht an das Morgen, sah an der Zukunft vorbei.

Stefan war es erlaubt, den Traum der Zukunft zu träumen, für eine Krankenschwester kam eine Zukunft mit einem Alkoholpatienten schlichtweg nicht infrage, war sogar in meinem damaligen Denken noch etwas Unvorstellbares, auch wenn er mir inzwischen teuer war, so wie ein Bruder, ein lieber Bruder, ein sehr lieber Bruder.

Stefan schämte sich nicht in seiner Patientenrolle, noch beschönigte er, wie Dutzende andere vor ihm, er mochte mich, zeigte das und gab und gab und gab. Er offenbarte sein Innenleben, rollte die Seele vor mir aus wie einen *„Orient"*, legte mir sein Denken zu Füßen. Die Ärzteschaft hatte Stefan als Exzentriker kennengelernt, als außerhalb des Mittelpunktes liegend, mir begegnete er in diesen Tagen konzentrisch – einen gemeinsamen Mittelpunkt habend. Mir sagte seine einfühlende, sensible Art zu, seine grenzenlose Liebe zur Natur. Ich lernte seine Verwundbarkeit verstehen, begriff, dass ein Mensch mit solcher Gefühlstiefe Schwierigkeiten mit der Welt haben konnte, haben musste. Ich begriff weiters, dass der Alkohol für ihn das Schneckenhaus war, dieses Schneckenhaus ihm seine Heimat und Quelle für seinen Zynismus war.

Ich versuchte die Augen nicht vor der Wahrheit zu verschließen, rief mir immer und immer in Erinnerung: „Alkoholiker sind psychisch Kranke", und doch war ich bereits erblindet, ertaubt, immun gegen Tatsachen. Die Kraft des Magneten zog mich an den Abgrund und langsam, wie in tausendfacher Zeitlupe, setzte das Fallen ein.

Das Fallen – Tonband und Aufzeichnungen – Heidemarie Stenzel

Die Zeit der Pflege, der Bemutterung lag im Gestern, Stefan und ich tanzten im Lachen der Sonne, wie hielten einander an den Händen, ich lag an seiner Schulter, hing an seinen Lippen, ich war verliebt. Draußen in der Welt schien er mit einem Male so stark, sein Lachen, sein Charme, seine Ausstrahlung bekamen mir. Ich genoss seine Liebe, genoss den attraktiven Mann an meiner Seite, genoss fremde bewundernde Blicke, manche sprachen es aus, wir waren ein schönes Paar. Ich dankte Gott für das Glück, dankte mir selbst für den Mut, mich fallen zu lassen. Ständig entdeckte ich neue Seiten an Stefan, neue und nur gute Seiten. Ich hatte noch nie einen so einfühlsamen Mann erlebt, einen Menschen, mit dem ich über alles reden konnte, er war ein Phänomen. Wir verbrachten wunderschöne Stunden im Bett, er liebte mich mit einer Hingabe, die ich keinem Mann auf der Welt zugetraut hätte.

Er führte mich in seine Welt ein, obwohl ich rasch begriff, dass in diesem Kreis seiner Freunde keine wahren Freunde wohnten, er ja immer ein Suchender gewesen war, ein Rastloser ständig auf der Flucht, vor seiner inneren Einsamkeit flüchtend. Und doch hing er an ihrem Urteil, gab etwas auf ihre Meinung. Er, der sich sonst um niemandes Ansicht kümmerte, zeigte in diesem Rahmen Zurückhaltung, passte sich ihnen im positiven wie im negativen Sinne auf geradezu beschämende Art und Weise an. Er selbst nahm Kritik an, in Bezug auf seinen Bekanntenkreis vertrug er nicht einmal den Hauch einer Anspielung, sogar unterbliebene Zustimmung wertete er in diesem Punkt als Kritik. Seine Freunde mussten ihm die Familie ersetzen, dies erkannte ich, als ich später seinen Vater kennenlernte. Darin lag die ganze Tragik seines Wesens, seines exzessiven Lebens. Stefan war im Innersten seiner Seele ein kleiner verschreckter Vogel, der zu früh aus dem Nest gefallen war und sich nun, flügge geworden, das Nest kaufen wollte.

Geld war für ihn kein Thema. Warum, begriff ich lange Zeit nicht, denn die meisten Menschen mit ähnlicher Vergangenheit vertranken sozusagen das letzte Hemd. Stefan lachte über meine ausgesprochenen Gedanken, stimmte mir sogar zu und erzählte. Er erzählte so viel von sich, seiner Familie, seinem Vater, den Verwandten, seinem Leben, seiner Jugend, wie er zum Trinken gekommen war, er erzählte von diesem und jenem. Er erzählte gerne. Ausgestattet mit einer rhetorischen Erzählgabe beeindruckte er alleine durch die verschiedensten Facetten und Abstufungen seines Sprachbildes, seiner dazu passenden Mimik und Gestik, ein Hang zur Theatralik war ihm eigen, und über allem schwang seine angenehme, mit einem Schuss Heiserkeit versetzte, weder als hell noch dunkel zu nennende Stimme. Solche Stunden, wenn ich andächtig lauschend vor ihm, bei ihm, um ihn saß, betitelte er: „Ich schenk dir meine Vergangenheit!"

Über allem stand Tante Mitzi. Sie, zu der er als Junge, als Halbwüchsiger, als Beinahe-Erwachsener weinend gelaufen war, bei der er in Krisensituationen Zuflucht gesucht und auch gefunden hatte, schützte ihn ihr Lebtag lang, umso mehr seit dem Tode seiner Mutter. Tante Mitzi – Stefans Großtante. Stefan schilderte sie als kleine resolute Frau, weltoffen, mit einer überschäumenden Liebe zur Natur, einem riesengroßen Herz für Tiere und einem Faible für ihn. Sie hatte als älteste Tochter die kranken Eltern zu versorgen gehabt, führte deren Geschäft, vergrößerte, expandierte, ihr Privatleben versank im Betrieb. Sie galt als wohlhabende Geschäftsfrau, Konkurrenz wie Geschäftsfreunde attestierten ihr kommerziellen Weitblick. Sie genoss es, ihr Vermögen wachsen zu sehen. Ihre Ausgaben fielen unter Abschreibposten, das Vermögen wartete darauf, die Erben zu erfreuen. Die Geschäfte als auch die Liegenschaften gingen an nahe und auch kompetente Verwandte, die ihr Lebenswerk professionell weiterführten. Die Art und Weise, wie sie für Stefan sorgte, wie sie ihm Geld vermachte, bewies, wie gut sie ihn gekannt hatte, vor allem seine

Schwächen, seinen Hang zu exzessivem Leben und wie sehr sie ihn geliebt haben musste.

Seine 70 Quadratmeter große Eigentumswohnung hatte sie ihm noch zu Lebzeiten vermacht, selbstverständlich auch eingerichtet, ebenso selbstverständlich nach seinen Vorstellungen. Auf der Wohnung lag ein Veräußerungsverbot, ausgenommen er würde den Erlös für eine größere Wohnung, ein Haus oder Ähnliches verwenden. Seit ihrem Tode erhielt er eine jährliche Apanage von ca. 15 000 €, aufgeteilt in Monatsraten, allerdings nur solange er einer geregelten Arbeit nachging. Stefan vermutete sogar, dass er seinen Job, die Filialleitung eines kleinen Reisebüros, auf die eine oder andere Art, direkt oder indirekt, ihr verdankte. Ihn schien das nicht zu stören. Von ihr – seiner Tante Mitzi – sprach er nur mit Hochachtung, sie war die Einzige gewesen, deren Meinung er bedingungslos akzeptiert hatte, ihre Liebe wie ihre Schelte. Während er diese, seine Erinnerungen aufrollte, vibrierte seine Stimme, ich fühlte, wie sehr ihn diese Gedanken an sie bewegten, ja mitnahmen, wie sehr er an ihr gehangen hatte. Er äußerte nie die leiseste Kritik an ihrer Versorgungsstrategie. Alle zwei Jahre stand ihm Geld für ein neues Auto zu, zweimal im Jahr durfte er sich in einem bestimmten Geschäft in Salzburg von Kopf bis Fuß einkleiden, jedes Mal um ca. 2000 €, wertgesichert.

Die Testamentseröffnung hatte die innere Verbundenheit von ihr mit Stefan demonstriert. Sämtliche ihn betreffende Passus waren ausgegliedert, der Notar erörterte diese in einem Vieraugengespräch. Sie vermied dadurch, dass Stefans Vater von dem Geldsegen erfuhr. Anscheinend hatte sie an alles gedacht, hatte zu Lebzeiten alles versucht, um ihn in dieser Welt zu beschützen. Diese Welt, der Stefan zeitweilig unterlegen war, sie einander nicht zu verstehen schienen, hatte seine Tante Salzburg, wie er sie manchmal zärtlich nannte, zu seinem Wohle und aus Sorge um ihn bestochen.

Stefan schwieg schon einige Zeit, lächelte, strahlte mich mit seinen leuchtenden Augen an. Diese Augen, die so unsagbar traurig schauen konnten, als ob zeitweilig die Sehnsucht und Schwermut der ganzen Erde darin schwammen. Er streichelte meine Wange und begann ganz leise, zu sprechen: „Weißt du, die Tante ist eine der wenigen Frauen in meinem Leben, für die es sich gelohnt hat, zu weinen, und dies ist das Letzte, was ich ihr noch schenken darf. Und wenn ich so dahin überlege und die Bilder der Vergangenheit betaste, dann ist sie mein Schutzengel!"

Lautlos und mit einem berührenden Lächeln auf den Lippen weinte er. In diesem Augenblick stand er mir so nahe. Ich berührte ihn sanft, der Zauber dieser Situation sollte nicht verfliegen, ich verschmolz mit ihm.

Das Schwärmen für ihn geriet immer mehr zu einer wunderschönen, mich aufzehrenden Liebe. Aufzehrend deshalb, ich konnte meine Gedankenwelt nicht ordnen, alle meine Gedanken und Empfindungen zentrierten sich auf ihn. Die Stunden ohne ihn schlichen vor sich hin, die Welt rund um mich bestand nur aus ihm. Seine Gegenwart war wichtig, die Zeit mit ihm wärmte mein Herz, sein Fehlen kühlte es. Stefan beschenkte mich mit seiner Liebe so reich, er hatte sozusagen die Schalen der Heidemarie geknackt, war zu meinem Inneren vorgedrungen. Ich ritt über die Wellenberge und trieb in meinen Empfindungen.

Ich öffnete mich.

Das Tuscheln um mich akzeptierte ich, amüsierte mich. Glück ist wie Glas, sagte jemand –, Scherben klirren – ich schob die Wolken beiseite, verdrängte, wollte ein ewiges Glück, die Wolke, in die ich gehüllt war, glänzte im zartesten Rosa.

Mutter hätte ihn am liebsten abgeküsst, sie fand ihn überaus nett, hätte ihn auf der Stelle adoptiert. Sie flüsterte mir beim Abschied ins Ohr: „Pass gut auf ihn auf, er verdient es." Sie rührte mich. Ich hatte der Einladung zu Kaffee und Kuchen noch mit gemischten Gefühlen gegenübergestanden. Stefan schien sich zu freuen. Keine formelle Begrüßung, sein offenes Lachen steckte Mutter sofort an. Er drückte ihr seinen Strauß mit den blassgelben Rosen in die Hand, küsste ihr die Hand und meinte unverschämt: „Bei Ihrer Schönheit werde ich Ihnen in Zukunft nicht nur die Hand küssen, ich werde Sie abknutschen." Verwundert bemerkte ich das Kaffeegeschirr, welches ansonsten nur zu Weihnachten aus dem Schrank in das Wohnzimmer spazierte, weiß gerippt, zu schön für den Schrank, zu wertvoll für den Alltag. Stefan hob die Tasse an, drehte den Unterteller um: „Dachte ich's mir, Arzberg!" Mutter war nahe am Erröten, sie fraß aus seiner Hand, nicht er war verlegen oder angespannt, nein, die Hausherrin bewegte sich auf Eiern und eine genierliche Röte überzog ihre Wangen. Mutter schien so entrückt, dass sie vergessen hatte, was ich ihr aufgetragen. Keinen Alkohol. Sie kredenzte Stefan einen Cognacschwenker und starrte in seine Augen, als blicke sie in den Himmel. Stefan grinste nur, lehnte ab: „Wissen Sie, ich hab's mit dem Alkohol. Früher hab ich das Zeug flaschenweise in mich reingeschüttet, hat aber auch was Gutes gehabt, sonst hätte ich Ihre Tochter und somit Sie nicht kennengelernt." Mutter zerrann. „Sie tapferer Junge … entschuldige … äääh … entschuldigen Sie …"

Ich liebte ihn, in diesem und in allen Augenblicken unserer Zukunft, dachte ich in diesem Moment. Ich war so stolz auf ihn und er konnte nicht abstreiten, dass er sich wohlfühlte.

Prompt kam sein Konter: „Wenn Sie uns die nächsten Tage besuchen, trinken wir Bruderschaft, so haben wir beide tagelang etwas zum Freuen!"

Das abgewetzte beige Sofa ächzte unter dem Lachen von Mutter, der einziehende Luftstrom fraß die Wärme, die Kälte vereiste die Gemütlichkeit. Roland, mein großer Bruder, trat auf. Nirgends, wo Roland hinkam, trat er ein, seine Eintritte waren inszenierte Auftritte, eiskalt in jeder Jahreszeit. Die Verachtung für Stefan stand in Rolands Gesicht, dieser grinste nur. Ich hatte vorhergesehen, dass sie sich nicht verstehen würden, sie waren zu verschieden. Roland, der Spießbürger par excellence, Stefan, der Lebenskünstler, keine Basis für Gemeinsames. Neu war mir jedoch, dass sie sich bereits kannten, denn mir fiel die Veränderung von Stefans Grinsen auf. Er lachte Roland nicht an, sondern aus, knallhart, beinhart, so eiskalt wie ansonsten Roland war. Und Roland war gefährlich; er war der Schläger, der Muskelprotz, größer als Stefan, um die 1,95 cm. Ich begann um Stefan zu bangen.

Überrascht spürte ich Stefans Hand auf meiner, sein selbstbewusstes Grinsen tat mir gut.

Herzlich und kurz der Abschied.

Mein Körper verlangte nach Stefan, ich wollte mit ihm verbrennen, meine Ängste auslöschen, mit ihm verglühen. Angst und Tränen potenzierten sich, der Krampf schüttelte meinen Körper.

„Was hat Roland mit dir gemacht?"

Die Steine und Felsbrocken wichen von meinem Körper, meinen Schultern. Einerseits hatte ich Angst um Stefan, Angst um mich, und doch fühlte ich mich beschützt, öffnete mich nach fünfzehn Jahren.

„Roland war der erste Mann in meinem Leben, nicht freiwillig, ich war ein Kind …!"

„Roland war …?"

Stefan weinte. „Sag nichts mehr", stammelte er, „Heidi, was hat man dir bloß alles angetan?"

Der Schock zog in seine Muskeln, seine Fasern, seine Innereien, in sein Gehirn. Kopfschüttelnd drückte er sein Gesicht an meinen Körper und heulte. Mich erleichterte dieses Geständnis ungemein, befreite mich von der unfreiwilligen Last, drückte meinen Selbstwert wieder nach oben. Meine Kraftreserven flammten auf, ich liebkoste Stefan, Trost und Erregung vermengten sich.

Die Nacht fiel mit uns in den neuen Tag. Wir trugen unsere Gefühle auf den Lippen, die Gespräche mündeten in Küssen und die Küsse in Worten. Worte der Leidenschaft reihten sich an Worte voll Nachdenklichkeit, Besinnung und Trauer.

„Die menschliche Seele ist oft tiefer als der Brunnenschacht in der Wüste, schwärzer als die finsterste Nacht, dunkler als die Wolken des Gewitters, das Ich versinkt in unserer Seele. Die Mühsal des Emporziehens dieses unseres Ichs bedarf unserer gesamten Kraft, die wir alleine oft nicht aufbringen; die Liebe jedoch verschmilzt die Partner und verstärkt die Kräfte!"

Ich fand diese Sätze von Stefan so unaussprechlich schön, schwieg in sein spontan ins Gesicht huschende Lächeln, küsste seine Grübchen und erschauerte an diesem kraftstrotzenden Gefühl in den Gliedern, welches übergriff in Muskeln und Bauch, die Welt aus den Angeln heben zu können, den Stürmen der Seele zu trotzen. Was sollte mir passieren mit diesem Mann an meiner Seite.

Tag reihte sich an Tag, in den Zwischenräumen stöhnte die Nacht. Stefan mutierte zu meinem Gott.

Stefan und ich lebten seit Monaten zusammen, seine Wohnung war auch zu meinem Zuhause geworden.

Die Sonne durchwanderte unterschiedliche Höhen am Horizont, die Sonnenstrahlen trafen mit unterschiedlich schrägem Einfall auf die Erde, die Jahreszeiten wechselten ins Kühle, die Energiequelle alles irdischen Lebens bestrahlte uns immer seltener, immer kraftloser. Stefan nahm mit mir die Verfolgung der Sonne auf. Er paarte Arbeit und Vergnügen, besichtigte mit mir neue Hotelanlagen in Tunesien. Das Flugzeug entführte mich in Richtung Sonne. Die Bilder der Heimat verschwammen, Stefan streichelte meine Wange und hielt meine Hand. Das Öffnen der Sicherheitsgurte tat mir gut, das Flugzeug hielt die Balance. Langsam fand ich Gefallen am Flug, überwand das mulmige Gefühl, schaute in die weißen Wolken, die sich wie riesige Wattebäusche auftürmten und zum Kuscheln einluden.

Den von der Stewardess angebotenen Drink lehnte Stefan ab. Natürlich, dachte ich bei mir.

Das Trinken war eine andere Welt gewesen, Ewigkeiten her. Ich hatte mir den ersten Flug ärger vorgestellt, Stefans Fürsorge tat mir gut.

Zärtlich lächelte ich ihn an und dachte zum wer-weiß-wie-vielten-Male: „Was für ein wunderbarer Mann.“ Die zum Greifen nahen Schäfchenwolken vor meinem Fenster waren das Synonym für unser Glück.

Tunesien – Al-Djumhuriija at-Tunisiija – verzauberte mich wie die Märchen aus Tausendundeine Nacht. Die hellen weißen

Mauern der Hotelanlage mit ihren unzähligen kleinen Türmchen und Halbbögen blitzten im Sonnenlicht so perlenweiß wie die lachenden Zähne der mich umsorgenden dienstbaren Hotelgeister. Sie lasen von meinen Augen. Auf dem Meer schwammen Brillanteppiche, sammelte sie niemand ein? Meine Augen schauten ruckweise, fotografierten die Vielfalt der mich betörenden Bilder in mein Herz. Ich wärmte meinen vom Meer nassen Körper im warmen lichten Sand, schenkte mich den Sonnenstrahlen. Spontan zog ich Stefans Kopf zu meinem Körper, vergaß fast die Anwesenheit anderer Menschen, die Lust des Paradieses gärte in mir.

Stefan vertrug das Essen nicht, seine Eingeweide rumorten, die Toilettenbesuche häuften sich. Die Kellner in der Bar versorgten ihn mit Tee, Tipps und guten Ratschlägen. Ich fand die durchwegs jungen, so um die zwanzig bis fünfundzwanzig Jahre alten Boys nett, charmant und höflich. Mir gefiel ihre beflissene, zuvorkommende Art, ich genoss ihre Komplimente und ihre Schmeicheleien. Ich sah jedoch, wie Stefan sie sehr von oben herab behandelte. Stefan tat mir so leid, die Darmbeschwerden trübten seine Stimmung. Ich verabreichte Kohletabletten, schwarzen Tee, geschälte rohe geriebene Äpfel und legte ihm zum Einschlafen eine Wärmeflasche auf den Bauch, welche die Rezeptionsboys für mich organisiert hatten. Stefan lächelte müde in den Tag hinein, in die Nacht und wartete auf Besserung. Ich empfahl hungern.

Der neue Tag begann ohne Stefan, ich blinzelte ins leere Bett. Das kühle Wasser des Pools erfrischte mich. Zügig durchschwamm ich den oval angelegten Pool in seiner Längsseite, hechtete mich aus dem Wasser, schnaufte tief und lächelte über die den Rasen sprengenden Boys, die mir unverhohlen nachpfiffen, mein Lachen nur als Aufforderung werteten noch lauter und unverschämter zu pfeifen.

„Vous cherchez monsieur Stefan?" Ich begriff.

Stefan saß in sich zusammengesunken an der Bar. Die Kellner strahlten mich an, die Sätze sprudelten nur so aus ihnen raus, beide sprachen gleichzeitig, ich kapierte nur langsam. Die Boys hatten Stefan geheilt, ihm ging es schon ausgezeichnet, warum dann seine leidende Miene?

Rezept der Beduinen – Tee avec … – eau de vie – medecine tres bien … bouchcha …

Wie junge aufgeregte Vögel zwitscherten sie durcheinander, warum sagte Stefan bloß nichts?

Er nahm meine Hand, ich sah seine Tränen … „Bouchcha ist Schnaps, sie haben mir Schnapstee gegeben, sei nicht böse, aber mir ging es so schlecht …!"

Die Boys begriffen nicht, warum wir beide so durcheinander waren, dachten, wir hätten gestritten, boten Schnaps an. Ich war versucht aufzuschreien, da sah ich in Stefans Gesicht, bemerkte, wie er litt. Ich setzte mein strahlendstes Lächeln auf, küsste Stefan auf die Lippen und leerte das Glas mit diesem bouchcha. Tunesischer Feigenschnaps. Mit dem leeren Glas prostete ich Stefan zu. „Du bist doch längst über den Berg", tröstete ich ihn, „diese paar Gläser tun doch nichts." Und trotzdem hatte ich in diesem Augenblick ein flaues Gefühl im Magen, nicht allein wegen des Schnapses. Eine riesengroße Faust saß in meinen Eingeweiden, Angst. Gerade jetzt in diesem Moment erkannte ich, dass ich verdrängt hatte, alles wohl nicht so einfach werden würde. Die Angst kroch in mir hoch, undefinierbare Angst, Angst vor dem Morgen, vor der Zukunft. Ich hatte mich selbst belogen, wusste, dass diese Situation einmal eintreten könnte, würde, ja nicht ausbleiben konnte. Augen zu und durch, dachte ich lachend. Lachend, obwohl mir nicht nach Lachen war. Meine gefurchte Stirn leugnete ohnehin meine aufgesetzte Stimmung, die Stimme tief in meinem Inneren sagte mir: *„Du wirst den Preis für dein Glück noch teuer bezahlen – dies Glück ist nur geborgt und irgendwann im Leben musst du Geborgtes zurückgeben und dann tut's doppelt weh, denn das Schicksal lässt sich nicht bestechen!"*

Meine Hand suchte Halt, ich hielt mich am Glas, der zweite Schnaps wärmte mich, der nächste vertrieb die Angst und irgendeiner löste das Eis in meinem Inneren. Stefan umarmte mich, vergrub seinen Kopf an meinem Hals, ich atmete schwer, erschauderte und kam urplötzlich zu mir. Ich stand im Bikini in einer tunesischen Hotelbar, trank, liebkoste einen, meinen Mann, was sollten diese Menschen von uns Europäern halten, von mir, von Stefan? Stefan küsste meinen Hals, lachend zog ich ihn an mich. War das noch ich? War ich verrückt und wenn, egal. Glück, ich halte dich fest, ich werde dich unter keinen Umständen loslassen, ich kämpfe um mein Glück. Irgendwie knutschten und umarmten wir uns zu unserem Hotelzimmer durch, versanken in unseren Körpern, tauchten in ein Meer voll Glück und Ekstase.

Essen, schwimmen, sonnen und lieben, ich war ins Paradies gefallen. Die Sonne bestrahlte uns, wir schöpften daraus die Kraft, die wir meinten für die Zukunft gut gebrauchen zu können; für das Jetzt, für die Liebe. Ich war unersättlich und genoss diesen wunderbaren Mann, gab mich seiner Liebe hin. Stefans Beschwerden waren wie weggeblasen, die uralten Hausmittel taten ihre Wirkung und schließlich hatte auch ich bereits unzählige Male davon gehört, ein Schluck Whisky oder Ähnliches vor dem Frühstück sollte Durchfallprobleme in solchen Gebieten vorbeugen. Wir hielten uns daran. Anfänglich beide sehr zögernd, aber irgendwann spielte sich unser Umgang mit dem Alkohol sehr gut ein, ein bis zwei Gläser höchstens, am Abend einmal ein Glas Sekt oder Wein, meine Bedenken längst beiseite gewischt. Oder beiseite gespült? Ich wusste es nicht, sah nur, dass Stefan der Alkohol in den vergangenen Tagen – fast zwei Wochen waren wir nun hier – nicht geschadet hatte. Im Gegenteil, er schien ein neues Selbstbewusstsein zu entwickeln. Der Gedanke, mit Alkohol umgehen zu können, keimte in ihm, stärkte ihn für die Zukunft, ließ ihn wieder mehr an sich selbst glauben. Unsere Liebe stattete ihn mit der Kraft aus, die Vergangenheit abzuschließen, sagte er und neue Kraft, aus alten Fehlern zu lernen. Wer nicht wagt, nicht gewinnt, wer nicht probiert, kann nicht davon reden! Stefan war sich so sicher, es geschafft zu haben, über den Berg zu sein, mehr noch, er begann darüber zu stehen.

Und warum sollte nicht gerade er es zuwege bringen? Mein logischer Verstand, meine Erfahrung im Umgang mit Alkoholikern sprach dagegen, aber hatte die Schulmedizin immer recht? Mussten die Miesmacher und Besserwisser immer recht behalten? Wiederum meldete sich in mir etwas, eine Wortmeldung meines Inneren drängte an die Oberfläche, ich verschloss mich, wollte nicht allen durch mein Gehirn ziehenden Gedanken nachgehen.

Die Musik meines Unterbewusstseins klang in die Dunkelheit der Nacht, begleitete das Orchester der Natur. Ich hörte die dumpfen Töne der Trommeln durch die Schwärze schwingen, im Hintergrund das leise Zupfen der Violinensaiten. Ich blickte über das nächtliche Meer, sah die glänzenden Hotellichter im Meer versinken. Die Sterne spiegelten sich im silbrigen Wasser, Himmel und Meer umschlangen sich. Ich trat vom Balkon zwei Schritte zurück ins Zimmer, nahm das ruhige Atmen von Stefan wahr, verglich sein Atmen mit den gleichmäßigen Geräuschen der Wellen. Der Atem der Natur. Atem bedeutet Leben, Atem ist die Nahrung für Körper und Seele. Ich spürte den frischen Wind an meinem Haar ziehen, schnupperte die salzige Luft, horchte auf das Meer. Wellen sind das Leben, einmal oben, einmal unten, kaum oben, wieder unten, dem Wellenberg folgt das Wellental, wer auf dem Berg geschwommen, der durchleidet auch das Tal. Das Platschen der Wellen gab den Takt vor, die übrigen Musiker stimmten zaghaft ein, Eindrücke und Töne verschwammen zu einer Bildsymphonie. Ich sah Töne, hörte Bilder und griff das Glück.

Ich öffnete die Augen, sah mich im Lehnstuhl auf den Balkon sitzen, vor mir der erwachende Tag. Meine Gedanken hatten mich in den Schlaf gedrückt, der Wind mich zugedeckt? Nein, ich schmunzelte, die Decke war von Stefan. Der rote Streifen über dem Meer fraß die Dämmerung, das Aufgehen der Sonne kündigte einen heißen Tag an. Ich mochte die Hitze. Stefan auch. Wir waren Sonnenkinder. Seine Hände plötzlich auf meinen Schultern zu spüren erschreckte mich gar nicht. „Ich liebe dich", sagte ich als Morgengruß, während meine Augen die unendliche Weite des Meeres abtasteten. Wir schwiegen uns an und atmeten in die stille Schönheit der vor uns liegenden Bilder. Ich drehte meinen Kopf, sah in die Tiefe von Stefans Augen, sah so vieles darin, sein Gesichtsausdruck war ernst, fast melancholisch und doch glücklich. Er fing an zu sprechen:

„Wenn die Liebe dir winkt, folge ihr,
sind ihre Wege auch schwer und steil.
Und wenn ihre Flügel dich umhüllen,
gib dich ihr hin,
auch wenn das unterm Gefieder versteckte Schwert
dich verwunden kann.
Und wenn sie zu dir spricht, glaube an sie,
auch wenn ihre Stimme deine Träume
zerschmettern kann,
wie der Nordwind den Garten verwüstet.
Denn so, wie die Liebe dich krönt,
kreuzigt sie dich."

„Von dir?" Ich fragte, obwohl ich mir sicher war, dass er nur seine Schatztruhe an Gedichten geöffnet hatte, *nur* unter Anführungszeichen, denn was da so manches Mal an die Oberfläche trat, war wahrlich ein Schatz. Er wusste soviel, kannte so viele verschiedene Schriftsteller und Dichter, merkte sich so vieles. Ich liebte ihn nicht nur grenzenlos, ich bewunderte ihn auch grenzenlos.

„Nein leider – Khalil Gibran, ein Dichter der modernen arabischen Literatur, Rodin-Schüler – dies hätte ich aber gerne geschrieben!" Er lachte sein *Charmelachen,* wie ich es nannte, *betörendes Frauenverführungslachen,* wie Stefan es schelmisch bezeichnete.

Den letzten Tag vor dem Heimflug begrüßten wir mit einem ausgiebigen Sektfrühstück im Bett. Wir tranken den Sekt, bespritzten uns mit ihm, lachten, tobten wie die Kinder im Zimmer herum, besprühten und bespritzten uns erneut. Das Trommeln an der Wand führte uns die morgendlichen Schlafgewohnheiten unserer Nachbarn vor Augen, besser vor Ohren. Artig huschten wir ins Bett.

Nachmittags fuhren wir mit dem Taxi in das Zentrum von Hammamet, wollten einkaufen, ein paar Souvenirs besorgen, einige kleine Mitbringsel für zu Hause. Kaum stiegen wir aus dem Taxi, winkte uns schon ein junger Mann, begrüßte uns sehr freudig, stellte sich als Kellner unseres Hotels vor. Ich konnte sein Gesicht nicht zuordnen, überlegte, wo ich ihn gesehen, er lachte und meinte, heute sei er in Zivil. Ja, ich schob den Umstand des „Nichterkennens" auf die hoteleigene Kellneruniform, welche die Boys für uns Europäer alle ziemlich gleich aussehen ließ. Ich setzte an eine Entschuldigung zu formulieren, Stefan mengte sich auf Französisch ein, ärgerlich und in rüdem Ton. Sehr kühl und gereizt verjagte er den Tunesier, warf ihm französische Brocken hinterher, die selbst ich, der diese Sprache fremd war, als Schimpfwörter identifizieren konnte. Während ich dieser Vorstellung verständnislos gegenüberstand, erklärte mir Stefan, dass dies hier ein üblicher Schlepper-Trick sei. Aus dem Taxi kletternde Urlauber würden von herbeieilenden Einheimischen angesprochen, begrüßt, anhand des Taxis wussten diese das jeweilige Hotel bzw. sie standen mit den Fahrern in Verbindung, ein Zeichen hier, ein Wink dort. Daraufhin stellten sich diese Boys als Kellner des Hotels vor, dem Umstand vertrauend, dass fast kein Urlauber alle dienstbaren Geister seines Hotels erkennen würde. Dies war die Basis, anschließend überredeten sie die Urlauber zu einer Teppichbesichtigung in den Basar, alles ganz unverbindlich, nur luki, luki. Von dort kam man in den wenigsten Fällen, ohne etwas zu kaufen, wieder raus.

Wir schlenderten über die Straße vor dem Eingang zum Bazar, saßen auf der steinernen Brüstung, welche die Straße vom Meer abgrenzte. Ich bestaunte die weißen Türme und orientalischen Gebäude der ummauerten Altstadt – der *Medina* –, dahinter das silbrig-blaue Flirren und Glänzen des Meeres. Die Spätsonne tauchte die Gemäuer in Farbschattierungen, die mich an UV-Licht erinnerten.

Ein Straßencafé, einige Stühle und Tischchen auf dem Gehsteig, wir tranken arabischen Kaffee, Kaffee mit Satz und viel Zucker. Die Eindrücke des bunten orientalischen Treibens waren so vielfältig für mich, meine Augen wanderten ständig umher auf der Suche nach Neuem. Ich sog die Bilder ein, blieb immer wieder an den Bauwerken hängen. Fremdländische Architekturen hatten mich von klein auf begeistert, Geschichte und Architektur zu studieren, immer mein Traum. Was diese Gemäuer wohl erzählen könnten, dachte ich. Die Hauptmoschee mit ihrer ebenmäßig runden Kuppel und die Kasba, von den spanischen Mauren im fünfzehnten Jahrhundert angelegt, wie viel Leid und Glück sie wohl gesehen?

Die Kasba, auch *Kasbah,* Zitadelle oder Hauptstadt war Teil einer Stadt mit eigenem Befestigungssystem, Residenz und Regierungsviertel mit Palast, Verwaltungs- und Wohngebäuden, Unterkünften für Leibgarde und Garnison, Gebetssaal und Moschee. Ich sah die Krieger vor meinen Augen, sah Menschen in der Moschee beten, Kampf und Gebet, beides gehörte seit jeher zusammen, der heilige Krieg, ein Krieg heilig, war das nicht traurig?

Ich war so weit weg mit meinen Gedanken, entrückt, ich sah Stefan an, er wirkte irgendwie unruhig. Mein Kaffee war noch unangetastet, neben Stefans Schale glänzte ein leeres Cognacglas. Auf Straßenhändler, die uns ihre Waren zeigen und verkaufen wollten, reagierte Stefan heftig ablehnend. Die aufdringliche, mit den Händen zu sprechende Art mochte er nicht, Inbegriff eines jeden arabischen Verkaufsgespräches. Sein Gesicht verzog sich angespannt, wenn er mit den Händen berührt wurde. Er litt unter diesen Berührungen, sie waren ihm unangenehm. So aufgeschlossen ich ihn einerseits kannte, dies schien nicht seine Welt zu sein.

Wir glitten in das Getümmel des Bazars. Auf Stefans Rat hielt ich meine Handtasche besonders fest, ach du schlechte Welt. Die Händler boten jede Menge Ramsch an, T-Shirts mit Markenaufdruck, Alltagskleidung, Jogginganzüge, Sandalen, Töpferwaren, unechten Schmuck wie Armreifen, Ringe, Ketten, Bijouterie, Souvenirs, die zu nichts zu gebrauchen waren, unnützer und herrlicher Tand in einem. Und natürlich Lederwaren und Teppiche. Teilweise priesen die Händler schöne Stücke an, die Menschen drängten sich vor den Ständen, staunten, gafften, befühlten die Waren. Lauthals warben die Händler für ihre Waren, packten die Touristen mitunter am Arm, zogen und zerrten, wollten nachhelfen, was sie nicht durch Wortgewalt erreichten. Ich war nicht zimperlich, mich amüsierten Jahrmarkt und Händler. Stefan wehrte dreiste Hände von mir ab, schleuste mich durch das Gewühl, viel zu schnell für mich. Die Menschenmenge tat ihm nicht gut. Ich betrachtete ihn sorgenvoll, sah sein kurzes, ruckartiges Ein- und Ausatmen, bemerkte, wie angespannt er war. Ein aufdringlicher Händler, optisch ein gut aussehender schmucker Junge um die Zwanzig, ließ nicht von mir ab. Partout wollte er mich zu seiner Teppichvorführung mitnehmen. Er fragte, ob dieser grimmig aussehende Mann vor mir – Stefan – mein Mann sei. Ich bejahte. „Nicht gut, Madame, wirf ihn weg, kauf dir einen neuen, komm ich will dir Teppich zeigen!" Seine Finger schlossen sich um mein Handgelenk, ich zog dagegen, Schmerz trat auf – „Au". Stefan stand unvermutet schräg hinter ihm, ich sah Stefans Hände nicht, sah nur, wie er sich zu dem Jungen hinabbeugte, ihm etwas ins Ohr zischte. Der erschrak fürchterlich, mit dem Weiten seiner Pupillen löste er seinen Griff um mein Gelenk …

„Excusez-moi, madame, excusez, madame, excusez." – Er ging ganz langsam, sich einige Male leicht verneigend, ständig diese Entschuldigung murmelnd, rückwärts. Stefan ebnete den Weg zum Ausgang. Mir war's recht.

Was er ihm ins Ohr gezischt oder gedroht hatte, wollte Stefan nicht sagen. Er grinste nur: „Unanständiges natürlich!" Mehr war nicht aus ihm herauszubringen. Er wirkte wieder entspannt, fast gelöst. Ich war froh, dass er sich so gut in der Gewalt hatte, war froh um seinen Schutz, froh um seine Besonnenheit. Gelöst bummelten wir von Schaufenster zu Schaufenster, ein Café-Stopp, verzichteten auf Kaffee, nahmen stattdessen einen kühlen Drink, probierten T-Shirts, kauften, zogen weiter. Stefan war die Ruhe selbst, ich beruhigte mich, hatte schon gemeint, seine angespannte Haltung hinge mit dem Alkohol zusammen. Vielmehr hatte ich die auf Touristen lauernden Gefahren unterschätzt, zu naiv? Der Eindruck war unbestreitbar. Manchmal machte ich mir zu wenig, manchmal zu viele Gedanken. Zu viele Gedanken um Stefan, aber doch nur weil ich ihn so lieb hatte, sagte ich mir.

Der nahende Abend bot sich heiß an, kein Lüftchen, keine Brise über dem Meer, eine vollkommen glatte See vor der Stadt Hammamet. Die gleißende Spiegelfläche lag so ruhig, fast unecht ruhig, als warte sie. Warten auf was? Auf Bewegung, auf Sturm?

Georg Danzer – Ruhe vor dem Sturm

Der Wald steht still, kein Vogel fliegt am Himmel,
und unter einer Bruck'n,
zwei Kinder, die sich ducken und eng und enger rucken.
Der Wind kommt auf,
der erste Blitz zuckt nieder und unten in die Häuser
werden die Gebete leiser – der Hass wachst auf den Kaiser.
Das Volk schaut nimmer länger zu,
die Ruhelosen wollen ihr Ruh,
es läutet die Glocke auf dem Turm,
es ist die Ruhe vor dem Sturm.

Der Sturm bricht los, es riecht nach Pech und Schwefel.
Die Weiber in der Kammer, die packt der große Jammer, der
Tischler schwingt seinen Hammer.
Der Tod geht um, die Felder liegen voller Leichen,
die Scheiterhaufen brennen,
dass sich die Menschen trennen, es regnet Blut und Tränen.
Der Aufstand ist im Keim erstickt,
der Pfarrer auf der Kanzel nickt,
er läutet die Glocken auf dem Turm,
doch auch die Ruhe nach dem Sturm
ist nur die Ruhe vor dem Sturm.

Ich begutachtete Blusen, Leibchen, kramte in den Stößen von vor dem Geschäft aufgestapelten T-Shirts, daneben ein Kleiderständer voller Lederjacken. Flüchtig sah ich sie durch, nichts Schickes dabei. Der Mann sprach mich wegen der Lederjacken an.

„Nein danke.“

„Komm, hier andere Jacken!“

„Nein, gefallen mir nicht.“

Ein Zweiter gesellte sich dazu.

„Welche Farbe gefällt dir?“

„Ich will keine Lederjacke.“

„Warum schaust du dann, dies ist erstklassige Qualität.“

„Nein, wirklich nicht.“

„Guck dir mal diese an, steht dir sicher ausgezeichnet.“

Der dritte Mann hielt mir eine Lederjacke vor die Brust, der andere griff nach meiner Tasche.

„Ich halte sie dir.“

Er nahm meine Hand, wollte sie in die Jacke zwängen, ich wollte nicht, befreite mich mit einer raschen Handbewegung, hielt meine Tasche ganz fest.

„Du siehst sehr gut aus, deutsche Frauen haben schöne Figur.“

„Danke, ich will keine Lederjacke.“

Wo war denn Stefan?

„Schöner Busen, sieht toll aus die Jacke.“

„Nein danke.“

„Wir haben im Geschäft noch jede Menge andere Jacken …“

„Nein …“

„Wir haben auch noch ein Lager mit Jacken, du bist sehr schön!“

„Ich will wirklich keine Lederjacke.“

Das Lächeln misslang mir. Ich hatte genug von dieser lästigen Bedrängerei, Missmut stieg immer mehr in mir hoch, ich mochte das nicht. Außerdem wuchs in mir ein ungutes Gefühl in Bezug auf diese drei Burschen, kräftig wirkende Männer. Diese Anspielungen auf mein Aussehen, sie ließen mich nicht weg, streiften immer um mich herum, ich spürte ihre Hände, wollte sie nicht spüren, wo war denn bloß Stefan? Ihre Augen rissen mir das Gewand herunter, anzügliches Grinsen. Sie umlagerten mich, machten Druck. Eingekreist. Zuviel für mich, dieses hartnäckige Auf-den-Leib-Rücken …

„Jetzt lasst mich doch bitte in Ruhe!

Stefan … Stefan … schnell …“

Der Sturm bricht los, es riecht nach Pech und Schwefel.

Stefan hatte im Inneren des Geschäftes rumgestöbert. Schlagartig angeflogen, wuchs er vor mir aus dem Boden, fragte nichts, sagte nichts, seine blauen Augen sprachen stellvertretend für seinen Mund. Mit diesem Blick hätte er in der Arktis Eis geschmolzen, Eisen verbogen oder die Wüste verbrannt. Ich hörte keine Geräusche um mich herum, hörte nur Stille. Bereits als ich zum Rufen nach Stefan ansetzte, wusste ich einen Fehler begangen zu haben. Ich bekam noch mit, wie der eine Mann grinsend etwas in seiner Sprache zu seinen Freunden sagte. Grinsen auf ihrer Seite und mitten in dieses stille grinsende Bild spritzte übergangslos Blut, viel Blut. Einer von den dreien riss übernatürlich weit seinen Mund auf, griff sich mit beiden Händen vor sein Geschlecht und ging ganz langsam, wie in einer auf Zeitlupe eingestellten Filmsequenz nach vorne in die Knie. Einer taumelte ein paar Schritte zurück und der, welcher zuletzt gesprochen hatte, bekam Stefans Zeige- und Mittelfinger in die Augen. Während seine Hände aus Reflex die Augen vor weiteren Angriffen zu schützen oder aus Schmerz vor das Gesicht flogen, sah ich mit Entsetzen auf Stefan. Er wirkte eiskalt, schien in seinem Element. Die mechanischen Bewegungen und die Gesichtszüge, die seinen Spaß ausdrückten, erschreckten mich. Stefans Arme schwangen waagrecht zurück, als schlüge man ihn ans Kreuz. Seine Arme federten ausgestreckt ganz weit zurück, sein Brustkorb wölbte sich nach vorne. Er atmete tief ein, die Arme schnellten wie von einer Sprungfeder nach vor, als würde er klatschen. Ich hörte das Knallen, ein Schuss, der Schuss traf das Trommelfell. Die Hände auf die Ohren geklatscht. Wuchtig. Des Malträtierten Hände wechselten von den Augen zu den Ohren, den Mund weit aufgerissen. Blitzschnell schob Stefan seine Daumen in diesen aufklaffenden Mund, zog die Mundwinkel wie ein sich dehnendes Gummiband auseinander. Er zog nicht nur, er riss mit Einsatz seiner ganzen ihm zur Verfügung stehenden Kraft. Seine angespannten, hervorgetretenen Adern und Muskelstränge zeigten seine Anstrengung. Das schreiende Gesicht vor ihm schwamm in rotem Blut. So schnell hatte dies angefangen, so hatten die meisten Leute auf der Straße gar nicht mitbekommen, was sich hier abspielte. Das metallische Klicken ruckte Stefans Kopf nach rechts zum Geräusch hin. Der dritte Mann, der anfangs getaumelt war, hielt ein Messer in den Händen. Abwechselnd in der Linken, dann wieder in der Rechten und zurück.

Die Schnelle und das Unvorhersehbare an diesem Ereignis ließen mich die Handlungen wie von einem Außenstehenden betrachten. Ich hatte keine Zeit, Angst zu bekommen, Angst um Stefan? Ich wusste nicht warum, seit ich die Anfänge seines Eingreifens, dieses Wüten sah, war ich sicher, er würde heil aus der Sache hervorgehen. Angst ja, aber nicht die Angst vor dem Augenblick, vor der Situation, sondern eine ungewisse Angst, was kam da auf mich zu? Vor mir lief ein Film ab. Ich registrierte keine Handlung, nahm nur die Aktionen auf.

Stefans Füße steckten immer sockenlos in den Slippern. Er entledigte sich ihrer, ohne nach unten zu schauen, griff nach dem Stoß T-Shirts, wickelte sich eines um die linke Hand, seelenruhig. Langsam ging er auf seinen Gegner zu. Die beiden anderen versteckten sich längst mit ihren schreienden Schmerzen in der blutenden Angst des Hintergrundes. Stefan flüsterte: „Komm Junge, trau dich, sal cabot, trau dich, du dreckiges kleines Miststück, trau dich, come on, merde, du kleines Stück Scheiße, Espéce de petit Macho, du blöder kleiner Macho …“

Ich bekam mit, dass Stefan gewohnt war zu kämpfen, diese Art des Straßenkampfes nicht neu war für ihn, er aber noch nie etwas erzählt hatte, was in diese Richtung wies.

Das Messer wirkte irgendwie unecht in der Hand des dunkelhäutigen Mannes. Man erkannte seine Angst, Stefans kühles Grinsen verstärkte diese Angst. So ruhig konnte nur jemand sein, der sich total sicher war, der überzeugt war von sich, jemand, dem die Sache gefiel, die Situation bis zum Letzten ausreizte. Ein in die Luft geworfenes T-Shirt, ein Schrei, ein zu Boden fallendes Messer und ein Kopf, dem der Asphalt entgegen sprang. Wieder und wieder.

Roter Asphalt.

Stefan riss mich fort. „Lauf!" Wir hetzten über die Straße, an den fahrenden Autos vorbei, mitten in den pulsierenden Verkehr hinein. Reifen quietschen, wir liefen und liefen, niemand folgte, nur das Gehupe begleitete uns. Stefan winkte, schrie, das Taxi bremste. Stefan schob mich hinein, er hinterher. Stefan wies den Fahrer auf Französisch an schnell zu fahren. Er versprach ihm Geld. Vor einem Hotel, nicht dem unseren, stiegen wir aus, eilten in die Hotelhalle, warteten, bis das Taxi abgefahren. Daraufhin gingen wir wieder vor das Hotel, nahmen eines der Hoteltaxis, fuhren zu einem anderen Hotel. Dieses Spiel wiederholten wir fünf- bis sechsmal. Kreuz und quer durch die Umgebung von Hammamet. Stefan verwischte unsere Spur. Als Letztes fuhren wir in ein Hotel unweit des unseren. Wir tranken in der Bar ein Getränk – alkoholisch –, schauten uns in der Hotelhalle und in den Hotelboutiquen um, spazierten über die Poolanlage zum Meer hinaus, wanderten den Strand entlang zu unserem Hotel, kamen durch den Hintereingang.

Ich war aufgewühlt und Stefan hungrig, dachte nur an Essen, mir gingen die drei Tunesier nicht aus dem Sinn, machte mir Sorgen um sie. Stefan beschwichtigte mich, meinte die Polizei käme nie auf ihn, überdies würden die drei diese sicherlich nicht rufen, meine Sorgen nicht notwendig. Konnte er nicht verstehen, dass ich an die drei Menschen dachte, ob sie schwer verletzt seien, wieder herstellbar? Freilich hatte er mit seinen Argumenten recht, sie waren zu dritt gewesen, sie hatten mich ja bedrängt, der eine hatte schließlich das Messer gezogen, nicht er.

Ja, ja, ja, ich wusste und doch war dieses Erlebnis etwas, das mich sehr aufwühlte. Meine Grundsätze wankten, meine Moral war umgestoßen, meine Glaubenssätze in der Grundfeste erschüttert. Auch weil so etwas neu war für mich, ich noch nie einen so blutrünstigen Kampf, noch dazu hautnah, erlebt hatte. Und was wäre gewesen, wenn Stefan verloren hätte? Die drei hätten ihn vermutlich ohne Rücksicht fertiggemacht. Hätten sie wirklich? Stefan hatte mich beschützt, aber diese Art „des für mich Eintretens" schlug auf meinen Magen. Woher konnte er diese Techniken? Mir war klar, dass Schlägereien hart waren, ich hatte meinen Bruder Roland oft erlebt, wenn er austeilte. Und Roland raufte gerne, ein übler Raufbold sagte man über ihn, mit allen Wassern gewaschen, und kein übler Trick war mies genug. Aber das heute von Stefan Dargebotene war die letzte Konsequenz – schonungslos. Raufen war Unterliga, nach dem hier Gesehenen etwas für Amateure. Stefan spielte in der Oberliga, ein Profi. Die Welt konnte hart und grausam sein, hatte ich nur rosa gesehen, zu oft durch die rosa Brille geschaut? Ich erkannte die fest in mir sitzenden Bilder des Nachmittags in meiner Erinnerung nicht, die Scheibe verschmiert, voller Blutspritzer.

Nicht der brutale Ausgang des Kampfes machte mir so zu schaffen, die üblichen bei der Tischlerei anfallenden Späne, trichterte ich mir ein. Nein, Stefans eiskalte Art versetzte mich in Erstaunen und Furcht. Oder hatte ihn das Leben rücksichtsloser gemacht, gerade weil er schon sehr viel erdulden musste? Die Fragen und Gedanken purzelten wirr in meinem Kopf. Oder bereitete mir dieser Vorfall nur deshalb so viel Kopfzerbrechen, weil hier etwas geschehen war, das ich Stefan nicht zugetraut hatte. Ärgerte ich mich gar deshalb, weil ich ihn unterschätzt hatte oder weil neue Seiten von ihm an die Oberfläche traten, von denen ich nichts ahnte. Dunkle Seiten. Zentral war es die Frage – *Wer bist du, Stefan?* –, die mich beschäftigte.

Stefan animierte mich zu Alkohol. In der Hotelbar schlürften wir farbige Cocktails mit putzigen kleinen Sonnenschirmen obenauf, hinterher Champagner. Kaum stellte ich Fragen, verschloss Stefan meinen Mund mit langen zärtlichen Küssen. Logisch, er wich meinen Fragen aus, tat belustigt, zog das Getane ins Lächerliche. Keine Fotos, kein Interview. Lass endlich los, lass dich fallen, empfahl er. Lächelnd sagte er dies, ganz der Alte mit seinem *Charmelachen.* Ich prostete und trank und trank. Ich trank zu viel, aber mir bekam der Alkohol, ich fing an zu schweben. Heidi, wo bist du gelandet, sagte ich zu Stefan. Auf dem Planeten Stefan, Millionen Lichtjahre von deiner Vergangenheit entfernt, spaßte er. Betrunken und angesäuselt spazierten wir noch zum Meer, kühlten unsere Gemüter, ließen die Hitze unserer Leidenschaft in den Sand entweichen. Das Hotelzimmer empfing uns schaukelnd, zu wenig, wir duschten in Sekt. Das Feuer der Lust flammte erneut auf, Stefan stieß mich in den Himmel, ich fiel und fiel, dachte nur noch an die Gegenwart, begrub die Vergangenheit.

Als der weiße Vogel der Tunisair abhob, kollerten trotzdem einige Steine der Erleichterung von meiner Brust. Ich unterließ es nicht, Stefan zu einem Drink zu verführen, wunderte mich nicht einmal über mich selbst. Ich rechtfertigte dies mit Urlaub, jedoch schafften wir nahtlos den Übergang in den Alltag, behielten die ausschweifenden Eskapaden bei.

Der Mensch, ein Gewohnheitstier. Ich gewöhnte mir Gewohnheiten an, die ich früher für unmöglich gehalten hätte. Ich verankerte diese Gewohnheiten so fest, dass sie nun einen Fixplatz in meinem Kalender der Gewohnheiten einnahmen. Zur mittlerweile selbstverständlichen Gewohnheit des Digestives kam der Apéro, das tägliche Bier zum Essen, eine gute Flasche Wein, ein Glas Sekt im Bett. Ich hinterfragte nicht mehr alles und jenes, probierte es einfach laufen zu lassen und in den meisten Situationen gelang mir dies sehr gut. Die Gewohnheiten in puncto Alkohol schienen Stefan gut zu bekommen. Ich gewann den Eindruck eines verantwortungsvollen Umgehens in Bezug auf Alkohol, das hieß, ich fand Stefans Trinkusus als durchaus normal. Mir gefiel, wie durch die veränderte Trinksituation ein neues Selbstwertgefühl in ihm heranwuchs. Früher entsprang das Eintauchen in Alkohol seiner Lebenssituation. Das Leben hatte ihm nicht den Halt und die Erfüllung gegeben, die er gesucht hatte. Jetzt stand er mit beiden Beinen im Leben, konnte beim besten Willen seine innere Zufriedenheit nicht abstreiten, seine Ausstrahlung sprach für ihn. Alkohol verwendete er nun als Gewürz des Lebens, in sanften Dosen würzte er, erfreute sich genießerisch daran.

Er war wieder er, ein selbstbewusster Mann, den ich und der mich liebte. Wir bemühten uns beide nicht im Alltag zu versinken, waren beide für spontane Einfälle des Partners aufgeschlossen, auch wenn diese manchmal in ausgewachsene Blödheiten ausarteten. Stefan hatte mir zu Beginn unserer Beziehung eine Beteuerung abgegeben: „Ich verspreche dir zwei Sachen, erstens liebe ich dich und zweitens“ –, „Ja und zweitens“, hatte ich damals erwartungsvoll nachgefragt –, „zweitens verspreche ich dir, mit mir wird dir niemals fade und langweilig.“ Stefan hielt Wort. Er konnte einem in Atem halten, seine Einfälle, ein klein wenig auch seine Launen. Was verrückte Einfälle anbelangte, war er selten zu überbieten. Das kam auch daher, weil sich Stefan absolut nicht darum scherte, was andere Leute über uns sagen könnten, denken könnten. Das Leben mit ihm gestaltete sich als abwechslungsreich, als lustig, als Meer voll Überraschungen.

Abgespannt nach einem langen Arbeitstag regenerierte ich meinen Körper bei einem heißen Bad. Stefan kehrte heim, begrüßte und küsste mich, schnippte mir mit den Fingern etwas Schaum ins Gesicht, massierte sanft meinen Nacken. Ich schnurrte: „Komm doch rein.“ Stefan sprang auf der Stelle zu mir in die Wanne. Das Wasser spritzte und schwappte über, er lag samt Anzug und Schlips bei mir in der Badewanne, wir lachten wie kleine Kinder.

Sein Vater hatte es einmal sehr übertrieben, geschwollen meine ich, formuliert: „Ja, einen gewissen Hang zur Selbstdarstellung und zur originären Spontaneität muss man Stefan zugestehen.“ Dieser erwiderte solche Worthülsen seines Erzeugers, wie er ihn zuhauf lieblos nannte, mit stetem Sarkasmus, wie: „Tatatii und tatataa, ausgesprochen schön verbalisiert, Herr Oberlehrer.“

Sein Vater und er, das waren zwei Welten, zwei Menschen von verschiedenen Sternen, aus unterschiedlichen Galaxien. Laut Stefan war sein Vater der erste Liebhaber seiner Mutter. Bei dieser offensichtlichen Divergenz, Stefans Vater nannte es so, zweifelte ich auf Anhieb. Ich behandelte dieses Thema sehr vorsichtig, kannte Stefans Verletzbarkeit in solchen Belangen, umschiffte die Klippen.

Unnötig. Stefan hatte es sehr vulgär und direkt ausgedrückt. Selbst wenn er der Tatsache ins Auge sehen müsste, seine Mutter hatte wie eine Schlampe herumgehurt und kannte den Vater ihres Kindes nicht, für ihn kein Problem. Im Gegenteil. Er würde tanzen und feiern, *IN DULCI IUBILO.* Das war von Stefan nicht nur so dahergesagt, dies meinte er ernst. Es war nicht so, dass Stefans Verhältnis zu seinem Vater getrübt war, etwas problembeladen oder etwa nur die Basis fehlte, sie die oftmals üblichen Vater-Sohn-Kämpfe austrugen, es war bedeutend mehr.

Das Wasser der Flüsse lief, Tage und Nächte wechselten, die Erde drehte und drehte sich, ich reflektierte die Bilder dieser Vater-Welt, sah von allen Seiten in diese Welt, drehte und wendete, stand selbstverständlich subjektiv in der Mitte. Vorurteile prägten mich, das Treffen kam unerwartet zustande. Die Gestik und die Mienenspiele dieses Mannes hüllten mich in ein Netz. Charmant und höflich plauderte er. Er freute sich mich kennenzulernen, überraschte mich mit Komplimenten, mit einer nicht für möglich gehaltenen Herzlichkeit. In seinen Ausführungen und Bekundungen schwang keine unlautere oder falsche Absicht, seine Stimme tönte kraftvoll und ehrlich. In der Tiefe seiner offen schauenden blauen Augen lag die versunkene Tragik seines Lebens. Ich schwankte, die vorgefassten Ansichten zerbröselten unter dem Gewicht der Sympathie. Ich hielt auf meine Menschenkenntnis. Täuschte ich mich? Das Szenario der Welt setzte sich aus Heiratsschwindlern, Taschendieben, Betrügern und Gaunern zusammen, der Druck der Aufrichtigkeit siebte nur wenige aus – schlechte Welt! Dieses Gesicht vor mir lächelte, lächelte mich an und ich verstand. Dieser Mann log nicht, schmeichelte nicht übertrieben, dies entsprach nicht seinem Naturell. Er stand über solchen Dingen, die geordnete Welt seiner Grundsätze hätte solches nicht zugelassen.

Mein Begreifen setzte ein.

Sie waren so unähnlich, weil die Charaktere einander so ähnelten. Der Vater baute auf Prinzipien, setzte sich durch – immer. Der Vater träumte einen Traum. Er schaute voll Stolz auf ein erfolgreiches Leben zurück, inmitten dieses, die Krönung allen Stolzes, sein erfolgreicher Sohn. Stefan tat alles, diesen Traum zu neutralisieren. Bei all seinen Eskapaden spielte Stefan für seinen Vater das *rote Tuch*. Der Senior reagierte, handelte, wollte das Beste, machte Fehler. Stefans Aktionen überstiegen sein Verständnis. Ein altes Sprichwort besagt: Das Gegenteil von *gut* ist *gut gemeint*.

Ich sah, wie der alte Herr Stefan behandelte, ich sah, wie Stefan seinen Vater behandelte. Stefan quälte diesen Mann, mit Spaß quälte er ihn zum Spaß. Stefan hasste diesen Mann. So abgrundtief, dass er bereit schien, sich selbst zu vernichten nur, um diesem Mann wehzutun.

Das Übel an der Wurzel packen, wo war diese Wurzel gewachsen, Stefan der Wurzel ohnehin schon entwachsen? Die Ursache lag irgendwo in der Vergangenheit begraben. Keiner der beiden besaß die Fähigkeit, sich bewusst zu erinnern, das Medium des Dialoges, die gemeinsame Sprache sparten sie seit Langem aus. Die Ereignisse warteten im Unterbewusstsein, entdecken könnte sie nur ein Therapeut. Ich schlussfolgerte einen Zusammenhang mit Stefans Wut auf Psychologen und Therapeuten. Stefan ahnte, fürchtete sie deshalb, fürchtete vielleicht sogar seinen Hass aufgeben zu müssen.

Durch diese Erkenntnisse, welche ich gewann, bewertete ich Stefan nicht neu, meine Liebe sprudelte ungetrübt. Ich, die kleine liebende Heide, versank in den Tiefen der mich umschwirrenden Seelen, schaufelte und grub und stöberte. Das Suchen lohnte sich, ich entdeckte den Schlüssel, doch wer half mir das Tor zu öffnen? Was nützt das Licht der Erkenntnis, wenn weit und breit kein Strom, um es anzuschließen? Ich fühlte mit Stefan, wusste aus Erfahrung, wie schwer es war, in sich zu schürfen, sich zu öffnen, die Angst vor sich selbst saß tief. Angst davor, seinem eigenen Ich gegenüberzutreten, in die eigenen Abgründe zu sehen.

Vater und Sohn beschritten ihren Weg, keiner wich um Zentimeter aus. Ihre Handlungen stellten für Außenstehende Paradoxe dar. Denen, die außen standen, blieb nur die Verwunderung, sie kannten den Code nicht, hatten sich auf die eine oder die andere Seite geschlagen. Vater und Sohn ähnelten einander so stark, dass sie fast zwangsläufig verschieden sein mussten. Kompromisse fanden als Waffenstillstand statt, um nachzutanken. Sie waren beide gefangen in ihrem Denken, an ihr stures Empfinden angekettet. Die grundverschiedenen Denkweisen entstammten grundverschiedenen Umweltprägungen, Prägungen aus grundverschiedenen Generationen.

Der alte Herr steigt vom Olymp, sagte Stefan ironisch. Stefan nahm die freundliche Anteilnahme seines Vaters, mich betreffend, überrascht zur Kenntnis, suchte das Haar in der Suppe. Stefans Vater und ich verstanden uns gut, sein Wohlwollen lag auf mir. Der alte Herr, der so gar nicht wie ein alter Herr aussah, geschmackvolle Anzüge und teure Hemden mit dezenten Seidenkrawatten trug, lud mich ins Kaffeehaus ein, unterhielt sich mit mir über Gott und die Welt, hatte Spaß mit mir. Ich mit ihm. Er hätte gerne eine Tochter gehabt, gestand er mir. Ob dann alles anders gekommen wäre, er seufzte und schmunzelte. „So eine Tochter wie Sie selbstverständlich! Sie sind sehr schön, überhaupt wenn Sie lachen." Auch ihm huschte das Lachen ins Gesicht, zeigte die Grübchen, die ich bei Stefan so mochte. „Nein, nicht so eine Tochter wie Sie, sondern eine, die sich einen besonnenen, erfolgreichen jungen Mann sucht, und selbstverständlich wären Sie nicht Krankenschwester, sondern Ärztin."

„Müssen Sie immer Ihre Umgebung verändern?"

„Ja" – in seiner Stimme schwang ein melancholischer Unterton – „dies scheint meine große Tragik zu sein, mit dem Erreichten nicht zufrieden sein zu können, immer mehr haben wollen, immer das Beste zu wollen. Wenn es nur wegen mir wäre, halb so schlimm." Seine Stimme zitterte, seine vorauseilenden Gedanken rissen in ihm alte Wunden auf. „Es ist nicht leicht, einen Menschen an seiner Seite zu verlieren. Vor allem wenn man diesen Menschen sehr liebt. Und ihm dies nie gesagt hat." Den letzten Satz flüsterte er in seine Kaffeetasse, versenkte den Blick darin. Als er aufschaute, schaute ein anderer auf, er fragte mir Löcher in den Körper, wechselte somit das Thema, ließ mir keine Zeit, nachzuhaken, die Magie des Augenblicks war bereits verschwunden.

Wir nannten uns bei den Vornamen, behielten das Sie bei. Entgegen den meisten Bekannten kürzte er meinen Namen richtig mit Heide ab. Die Endung auf *e* hörte sich für mich fraulicher an, klang nicht so sehr nach Kind.

Karl, Herr Karl.

Stefan prustete vor Lachen, verschluckte sich, lachte Tränen, hustete, schrie vor Vergnügen. Herr Karl. „Die Vorlage zu Helmut Qualtingers ‚Herr Karl'." Die fröhliche Ausgelassenheit steckte mich nicht an, nervte mich leicht.

Je näher ich seinen Vater kennengelernt hatte, umso weniger sprachen wir über ihn, klammerten ihn aus unseren Gesprächen, aus unserer Unterhaltung.

Ich begann Karl zu mögen. Für ihn war ich die Tochter, die er nie gehabt, er für mich als Vater? „Durchaus akzeptabel", beantwortete ich einmal seine dahingehende Frage. „Natürlich würde ich Sie etwas verändern müssen!" Wir lachten im Duett. Den Charme, das weltmännische Auftreten, die Gabe, in heiklen Situationen souverän zu wirken, dies alles hatte Stefan von Karl mitbekommen, vererbt, antrainiert, angedrillt, was auch immer. „Von wem hat Stefan die dunklen Seiten?"

„Die schreibt das Leben, mein Kind!" Eine Antwort nach Stefans Geschmack, alleine der Zusatz *mein Kind* hätte Stefan zu einer zynischen Bemerkung über den Lehrerstand getrieben. Meine Einwände und Kritikpunkte über den Lehrerstand belustigten Karl. „Weil Sie in Ihrer Schulzeit selten oder so gut wie nie auf gute Lehrer gestoßen sind", er baute eine Pause ein, holte Luft und hängte als Ausklang *mein Kind* an …, grinsend. „Und weil Lehrer eben Lehrer sind, haben sie auch immer recht und wissen alles besser. Ein wunderschöner Beruf, warum? Dies ist einer der wenigen Berufe, indem man jemanden andauernd verbessern, korrigieren, belehren darf. Und niemand darf dagegen aufmucken!"

Er alberte gerne mit mir. Mittlerweile konnte ich sehr gut unterscheiden, wenn ihm etwas ernst war oder er sich nur belustigte, ridikülisierte. *Ridikülisierte* war eine seiner Wortkreationen. Ihm machte es ungeheuren Spaß, Wörter zu verunstalten, neue

Schöpfungen zu kreieren, Wörter zu verdrehen und mit diesen neuen Wortgebilden die Umwelt zu verunsichern, schelmisch zu ärgern. Natürlich machten solche Späße auch vor Stefan nicht halt, der Zusammenstoß vorprogrammiert, obwohl Stefan eine Vorliebe für Wortspielereien besaß. – Der Apfel fällt nicht weit vom Stamm.

Stefan erzählte liebend gerne die Anekdote um das Fremdwort *assertiv.* Vor Jahren, genau 1980, saß Stefan mit Freunden in der Cafeteria des örtlichen Freibades. Sie hielten kluge Reden, sahen den Badenixen zu, kühlten ihr Gemüt mit alkoholischen Getränken. Eine Erfrischung im Bassin ließ ihr Gipsbein nicht zu. Hochsommer – drei junge Männer, drei Gipsbeine, auf abweichende Art und Weise zustande gekommen. Einmal trug ein Berg, ein andermal ein Auto, beim Dritten ein Sommerfest die Schuld. Sie vertrieben sich die Zeit mit Gesprächen und Betrachtungen, diskutierten über das Baden als Unterbrechung der Alltagsmonotonie, erhoben das Schwimmbad zum philosophischen Zentrum. Sie entwickelten Strategien, um das Bad für die Gäste attraktiver zu gestalten, planten kompromisslos ein Bad der Zukunft, die Attraktion bis ins nächste Jahrtausend. Der Biertisch in der Wiese geriet zur Ideenbörse. Sie sahen das Schwimmbad aus einem unüblichen Blickwinkel, sahen das Treiben anders als die Badegäste, lenkten ihr Augenmerk auf Dinge, die üblicherweise nicht interessierten. Der Alkohol im Blick zoomte. Die schwarze Schrift am Beckenrand beschrieb die Wassertiefe: 2,90 m. Das Wort Wassertiefe fast zur Unleserlichkeit verwässert. Das W und das letzte E verwischt, nicht leserlich. Dies tat den Badefreuden keinen Abbruch, niemand nahm Anstoß daran. Die drei, mit ihren Blicken in den letzten Bikini eindringend, bemerkten jedoch alles. Sie lasen … a s s e r t i e f … Sie lachten, der Funken zündete. Assertief? Assertiv? Klingt nach Fremdwort. So schufen sie aus der Wassertiefe das Fremdwort assertief oder assertiv, setzten es unzählige Male, Hunderte Male, Tausende Male in den nächsten Tagen ein, bei allen sich bietenden Gelegenheiten und gegenüber allen Menschen, die sie trafen. Und immer in der Bedeutung eines Superlatives der Begeisterung: wie toll, phänomenal, gigantisch, edel und Ähnlichem. Sie sagten: ein assertives Mädchen, eine assertive Figur, eine assertive Disco, eine assertive Aktion, ein assertiver Urlaub, ein assertives Auto und so fort, unterstrichen mit ihrer Gestik, verstärkten mit Mimik. Aufgerissene Augen und Münder demonstrierten Enthusiasmus. Alle drei besaßen die Gabe des Erzählens, Zuhörer lauschten gespannt, fingen Feuer. Sie streuten das Wort gekonnt ein, erzählten so plastisch und mitreißend, gestalteten den Inhalt so spannend, niemand entdeckte die Hülse. Nach vierzehn Tagen verwendeten Menschen in ihrer Kleinstadt das Wort assertiv, die sie gar nicht oder nur vom Sehen kannten, mit denen sie nie gesprochen. Das Wort *assertief* schlug ein wie die berühmte Welle. Niemand fragte nach der Bedeutung, nach dem Begriff, jeder verwendete weiter. Ein lokaler Gemeindepolitiker, Stadtrat, baute das Wort in eine Ansprache ein, angeblich benützte sogar der Kaplan in seiner Predigt das Wort.

Ich hätte zu gerne gewusst, ob Karl darauf hereingefallen war. Stefan sagte, ja selbstverständlich, sein Vater bestritt, konnte ihm als Deutschlehrer nicht passieren. Aber wer würde dies schon zugeben? Ein Königreich für ein Pferd, ein Pferd für die Wahrheit. Warum ein Pferd? Ich machte mir nichts aus Pferden.

Auf sehr, sehr angenehme Art etablierte sich Karl in meinem Leben. Er umsorgte mich, verwöhnte mich mit kleinen Präsenten, eine schöne Bluse, ein flottes T-Shirt, Chanel No. 5, ein mondänes silbernes Stirnband und Blumen, Blumen, Blumen. Stefan amüsierte sich über das Verhalten seines Vaters, mokierte sich belustigt über den „alten Bock“, flüchtete in Klischees, konnte das Verhalten seines Vaters nicht zuordnen, geschweige denn verstehen. Wenn ich tagsüber frei hatte, Stefan arbeitete meist bis 18.00 Uhr, führte mich Karl ins Café aus, spielte Schach mit mir, diskutierte mit mir. Wir tranken Melange, manchmal Campari-Soda vor dem Kaffee, delektierten uns an einem Stück Kuchen. Karl bevorzugte Nusskuchen mit Schokoladenglasur und unbedingt mit Schlagobers. Karl zeigte sich kolossal erfreut darüber, dass seine Figur nicht seiner Vorliebe für Süßes entsprach, verriet er mir. Mit solchen Redensarten stapelte er tief. Karl tat genug für seine Fitness, seine Figur, verfügte über einen unendlich starken Willen, über die Fähigkeit, sich je nach Bedarf zu quälen und zu kasteien.

Der eiserne Willen eines Generals und Diktators, sinnierte ich. Wir schwatzten über Politik, Mode, Kunst, Sport, Literatur, Belangloses, dies und das. Karls Wissensspektrum war sehr breit gefächert, seine Interessen über unzählige Gebiete verstreut. Sogar beim Stricken kannte er sich aus, hatte dies „Frauenhandwerk" als Knabe von seiner Schwester erlernt. „Verrat es nur nicht Stefan, sonst zieht er mich immer auf damit, und ich muss ihm noch einen Pullover stricken", flachste er. Sein Allgemeinwissen beeindruckte mich, sein Intellekt brachte mir aber auch die Erkenntnis nahe, wie schwer es als sein Kind gewesen sein musste, seine Ansprüche zu erfüllen.

Und erst als Erwachsener?

Ich fragte Karl, welche Erwartungen er in mich setze? „Sehr viele und sehr wenige, einerseits haben Sie die Macht, Wunder zu wirken, … mein Kind …" – seit ich mich gegen diese Anrede gewehrt hatte, zog er mich damit auf, ließ nicht davon ab. Wiewohl Karl sich mir gegenüber zurückhielt, mich forderte und aufmerksam zuhörte, so hieß: mit Karl zu leben, unter ihm zu existieren, sich ihm unterzuordnen, seine Launen und seine Dominanz zu ertragen; für Stefan unmöglich. In jeder Diktatur hielt sich nur ein Diktator. Ich für meine Person ordnete mich gerne ein, solange man mich nicht diskriminierte, auch unter. Ich besaß nicht das Verlangen und den Ehrgeiz an der Spitze stehen zu müssen.

„Sie verändern Stefan auf sehr sanfte Art, ich beglückwünsche Sie dazu, Heide. Dies ist gut, dies ist schön für alle Beteiligten. Auf Sie hört er ein bisschen, ein klein wenig. Die großen Veränderungen liegen im Kleinen. Aber er verändert auch Sie, Heide, und deshalb bleibe ich an Ihrer Seite, ich will da sein, wenn Sie jemanden brauchen. Stefan ist aus demselben Holz geschnitzt wie ich. Edelholz, welches die Umwelt – seine Erzieher, mich mit eingeschlossen – in das Feuer warf. Bis jetzt sengten die Flammen nur an, verbrannten keinen Span, aber ob dies immer so bleibt? Stefan besitzt die Kraft, Sie ein Leben lang zu beglücken, dieselbe Kraft vermag Sie zu vernichten.“ Ich brachte es nicht fertig, das Gespräch zu wenden, der Verlauf wuchs über meinen Kopf. Karl wirkte auf mich so ängstlich, so hölzern, so besorgniserregend. Leise und langsam dämmerte mir, wie wörtlich Karl dies gemeint hatte. Ich fühlte die Bedrohung, die Karl verspürte, wollte anfangen zu sprechen, Karls Handbewegung verhieß: Schweig. Ganz leise begann er, seine Stimme schnitt in meine Eingeweide, er gebot mir, ihn nicht zu unterbrechen.

„Liebe Heide, dies, was ich dir nun sage, teile ich dir in der Du-Form mit, nur einmal, nur heute, nie wieder. Ich mag dich, habe dich sehr lieb gewonnen, will dir helfen mit Stefan ein glückliches Leben zu führen. Leider weiß ich nicht wie? Ich bin überzeugt davon, besser ich weiß, Stefan hasst mich, hasst mich bis aufs Blut, will mir wehtun, mich nach Möglichkeit vernichten. Dies kann er nicht, dazu fehlt ihm manches, manche Eigenschaften und Stärken von mir, über die er nicht, noch nicht, verfügt. Deshalb wird er sich selbst vernichten und damit mich mit ihm. Alle, die an seiner Seite stehen, wird er mitreißen, ein Strudel ohne Ende, eine Untiefe im Leben. Es gibt derzeit nur zwei Sachen, die ihn aufhalten können: sein Tod und ich. Wie ich das könnte? Ich habe lange überlegt, ob ich dir meine intimsten Gedanken und Empfindungen anvertrauen soll … schließlich ist dieses Gespräch nicht für Stefan bestimmt und ich will mich nicht zwischen euch stellen … egal … ich habe mich dazu entschlossen, dir alles anzuvertrauen. Vermutlich stand die Entscheidung schon fest, ich musste sie nur vor mir selbst rational begründen. Auch ich will endlich einmal über meine Ängste, meine Befürchtungen sprechen können. Wo waren wir stehen geblieben? Ja, bei den zwei Sachen, die Stefans Weg nach unten aufhalten könnten, eben sein Tod, und die zweite Sache könnte sogar seinen Weg nach oben umlenken. Mein Tod. Leider ist mir derzeit nicht danach, ich überschreite meine Feigheit noch nicht. Sag jetzt nichts, mein Kind, und schau bitte nicht so erschreckt, hör einfach zu. Mit meinem Tod wäre die Zielscheibe seines Hasses ausgeschaltet, seine selbstzerstörerischen Qualen endeten genauso wie sein Zorn. Du und er, ihr beide könntet gemeinsam seine Kräfte umpolen, eine Familie gründen, Kinder haben …“ Seine Stimme stockte das erste Mal, er unterbrach …

„Stefan liebt Kinder …, wenn er seinen Hass besiegt, wäre er ein guter Vater … vermutlich sogar ein besserer als ich … In ein bis zwei Jahren bin ich soweit … nie wieder werde ich über dies mit dir sprechen … ich habe sehr viele Fehler in meinem Leben begangen, aber ich stehe dazu, sehe immer noch gerne in den Spiegel … Ich habe mir dies nicht einmal durch den Kopf gehen lassen, nicht zigmal, sondern Hunderte Male, Tausende Male, so oft, dass alles reiflich überlegt ist, beschlossene Sache sozusagen, unumstößlich. Ich bereite langsam, aber unaufhörlich den Abgang vor, vieles will ich noch regeln, geregelt wissen. Ich liebe Stefan, habe ihm meine Liebe zu wenig gezeigt, zu wenig spüren lassen, eine Schwäche. Ich liebe ihn auf meine Art. Und weil ich ihn liebe, will ich verhindern, dass er etwas tut, was nicht wieder gutzumachen ist. Tu mir bitte den Gefallen, bei auftretenden Schwierigkeiten oder wenn Umstände auf dich zukommen, die du nicht zu überblicken vermagst, Angst bekommst, du in Gefahr gerätst, wie auch immer das geschehen mag, ruf mich. Ich will ja nicht unbedingt den Teufel an die Wand malen, aber wenn du jemanden benötigst, so wende dich an mich. Schlage meine Hilfe nicht aus, ich helfe dir gerne. Hier hast du meine Visitenkarte mit den Telefonnummern. Hinten steht die Handynummer, die nur sehr wenige Menschen kennen. Sie ist eine Nummer für besondere Gelegenheiten, sozusagen auch eine Notfallnummer. Unter dieser bin ich Tag und Nacht erreichbar. Bitte denk daran, Tag und Nacht. Egal was los ist, ruf mich an, die Tageszeit spielt nicht die geringste Rolle. Ruf mich und ich komme auf der Stelle, von null bis vierundzwanzig Uhr, egal wo du dich befindest, in welchem Land der Welt, ich komme. Auch wenn du dir denkst, was kann mir der alte Karl schon helfen. Ich habe Verbindungen, von denen viele träumen, sogar Stefan würde ob dieser Verbindungen Magenschmerzen bekommen. Ich hoffe für dich, mein Kind, dass es niemals sein wird, aber manchmal ist es auch von Vorteil für die Eventualitäten des Lebens gewappnet zu sein, zu wissen, an wen man sich wenden kann. Ich werde dich nun verlassen, mein Kind, werde das Gesagte in Zukunft nie mehr anschneiden, einmal muss genügen.

Alles Gute für die Zukunft … liebe Heide … Kopf hoch … du kannst es schaffen.“

Karl stand auf, verabschiedete sich mit einem Handkuss, lächelte mir zum Abschied unschuldig zu, als hätte ich die letzten Minuten geträumt. Er ließ mich inmitten meiner wirren Gedankenwelt zurück, sprachlos, gelähmt. Ich trank Cognac und wartete. Ich wusste nicht, auf was ich wartete, ich trank und trank und begann langsam in ein schwarzes großes Loch zu fallen.

Ich wog ab, ob ich Stefan von dem Gespräch erzählen sollte, entschied mich dagegen, sprach doch mit Stefan, teilte Fragmente mit; behielt Etliches für mich. Stefan horchte kaum hin, fand die Sachen rund um seinen Vater belanglos, beurteilte ihn bloß als „Wichtigmacher“.

Roland lenkte mich ab. Der große Bruder schwamm zurzeit in Problemen. Selbst gemachten Problemen. Eine abgebrochene Beziehung, Job-Troubles, Differenzen mit Mutter. Seit ich mit Stefan zusammen war, wuchs Mutters Kritikbereitschaft gegenüber Roland. Sie holte auf, nahm die Taten ihres „großen Sonnenscheins“ näher unter die Lupe, half ihm nicht mehr so oft seine Suppen auszulöffeln. Mit seinem Frontalkurs, immer mit dem Kopf durch die Wand, stieß er im täglichen Leben leicht auf Schwierigkeiten. Sein beamteter Schreibtischjob bei den österreichischen Bundesforsten erfüllte ihn nicht, behauptete er. Im Umgang mit der Kollegenschaft galt er als nicht zimperlich, was wiederholt zu heiklen Situationen führte. Konflikte bewältigte er häufig mit der Faust, daraus wiederum resultierten neue Schwierigkeiten. Vielfach manövrierte er sich selbst in die Bredouille. Sein Verdienst entsprach dem üblichen Beamtengehalt, sein Aufwand lag erheblich darüber. In der Zeit vor Stefan hatte ich ihm vereinzelt mit Geld ausgeholfen, hatte seinem Drängen nachgegeben, nicht gewagt mich gegen ihn zu stellen. Heute war ich so weit, ihm seine Miseren offen zu vergönnen, zu viel hatte mir mein großer Bruder angetan. Roland war jetzt zweiundvierzig Jahre, zwölf Jahre älter als ich, zwei Jahre älter als Stefan. „Und immer noch ein Riesenarschloch", sagte dieser.

Roland hatte bei Stefan im Reisebüro einer billigen Urlaubsreise wegen angeklopft. Sonderrabatt für nahe Angehörige, eine Personalreise oder etwas in dieser Richtung. Freilich hätte Stefan Möglichkeiten gehabt, ihm entgegenzukommen, schmiss ihn aber stattdessen raus. Gefiel mir.

Roland revanchierte sich in meinem Bekanntenkreis dafür, redete schlecht über mich und Stefan, schalt unsere Beziehung eine Alkoliaison. Er streute hier ein paar Gemeinheiten aus, da ein paar Lügen, sprach mit einer Kollegin, tat so, als sorge er sich um mich. Die Nadelstiche schmerzten, ich war versucht ihm Grobheiten an den Kopf zu werfen, ihn vor aller Welt zu demütigen, ihn zu bespeien. Ich wünschte mir, ihn als „gemeine, hinterlistige Drecksau" zu beschimpfen, ihm alles, was sich seit Jahren in mir angestaut hatte, an den Kopf zu werfen. Stefan lachte ob meines Wutausbruches, scherzte „Contenance, Contenance, mein Fräulein, bitte keine so derben Verbalisierungen, Sie sind mit dem Sohn eines Oberlehrers liiert, eine sogenannte alkoholische Lehrer-Liaison!"

Üble Nachreden störten Stefans Gleichgewicht nicht, erheiterten ihn nur ungemein. „Dies ist nämlich der letzte Weg eines Menschen, der sich sonst nicht zu helfen weiß. Neider beschreiten nun einmal die Wege und Straßen der Missgunst. Du wirst sehen, Heidi, bei der Lebensendabrechnung bezahlt Roland. Einmal im Leben bezahlen wir alle für unsere Sünden, der eine mehr, der andere weniger, der eine früher, der andere später. Aber jeder bezahlt, das Gleichgewicht der Natur verlangt das. Und Roland wird bezahlen … die große Fresse wird ihm noch einmal zu groß … Der Tag oder die Nacht kommt … das weiß ich. Niemand auf der ganzen Welt macht ungestraft solche Sachen, solche Sachen nicht!"

Ein Winter ohne Schnee beleidigte Stefan. Er hatte sich gewünscht mit mir einen Schneemann zu bauen, im Schnee herumzutollen, irgendwann einmal. Wir sparten den Urlaub für den Sommer auf, mir stand nicht der Sinn nach Skiurlaub, meine Abendkurse für die Psychotherapieausbildung stahlen ohnehin sehr viel meiner Freizeit, den verbliebenen kargen Rest spannte ich aus, faulenzte oder lernte für die Prüfungen. Vor der entscheidenden Prüfung schenkte mir Stefan eine Woche Frühling in Mallorca, ich alleine, nur zum Lernen und Energietanken. Ich nutzte die Zeit, bestand danach die Prüfung mit Bravour. Meine Freunde und Lieben waren aus dem Häuschen. Stefan vollführte einen Veitstanz, bespritzte mich mit einer Champagner-Magnum und bot mir eine Überraschung zum Weinen. Mutter gratulierte mir unter Tränen, Karl schenkte mir einen goldenen Füller und ein Handy, inklusive Telefonrechnung für das erste Jahr. „Ruf mich nicht mehr so oft an, jetzt bezahle ich die Rechnung!" Ich hatte ihn vernachlässigt in letzter Zeit, auch Stefan hatte sich beschwert, die Prüfung besaß oberste Priorität.

Dinner bei Kerzenlicht, Stefan bekochte mich. Wir tranken alten Wein und dann überreichte er mir einen Brief, den er für mich geschrieben, als ich in Mallorca.

Ich las.

Montag

Liebste Heidi!

Ich will, soll, muss eigentlich arbeiten. Für die Sommerkampagne. Meine Gedanken sind sehr viel bei dir, und dies ist, auch wenn es mich von der Arbeit ablenkt, sehr, sehr schön, weil ich dadurch weiß, wie sehr ich dich liebe. Es ist das erste Mal, seit wir zusammen sind, dass einer von uns länger als ein paar Tage weg ist. – Nicht zum Aushalten, sage ich dir!

Ich höre Musik von Verdi, denn die lenkt mein Denken auf die Zukunft, weil mir so vieles in den Sinn kommt, was ich mit dir noch machen möchte, mit dir unternehmen möchte, dir zeigen möchte.

Ich möchte bald einmal wieder mit dir im Süden sein, um abschalten zu können, um endlich wieder mehr Zeit für dich zu haben, um dich so lieb haben zu können, wie du es verdienst. Ich freue mich darauf, mir mit dir die Nase und den Bauch von der Sonne kitzeln zu lassen. Ich will Zeit haben dich anzusehen, deinen Körper, deine Beine, deine Figur. Ich finde dich sehr, sehr hübsch.

Weiters freue ich mich mit dir am abendlichen Strand zu spazieren, den salzigen Duft der See einatmen, die weiße Gischt im Abendlichte spritzen sehen und mit dir vor der untergehenden Sonne stehen, mich mit dir von der Romantik einer im Meer versinkenden Sonne verzaubern lassen.

Ich möchte auch irgendwann einmal mit dir eine Verdi-Oper besuchen, uns gemeinsam seiner Musik hingeben, den Troubadour-Zigeunerchor hören oder vielleicht gar den Nabucco-Israelitenchor, womöglich in der Arena von Verona.

Ich werde dir einmal Portugal zeigen, in der Algarve mit dir durch Haine voll Mandel- und Johannisbrotbäumen ziehen, anschließend in einem Dorf in einer der romantischen unzähligen Straßenkneipen einkehren und einen Krug Rotwein mit dir leeren, dir tief in die Augen sehen und … dir sagen, wie ich dich liebe und … begehre!!!

Die Idee zu diesem Brief kam mir, als meine Gedanken nicht von dir wichen, ich von dir träumte. Ich genieße dies Träumen, sträube mich nicht dagegen, nehme es wie Blumen, zart duftende, hellgelbe rosafarben überhauchte Gloria Dei Rosen.

Weißt du, Heidi, ich schreibe sehr gerne Briefe für Menschen, die ich besonders mag. Im Schreiben ist mein Fühlen und Denken, hier darf ich meine Gefühle versammeln.

Texte kannst du vergleichen mit dem Saft der Äpfel, manche plätschern ohne viel Geschmack seicht dahin, andere besitzen den

Geschmack der Frucht, manche gären wie der Most und betören tun sie im Apfelwein. Letztlich die Destillate zeigen die Palette an Gefühlen des Autors, der Wirrwarr seines Ichs, die Ekstase seines Denkens. Schreiben gibt mir ebenso Kraft wie die Natur, die Sonne und last but not least, die Liebe.

Mittwoch

Ich bin ein Glückspilz, ein Sonnenkind eben. Dein Telefonanruf hat mir so gutgetan. Die Regentropfen klopfen sacht und leise an mein Fenster, keine Sterne am Himmel und doch seh ich überall dort, wohin meine Blicke entgleiten, ein Strahlen, ein Glänzen, ich sehe dich. Jeden Tag wünsche ich mir, dass du schöne Tage im Süden haben magst, produktive Tage, und dass ich dir fehle.

Ich lausche den Klängen von Leonard Cohen – romantische Musik zum Träumen, zum Erwachen und wieder Wegträumen. Sich fallen lassen in die sanften Töne, sich hineinkuscheln in die Wellentäler von hohen und tiefen Tönen, einem Meer der Melodien. Aufgewühlt wie dieser imaginäre Ozean der Musik halten meine Gedanken und dahin ziehenden Träume mich vom Schlafen ab.

Freuen tut mich, irgendwo ganz weit Richtung Süden geht's einer Frau genauso. Ein Grinsen zieht meine Wangen in die Breite, du hast einmal gesagt, du bist keine Frau für eine Romanze, willst kein Abenteuer sein. Ich erlebe es, was du machst, dies machst du ordentlich. Wenn du liebst, dann liebst du ganz. Ich bin stolz, dass ich es sein darf, den du so liebst.

Freitag

Bald sehe ich dich, spüre ich dich, küsse ich dich, atme ich dich! Die letzten Tage dachte ich oft, was könnte ich dir geben, was dir schenken?

Ich möchte dir Zeit schenken, Zeit, die wir zusammen verbrauchen können, heute ein wenig, morgen etwas mehr, heute verschwenderisch, übermorgen genau eingeteilt.

Ich werde dich beschützen vor Gefahren, dir meine Fürsorge schenken, wenn es mal nicht so gut geht. Dich hegen und pflegen wie ein kleines zartes Pflänzchen, dich umsorgen, wenn nötig dich bemuttern, dir Trost spenden, wenn der Wind des Schicksals mal von der verkehrten Seite pfeift.

Ich werde dir Ruhe schenken, wenn dir meine Nähe mal auf die Nerven geht, werde mich verdrücken, mich vergraben, um dir das Potenzial für deine Selbstverwirklichung bieten zu können. Ich werde versuchen still und heimlich in der Ecke zu stehen, nur da zu sein, wenn du mich brauchst, will versuchen dir mit meiner Liebe nicht auf die Nerven zu gehen.

Ich will dir gleich einem jungen Vogel deine Freiheit schenken, dich vom Boden aus in den Lüften des Firmamentes kreisend betrachten; ich will dir Entfaltung bieten, deine Kreativität vergrößern.

Ich möchte dir Fröhlichkeit, Vertrauen und meine Ehrlichkeit schenken, dich bitten mir zu glauben, auch wenn's momentan mal nicht nach Wahrheit riecht.

Warum verspreche ich dir soviel, will dir so vieles schenken?

Ich will dir meine Zukunft schenken, denn das Schlimme dieser Welt hab ich schon lange hinter mir. Ich bin gestärkt und fit, bin bereit für das größte Abenteuer meines bisherigen Lebens, die Liebe mit dir, und so frage ich dich an dieser Stelle:

Liebe Heidemarie, willst du meine …

„Liebe Heidi, willst du meine Frau werden?“, fiel Stefan ein, vervollständigte den letzten Satz des Briefes. Ich schluckte, er rührte mich zu Tränen. Ich nickte eine Antwort, bat ihn mir genug Zeit zu geben, mich nicht zu drängen. Ich wollte ihn heiraten, nicht heute, nicht morgen, ich benötigte Zeit. Mein Leben flog mit der Geschwindigkeit eines Flugzeuges an mir vorbei und hohe Geschwindigkeiten ängstigten mich. Gestern begann unsere Beziehung, heute waren wir ein Jahr zusammen und morgen? Die Stärke des Windes nahm zu, blies mich in die Zukunft. In welche Zukunft?

Derweil mein Denken vorauseilte, gab sich mein Körper dem Rausch und der Lust der Gegenwart hin.

Ich bin nicht jemand, der unbedingt an jede Art von Übersinnlichkeit glaubt, an außersinnliche Wahrnehmungen, an Telepathie. Ich bin mir jedoch sicher, dass solche Sachen vorkommen, nicht in dem Ausmaß als vorgegeben, aber ich traue vereinzelten Menschen zu, bestimmte Ereignisse vorhersehen zu können. Manchmal geschehen Ereignisse, die ich meine schon zu kennen, schon erlebt zu haben, wo ich von Beginn an um den Kern der Sache weiß. Oder beruhen diese Sachen nur auf weiblicher Intuition?

Das Telefon läutete, bevor es läutete. Ich kniff die Augen zusammen, ging langsam von der Küche durch das Vorzimmer ins Wohnzimmer, setzte mich auf den klapprigen Holzhocker, blies meinen ruhigen Atem auf das weinrote Telefon. Das Läutwerk schlug endlich an, sagte mir, dass es um Roland ginge. Tage-, wochenlang nichts von ihm vernommen, wusste ich bereits beim Greifen des Hörers Bescheid.

Meine Gefühle teilten mir sein Leiden mit. Roland hatte sich ins AUS gesetzt, in die Klemme geraten, diesmal ärger als sonst, sehr arg. Ich dachte, das Telefon wird mir gleich die näheren Umstände und das Ausmaß bekannt geben.

Die Wörter sprudelten aus dem Telefon, Mutter atmete heftig in den Wortpausen, schöpfte Atem, die Aufregung nahm ihr einen Teil der Luft. Mein Gehirn erzeugte die fertigen Bilder, noch bevor

Mutter zu Ende erzählte. Meine Augen drangen durch die Wand, ich sah Roland im weißen Spitalbett liegen, da setzte Mutter ein, erzählte, man habe Roland zusammengeschlagen, spitalsreif geprügelt. Wer ist man? Mutters Redestrom floss. „Unbekannte, die Polizei hat Roland vernommen, er sagt, es waren vier Kerle, er kannte sie nicht. Die Polizei glaubt ihm nicht, sie weiß ja auch Rolands Vorgeschichte, seine Schlägereien, er ist kein Heiliger, aber so etwas. Wie's ihm geht? Beide Hände gebrochen, fast alle Finger gebrochen oder angeknackst, Blutergüsse über den ganzen Körper verteilt, das Schlimmste ist sein Gesicht."

„Was ist mit seinem Gesicht?"

„Zugeschwollene Augen, der Arme sieht fast nichts."

„Warst du bei ihm, was meint der Arzt?"

„Ja, die Ärzte sagen zwar, halb so schlimm, keine inneren Verletzungen, wird alles wieder, er hat nach dir verlangt …"

„Nach mir?"

„Ja, ich weiß nicht warum, anscheinend will er dich dringend sehen, … aber sein Gesicht, sein Mund!"

„Sein Mund?"

„Sie haben seine Mundwinkel eingerissen, zentimeterweit, die Einrisse mussten genäht werden, er kann kaum sprechen, spricht nur mühsam."

Der Rest des Gespräches zog an mir vorbei, ich registrierte nichts mehr, die Worte *die Mundwinkel eingerissen* klangen in meinem Ohr nach, dröhnten im Kopf.

DIE MUNDWINKEL EINGERISSEN! Tunesien, vor einem dreiviertel Jahr. Stefan in Aktion. Warum will mich Roland sehen?

Sturm bedeutet Verwirrung, Unruhe, Tumult. Wüten wie ein Sturm. Die Ruhe nach dem Sturm ist nur die Ruhe *vor* dem Sturm.

Hellhörig blinkte das Signallicht in mir, Assoziationen entstanden, ich stellte Verknüpfungen her, verband Punkte mit Linien, Worte mit Taten, sah nicht durch die Wirren des Knäuels.

Das Aufgenommene schockte mich, blockierte meine Verstandesebene. Der Panzer brach so abrupt, ich fand weder Zeit noch Kraft, mich zu setzen. Ich fiel, schrie und heulte, der Sturm schüttelte meinen Körper wie eine Betrunkene hin und her. Ich schlug auf den Boden, verkrampfte meine Hände zu Fäusten, trommelte zornig auf den Boden, trommelte mir die Fäuste wund. Ich griff nach den Gläsern, bleikristallene Weingläser, bekam sie zu packen, hörte das Scheppern und Klirren, sah keine Scherben, trampelte wie eine Furie, tanzte im Glas.

Die Bilder des Straßenverkehrs ruckten vor meinen Augen, liefen mit rascher Geschwindigkeit ab. Das Auto lenkte mich, in der Windschutzscheibe spiegelten sich zwei verschlungen Körper, Stefan und Roland.

Der vertraute Geruch eines Spitals verlangsamte das Abspulen der Bilder in meinem Kopf, beruhigte mein Denken, glättete mein aufgewühltes Inneres.

Rolands bandagierte Hände wirkten wie eingebundene Teddybärenpranken auf mich. Schrecklich sah er aus, wie für einen Film geschminkt. Auf immer und für ewig würden Narben in seinem Gesicht diesen Tag unvergesslich machen, jeder Blick in den Spiegel wird ihn daran erinnern. Aus der Ferne hörte ich Stefan sagen: *Die große Fresse wird ihm noch einmal zu groß, es kommt der Tag.* Ich fröstelte, schüttelte meinen Rücken. „Stefan, du kannst nicht Gott spielen", dachte ich. Wie von einem Endlos-Tonband vernahm ich immer wieder: *Die große Fresse wird ihm noch einmal zu groß.* Dies war nicht irgendeine Verletzung, die bei einer Schlägerei entstand, wenn einer den anderen zusammenschlug, dies war beabsichtigt.

Die große Fresse wird ihm noch einmal zu groß. Dies war geplant und pure Absicht. Und genau das machte mich so fertig, schockte mich, erzeugte schlechtes Gewissen in mir, Schuldgefühle erwachten.

Mühselig rang Roland sich das Sprechen ab. Ich meinte nicht richtig zu hören, er bat mich um Verzeihung für alles, was er mir im Leben angetan hatte. Dieser Vorfall hätte ihn zum Nachdenken gebracht, sagte er. Seine Stimme klang weinerlich, ich spürte die Angst. Roland roch nach Angst, Angst vor mir oder vor Stefan? Nahm er an, ich hatte davon gewusst, Stefan aufgehetzt? Er wiederholte das Gesagte, bat inbrünstig ihm zu verzeihen. Dieser große Mann lag gebrochen, zerbrochen und voller Ängste in diesem Spitalbett. Was hatte Stefan ihm angedroht? Stefan wurde mir unheimlich. Er wirkte äußerlich nicht so, als könnte er einen Brocken wie Roland so vernichten, diese knallharte Brutalität sah ihm niemand an. Ich rief mir die tunesischen Bilder in Erinnerung. Damals bestand für uns Gefahr, die hätten mit ihm das Gleiche gemacht, hatten es darauf angelegt. Redete ich mir danach ein. Um der Tatsache nicht ins Auge zu blicken, dass Stefan die Sache sogar Spaß zu bereiten schien? Und dieses Mal? Ich hasste dunkle Seiten an Menschen, und diese war mehr als finster, abgrundtiefe Schwärze.

Stefan trat zu Hause ein, ohne Vorwarnung prasselten meine Vorwürfe auf ihn nieder. Ich zwang ihn sein Hemd zu öffnen, sich auszuziehen, Kratzer und Schürfwunden, blaue Flecken. Ich triumphierte, ich hatte den Beweis entdeckt, ich schrie ihn an: „Du warst es, du hast Rolands Leben zerstört, du bist ein Scheusal, ein Schläger!" Ich schrie und heulte, winselte und beschimpfte ihn erneut. Immer und immer wieder brachte ich die blauen Flecken ins Spiel, keifte und fauchte ihn an. Jedes Mal, wenn er zu sprechen anhob, unterbrach ich ihn, schrie erneut und warf ihm vor, nichts zu meinen Vorwürfen zu sagen, sich zurückzuziehen. Tränen flossen, ich entleerte mich, schrie beim Weinen. Ich ließ meine Wut an den Gläsern aus, reduzierte den Glasbestand drastisch, entriss Stefan sogar das Glas mit Whisky, zerdepperte es.

Dies war zu viel für ihn. Ich wollte ihn reizen, ihn zur Explosion bringe, war ja selber ein tosender, irrer Vulkan. Ich war auf Konfrontationskurs, suchte Streit, wollte Streit und bekam Streit. Ein Gewitter tobte, ich entlud meine Seele. Stefan das Glas aus der Hand zu reißen war gemein, niemand durfte Stefan ein volles Glas wegnehmen, aber mir war heute nicht nach Rücksicht. Stefan hatte mir über das Trinken in der Vergangenheit erzählt, darüber wie empfindlich er unter Alkohol reagierte, das Ärgste für ihn war, wenn jemand ihn bevormundete, ihm das Glas wegnahm. In solchen Augenblicken fühlte er sich als kleines behindertes Kind behandelt, geschulmeistert, ignorierte alle Warnleuchten und der Vulkan brach aus.

Ich legte den Hebel um, startete das Programm.

Stefan sprang auf, nahm ein leeres Glas, schmiss es an die Wand, zerschlug ein Whiskyglas nach dem anderen. Seine teuren Riedelgläser, die er immer so schonend behandelt hatte, mich beim Spülen damit skeptisch beäugt hatte.

Er packte mich bei den Schultern und schrie: „Ruhe, hör auf!" Sein markantes Schreien lähmte mich, machte mir Angst.

„Zerstöre nur alles, das kann ich viel, viel besser. Du willst die Einrichtung zerstören, du willst mich provozieren, das kannst du haben."

Mit einer Handbewegung wischte er die Sektgläser aus dem Schrank, schrie weiter.

„Gefällt dir das, macht dir das Spaß? Ich habe genug von deinen Vorwürfen, endgültig genug!

Sag mir nur bitte, in welcher Welt du lebst, in einer Traumwelt? In Fantasien? Ja, was glaubst du, ist los, wenn dein Herr Bruder ein kleines Mädchen in die Hand bekommt, was glaubst du, macht der mit so einem kleinen Mädchen, ja, sag mir das bitte. Was würdest du sagen, wenn du eine kleine Schwester hättest und dein verehrter Herr Bruder würde über sie herfallen, ja was wäre dann?"

Er redete sich in Rage, meine Wut verrauchte, ich erkannte langsam mein Fehlen, spürte das Verständnis heranschleichen. Ich unterbrach.

„Nein, sag jetzt nichts, it's my turn. Ich weiß, ich bin nicht Gott, nicht der Rächer, aber Roland gehört aus dem Verkehr gezogen, so etwas tut man nicht ungestraft. Er ist der Typ, der meinte, er kann sich alles erlauben. Ich kenne ihn seit mehr als zwanzig Jahren, weiß, dass er eine kleine miese Ratte ist, aber für so eine ausgewachsene Sau hätte ich ihn nicht gehalten.

Irgendwann ist Schluss, irgendwann gerätst du an den Menschen, der dir sagt, bis hierher und nicht weiter. Diesmal war ich es, weil ich etwas besser kann als er und weil er von sich so eingenommen ist, dass er anderen nichts zutraut. Liebend gerne hätte mich der feine Herr Roland fertiggemacht, mich so zusammengeschlagen, dass seine kleine Schwester mich nur noch als lebloses Plüschtier verwenden kann, um seine Worte zu gebrauchen."

Wie er so im Wohnzimmer vor mir stand, flößte er mir nicht länger Angst, sondern Respekt ein, großen Respekt. Meine Stimmung schlug um, ruhig hörte ich ihm zu.

„Okay, diese Art zu kämpfen ist nicht jedermanns Sache, dir ein Dorn im Auge. Ob richtig oder falsch, in solchen Fällen hilft diese Technik, ist vielleicht die einzige Art, jemanden zur Räson zu bringen, und schließlich will ich nicht selbst Dresche beziehen. Und glaube mir, liebe Heide, ich weiß, was Prügel bedeuten, ich habe es genossen. Vielleicht hast du recht und ich habe ein bisschen Schicksal gespielt, manchmal ist dies nötig, manches muss man begradigen, manchmal nachhelfen, die Waage wieder ins Lot bringen.

Und warum, meinst du, habe ich das gemacht? Du wirfst mir vor aus Spaß – ich weiß mir Besseres. Ich habe auch dabei keinen Spaß, wie du mir so einfühlend unterstellst. Was ich habe, weiß ich, und das streite ich gar nicht ab. Ich besitze die Härte. Die Härte zuzuschlagen, im richtigen Moment zuzuschlagen, ohne Rücksicht auf Verluste. Warum ich das kann? Ich habe absolut keine Angst, aber verwechsle dies bitte nicht mit Spaß. Ich fürchte mich vor niemandem, niemand auf der großen Welt macht mir Angst, niemand.

Schauen wir doch der Tatsache ins Auge, Roland hat dich benutzt, immer nur benutzt und immer wieder gedemütigt. Du hast dich über ihn geärgert, hast ihn verflucht, hast alles reingefressen in dich. Sei ehrlich zu dir selbst, er ist ein Schwein, er verdient es nicht anders. Er ist ein hinterlistiges, gemeines Schwein. Du warst damals 12 Jahre und er war 24. Kein kleiner pubertärer Junge, der nicht wusste, was er tat. Umgebracht gehörte er – ja das traue ich mir zu sagen – und ich würde genauso empfinden, wenn es nicht du wärst.

Du bist jetzt nur wütend, weil du dir Vorwürfe machst, du denkst, hätte ich doch nichts erzählt. Begreife, nicht du bist daran schuld, dass er jetzt im Spital liegt. Er selbst, einzig und allein er selbst."

Stefans Rede hielt mich gefangen, beeindruckte mich ungemein. Ich wagte nicht ihn erneut zu unterbrechen, würde er mein Verhalten tolerieren, mir verzeihen? Ich liebte ihn mit Haut und Haaren, war ihm verfallen.

„Verdammt, Heidi, du machst mir Vorwürfe, hast du diese Vorwürfe ihm auch gemacht? Oder war es nicht etwa so, dass du ihm gegenüber aufgegeben hast, du dich zu schwach fühltest gegen ihn anzukämpfen. Nicht ich bin der Verbrecher, er ist das Schwein, und weil manche Menschen sich gegen solche Verbrecher nicht wehren können, gehören sie verurteilt und eingesperrt. Wäre es dir lieber gewesen, wenn er jetzt im Gefängnis liegen würde? Diese Strafe ist ohnehin noch human für so einen Menschen, aber es ist immerhin eine Strafe. Und dieser Bastard wird sich hüten, so etwas nur zu denken.

Denk mal darüber nach, bevor du mich das nächste Mal so beleidigst. Du schimpfst und schreist mit mir, führst dich auf wie eine wild gewordene Xanthippe. Ich liebe dich, ich will gewisse Sachen von dir abhalten, dich auch beschützen, will, dass es dir gut geht. Ich will mich nicht verteidigen, das habe ich nicht Not, nein, lass mich jetzt. Lass mich bitte in Ruhe, ich brauche Luft und Ruhe von dir."

Stefan flüchtete aus der Wohnung.

Durch mein Dampfablassen war ich so weit abgekühlt, beruhigt, um die Situation nüchtern zu analysieren. Stefan hatte in gewisser Weise, ja zum größten Teil recht, und meinem Ego hatte es gutgetan, den in der Vergangenheit aufgespeicherten Wulst auszuspucken. Meine Stimmung schwang nach oben, fühlte mich erleichtert. Aufbruchstimmung. Stefan und ich würden uns zusammenraufen, zusammenreden, ich liebte ihn und er mich.

Ich hatte das dringende Bedürfnis, mich jemandem mitzuteilen, wer kam infrage? Susanne, meine wohl beste Freundin, urlaubte in Südtirol, andere Freundinnen schieden aus, das Vergangene hatte ich nur Susi offenbart, ein Mensch, zu dem ich ungeheures Vertrauen besaß. Schließlich erzählte man solche Sachen nicht jedem, nur einem Menschen mit Einfühlungsvermögen.

Ich rief Karl an.

Karl führte mich in ein Restaurant, bestellte für uns Essen und Wein, brachte mich mit einigen Schulanekdoten zum Lachen und war einfach für mich da, hörte zu. Ich redete und redete, kam vom Hundertsten ins Tausendste, Karl fragte öfter nach, wollte den Zusammenhang behalten. Obwohl ich beim Sprechen oft an Karl vorbeiblickte, nicht weil ich ihm nicht in die Augen sehen wollte, sondern weil ich die Bilder vor mir sah, und so mit dem Blick auf ruhende Gegenstände diese Bilder besser beschreiben, besser erzählen konnte, fühlte ich seine Anteilnahme.

Als ich geendet, schwieg mich Karl sehr lange an, mein „Na, sagen Sie doch was“ öffnete seinen Mund. „Heide, Sie sind eine ganz tolle, starke Frau, ich bin sehr stolz, auf Sie, bin stolz darauf, dass Sie heute mich gerufen haben, mir diesen Einblick Ihres Lebens gewährt haben. Ich will über niemanden, noch dazu, wenn ich ihn kaum kenne, den Stab brechen, aber seit ewigen Zeiten bin ich wieder einmal stolz auf Stefan. Ob richtig oder falsch will ich nicht urteilen“ – es waren Stefans Worte, nur geschliffener – „aber so etwas ist nach und in meinem Sinne. Bei manchen Menschen hilft sonst nichts, sie verstehen nur eine Sprache und genau darum erschuf Gott die Sprache der Gewalt.“

Karls Gesichtszüge wirkten hart und entschlossen, die blauen Augen mit der unendlichen Tiefe eines Bergsees – Stefans Augen – sprachen Recht und erfroren jegliche Gnade.

„Haben Sie den Roman *Raskolnikov* von Fjodor Dostojewski gelesen, auch bekannt unter dem russischen Titel *Schuld und Süh-*

ne?" „Nein? Gebe ich Ihnen, Heide, Dostojewski beschreibt in diesem Buch sehr eindrucksvoll die Sühne. Sühne tun und leiden ist wichtig, um die Schmerzen der Betroffenen nachvollziehen zu können, um das Unrecht aus einem anderen Blickwinkel zu sehen und eventuell sogar zu begreifen, letztendlich sein Fehlen einzusehen. Wenn ich nie gehungert habe, wie soll ich verstehen, was es für denjenigen bedeutet, dem ich das letzte Brot wegnehme. Den gerechtesten Strafvollzug meiner Ansicht nach bietet kein gesellschaftliches System, sondern das Leben selbst. Das Leben zeigt sich oft hart und grausam, in erster Linie aber nur für diejenigen, welche die Spielregeln nicht befolgen. Wissen Sie, was genau das Harte und Brutale am Leben ausmacht? Die Tatsache, dass das Leben unerwartet und unverhofft zuschlägt. Immer dann, wenn es am meisten wehtut, die Verluste riesengroß sind und der Täter sich längst in Sicherheit wiegt. Ein Räuber, den nach einem Überfall die Polizei einsperrt, hatte damit zu rechnen, wird sich seinem Schicksal ergeben. Bleibt er aber fünf, sechs Jahre unentdeckt, baut sich mit dem Gestohlenen eine neue Existenz auf und schlägt dann das Schicksal zu, fällt sein Kartenhaus zusammen; da spreche ich von wahrer Gerechtigkeit."

Ich mochte Sekt, mir zuliebe hatte Karl eine Flasche bestellt. Er bevorzugte Wein, Sekt löste Sodbrennen bei ihm aus, altersbedingt, sagte er. Alkohol hinderte Karl nie daran, sich ans Steuer seines Autos zu setzen, die 0,8-Promillegrenze galt nicht für ihn. Er meinte, Lehrer seien in dieser Hinsicht privilegiert, denn wer wolle es sich schon mit einem Lehrer verscherzen. In der Kleinstadt sei halt ein Lehrer noch ein Lehrer, rangiere vor den Gendarmen, unterrichte ja deren Kinder und außerhalb der Ortsgrenzen sei er nicht viel unterwegs, trinke ja ohnehin nicht so viel, sei schließlich ein guter Autofahrer, so seine Rechtfertigung. Meinen Einwand die Vorbildwirkung betreffend überging er, konterte später mit „auch Polizisten und Gendarmen trinken, ein kleiner Landschullehrer muss nicht unbedingt päpstlicher als der Papst sein!"

Sturztrunken stolperte Stefan um zwei Uhr früh heim. Er war unfähig zu sprechen, lallte nicht einmal, er gurgelte nur. Seine dreckige Kleidung zeugte von Stürzen. Ich schleifte ihn ins Bett, zog ihn aus, wusch ihn mit einem Lappen ab, deckte ihn zu. Ich öffnete das Fenster weit, denn Stefan stank nach Zigaretten und Alkohol, nach Kneipe.

Den morgendlichen Kater verscheuchte Stefan mit Alkohol, für meinen Geschmack zu früh. Das Trinken entsprach seiner Art mir auszuweichen, drückte seine Sprachlosigkeit aus. Ich übernahm das Sprechen, sprach für uns beide.

Das „Ich liebe dich doch" brach die Barrieren, der Sonntag schlüpfte ins Bett. Nachmittags tankten wir Frischluft; zwei erleichterte sich liebende Menschen spazierten umschlungen neben dem Fluss, beobachteten die Natur. Wir warfen übermütig Steine ins Wasser, versuchten platt gedrückte Steine zu finden und diese mit Schwung möglichst flach auf das Wasser zu setzen, sodass sie einige Male aufsaßen, einige Male im Wasser hüpften. Ich freute mich diebisch, sprang am Flussrand auf und ab, dies war etwas, das ich besser konnte als er. Stefan packte einen großen Stein, versenkte ihn unweit neben mir im Fluss, die Wasserfontäne spritzte mich nass. Die Welt der Kinder hatte uns wieder, ausgelassen tobten wir. Felsplatten und größere Felsbrocken lagen aneinandergeschichtet im Wasser, bildeten eine Wehr. Diese Wehr zerpflügte das Wasser und so teilten sich vor den großen Steinen die Wassermassen, schäumten das Wasser ein und erzeugten sprudelnde Strömungen. Das Wasser hatte die Felsen abgeschliffen, durch andauerndes Spülen geglättet. Wir balancierten auf den Steinen, stakstren wie tattrige Greise, versprühten Übermut. In unseren mittlerweile nassen Schuhen tanzten wir im Schotter des Ufers Walzer. Wir lockten vor uns schwimmende Stockenten und ich bereute wie schon so oft kein Brot für die Enten dabeizuhaben. Wir stritten zum Spaß, ob das Weibchen oder der Erpel schöner sei. „Wie im richtigen Leben, die Männer sehen schöner aus, dies ist überall in der Tierwelt so, egal ob beim Vogel oder beim Löwen. Männer sind bunter, farbenprächtiger, schöner anzusehen."

„Ja sicher“, entgegnete ich, „Männer sind auffälliger, bunte Hunde sozusagen, die Weibchen in der Tierwelt sind dezenter, haben einfach mehr Chic, sieh dir nur diesen herrlich leuchtenden blauen Flügelspiegel bei dieser Ente an, wunderschön und doch dezent. Nicht so protzig wie dieses bunte Männerkostüm und dann dazu dieses aristokratische Dahinschaukeln der Weibchen auf dem Wasser. Die Erpel durchpflügen das Wasser, aber die Weibchen, was sage ich Weibchen, dies sind Damen, nur Damen schweben über das Wasser, tanzen wie Ballettmädchen von Welle zu Welle.“

Wir alberten und schnatterten mit den Enten, amüsierten uns über die quietschenden Geräusche unserer nassen Schuhe, atmeten Natur. Stefan schwärmte mir immer von einem kleinen schwammigen Teichmolch und einer glitschigen, schlammigen Gelbbauchunke vor. Seine kalten Finger glitten dabei über meinen Hals, seine kehligen Urlaute ließen mich eher an einen Brummbären denken, lachend schüttelte ich ihn ab. Ich verzichtete gerne auf die Bekanntschaft von Schlangen und Kröten, brachte Stefan jedoch nicht davon ab, mir von Erdkröten, Molchen und Geburtshelferkröten zu berichten. Geburtshelferkröte, ich verschluckte mich fast vor Lachen. Stefan beteuerte die Richtigkeit dieses Namens. „Ja, ja, sicher eine nahe Verwandte des greisen, grauen Lustmolchs?“ Die Wette galt, der Wetteinsatz war ich, der Tag endete wie er begonnen, die Liebe fraß uns auf.

Ich liebte diesen Mann so sehr, betrachtete die Stunden mit ihm als Geschenk, schenkte mich ihm, beschenkten uns so gegenseitig. Die Liebe mit ihm war nicht mit normalen, den herkömmlichen Beziehungen genügenden Maßstäben zu messen, sie loderte und verbrannte mich zeitweise. Tief in mir warnte mich eine Stimme, ich kämpfte gegen die Alarmsirenen an, wollte nicht mehr umkehren, hatte Blut geleckt. Wenn es sein musste, war ich bereit für diese Liebe zu bezahlen.

Meine Gefühle und Leidenschaften passten sich dem Rhythmus der Natur an, ich lebte im Rhythmus der Jahreszeiten, inbrünstig hoffend der Sommer würde in den Herbst wachsen, der Herbst in den Winter. Aber ich verstand, dass dies nur eine Hoffnung war, ein Wunsch eben. Dem Tag folgte die Nacht, dem Sommer der Herbst, dies entsprach dem Lauf der Natur. Und so wusste ich tief in der Dunkelheit meiner Seele, dass irgendwann der Tag kommen würde, das Glück mich nicht auf alle Ewigkeiten so verwöhnen wird. Ich betete zu Gott, das Wasser der Welt sollte noch einige Male an mir vorüberziehen, mir das Glück gestatten, von dem ich immer geträumt und welches ich nun gepachtet … auf einige Zeit, auf einige Zeit noch, ich betete darum. Die Erinnerung steckte in meinem Herzen, blieb mir für alle Zeiten, um sie nach Bedarf abzurufen. Kein Dieb konnte mir die Erinnerung entreißen, sie verlöschen. Ich entsann mich eines traurigen Gedichtes über die Erinnerung. Schade, dass mir der Verfasser fremd war.

Erinnerungen

Was du erlebt hast, kann dir niemand mehr nehmen –
das sagt man.
Aber niemand kann es dir wiedergeben –
das unterschlägt man.
Erinnerungen sind tote Erlebnisse,
die nur durch die Kraft unserer Sehnsucht nach ihnen
zeitweilig ein Scheinleben bekommen.
Selbst gemachte emotionale Gespenster,
die sich in Luft auflösen,
wenn wir Leben von ihnen verlangen.

Ich betete nicht zu einem Gott, sondern zu vielen, zu den Göttern der Natur, zum Gott des Wassers, zum Gott des Feuers und zu meinem speziellen Gott, einer weiblichen Gottheit, der Göttin des Lichts. Diese war für mich die Hüterin der Kraft, der Ursprung allen Lebens. Ihre Energie machte die Sonne leuchten und hauchte der Welt den Atem des Lebens ein. Ich mochte die Sagen und Geschichten über die griechische Mythologie, in denen unzählige Gottheiten sich das Leben untereinander nicht nur versüßten, auch sehr schwer gestalteten, mochte die Verschiedenartigkeit ihrer Wesen und Charaktere, erfreute mich schon als Jugendliche an deren Eigensinn. Diese Götter waren plastisch, für mich vorstellbar, nicht so wie die Pfarrer und Theologen den Gott der Katholiken beschrieben. Ein Gott für alle fand ich als nicht ausreichend, als undemokratisch. In einer Zeit, in der eine Regierung aus unzähligen Ministern und einem Staatschef bestand und diesen wiederum unzählige Berater zur Verfügung standen, und dies alles nur für jeweils ein Land; in so einer Zeit sollte ein Gott genügen?

Schwer vorstellbar! Ich lachte und bastelte mir lieber meine eigene Welt mit eigenen Göttern zusammen.

Ich liebte die mythischen Geschichten vergangener Zeiten, in denen die Sonne eine zentrale Rolle gespielt hatte, als wichtiger Naturgegenstand, als Erzeugerin des Lichtes, des Lebens, der Fruchtbarkeit, als Teilerin der Zeit, als Weiserin der Wege, als Objekt kultischer Handlungen. So entstand einst die Sonne aus einer weiblich gedachten Tiefe, erstrahlte daraus hervor, flog auf den Himmel und stieg wieder hinab in die Tiefe, von geheimnisvollen Mächten in die Unterwelt gelockt, hinabgezwungen. Dort fuhr sie in einem goldenen Nachen über das Nordmeer nach Osten und entstand erneut. Entweder sie selbst ward wiedergeboren oder eine neue Sonne entstand.

Meiner besonderen Zuneigung erfreuten sich die Religionen, in denen die Sonne als der Held siegreich gegen die Finsternis und ihre Dämonen ankämpfte. So einen Helden benötigte ich, um die Geister und Dämonen meiner Ängste zu vertreiben.

Stefans Launen bliesen stärker als die Stürme, abgewandt vom Land der Kompromisse. Seine Haltung zielte stets aufs Gerade. Sein Stürmen begradigte die Grenzen, rundete die Kanten und Ecken ab. Sein Weg führte ihn nach links oder nach rechts, die goldene Mitte übersah er, bezeichnete er als Tristesse. Das Wandern mit ihm durch den Dschungel des Alltags stürzte mich, stürzte uns beide in abenteuerliche Strudel. Was er machte, dies machte er ganz, Halbheiten waren ihm fremd. So wie ich ihn beim Kämpfen erlebt hatte, so liebte er. Mit Haut und Haaren. Seine Leidenschaft besaß die Kraft eines Tigers.

Stefans Heiratsantrag hatte ich hintangestellt, ihn mit der Bitte um Zeit vertröstet. Ich liebte ihn, wollte ihn, hatte Angst vor der Zukunft. Stefan wünschte sich sehnlichst ein Kind. Stefan liebte Kinder und was noch wichtiger war, mir in unzähligen Situationen mit fremden Kindern aufgefallen, sie liebten ihn. Stefan besaß die Gabe, auf Kinder einzugehen, mit ihnen spontan kommunizieren zu können. Kinder und Narren sind Brüder, spotteten die, die ihn verachteten.

„Kinder sind kleine Menschen", sagte Stefan, „und das ignorieren viele große Menschen."

Ein kleiner Stefan, lieb und eigensinnig? Stefan würde einen guten Vater abgeben. Würde er? Mit fremden Kindern gut umgehen können und die eigenen Kinder erziehen waren zwei Paar Schuhe. War Stefan so weit fortgeschritten, die Verantwortung für eine Familie zu übernehmen? Die mich quälenden Fragen zeigten mir gleichzeitig, wie wenig und wie gut ich über Stefan Bescheid wusste. Auf alle Fälle geriete Karl vor Freude aus dem Häuschen, dessen war ich sicher. Karl wäre einer der stolzesten Großväter des Landes, des Erdballs. Wenn ihn Stefan Großvater spielen ließe, dachte ich. Ich überlegte Karl anzurufen, verwarf es, denn Karl würde sagen: *„Heide, was wünschen Sie sich, Sie sind es, um die es geht. Tun Sie nur das, was Sie sich selbst von Herzen wünschen. Denn nur Sie alleine sind für sich selbst verantwortlich."*

Und genau das beabsichtigte ich zu ergründen. Der Wunsch nach einem Kind war sogar sehr stark ausgeprägt bei mir, aber … ja, die *Aber* waren es, die mich zweifeln ließen. Aus dem Nichts tauchten diese *Aber* auf und verstärkten meine Zweifel, schürten meine Ängste. Diese Entscheidung oblag einzig und allein mir, vielleicht war das Aufschieben sogar einstweilig eine sehr gute Lösung. Meine Oma, leider schon zehn Jahre unter der Erde … Ich empfand den Ausdruck unter der Erde als respektlos, wiewohl er der Tatsache entsprach. Oma war eine ganz liebe Frau gewesen, sehr arm und sehr lieb. Wenn ich ungeduldig war und etwas nicht erwarten konnte oder wenn ich nicht wusste, wie ich mich entscheiden sollte, hatte sie nur gesagt: „Kind, lass dir Zeit, du wirst sehen, alles regelt sich von selber, irgendwie wird alles recht."

Ja, das würde ich tun, einfach alles auf mich zukommen lassen, lachend die Stürme meines Lebens erwarten, ihnen begegnen.

Anfangs hatte ich mir öfter Gedanken gemacht über seine Gesundheit, sein Trinken, sein Rauchen, wollte ihn zu einer gesünderen Lebensweise führen, stieß auf Granit. Mit der Zeit beließ ich es bei den Gedanken, verwöhnte ihn stattdessen mit gesunder Kost und Vitaminen. Sein unheimlich hoher Zigarettenkonsum beunruhigte mich wesentlich mehr als sein durchaus kontrolliertes Trinken. Er rauchte zwischen sechzig und hundert Zigaretten am Tag, rauchte ohne Zwischenstopps, rauchte Kette. Manchmal, wenn er sehr müde war, fielen ihm beim Fernsehen die Augen zu. Er schlief im blauen Dunst des Wohnzimmers, atmete die abgestandenen Nikotinschwaden ein und urplötzlich griff die Faust nach ihm. Die Faust würgte ihn, nahm ihm die Luft, hielt ihn vom Atmen ab und rasselte mit seinen Lungen. Er hustete Rauch, stöhnte ob des geräucherten Geschmacks in seinem Mund, hustete und rang nach Luft. Die Faust traktierte ihn oft mehrere Minuten lang, zehn hatte ich schon gezählt, Stefan bestritt. Bei diesen ihn verfolgenden Anfällen versorgte ich ihn mit lauer Flüssigkeit, flößte ihm diese ein, massierte seinen durch die Hustenstürme sich verspannenden Rücken, knetete die Verkrampfungen weg und pflegte ihn wie von Berufs wegen. Diese Anfälle schwächten Stefan, reduzierten aber nicht das Zigarettenquantum.

Zornig und blass fluchte Stefan zur Tür herein, fluchte einen Abend lang auf die oberste Leitung des Reisebüros. Ich verstand seine Ausführungen nicht, konnte seinen Gedankengängen nicht folgen. Seine Chefs wollten ihn nach Griechenland schicken, neue Hotelanlagen begutachten, neue Verträge aushandeln. Klang alles für mich sehr vielversprechend, er wehrte sich mit Händen und Füßen. Ich begriff sein Toben und Schreien nicht, die Schimpfkanonaden richteten sich gegen seine Chefitäten. Für mich hatte dieser Auftrag mehr den Anstrich einer Belohnung denn einer Strafe. Ich redete ihm gut zu, versuchte ihm die Sache schmackhaft zu machen, fragte, ob ich mitkommen könnte. „Ich will nicht nach Griechenland, in diese gottverdammte Gegend, nur schlechtes Essen, keine ordentlichen sanitären Anlagen, ich will nicht, sie sollen einen anderen schicken, warum ausgerechnet mich.“ Sein Wehren überstieg mein Verständnis, allen logischen Argumenten gegenüber verschloss er sich, seine Gründe klangen nach Larifari, vorgeschützt. Direkten Fragen wich er aus, beteuerte nur seine Wut und seinen Hass auf Griechenland. Warum? Die Antworten entbehrten triftige Gründe, rochen nach Ausreden. Wir legten das Thema Griechenland beiseite, Träume warfen ihn ins Thema zurück. Schweißgebadet erwachte er morgens, tat, als ob nichts gewesen. Er war ob seiner eigenen Schreie erwacht, einfältig von ihm mir vorzuspielen, alles sei im Lot. Stefan hatte Angst. Ich spürte, dass diese Angst mit Griechenland zusammenhing, irgendeine Erinnerung verband ihn mit diesem Land, eine schreckliche Erinnerung vermutlich.

Ich spielte Detektiv, puzzelte Teil um Teil zusammen, bis die Außenteile passten und die Umrisse verschwommen erkennbar waren. Stefan war seit mehr als vier oder fünf Jahren nicht in Griechenland gewesen. Bei seinem Job hieß diese Griechenland-absenz nichts anderes, als dass er dieses Land krampfhaft mied. Ich vermutete bei seinem letzten Griechenlandaufenthalt einen ähnlichen Vorfall wie in Tunesien.

Die Waffen der Frau hilfreich und im richtigen Zeitpunkt eingesetzt, die Schärfe des Bildes stellte sich ein. Ich bearbeitete Stefan sanft im Bett, entspannt sprach er. Ich glaubte ihm, dass er sich nicht erinnerte, nur das Gefühl in sich trug, etwas Schreckliches sei damals passiert. Der damalige Griechenlandurlaub war nichts anderes als der Zeitraum zwischen den Entziehungskuren, frei von positiven Erlebnissen, erinnerungslos, denn das damalige Leben ertränkte ihn fast im Alkohol.

„Die Krücken der Vergangenheit holen mich ein."

„Hab keine Angst, wenn bis heute niemand nach dir gefragt hat, sich niemand um deinen damaligen Griechenlandaufenthalt gekümmert hat, ist sicherlich alles vergessen oder womöglich gar nichts geschehen."

Er litt und ich mit ihm.

„Wäre tatsächlich irgendetwas geschehen, was die örtliche Polizei auf den Plan riefe, längst hätte sich die Botschaft, die örtlichen Behörden oder sonst wer bei dir gemeldet."

Ich erinnerte ihn an die Italiengeschichte, tauschte in diesen Tagen sehr oft die Rolle des Lebensgefährten mit der des Therapeuten. Manchmal, zwar selten, war mir diese Rolle zuwider, hätte ihm am liebsten irgendeinen Schuh, ein Buch oder wer weiß was auf den Kopf geworfen, gerne meinen Aggressionen nachgegeben, ihnen freien Lauf gelassen. Hätte es geholfen, wenn ich ihn angeschrien hätte: „Du Blödian, warum stolperst ausgerechnet immer du in solche Situationen, siehst du nicht, was der Alkohol mit dir macht? Dauernd muss man dein Leben ausbügeln … Blödmann … – ich mag dich."

Nur der letzte Teil des Satzes klang für Stefan verständlich. Ich war derzeit zu schwach, um solche Konfrontationen durchzustehen, meine Kraft musste zwei Menschen versorgen, ihn und mich.

„Denk an die Prozedur mit der gefälschten Banknote in Italien. Die haben dir sogar die Anklageschrift nach Österreich gesendet."

Dies war auch so eine Geschichte, die nur Stefan erleben konnte.

Im September 1985 fuhren Erwin und er mit dem Auto quer durch Italien, wochenlang. Sie tranken sich von Südtirol aus in den Süden, planschten abwechselnd im Meer und im Wein. Fotos zeugten vom Bad im Alkohol. Übliche Touristenfotos, wie sie sich beispielsweise an den Turm von Pisa lehnten, durchbrachen die Promillebilder. Sie lenkten Erwins Kleinbus entlang der Küste des Tyrrhenischen Meeres, zielten gen Süden. Die Überfahrt von Civitavecchia nach Sardinien ließen sie des hohen Preises wegen sein, wechselten auf der dortigen Bank nur Geld ein, drangen weiter nach Neapel vor.

Die alle Facetten bietende größte Stadt Süditaliens – umgeben von den Phlegräischen Feldern, den *„brennenden Feldern"*, dem vulkanischen Hügelland – beeindruckte sie. Arbeiterviertel lösten die reichen Villengegenden ab, während sich in der zu Elendsquartieren verfallenden Altstadt oft meterhoch der Unrat türmte. Sie mischten sich in das bunte Treiben des Hafens. Ihr absichtliches, auch den Umständen entsprechendes, derangiertes Äußeres hielt die Betteljungen zurück, sollte sie vor Diebstählen, Raub, Überfällen und dergleichen bewahren. Aus Angst vor Dieben benutzten sie nur bewachte Parkplätze, schliefen im Bus, wichen den üblichen Gefahren des Zentrums, der *Mezzogiorno,* aus. Nicht aus Ängstlichkeit, sondern aus begründeter Vorsicht heraus. Der Sammelbegriff *Mezzogiorno* für die wirtschaftlich schwächeren Regionen Italiens, wie Kampanien, Kalabrien, Sardinien und Sizilien, einige wenige andere noch, galt ja seit jeher als Heimat der Camorra und Mafia.

Sie fotografierten den malerischen Blick über die Bucht von Neapel mit dem Vesuv im Hintergrund und setzten ihren Weg zum südlichsten Vorsprung der Apenninen-Halbinsel fort, vorbei an mächtigen Massiven aus Graniten und Gneisen bestehend. Nach Salerno, an der Grenze zwischen den Regionen Kampanien und Kalabrien, tankten sie. Der Tankwart weigerte sich den 100 000-Lireschein, ihren letzten, anzunehmen. Lapidar wiederholte er „Falsificato". Sie beteuerten den Schein bei einer Bank erhalten zu haben, reagierten nach dem in deutschsprachigen Ländern üblichen Rechtsempfinden, riefen nach der Polizei. Diese führte sie erst einmal zu einer Bank, in der sie Schecks gegen Bargeld eintauschen konnten, verhörten und protokollierten. Die Verständigung erfolgte ausschließlich in der Landessprache, die von den Carabinieri eingesetzte Verständigungshilfe entpuppte sich als ungeeignet, höchstens als Hilfe beim Bestellen von Getränken einzusetzen. Die Carabinieri behandelten sie nett, das von Stefan gesprochene Italienisch reichte aus, die Situation zu erklären. Der Vorsteher des Postens fragte Stefan, ob nicht der

„Benzina", der Tankwart, den 100 000-Lireschein mit einem Taschenspielertrick ausgetauscht haben konnte, bevor er nach einem anderen verlangte. Er gab Stefan zu verstehen, üblicherweise verständigte niemand die Carabinieri. Stefan zeichnete das Protokoll ab, sie waren entlassen.

Ein Abenteuer und um eine südliche Erfahrung reicher beendeten sie ihren Südentrip, zogen nur mit den notwendigen Pinkelunterbrechungen schnurstracks die Autobahn hoch, über Roma, Bologna, nach Bozen, zurück ins *Alto adige.* Die beiden feierten ihr kalabrisches Erlebnis mit Tresterbrand und Rotwein. Alleine der Geruch des Tresterbranntweines verursachte mir Übelkeit, nicht so Stefan und Erwin. Ihre exzessiven Südtirolausflüge endeten ausnahmslos in sinnlosen Besäufnissen, die in wüste Randale übergingen, in Streitereien ausarteten.

Stefan und der um gut zehn Jahre ältere Erwin hatten in der Vergangenheit viel zusammen unternommen, von Berg- und Skiausflügen bis zu gemeinsamen Urlauben. Sie legten beide Wert darauf, die Urlaube nicht im herkömmlichen Tourismusstil zu verbringen, sondern beschritten alternative Wege. Sagten sie. Böse Zungen hätten behauptet, ihre ganze Alternativität bestand aus dem Umstand, dass sie überall, wo sie hinkamen, bis zum Umfallen soffen.

Ich weiß nicht, ob sie befreundete Zechkumpane gewesen oder zechende Freunde, bis sie schließlich der Alkohol entzweite. Der Alkohol beeinträchtigte ihr logisches Denkvermögen. Ihre verklärte Sicht der Dinge mündete in Engstirnigkeit, förderte ihre schlechten Seiten zutage, brachte ihre unterdrückten Aggressionen ans Licht. Irgendwann und irgendwo in Südtirol stritten sie, richteten ihre Aggressivität nicht wie bisher gegen andere, sondern gegeneinander. Sie waren bereit übereinander herzufallen, sich auf Mord und Brand zu bekämpfen, taten es doch nicht, sprachen nie wieder ein Wort miteinander. Beendete Freundschaft, Feinde auf Lebenszeit, keiner kannte den Grund.

Ein halbes Jahr später – Feber 81, Stefan hatte die Geschichte abgehakt, überraschte ihn ein amtlicher Brief aus Sala Consilina, Gerichtsbezirk Salerno.

Avvisio all'imputato dimorante all'estero del procedimento penale inziato a suo carico.

Eine Anklageanzeige gegen Ausländer, betreffend ein Strafverfahren, welches zu Lasten dieses Ausländers eingeleitet wird. Der Richter von Sala Consilina ersuchte Stefan H. für die Gerichtsangelegenheiten einen Wohnort in Italien zu erklären und auszuwählen, klagte ihn mit diesem Schreiben *wegen der Vertreibung von Falschgeld, welches er im guten Glauben erworben hatte,* an. Mögliches Strafmaß: bis zu 3 Millionen Lire Geldstrafe und 14 Tage Arrest.

Stefan lief und schrieb bis zu Pontius Pilatus. Er wandte sich an die Botschaft, das österreichische Außenministerium, an Politiker und Bonzen. Die angebotenen Hilfen reichten nicht aus. Sie rieten ihm einen Anwalt, nannten ihm einen, der sofort einen größeren Geldbetrag forderte, um sich der Sache vor Ort annehmen zu können. Inländische Anwälte winkten ab, nur kein Geld überweisen. Die maßgebenden Stellen waren sich darin einig, dass es ein Fehler gewesen war, die Polizei zu verständigen. Der einstimmige Tenor lautete: „Bei so einem Vorfall in Italien bitte auf keinen Fall die Polizei verständigen."

Stefan formulierte blumig: „Wenn du in der Scheiße sitzt, helfen dir nun mal die guten Ratschläge sehr wenig, aber am wenigsten helfen dir die Ratschläge hinterher!"

Stefan ließ die Sache auf sich beruhen, machte in den darauf folgenden Jahren einen Bogen um Italien und hörte nie wieder etwas davon. Nach einigen Jahren wagte er wieder eine Reise nach Italien, war sicher, dass diese ominöse Sache wegen Geringfügigkeit seit Langem eingestellt war, dachte nicht an erneute Verwicklungen, behielt recht. Seither reiste er ohne jegliches schlechte Gewissen zu den südlichen Nachbarn.

Ich sah, wie hinter Stefans Stirn die Bilder in rascher Reihenfolge abliefen. Ich schaute ihm ganz tief in die Augen und plötzlich lächelte er. Seit Tagen hatte ich dieses sein ureigenstes Lächeln vermisst, mich so danach gesehnt.

„Nur Mut, mein Junge, du schaffst es. Was soll uns beiden schon geschehen, … na du?"

Endlich erwiderte er ein Lächeln.

„Hab keine Angst, Stefan, ich begleite dich. Gemeinsam sind wir stark."

Umsonst sorgte er sich nicht, ich leugnete meine Skepsis, sprach ihm Mut zu. Je gelassener Stefan reagierte, desto mehr Zweifel tauchten in meiner Seele auf. Was lag in Griechenland begraben? Die Situation war zu verfahren, die Reise ließ sich nicht absagen oder verschieben, seine Chefs erwarteten seinen Bericht. Zu lange schon hatte er sich gegen die Reise gesträubt, musste das tun, was die anderen von ihm erwarteten, Begeisterung heucheln und Augen zu.

In diesen Tagen vor der Abreise schlief er nur dann durch, wenn der Alkoholspiegel seinen Körper ruhig stellte. Das Trinken setzte vor dem Frühstück ein, beseitigte die Spuren der Nacht, denn die bleierne Schwere des nächtlichen Rauschzustandes erfrischte seinen Körper nicht im selben Ausmaß, als es der übliche Schlaf des Gerechten vermochte. Indem ich sozusagen aus der ersten Reihe sah, wie er sich kaputt trank, verminderte sich natürlich meine positive Einstellung des alltäglichen Lebens. Meine alten Ängste brachen auf wie Magengeschwüre und nicht nur einmal war ich versucht ebenfalls dem Drängen in mir nachzugeben, mich dem Alkohol zu ergeben. Ich widerstand, jemand in unserem Leben musste die Übersicht bewahren. Warum? Die Antworten in meinem Denken subtrahierten sich selbst, dafür potenzierten sich die Fragen. Es erschien mir immer anstrengender, ständig nach neuen Antworten zu suchen, weil ständig neue Fragen auftauchten. Diese Unruhe in meinem Denken bewies nur das sich Häufen meiner Ängste. Nahmen sie überhand? Wieder eine Frage und keine Antwort!

Karl schalt mich; äußerte sich sehr besorgt über mein Aussehen. Ich spielte herunter, schob die langen, der Liebe gehörenden Nächte vor, ein Glas Sekt zu viel?

„Heide, Sie sehen ausgelaugt und müde aus, Ihre glanzlosen Augen sprechen Bände. Bitte, Heidi, schauen Sie auf sich, sagen Sie mir, wenn Sie Hilfe brauchen."

Erneut schwächte ich ab, der Urlaub vor der Tür, die Arbeit fraß mich auf …

„Heide, auch Ihre Kraft ist nicht unerschöpflich vorhanden, bitte treiben Sie keinen Raubbau mit sich, es genügt, wenn dies einer macht."

„Und wer?"

„Schwierigkeiten mit Stefan?"

Ich war der Fragerei an diesem Tag nicht gewachsen, schlapp entschied ich mich zu fliehen.

Wohin? Womit?

Amphetamine. Eine Kapsel Benzedrin rief ein Wunder hervor, entstaubte meine Mattigkeit. Sich mit Weckaminen zu stärken galt in meinem Kollegen- und Bekanntenkreis als nichts Besonderes, Pervitin und Benzedrin schluckte man ja nicht gerade täglich. So wie andere Leute ein Aspirin mit sich trugen, warteten im Seitenfach meiner Handtasche die Amphetamine.

Die Tage streckten sich unnötig, zogen meinen Krankenhausalltag in die Länge. Jahreszeitbedingt wenig Patienten, der Kollegentratsch blühte. Wer mit wem, warum will sie nicht mit ihm, warum du nicht mit mir? Der nahende Sommer rief die Jagdsaison der Ärzte aus, welche jahrein, jahraus mit dem sommerlichen Betriebsausflug als Treibjagd großen Stils begann. Lüsterne Blicke, Einladungen und eindeutige Angebote kündigten sich als Vorboten an, zeigten, dass die Ärzte mitten in der Brunft steckten. Die Cabrios auf den Parkplätzen waren gemeinsam mit den Weekend-Trips, den Ausflügen in die Dritt- und Viertwohnung die Jagdwaffen, mit deren Hilfe sie das Wild erlegten. Aus Spaß und des Zeitvertreibs wegen heizte ich die Stimmung an, posierte als williges Wild, reizte die Jäger. Das Spielen mit den weißkitteligen Waidmännern brachte Ablenkung und wendete meine Laune zum Guten. In der Anbahnungsphase gaben sie sich als „Wildhüter und Heger" aus, versprachen das Blaue vom Himmel, nur zu dem Zweck, um das Wild für den Abschuss vorzubereiten, gefügig zu machen. Nur die Anzahl der Abschüsse zählte, Ausnahmen gab es so gut wie nie.

Die Therapeuten und Pfleger galten als die Treiber der Jagd, durften dem Wild nachjagen, welches die Jagdherren verschmähten oder aus anderen Gründen nicht imstande waren zu erlegen.

Die schnurrende Katze spielte mit Jägern und Treibern, degradierte sie zu Mäusen. Ich zündelte ohne Angst vor dem Verbrennen, was sollte passieren? Dank meiner Amphetamine empfand ich die Umarmungen und Knutschereien als Genuss, frönte dem Spiel der Jagd. Die Katze stand über den Dingen, benutzte die Jägerschaft und revanchierte sich bei der Welt.

Das Spiel überbrückte die Zeit, endlich der Zeitpunkt gekommen, um aus der Gefahrenzone zu tauchen, die angesengten Fingernägel zu feilen.

Zugedröhnt, Stefan mit Alkohol, ich mit meinen Spezial-Vitaminen, flogen wir in die unbewusste Angst von Stefans Vergangenheit.

HEIDE – Der Urlaub

Und zweitens kommt es anders, als man denkt. Griechenland. Die Sonne lehrte uns erneut lachen, lachen über unsere Ängste und Befürchtungen. Am zweiten Tag löste sich Stefan total, war wieder der, den ich kannte und liebte. Er buddelte am Strand ein kleines Loch in den sandigen Schotter und begrub symbolisch seine Vergangenheit, inklusive seiner auf diesem Lebensabschnitt basierenden Ängste. Die Grabrede sprachen unsere Gedanken, derweil Stefans Füße die Ruhestatt ebneten. Stefan benützte das Weihwasser nicht nur zum Sprengen, er trank nichts anderes. Mineralwasser mit Gas, staunend freute ich mich. Drei Tage trank Stefan keinen Tropfen Alkohol, rauchte in Maßen, lud seine Batterie. Meine Lieblingsgöttin, die Sonne, hauchte meinem Mann Lebensmut und Lebensgeist ein, erfüllte uns mit Vitalität; vitae ist Leben. Zum Dank opferten wir ihr unsere Körper. Sie nahm das Opfer an, kennzeichnete uns als zu ihr gehörig, tönte auf der Stelle unsere Haut. Von Ruhe und Sonne getragen fand Stefan zu sich selbst zurück. Erstaunt beobachtete ich seine Fähigkeit, sich so rasch regenerieren zu können, dies bedeutete, er hatte Reserven aufzuweisen.

Als Kleiderschrank diente uns der Koffer, ich hatte absichtlich nur das Notwendigste ausgepackt, denn nach drei Tagen auf Rhodos flogen wir weiter nach Heraklion. Kaum auf Kreta überfielen mich erneut unzählige fremde Eindrücke, die Bilder von Rhodos noch frisch und unverdaut in mir. Noch dachte ich an die Imposanz der Akropolis in Lindos, stand ich schon auf den Ausgrabungsstätten des Palastes von Knossos, nur einige Kilometer von Heraklion entfernt. Nach den alten Trümmer- und Steinhaufen, wie Stefan die Ausgrabungen bezeichnete, tranken wir am Abend in der Altstadt von Mallia in einer romantischen Straßenkneipe Landwein und aßen Souvlaki. Wir saßen auf unbequemen, wackligen Holzstühlen, übersahen von der Anhöhe der Altstadt das silbrige Meer, rochen den Duft der Küche. Alleine dieser herrliche Geruch gebratenen Fleisches erzeugte in uns Bärenhunger. Stefan verdrückte zwei Riesenportionen der Spieße. Das Lammfleisch schmeckte mir. Neben den Fleischstückchen steckten Tomaten- und Gurkenstücke, Shrimps mit Zwiebelringen umwickelt, Pommes Frittes dazu. Die Sessellehnen drückten in den Rücken, wir neigten die Oberkörper vor, küssten uns. Stefan lachte, weil ich mich beim Wirt für ein zu Boden geworfenes Glas entschuldigte. Das Lachen des Wirtes hob und senkte dessen großen Bauch, schallte durch die engen Gassen, war überlaut, dass es die aus dem Haus tönende griechische Musik überdeckte. Die hellen Häuser hoben sich von der Dunkelheit ab, der Kontrast zur Nacht. Das aus den Häusern fallende Licht war die einzige Straßenbeleuchtung. Die Musik klang für mich schwermütig und berührend, versetzt mit einem Schuss Orient. Ich sah, wie jemand aufstand und begann sich im Takt der Musik zu wiegen. Ich bewunderte die geschmeidigen Bewegungen, genau an die Geschwindigkeit der Musik angepasst. Der Mann tanzte und drehte sich, die Schrittfolgen wechselten so rasch, meine Augen kamen im dunklen Licht mit dem Schauen nicht nach. Einer klatschte den Takt, ein Zweiter, ein Dritter. Ein Glas klirrte, ich dachte noch auch andere sind unachtsam, da klirrte das nächste. Ich hörte nur noch Geklirre. Der Wirt schmiss Teller vor die Füße der Tänzer, eines nach dem anderen. Glas um Glas fiel auf das Straßenpflaster, alle Welt trank aus den Krügen. Ich schüttete mich beim Trinken an, befühlte in Ermangelung einer ausreichenden Lichtquelle den Stoff meiner Bluse, patschnass. Ich wollte Stefan die Hand auf den Oberschenkel legen, wollte lachend etwas sagen, griff daneben, spürte das Holz des leeren Sessels. Ich wandte meinen Kopf, hatte mit meinem Missgeschick sein Aufstehen übersehen, sah ihn auf der Straße tanzen. Perplex gaffte ich ihn an, die Lade meines Kinns fiel nach unten. Stefan tanzte Sirtaki. Und Stefan konnte Sirtaki tanzen. Und wie! Stefan tanzte wie ein Grieche, die Rechte über den Kopf, die linke Hand leicht in die Hüfte gestemmt. Er schlüpfte aus den Schuhen, warf sie zu mir, tanzte barfuß in den Scherben. Die Leute klatschten wie verrückt, Griechen gesellten sich hinzu, tanzten mit ihm. Sie tanzten nebeneinander, hielten einander an den Schultern, tanzten erst langsam, dann immer schneller. Beschleunigten wie beim Ringelspiel, immer im Kreis, die nackten Sohlen zwischen und auf den Scherben. Ein Mann hielt ein Band, Stefan griff danach, drehte sich, tanzte Figuren. Woher konnte Stefan dies? Ich stand mit Griechen und anderen Touristen um die Tänzer herum, klatschte wie sie, begriff diesen Mann vor mir nicht. Wieder etwas an ihm, was ich nicht kannte. Wie viele Geheimnisse verbirgst du, Stefan H.? Die Leute schmissen wie verrückt Teller um Teller unter die Tänzer, während ich Angst um Stefans Füße hatte. Lachend drückte mir der Wirt einen Stoß Teller in die Hände, ich erschrak, riss die Hände auseinander und in die Höhe, als hätte ich mich verbrannt, die Teller fielen zu Boden, der Schrecken überraschte mich noch einmal. Der Wirte lachte und lachte, klatschte und lachte. Das Klatschen und Lachen und Klirren gefiel mir, die Musik der Ausgelassenheit.

Übermütig und außer Atem fiel Stefan in meine Arme, sprach mit den anderen, die getanzt hatten, sie lachten, redeten, redeten und lachten, und ich stand wieder mit offenem Mund da und staunte. Sie lachten und redeten, Stefan sprach Griechisch.

Die heimgehenden Gäste nahmen den Trubel mit, uns blieb die zwischen den engen Gassen hängende Stille, unterbrochen nur vom Knarren der Sessel, dem Rumoren des Wirtes in der Stube und den Geräuschen unserer Weinkrüge. Leise erzählte mir Stefan von seiner seit Gedenken bestehenden Liebe zu Griechenland. Er hatte sie verdrängt, hatte nicht gewusst, was ihm dieses Land bedeutete, es erst in den letzten Tagen wieder gespürt, als er sich von den Fesseln der Vergangenheit befreite. Ihm bedeutete es viel, mit mir in diesem Land zu sein, das er einst abgeschrieben hatte, so wie er es mit sich gemacht hatte. Gegenüber den letzten Tagen zu Hause war er nicht wiederzuerkennen. Er strahlte wie meine Göttin, lachte wie aus der Zahnpastareklame, ich fühlte mit ihm.

„Woher kannst du Griechisch?“

„Weil ich's gelernt habe."

„Das ist mir auch klar, warum, wann, wo?"

„Im Urlaub, bei meinen früheren Griechenlandaufenthalten, zu Hause, in der Abendschule, in meinen abstinenten Zeiten zwischen den Entwöhnungskuren."

Er lachte, lachte mich aus, nein an, widersprach er.

„Ich hätte dein Gesicht sehen mögen."

„Lach mich ja nicht aus."

Wir alberten, flüsterten, die Sperrstunde lag bereits im Gestern, außer uns nur der Wirt hier. Die Nacht um uns schwieg.

„Weißt du, Heidi, ich kann nicht ein halbes Leben in einem Jahr aufarbeiten, auch wenn deine Liebe die unnützen Jahre meines Lebens aufwiegt. Ich habe ja sehr großes Vertrauen zu dir, habe sonst niemanden, dem ich mich mitteilen kann, der mich versteht. Aber manche Sachen sind für mich sehr schwer auszusprechen, habe ich meine innersten Gedanken jahrelang sogar vor mir selber versperrt. Wenn du immer wieder neue Seiten an mir entdeckst, gute und nicht so gute, dann ist das für dich sicher nicht leicht, kann eine sehr schmerzhafte Erfahrung sein. Aber das gilt auch für mich. Ich lerne mich jetzt erst Stück für Stück kennen, dringe in tiefe Löcher ein, ziehe mich oftmals aus diesen Löchern schnell zurück, weil ich Angst vor den Entdeckungen bekomme. Ich glaube an das, was du mir vor ein paar Tagen gesagt hast …"

„Was meinst du?"

„Gemeinsam sind wir stark. Vertrau mir, Heidi, gemeinsam schaffen wir alles."

Die Leidenschaft der Nacht brüllte in den Morgen, hell strahlend wanderte meine Sonne ins Zimmer, beendete unsere Glut.

Auf die größte griechische Insel folgte eine wesentlich kleinere, die Kleinasien vorgelagerte Insel Kos. Mit der Fahrt vom Flughafen nach Kos Stadt befuhren wir den überwiegenden Teil des Straßennetzes. Stefan sagte, die Insel sei 290 km^2. Ich rechnete im Kopf 40 mal 7 ist 280. Kos war traumhaft, Liebe auf den ersten Blick. Den Inselkern bildete ein etwa 800 Meter hoher Gebirgszug, die Hauptstadt im Nordosten der Türkei so nahe, dass wir abends die Lichter des anderen Landes, einer mir noch fremderen Kultur als dieser, sahen. Kos Stadt zeigte sich mir als pulsierende lebhafte Touristenstadt. Die Insel des Hippokrates, der im 5. Jahrhundert hier geboren, vereinte Vergangenheit mit Gegenwart. Alte Mauern, Ruinen, Säulen waren die stummen Zeugen der Geschichte, die laute Discomusik vor den zig Bars, Pubs, Diskotheken zeugte von dem lebhaften Trubel der Neuzeit. Hunderte Lokale, Restaurants, Kneipen, Cafés boten Unterhaltung und Abwechslung. Unser Streifzug durch das abendliche Kos begann im Hafen, wo ein Schiff neben dem anderen lag, Charterboote, die für Ausflugsfahrten warben, neben Segel- und Motorjachten, dazwischen Fischerboote. Die grellen bunten Lichter und Neonreklamen über den Geschäften und Boutiquen, vor den Lokalen die Anreißer, die Kundschaft bringen sollten, das faszinierende Ambiente der Pubs, das schrille Interieur der Lokale, all dies belustigte und verwirrte mich. Dies hätte ich überall anders vermutet, nur nicht auf einer 290 km^2 kleinen Insel in Griechenland. Im Gewühl der durch das Nachtleben streunenden Menschen sah mich Stefan lächelnd und fragend an, ein Blick der *„Na, was sagst du dazu"* ausdrückte.

„Sagenhaft", schrie ich in sein Ohr, die aus den Kneipen hallende Musik unterband die Unterhaltung auf den Straßen.

Wir nützten das Angebot, schlugen uns die Nächte um die Ohren, brieten am Tag müde und glücklich im Licht der Sonne. Nachmittags unterhielt sich Stefan gelegentlich mit einigen Reiseleitern, befragte sie über Hotelanlagen, deren Service und deren Leistungen. Stefan notierte das Gehörte, sprach seine Eindrücke dazu auf das Diktiergerät, den Rest hob er für die Heimat auf, fiel zurück in den Urlaub.

Ich lag auf dem Oberdeck des Ausflugsschiffes, hatte mich so platziert, dass meinem Körper kein Sonnenstrahl verloren ging, mich die Sonne von vorne anschien. Der Wind kräuselte das Meer und zauste mein Haar, die Frische tat gut. Das Schiff schaukelte mich in eine angenehme Entspannung, sah, wie die erste der angesteuerten Inseln näher rückte, beobachtete den Anlegevorgang. Auf Kalymnos, der Heimat der Schwammfischer, tranken wir griechischen Kaffee; einmal hätte ich mich fast versprochen und den Kaffee als türkischen bezeichnet. Als ich Stefan fragte, warum er mich nicht unterbrochen hatte, antwortete er mit gespieltem Entrüsten: „Ich bin doch kein Oberlehrer!“ Stefan fand es überaus komisch, dass ich nach dem Kaffee vor lauter Durst zwei Flaschen Bier trank. Ich tat so, als tränke ich von der Flasche, prompt rann mir das Bier über meinen Oberkörper Stefan kommentierte nur: „Aufregend erregend!“

„In der letzten Zeit schütte ich mich oft an, rate mal, wer mich so verwirrt?“

Nach Kalymnos steuerten wir die Inseln Leros und Patmos an, alles wunderschöne kleine Inseln. Patmos war um die 30 km^2, eine liebliche kleine Insel, an deren Kiesstrand wir nach dem Mittagessen kurz ins Meer eintauchten. Gleich neben der Straße badeten wir, um uns tobten einheimische Kinder, deren Haut wunderschön braun gebrannt war. Lauter hübsche, dunkelhaarige Kinder, alle schlank. Ich fragte mich, welche Möglichkeiten Kinder hatten, die hier aufwuchsen. Zukunftsaussichten, Chancen für eine gediegene Ausbildung? Sie schienen glücklich zu sein.

Die kleinen weißen Häuser mit den blaugrünen Fensterkreuzen, ebensolchen Holzläden wirkten reizend, zum Verlieben. Die Kombination der Farben Weiß und Blau gestaltete diese Inseln so lebendig und frisch. Den Booten im Hafen war anzusehen, dass die Besitzer sich das Geld schwer verdienten. Kein Luxus an Bord, die Boote farbenfroh gestrichen. Der Wind und das Salz des Meeres hatten sich in unzähligen Fahrten der unterseitigen Anstriche der hier ankernden Fischerboote bemächtigt, sie angefressen, angeknabbert.

Ein Inselziel lag noch vor uns, die kleinste, die Insel Lipsi.

Punkt drei Uhr lief unser Schiff in den Hafen von Lipsi ein. Eine klitzekleine Insel mit vielleicht hundert Häusern, weiß mit blauen Fenstern, die meisten in den Hang gebaut. Die spärlich mit

Büschen und Pflanzen bedeckten Hügel zogen sich über die ganze Insel, das Gras von der Sonne verbrannt. Der erste Eindruck ist der beste, sagt man. Wenn ich die anderen Inseln schön fand, von ihnen angetan war und begeistert, was war dann mit dieser hier? Verzückt schaute ich von der Reling auf das wunderschöne Bild, spürte den romantischen Zauber, der über dieser Insel schwebte. Auf dem großen Platz vor der Anlegestelle, ausgetrockneter, steiniger Erdboden, standen winkende Menschen, begrüßten das Schiff.

Aus einem Lautsprecher hörten wir die melancholischen Klänge griechischer Musik. Schöne, grelle Farben von Türkis, Blau, Rot und Grün bis zu den Zwischentönen färbten den kahlen Platz. Viele in lebhafter, bunter Tracht gekleidete Kinder mischten sich ins Bild, hielten sich an den Händen und tanzten zur Musik. Sie tanzten im Kreis, einmal nach rechts, dann wieder nach links, drehten sich, tanzten um ein Paar. Griechische Götter. Der Mann, ein Bilderbuchgrieche, schlank, schwarzhaarig, hübsch, die Tanzpartnerin ebenbürtig, Götter eben. Der Wind plusterte die farbigen langen Röcke der Mädchen auf, zupfte an den dunklen oder weißen Blusen, blies in die fröhlichen Gesichter. Das hellblaue Band um die linke Hand gebunden legte der Mann die Schwermut und Tiefe der Musik in seine Bewegungen, wechselte so wie die nun ertönenden griechischen Weisen zur ausgelassenen Fröhlichkeit. Die Partnerin hielt das Band, tanzte in ihrem türkisen Traum, bewies den Stolz der Inselbewohner.

Ich drang aus der Wirklichkeit in die Welt der lebendigen Märchen ein, bestaunte diesen Traum. Ganz langsam löste sich der Zauber, welcher die Menschen auf dem Schiff gebannt hatte, Applaus. Während wir das Schiff verließen, stoben die Kinder winkend und lachend davon. Männer warteten vor ihren Autos, boten eine Inselrundfahrt an. Auf die Ladefläche ihrer Inselmobile hatten sie Holzbänke und Sessel geschraubt, verdingten sich so in der Saison als Führer. Die Fahrt dauerte nicht einmal 15 Minuten, die Insel war nur ein paar Kilometer lang. Vom höchsten Punkt übersah man alle Seiten der Insel, überschaute diese kleine Welt, die nur ein Sandkorn in der großen Welt war. Die blaue

Kuppel des Himmels wölbte sich über die karge Insel, deren weiße Häuser unter dem Sonnenlicht glänzten. Die Zeit stand still, nur der Wind brachte Bewegung.

Melancholie packte mich über so viel Schönheit, ließ mich die hier lebenden Menschen beneiden und bewundern. Ein Platz an der Sonne, ein Platz im letzten Winkel der Erde, einsam und verlassen, rundum nur die Weite des Meeres. Kein Kino, keine Boutiquen, ein Geschäft, eine Kneipe und ein kleines Hotel mit zehn Touristen im Juni. Ich blickte in die verwitterten, aber freundlichen Gesichter der Menschen, zeitloses, nicht schätzbares Alter. Die Paarung Sonne und Sturm ritzte die Kerben.

Wer hier lebte, der starb auch hier. Ich fragte mich, wie diese fröhlichen Menschen die Einsamkeit der Winter ertrugen, wenn das Wetter die Insel bestürmte. Sonne war Leben, aber wie trotzten sie, wenn das Leben einmal erlosch?

„Möchtest du hier leben?"

„Ich glaube nicht, nur sterben", sagte Stefan.

Auch in Stefan waren schwermütige Gefühle erwacht, obwohl er schon einmal hier gewesen. Hand in Hand wanderten wir zum Schiff zurück, winkten der Insel zum Abschied zu, winkten, als sie nur noch ein kleiner Punkt in der unendlichen Weite des Meeres.

Es war Zeit, sich von Kos zu verabschieden. Kamen wir wieder? Ich wusste es nicht, kaufte Erinnerungen. Stefan legte mir beim Juwelier ein wunderschön gearbeitetes Halsband mit einem eingefassten Diamanten um den Hals, den Verlobungs- und Eheringen wich ich aus. Ein schwerer großer Ring mit dem Bildnis von John F. Kennedy blitzte in meine herumwandernden Blicke; innert einer Stunde veränderte der Juwelier den Ring zugunsten Stefans Ringgröße. Das Plastikgeld vereinfachte das Einkaufen, ich überschlug jeweils nur kurz die Beträge, wollte mich nicht näher mit Preisen befassen, wollte jetzt und hier das Glück kaufen, später bezahlen, das Geld als Metapher meines Lebens?

Liebevoll schaute ich auf Kos hinunter, bettete die Erinnerung achtsam in mein Herz. Wir flogen nach Athen, Anschlussflug nach Saloniki, mit dem Mietwagen nach Kalithea, einem kleinen

Touristenort auf dem ersten der drei Finger von Chalkidiki, auf Kassandra. Nachdem was ich zuletzt gesehen, war Kalithea eher enttäuschend. Zwar waren die Leute wie überall freundlich und nett und versuchten wie die meisten Griechen mich anzumachen. Die Hotelanlage bot alles, was das Herz begehrte. Ein Golfplatz, Reitmöglichkeiten, Ballsportplätze, jede Menge Wassersport und ein fantastisches Hotel mit wunderbar ausgestatteten Zimmern: Minibar, Fernseher, Stereoanlage und Telefon, Haarföhn und Bademäntel im Bad. Stefan erklärte mir, dass die griechischen Hotels in der Regel dem internationalen Standard hinterherhinkten, dieses übertraf sogar seine Erwartungen. Das Preis-Leistungs-Verhältnis befand Stefan für toll, das Diktiergerät verewigte seine Lobeshymnen. Die Hotelmanager führten uns in der Anlage herum, wiesen Stefan von sich aus auf etwaige Schwächen hin, hinterließen einen starken Eindruck.

Das Boot zog den Fallschirm in die Höhe, die Perspektive veränderte meine Betrachtung. Bäume blieben Bäume, Menschen blieben Menschen, Häuser blieben Häuser, nur die Dimension veränderte Bäume und Häuser zu Spielzeug, die Menschen zu Figuren, das Meer jedoch nahm an Größe zu, war ein riesiges dunkles Brett.

Ich jagte Stefan mit dem Wassermoped in Kurven und Kreise, drückte meine Schenkel gegen das Wasserpferd, wollte nicht unsanft im Meer landen. Ich sauste über das Wasser, die Gischt sprühte hinter mir, während die durch die Luft fliegenden Wassertropfen zusahen, wie ich über die eigenen Wellen sprang, mein Rodeo bestritt.

Das Wasserskifahren ließ ich nach zwei missglückten Versuchen, schaute dafür Stefan zu, der diesen Sport entweder erfunden oder diese wackeligen Bretter bestochen hatte, womöglich mit ihnen verwandtschaftliche Beziehungen unterhielt.

Stefan meldete uns im Hotel ab, ich sollte die notwendigsten Sachen zusammenpacken, zum Anziehen nur bequeme Dinge. Laut Stefan waren wir in zwei bis drei Tagen zurück, meine Frage nach dem Wohin beantwortete er grinsend mit „*campen*". Ich lachte ihn an, dachte einmal mehr, dass ich, seit ich ihn kannte, von Überraschung zu Überraschung eilte. Aus ihm war nichts rauszukriegen, und das, was er sagte, nahm ich ihm nicht ab, war hundertprozentig gelogen. Warum sollten wir ausgerechnet auf einen Campingplatz fahren? Mit den Überraschungen erwischte Stefan mich jedes Mal kalt, ich war nämlich unheimlich neugierig, bestritt dies allerdings, erklärte meine Neugier nur mit Wissbegierde.

„Ich liebe Überraschungen, Stefan!"

„Ich weiß schon, dass du immer alles sofort wissen willst. Deshalb habe ich dir ja auch gleich gesagt, mein liebes Heidemariechen, dass wir jetzt campen fahren, und jetzt hilf mir bitte die Schlafsäcke und die Zeltstangen zu verstauen. War gar nicht so einfach, dies auszuborgen."

„Sag bitte nicht Heidemariechen, mein Stefanchen, was soll ich verstauen?"

Er lachte wieder ein ganz bestimmtes Lachen, sein Lachen. Mit diesem nahm er mich auf den Arm, aber mir gefiel es, und jedes Mal, wenn meine Stimmung zu kippen drohte, versöhnte mich dieses schelmischste Lachen aller lachenden Schelme.

„Du hörst mir nicht zu, mein Heidemariechen, die Campingausrüstung sollst du mir verstauen helfen, juhuuuuu!"

Ich gab auf, tat das, was mir mein Herr und Gebieter befohlen, nicht ohne mich bei jedem Vorbeigehen an ihm zu verneigen.

„Ich Jeannie, du mein Meister, ich dir gehorchen."

Nicht mehr als eine gute halbe Stunde Fahrt stand bevor, zur Westseite Kassandras, nach Possidi. Auf meiner Landkarte hatten die Kartografen vergessen Possidi einzuzeichnen, alles Schauen half nichts oder die Landkarte war älter als der Ort Possidi? Stefan bog von der Straße in einen Feldweg ab, stellte nach einigen Hundert Metern den Motor ab.

„Was ist jetzt los?"

„Heidemariechen, ich habe seit Jahren nicht mehr im Auto …"

Mir trieb es die Augen aus dem Kopf und lachende Tränen in die Augen.

„Du kleiner lieber Blödmann, dir traue ich zu, dass wir deswegen in die Wildnis fahren …!"

Sein herzliches Lachen schallte im Wagen, sein Mund rückte meinem Kopf näher, ein zarter Kuss auf die Wange. Er verdunkelte sein Gesicht mit einer Sonnenbrille, zog sich ein Sonnenkäppi in die Stirn.

„Jetzt lernst du Stamathis kennen, ein faszinierender Grieche und Mann, ich bin neugierig, ob er mich erkennt. Stamathis führt auf dem Campingplatz in Possidi ein Restaurant und einen Supermarkt. Aber erwarte dir vom Supermarkt und vom Restaurant nicht zu viel. Unser Verstehen ist in diesen Dingen nicht ident mit dem Verstehen der Griechen."

„Was ist so besonders an diesem Stamathis?"

Verträumt lächelnd schaute mir Stefan in die Augen.

„Weißt du, hier bei Stamathis habe ich schon sehr schöne Stunden verbracht, schöne Tage. Stamathis kann man nicht mit Worten beschreiben, für ihn reicht unsere Sprache nicht aus. Stamathis musst du erleben!"

„Wie alt ist er?"

„Du wirst sehen, ich wette, dass du ihn auf Anhieb erkennst!"

Wenn über den eingravierten Runen, welche die schwarzen buschigen Augenbrauen einränderten, anstatt der markanten Glatze eine goldene Krone sein Haupt verziert hätte, und womöglich ein Dreizack in einer seiner Hände, ich hätte Neptun, den Gott des Meeres begrüßt. Seine Augen lachten, hielten das Gesicht jung, der weißgraue Bart verriet das Alter. Um die 60 Jahre. Der Mann war schlank, nicht groß, nicht hässlich und nicht schön zu benennen. Irgendetwas an ihm faszinierte. Diese Ausstrahlung beruhte auf einer Summe von verschiedenen nicht näher beschreibbaren Komponenten, höchstens mit *„sympathisch bis seltsam"* zu umschreiben und ließ mich auch sofort sicher sein, dass dieser Mann Stamathis war. Noch ehe ich etwas gesagt, machte er mir schon Komplimente, fragte nur nach meinem Namen, organisierte einen Drink, Metaxa-Cola. Stefan war zurückgeblieben, wartete auf den Augenblick der Überraschung, währenddessen mich Stamathis in sein Reich einführte: Bar, Disco, Restaurant, Selbstbedienungskneipe, Terrassen-Café, alles in einem.

Der Campingplatz war, saisonal bedingt, wenig ausgelastet, der große Trubel fand an diesem Ende der Welt höchst selten statt, Juli und August die Hauptsaison, und auch da nicht immer. Das Meer klatschte seine Wellen in kurzen Intervallen an die Steinmauer unter die Terrasse, neu erbaut. In nur wenigen Minuten verlebendigte mir Stamathis diese kleine Welt, behandelte mich als alte Freundin, redete so, tat so, ich fühlte mich ganz danach. Genauso wie er gekleidet war, so sprach er, leger und natürlich, Shorts und T-Shirt. In seinem Supermarkt, ein winziger Laden vollgepackt mit Waren aller Art, wartete *Madame* auf uns, saß auf ihrem hölzernen Thron, eine Frau in Stamathis Alter, hochgewachsen und blond, die Lesebrille an einer silbernen Kette. Sie war es, die Stefan entdeckte. Auflachend sprang und schrie sie gleichzeitig auf, rannte zum Eingang und umarmte Stefan. Wäre nicht ihre fremde Sprache gewesen, hätte ich sie genauso gut für Stefans Mutter halten können. Diese blonde Frau war gekleidet wie für eine Cocktailparty und bewegte sich wie die grazile Erzieherin im einstigen Mädchenpensionat für höhere Töchter. Stamathis schaltete prompt, deutete scheltend mit dem Zeigefinger auf mich und sagte: „Aaaahhh, Heidiii und Stefaanee!“

Wir küssten und umarmten uns, alle quer durcheinander, nur das Trinken unterbrach die Zeremonie, die bis in die Nacht dauerte. Nacheinander schauten die Bediensteten des Campingplatzes vorbei, die meinten Stefan zu kennen. Umarmen und trinken, trinken und küssen, eine neue Welt und wiederum eine wunderschöne tat sich mir auf.

Obwohl der Campingplatz mit diesen tollen Menschen hier sehr vieles bot, verirrten sich nicht allzu viele Touristen auf diese Seite der Halbinsel. Die dem Meer zugewandte Seite, Westen, war sturmanfälliger als ihr Pendant in Kalithea, der nächste größere Ort lag vier Kilometer entfernt, das Dorf Possidi nur eine Ansammlung von zehn Häusern, eines davon eine Taverne. Wir faulenzten in den Tag, halfen, wenn wir durften, tranken, wenn wir mussten und auch sonst. Die Menschen, die hier arbeiteten, bildeten eine große Familie, deren liebste Eigenschaft darin bestand, zu lachen und zu scherzen, glücklich zu sein. Und über alles wachte selbstredend Madame.

Mir war, als kannte ich diese Menschen bereits seit ewigen Zeiten. Ich bewegte mich so selbstverständlich in ihrer Mitte, genoss ihre Anwesenheit, ihre liebe Art. Noch nie waren mir irgendwo auf der Welt so offene, freundliche Menschen begegnet wie hier in Griechenland. Ich verstand, warum sich Stefan, gerade ein so sensibler Mensch wie er, so zu diesem Land hingezogen fühlte. Wie musste er in der Vergangenheit gelitten haben durch das Bewusstsein, sich durch seine Exzesse selbst ausgegrenzt zu haben, ohne zu wissen, was eigentlich passiert war. Und hatten ihn diese Selbstzweifel nicht erneut in den Alkohol treiben müssen? Freilich hatten sie auch hier um seine Vergangenheit gefragt, warum er solange ausgeblieben und, und, und. Während Stefan noch an einer Antwort bastelte, hatte Stamathis schon das Thema gewechselt, ihm später die Hand auf die Schulter gelegt und etwas in Griechisch zu ihm gesagt.

„Hauptsache, jetzt bist du hier."

Seine Gestik übersetzte mir diesen Satz.

Warum schaffen es diese Menschen so glücklich zu sein, sinnierte ich. Was war hier anders als bei uns? Griff das Leben hier nicht ebenso an wie bei uns? Warum gestaltete sich hier das Leben so einfach? Natürlich meinte ich damit nicht uns, sondern die Menschen, die hier lebten und so außerordentlich glücklich zu sein schienen. Was machten diese Menschen hier anders, besser als wir zu Hause? Der Beweis für ihren speziellen Umgang mit Problemen lag meiner Meinung nach in ihrer Frage nach einem Problem und der dazugehörigen Antwort.

„Problem?"

„No problem!

Sie zeigten mit Stolz, dass Probleme für sie inexistent waren, indem sie diese einfach ignorierten und somit beseitigten.

Natürlich fragte ich Stamathis nach dem Geheimnis und dem Rezept für ihr augenscheinliches Glück. Obwohl er kein gutes Deutsch sprach, eher ein Mischmasch aus vielen Sprachen, konnte ich seinen Ausführungen recht gut folgen. Er sagte sinngemäß:

„Immer dann, wenn deine Stimmung einmal sinkt, wenn du glaubst, es geht dir nicht so gut, du fühlst dich aus einem Grund benachteiligt, du willst dich ärgern, dann hole erst einmal ganz tief Luft, atme ein paar Mal durch, horche auf deinen Atem. Dann lache erst einmal und bedanke dich bei dir dafür, dass du lachen kannst, bedanke dich dafür, dass du atmen kannst.

Anschließend bedanke dich bei der Natur für die Schönheiten, die du täglich zu sehen bekommst.

Schau über das Meer und bedanke dich für dieses herrliche Geschenk, in dem du baden kannst, wenn dir heiß ist, und welches dir durch ihren Reichtum an Fischen und Meeresfrüchten sogar zu essen gibt. Sag Danke für Sturm und Wind. Der frische Wind kühlt dich, wenn dir heiß ist, bringt Bewegung in das Meer, aber auch in dein Denken. Du ergötzt dich an dem Schauspiel der auf- und abjagenden Wellenberge, hörst das Tosen und Brausen der Gischt, die dir das Gesicht bespritzt, so wie der Regen. Beobachte seine herunterfallenden Tropfen genau und bedanke dich auch bei ihm, denn hier tritt er selten in Erscheinung. Und wenn dein Freund, der Wind, die Wolken verjagt, die Sonne die Erde in ein helles Licht taucht, dich wärmt, so sprich ihr deinen innigsten Dank aus. Bedanke dich dafür, dass es dir gut geht, dass du zu essen und trinken hast, du nicht an Hunger zu leiden brauchst. Bedanke dich dafür, dass du zwei gesunde Hände und zwei gesunde Beine hast, dass du laufen kannst und nicht im Rollstuhl sitzt, du gesund und nicht krank bist.

Irgendein Grund findet sich immer, dankbar zu sein, und dann verfliegt jeder aufkeimende Ärger, verzieht sich so rasch, als bliese der Wind in die Wolken. Bedanke dich dafür, dass du Kinder hast, genieße die Momente, wo du ihnen beim Spiel zusehen darfst, freue dich an ihren Tränen, sie bereiten sie auf das Leben vor. Hast du keine Kinder, so bedanke dich dafür, es ist dir viel Geschrei erspart geblieben. Bedanke dich für deine Jugend oder bedanke dich, dass du bereits so weise bist und den Torheiten der Jugend endlich entwachsen. Bedanke dich für die Liebe deines Mannes oder deiner Frau. Verlässt dich deine Frau oder dein Mann, so bedanke dich dafür, dass du wieder alleine bist und du tun und lassen kannst, was du willst. Es gibt Millionen und Milliarden Gründe auf der Welt, tagtäglich lassen sich neue Gründe erfinden, dankbar zu sein und damit glücklich. Ich bedanke mich heute dafür, dass Stefaane wieder hier ist und du mit ihm. Ist das Leben nicht schön?"

Die Frage hatte er nur rhetorisch gestellt, denn er blickte mir ganz tief in die Augen und beantwortete sich die Frage selbst: „Wunderschön, wunderschön und nicht nur für Stamathis schön, für alle Menschen schön, leider sehen manche Menschen das Schöne zu wenig, ärgern sich zu viel. Ärger macht böse und krank, vergiftet die Seele. Die Menschen sollten vielmehr lachen und fröhlich sein, sich die ausgelassenen Kinder als Vorbild nehmen. Nimm ein kleines Stückchen Sonne und vergrabe es in deinem Herzen. Behüte sie und pflege sie, bald strahlt sie so wie ihre große Schwester am blauen Himmel."

Er lachte verschmitzt und sagte: „Weißt du, was ich mache, wenn Madame mit mir schimpft? Dann bedanke ich mich still und leise dafür, denn besser sie schimpft, als würde sie ewig schweigen, denn dann könnte sie auch nicht so schön singen oder Stamathis loben, und Stamathis mag es sehr gerne, wenn er gelobt wird."

Seine Heiterkeit nahm zu.

„Wenn Madame sagt, Stamathis, schau nicht immer hinter den jungen Mädchen her, dann danke ich für meine gesunden Augen!"

Jetzt war es an mir, hellauf zu lachen.

Wie immer hatte Stefan recht gehabt. Stamathis – ein faszinierender Grieche und Mann! Ein Philosoph. Ich freute mich auf diesen Mann getroffen zu sein, beschloss mir seine Weisheiten einzuprägen, sie in den Alltag mitzunehmen. Gerade in der gewohnten

Routine war ich oft nur allzu leicht bereit meine guten Vorsätze über Bord zu werfen, versackte im Alltag.

In der Küche seines Restaurants schnitt ich Krautköpfe, hantierte mit Töpfen und Pfannen, verfluchte zum wer-weiß-wie-vielten-Male den Ofen, kam mit dem Gas nicht zurande.

Das zentrale Thema des Vorabends gipfelte in der Frage: Welche Lieblingsspeise verzehren die Menschen in Österreich? Nicht so leicht zu beantworten, wie sollte ich Kaiserschmarrn oder Grammelknödel, Blunzen oder Ähnliches beschreiben. Vom Wienerschnitzel hatte man ja schon vernommen, aber wie war das mit dem Schweinebraten mit Brotknödel?

Und das schmeckte? Und wie sah das aus?

In den frühen Morgenstunden, nachdem ich wohl zum siebenten Male das letzte Glas Wein und absolut den letzten Metaxa geleert, blitzte die Idee in mein vernebeltes Gehirn. Ich lud sie alle enthusiastisch für den heranziehenden Tag zum Mittagessen ein, Stefan und ich würden ein österreichisches Nationalgericht herbeizaubern, Schweinsbraten mit Serviettenknödel und Krautsalat.

Die Idee fand grandiosen Beifall.

Die Nebelschwaden meines Kopfes griffen in den Morgenstunden den Sauerstoffgehalt unserer Zeltluft an, höchste Zeit, die Veranda unseres Igluzeltes zu öffnen. Die entkorkte Weinflasche neben mir brabbelte zu mir, bestätigte meine Befürchtungen, ich hatte nicht geträumt, ab zum Einkaufen und danach in die Küche.

Einer von Stamathis Gehilfen fuhr mich einkaufen, fungierte als Dolmetsch.

Stefan bereitete es Spaß, mir in der Küche zu helfen, ein neues Betätigungsfeld bot sich. Er putzte und wusch die Krautköpfe, schnitt das Kraut und schnitt das Brot. Seine Hände rebellierten, antworteten mit Blasen auf den Fingern.

Für die Semmelknödel blieb ihm nichts anderes über, als frisches Weißbrot in Würfel zu schneiden. Die Frage nach altem Brot hatte Stamathis lakonisch und entrüstet beantwortet: „Bei Stamathis alles frisch!“

Der Braten brutzelte so vor sich hin, das Kraut bestand den Gabeltest immer noch nicht, dagegen erschien mir die Knödelmasse, die samt eingewickeltem Geschirrtuch im kochenden Wasser badete, zu klebrig. War das frische Brot schuld? Die Essenszeit rückte näher, meine Aufregung stieg. Stefan blieb die Ruhe selbst: „Was soll's, mach dir doch keine Gedanken, die wissen ohnehin nicht, wie's schmecken soll. Wenn dir etwas nicht hundertprozentig gelingt, meinen die Griechen ohnehin, das muss so sein. Außerdem streunen hier sehr viele Hunde herum, die sind nicht heikel. Seien Sie unbesorgt, Frau Fernsehkoch, der Notarzt ist verständigt, irgendwer wird den Fraß schon …" Er verließ rasch die Gefahrenzone.

Sie überließen nichts den Hunden, aßen auf, priesen meine Kochkunst in den höchsten Tönen. Stefans Schienbein bekam einiges ab, denn die andauernde Frotzelei mit den Sanitätern und von wegen Giftküche schrie nach Bestrafung.

Die Kochwelt war in Ordnung, die Gäste waren über den Braten hergefallen und hatten sich daran gütlich getan, was kann eine Köchin noch erwarten? Stefan meinte nur, wichtig sei in erster Linie, dass wir keine Todesopfer zu beklagen hätten, entschuldigte sich sofort, sagte, dass er hellauf begeistert sei, überhaupt das Dessert, das Eis aus der Tiefkühltruhe …

Lachend drohte ich: „Warte nur, wenn du heute nach Hause kommst!"

Sogar der kleine weiße Pudel von Madame keifte nicht so laut wie sonst, wobei dies nicht unbedingt mit unserer Abreise zu tun haben musste. Madame drückte Stefan an sich, Tränen kollerten ihr über die Wangen, die Schminke verschmierte. Ich verabscheute das Abschiednehmen, überdies wäre ich gerne bei diesen Menschen geblieben, die in wenigen Tagen bis zu meinem Herz vordrangen.

Ganz plötzlich öffneten sich meine Schleusen, keine Tränen, sondern richtiges Heulen setzte ein. So unbeschwert hatte ich mich hier gefühlt, noch dazu musste ich an diesen unsinnigen Schlagertext denken: Abschied ist ein bisschen Sterben … Weinkrämpfe schüttelten mich, ich heulte und heulte. Stefan schaute ganz verknittert, hatte nicht gemeint, dass mir der Abschied so nahe gehen würde. Stefan versprach wiederzukommen, alles Lüge, dachte ich. Ich konnte es nicht erklären, aber in mir festigte sich das Gefühl, diesen Menschen nie mehr zu begegnen. Dieses unerklärbare Gefühl schwappte auf Madame über, schluchzend lagen wir uns in den Armen. Wir unterbrachen, ergriffen die gereichten Gläser, tranken zum Abschied. Abwechselnd weinten und tranken wir, schließlich gewann das Trinken die Oberhand, der Alkohol riss uns los.

Alltagsgrau

Alleine meine Bräune erinnerte an Griechenland, die Erinnerungen verblassten, erschienen mit einem Male so unwirklich, wie Relikte aus einer anderen Zeit, einer anderen Welt. Stefan und ich, die immer vorgehabt hatten sich nie in die Schlingen des Kleinstadt- und Bürgeralltags zu begeben, waren nach wenigen Wochen in der Heimat einzementiert in der Tretmühle Alltag. Die Monate plätscherten seicht dahin, die Höhepunkte blieben aus. Ich merkte diese Eintönigkeit an den von uns besitzergreifenden Angewohnheiten – das abendliche Fernsehen, ein Bier zum Essen, das zur Routine gewordene Miteinander-Schlafen –, die wir früher als die vier *F* des Proletentums verspottet hatten – *Fressen, Fernsehen, Ficken und Flaschenbier* – und die jetzt unsere Sprachlosigkeit kaschierten.

Der romantische Zauber, der anfangs über unserer Beziehung geschwebt war, wich einer monotonen Atmosphäre, welche die Gefühle aus dem angeheizten Luftraum subtrahierte und wenn, nur sehr spärlich einsetzte. Die Folge war eine merkliche Klimaabkühlung.

Zuwider war mir, dass sich der Alkohol, dem ich für vieles die Schuld zuschrieb, so in unserem Leben etabliert hatte. Sehr deutlich spiegelte sich meiner Meinung nach der Verfall in Richtung Alkohol in unserer derzeitigen Unterhaltungssituation.

Ich vermisste die langen Gespräche zwischen uns, das Teilen der alltäglichen Ängste und Erfolgserlebnisse, das Interesse am anderen. Die Kommunikation beschränkte sich auf Allerweltsthemen: der Unfall in Rüsselshausen, der abgebrannte Bauernhof, die steigenden Verkehrstoten, das Unglück dort … alles interessierte mehr als ich, und das von einem Tag auf den anderen. Wo blieb die Sorge um den anderen, der Austausch von Zärtlichkeiten? Die Quelle der zärtlichen Umarmungen und Küsse versiegte, einzig der Trieb bestimmte das Sexualleben.

Früher hatte sich Stefan in geradezu rührender Art und Weise für meine Arbeit interessiert, hatte an meinen alltäglichen Problemen Anteil genommen und heute interessierte ihn in erster Linie, ob der Kühlschrank die Getränke ausreichend kühlte.

Stefan blockte ab, zog sein Visier nach oben, verwehrte mir den Zugang zu sich.

Er kämpfte gegen diese schleichende Zersetzung unserer Verbindung auf seine Weise, nahm alte Kontakte auf, betrank sich auswärts, kehrte spät abends heim. Seine alkoholischen Ausflüge mündeten immer öfter in schwarzen Löchern, die Erinnerung setzte aus, kehrte auch nach Tagen nicht zurück. An den nächsten Tagen belastete ihn das schlechte Gewissen, dämpfte seine schwelenden Aggressionen. Kleinlaut fragte er mich nach exzessiven Verhaltensmomenten, quälte sich, weil er jemanden – mich – unnötigerweise schlecht behandelt haben könnte. Entsprach dies, schob er seine Verhaltensweise auf den Alkohol. Er baute das unsinnige Bewusstsein auf, jedermann müsste diese Entschuldigung akzeptieren, da sie unabänderlich sei, er ja sozusagen der Leidtragende war. Nebenbei behauptete er steif und fest den Alkohol so weit im Griff zu haben, um nicht von ihm abhängig zu sein, nur aus Spaß zu trinken. Er verlor den Überblick, verdrehte die Argumente und Tatsachen nach Gutdünken, redete sich mit ausgefeilten Worten genauso ins wie aus dem Gewirr, unterstellte das Verdrehen und Ändern der Tatsachen den anderen, mir. Er bestand in seinen Ausführungen darauf, den Alkohol zu beherrschen, hatte seine Ohren schon total zugestöpselt, hörte nicht das Lächerliche an dieser Aussage. Er zerpflückte die Sätze, verband Ausreden mit Angriffen, die er solange monologisierte, bis sich der Zuhörer, ich, des Unverständnisses wegen ergab.

Seine eingeforderten und von ihm als ihm zustehend empfundenen Freiheiten legte er jedoch nicht auf andere um, wie zum Beispiel die gesteigerte Sensibilität im Umgang mit nur angedeuteter Kritik. Richtig dagegen sein, gegen seine Meinung auftreten war seit Langem nicht möglich, hätte zu viel an Substanz gekostet. Er behielt sich quasi das Recht vor, überall und alles zu kritisieren, reagierte gegen Angriffe, waren sie auch scherzhaft vorgetragen, mimosenhaft und wortgewaltig. Der hochprozentige Treibstoff, der von früh bis spät einen großen Anteil der Flüssigkeitszufuhr ausmachte, wirkte als Katalysator, machte harmlose Gesprächsrunden über belanglose Themen schier unmöglich, zerstörte tiefer gehende Diskussionen meist in der Anfangsphase.

Sein Bekannten- und Freundeskreis bildete sich zurück, übrig blieben die Kumpane mit verwandten Verhaltensmustern; gleich und gleich …! Dadurch, dass sie sich in diesen Kreisen durch ihre extremen Umgangsweisen immer mehr von der Gesellschaft ausschlossen, wurden sie von dieser logischerweise immer mehr in ein bestimmtes Eck gerückt, ins Abseits. Dies bestärkte sie erneut in ihrer Kritik auf alles und jeden, … hatten sie es ja immer schon gesagt, … Sie wiesen die Schuld ausschließlich den anderen zu, ein Kreislauf ohne Ende entstand wie die sich in den eigenen Schwanz beißende Katze.

Ich hatte in den letzten Wochen gelernt auf die Feintöne meiner Umwelt zu achten, hatte gelernt die Blicke zu deuten, wusste nun, warum Bekannte, die beabsichtigten mich zum Kaffee einzuladen, nach Stefan fragten, ob er mitkäme, ob er zu Hause sei, hatte begriffen, warum sie wenig oder gar nicht *auf einen Sprung* vorbeischauten.

Aufgrund meiner Liebe zu Stefan war ich noch lange nicht ertaubt und erblindet. Mittels einer Seh- und Hörhilfe würde ich sehr rasch wieder den Zustand meiner Ausgangsposition herbeiführen.

Das Ausbleiben verschiedener Einladungen isolierte unsere Beziehung von der Umwelt.

Wenn ich an den letzten Besuch bei einer Freundin am Attersee dachte, beruhte diese Isolation nur auf dem Gesetz von Ursache und Wirkung. An einem wunderschönen Sommersonntag waren wir bei alten Freunden von mir auf deren Seegrundstück gelegen, im warmen See geschwommen, verwöhnt von Sonne und Wetter, umsorgt von den Freunden.

Die Drehscheibe des Tages präsentierte nicht Stefan, sondern Dieter, den erfolgreichen Mann meiner Freundin. Dieter arbeitete als Unternehmensberater und Kommunikationstrainer. Von Berufs wegen an Menschen interessiert hatte er nun sein erstes Buch veröffentlicht über Verhandlungsgeschick im Alltag, Manipulationstechniken im Verkauf, wie man dagegen halten konnte, Tricks für Verkäufer und Käufer, Umgang mit Reklamationen und Kniffe für die Betroffenen. Dieter war ein Sunnyboy in allen Lebenslagen. Er sah gut aus, bewies in seinen Unternehmungen Geschäftssinn und Cleverness, erfreute sich häufigerer Medienpräsenz und eines höheren Bekanntheitsgrades als manch Erstdivisions-Fußballer oder Skirennläufer. Dieters Kapital war, dass er das, was er verkaufte, 100-prozentig lebte. Er glaubte an das Dreigestirn Körper, Geist und Seele, überraschte so manchen an seinen Seminaren teilnehmenden Manager damit, dass er außer den Managementmechanismen auch sehr viel für den mentalen Bereich einfließen ließ. Er verordnete seinen Seminarbesuchern neben dem Kopftraining gesündere Kost und mehr Bewegung, in Anlehnung an den viel zitierten lateinischen Spruch *MENS SANA IN CORPORE SANO – In einem gesunden Körper wohnt ein gesunder Geist.* Er wusste, wovon er sprach, war in seinem Leben unzählige Marathons gelaufen, lief mit seinen knapp fünfzig Jahren ein Wochenpensum von circa 60 Kilometern, fuhr zusätzlich Rad, im Winter Ski, erfreute sich zwischendurch am Bergsteigen und Paragleiten. Dieses *Zwischendurch,* wie Dieter tiefstapelte, hatte ihn nach Ladakh geführt, wo er einen 6000er, den Dzo Jongo, bestieg.

Ich hatte Barbara gefragt, ob sie bei diesem Bergabenteuer nicht um Dieter gebangt hatte, denn ich stellte mir das Warten daheim nicht sehr erbauend vor, sie leugnete lachend und Dieter bestritt eine mögliche Gefahr dieses *kleinen Hügels,* der doch als einer der leichtesten 6000er galt.

Mich begeisterten in Dieters Erzählungen die Kombination von Abenteuern mit Information, hörte ihm wie Barbara, die ihn sichtlich anhimmelte, gerne zu. Stefan suchte nach möglichen Haken in den Geschichten, nach Widersprüchen, erfand laufend neue *Wenn* und *Aber.* Er zählte die Gefahren des Höhenbergsteigens auf, hängte sich an die unsinnigsten Beispiele, gerade er, der zeit seines Lebens nicht auf andere gehört und sich nie um dubiose, eventuell im Dunkeln lauernde Gefahren geschert hatte. Aber hätte die Gegenseite die Gefahren aufgezählt, so hätte Stefan mit Sicherheit abgeschwächt, die Befürchtungen als unsinnig abgetan.

Stefan begehrte nicht etwa auf, weil Dieter auf ihn aus einem x-beliebigen Grund suspekt wirkte, Stefan stand nicht im Mittelpunkt. Sein Selbstwertgefühl litt neben Dieter. – Völlig unnötig. – Dieter verkörperte all das, was Stefan in seinem Leben gerne erreicht hätte und weil er sich nicht in der Lage sah, diese seine Träume zu verwirklichen, verleugnete er sie und war zu stolz und selbstgefällig, um offenes Lob auszusprechen, opportunierte lieber.

Alleine Dieters bergsteigerische Leistungen hätten Stefan zu Begeisterungsstürmen hinreißen, respektive Bewunderung abringen müssen, sah er sich doch in der Vergangenheit durchaus als ambitionierten Kletterer. Oder hatte er sich auch in diesen Belangen eine Traumwelt zurechtgelegt, fantasierte sich durch Übertreibungen in die Bewunderung der anderen, was in diesem kompetenten Kreis unmöglich war. Mit dem kompetenten Kreis meinte ich nicht mich, aber neben Dieter besaß auch Barbara sehr sportive Fähigkeiten, welche sie nicht nur im Tennis einsetzte, sondern auch am Berg. Ihr noch in unserer gemeinsamen Schulzeit erfolgter Alleingang im Winter durch die Südwand des Dachsteins war Legende.

Der Produzent des heute gedrehten Films setzte Stefan nur in einer Nebenrolle ein, dies bekam ihm nicht. Das Verhalten von Stefan erinnerte an ein motzendes kleines Kind; passte eigentlich nicht zu ihm, seinen nach außen zur Schau getragenen Ansichten. Oder trat er in eine Phase ein, in der ihn der Alkohol demaskierte?

Dieter behandelte ihn ausgesprochen lieb, versuchte zu scherzen, bezog ihn laufend in die bestehende Unterhaltung mit ein. Er fragte ihm ein Loch in den Bauch, überging nicht Stefans laufende Einwände – ich an seiner Stelle hätte es getan –, bedankte sich über konstruktive Vorschläge, forderte Stefan auf intensiver zu kritisieren, begründete dies damit, dass er diese Seite der Medaille bisher unterbelichtet glaubte. Aber Stefan kritisierte der Lust an der Kritik wegen, nicht um an neue Lösungsansätze eines Problems zu gelangen. Und hatte sich Stefan einmal in etwas verrannt, locker lassen kam nicht infrage, er bohrte und bohrte, auch dann, wenn niemand Interesse zeigte. Er drängte zum alten Thema zurück, spielte sich so wieder in den Vordergrund. Dieter musste das Spiel schon sehr bald durchschaut haben, probierte er nämlich Stefans Denkweise umzudrehen, ihn dafür zu begeistern, die Positiva aufzulisten, diese laufend zu verbessern und die Negativa zu ignorieren. Dieter komplimentierte Stefans geistige Kraft – *bei deiner mentalen Stärke könntest du bei der entsprechenden Lebensweise sportliche Höchstleistungen vollbringen, Ultras laufen, hohe Berge besteigen, die eigene Welt durch die eigenen Höchstleistungen verändern.* Dingdong! Dingdong! Wie lange war das her? Die Glocke schwang nach oben, der Klöppel schlug gegen die Innenwand der Glocke. Nicht in meinem Kopf breiteten sich die Schwingungen aus, der am längsten anhaltende Teilton ätzte meine Magenwände, das Geläute durchrüttelte mich. *Mit dieser Kraft hätte er 8000er besteigen können,* hatten sie einst formuliert, zu einer Zeit, als dieses mein Leben noch in den Geburtswehen lag. War es soweit, dass die Zeit der Wiederholungen anbrach, begaben wir uns zum Ausgangspunkt zurück? Drehten wir uns im Kreis oder viel schlimmer, bildete sich alles zurück, denn wie formulierte es der Volksmund: Wer hoch steigt, fällt tief.

Dieter kannte nicht Stefans ganze Vergangenheit, spürte mit seiner Trainererfahrung einiges auf, war geschult in seinem Blick. Diese Fähigkeit, andere zu beurteilen, deren Schwächen und Stärken zu erkennen, roch selbstredend auch Stefan, dem Dieters Wissen in diesen Belangen und sein Verständnis und Interesse rund um die

Psyche natürlich gegen den Strich ging. Aller Wahrscheinlichkeit nach assoziierte Stefan mit einem Trainer den Therapeuten, legte sich aus Prinzip quer.

Mich faszinierte Dieter. Er besaß ein sehr hohes Allgemeinwissen, der geborene Intellektuelle. Er war der Prototyp eines erfolgreichen Menschen, ganz egal was er angefangen hätte, er wäre erfolgreich geworden. Ein Selfmademan, der beständig nach oben stieg, unaufhörlich die Leiter des Erfolges erklomm.

Barbara begann gerade ihr Studium, als sie Dieter begegnete, der sich nach seiner Scheidung gerne mit jungen hübschen Mädchen umgab. Sie sprachen von der berühmten „Liebe auf den ersten Blick". Nach einigen Tagen zog Barbara bei ihm ein, schockte ihre Eltern mit dem um zwanzig Jahre älteren Mann, brach zu deren Entsetzen das Studium ab, war seither nur noch für Dieter da. Ihr gemeinsamer Sohn wuchs in paradiesischer Umgebung auf, von seinen Eltern abgöttisch geliebt und verwöhnt. Sie stellten ihn in das Zentrum ihres Denkens und ihrer Aktivitäten, erzogen ihn locker und mit wenig Autorität, was Markus in seinem ersten Schuljahr zum Besten und gleichzeitig zum frechsten Lausbuben seiner Klasse machte. Der blond gelockte Jüngling spielte Klavier, ohne dass ihn jemand zum Üben überreden musste, las mit seinen sieben Jahren die Kinderbücher für Neunjährige und reichte sein loses Mundwerk nicht aus, um seine Mitschüler zu beeindrucken und sich durchzusetzen, so haute er sie mithilfe der Kampfsportart Wing Zung. Wer sich über die Leseratte Markus wunderte, brauchte nur einen Blick auf die übervollen Bücherschränke der Eltern werfen oder Dieter näher ansehen, in dessen Reichweite immer mindestens zwei Bücher lagen. Ging Dieter in die Küche um Drinks zu holen, so war ein Buch in der Armbeuge obligat. Seine größte Angst bestand darin, wie er schmunzelnd feststellte, einmal unverhofft in eine Warteschlange zu geraten und ohne Lesestoff dazustehen. Barbara schloss sich Marks – sag Mark zu mir, alle Welt nennt mich Mark, ist cooler – Klavierunterricht an, Mutter und Sohn erlernten gemeinsam ein Instrument. Barbara und Dieter erzogen nicht, sie lebten vor. Das *Coolste* war, um in Marks Jargon zu bleiben, der Junge nannte seine Eltern bei den Vornamen …

Wir planschten und tobten mit Mark im See, er kraulte mit mir um die Wette, der Sieger durfte den anderen nass spritzen. Ich hechtete vom Holzsteg in den See, Mark hinterher. Rein und raus, die Verschnaufpause nutzte Mark und organisierte sich ein Eis. Barbara hatte auch für uns Erwachsene eine Stärkung vorgesehen, wir löffelten Eiskaffee.

Ein himmlischer Tag bis auf … Stefan erfrischte sich mit Drinks. Harten Drinks.

Beim Auftauchen von Barbaras Bruder Florian war Stefan zu betrunken, um ihn zu begrüßen. Er sackte weg, schlief am Tisch ein. Ich wollte den schlechten Eindruck beenden, ihn nach Hause fahren, Dieter winkte ab. Er und Florian trugen Stefan ins Haus, legten ihn schlafen. Der Nachmittag wuchs sich trotz des schlechten Beginns zu einigen amüsanten Stunden aus, der Unruheherd schnarchte. Barbara hatte selbstverständlich gemerkt, wie zuwider mir Stefans Verhalten war, tröstete mich sehr lieb, bot mir für die Zukunft ihre und Dieters Hilfe an. Florian, zwei Jahre jünger als Barbara, war das, was man einen hübschen Bengel nannte, zu Barbaras Leidwesen sehr schüchtern und introvertiert. Ich verstand mich auf Anhieb mit ihm, merkte nichts von einer schüchternen Art. Sein Hauptinteresse galt dem Sport. Neben seinem Job als Sportlehrer betätigte er sich als vielversprechender Triathlet, lebte dementsprechend gesund, rauchte und trank nicht. Sein solider Lebenswandel führte ihn selten in Discos, Bars und Ähnliches, stempelte ihn zum Einzelgänger, weil er diese Unterhaltungsformen, bei denen sich seine gleichaltrigen Freunde und Bekannten austobten und dem Alkohol und Nikotin frönten, mied, die gemeinsame Basis fehlte. Er verzichtete auf derartige Freizeitbeschäftigungen, nicht um sich abzugrenzen, sondern einfach nur, weil er am nächsten Tage fit sein wollte, um zu trainieren oder weil er am Wochenende einen Wettkampf zu bestreiten hatte.

Barbara frottierte sich ab, schwärmte, wie wundervoll *er* heute wieder war, obwohl warm, erfrischte er. Stefans Einstieg in das Geschehen war eine kurze aber ausführliche Abhandlung über die deutsche Sprache, deren vielfältigste Sprachmuster jeweilig auf eine bestimmte Charakter- oder Standesform hinwiesen, wie z. B. das besitzergreifende Muster, welches die landschaftlichen Gegebenheiten in der dritten Person ansprach, was angeblich einen gewissen Standesdünkel zeigen sollte. Jeder normal Sterbliche, wie er sich ausdrückte, würde der See sagen, nur Personen, die hier wohnten, ergriffen von der umliegenden Natur insoweit Besitz, als sie diese als ihnen zugehörig betrachtete und über diese deshalb in der dritten Person sprachen.

Dieses Getue empfand ich spontan als so unpassend, als destruktiv, ich konnte nicht umhin laut *„Scheiße" zu sagen.* Stefan, der ansetzte in diesem Stil fortzufahren, womöglich ich jetzt an der Reihe war, schnitt ich das Wort ab: *„Scheiße, für heute reicht es mir!"*

Ich verabschiedete mich, umarmte alle, drückte Florian ebenso an mich wie die anderen, Stefan sollte sich ruhig etwas ärgern und Gedanken machen.

Die ausbleibenden Einladungen kompensierten wir mit Aktivitäten, pflasterten die folgenden Wochenenden mit Ausflügen zu, flohen somit aus unseren vier Wänden, aus deren uns anspringende Leere. Leere entsprach dem Synonym unserer momentanen Beziehung. Diese Ausflüge sollten darüber hinwegtäuschen, mit ihnen brachen wir aus unserem Alltag aus, versuchten der Leere daheim zu entkommen. Jedoch belogen wir uns mit diesem zur Schau gestellten Unternehmungsgeist selbst.

Wir flüchteten uns in eine aufregende Wochenendwelt, um beruhigt die Augen vor unseren gemeinsamen Problemen verschließen zu können, um nicht sehen zu müssen, wie weit es mit unserer Liebe gekommen, wie unsere Beziehung langsam, aber unaufhörlich in den Abgrund trudelte. Die Ausflüge wuchsen zu Ausbrüchen, um den Alltag wieder zu ertragen. In unserer Überheblichkeit stellten wir uns aufgrund dieser Ausbrüche über die Masse, gaukelten uns eine funktionierende Beziehung vor, das Gegenteil war längst eingekehrt. Unsere Aktivitäten an den Wochenenden schützten uns vor der trauten Zweisamkeit, machten tiefgründige

Gespräche unmöglich, wir flohen vor uns selbst. Dabei war es keine leise Flucht, sondern eine Flucht mit dem Getöse und all dem bombastischen Unfug der modernen lauten Welt. Nicht die Abgeschiedenheit und Ruhe manch Bergdörfer, sondern den lauten Rummel der Zivilisation peilten wir an, bereit darin zu baden und den Schweiß unserer ausgelassenen Körper zu trinken.

Das Knallen der Korken und das Klirren von Scherben untermalte unser Treiben. Anstatt Walzertönen begleitete uns ein konfuses Sammelsurium an Tönen, Gequietsche, Gekreische, als zerschnitte die Kreissäge Glas. Wir zerschlugen Porzellan, merkten kaum, dass wir uns immer dichter im Netz des Alkohols verstrickten.

Ich sah den Tunnel, in den alles zu münden schien. Anstatt von diesem in eine unendliche, ungewisse Tiefe brausenden Zug abzuspringen, belog ich mich und mein Gewissen, lehnte mich in den Fahrtwind, ergab mich der Sause in den Abgrund. Manchmal trat ich aus meinem Ich heraus, ging einen Schritt zur Seite, beobachtete die rasende Talfahrt von außen, sah die winkenden Hände, hörte die warnenden Schreie. Alkohol und Medikamente brachten die mich anbrüllenden inneren Stimmen zum Verstummen.

Die Ziele unserer Ausflüge ähnelten einander wie ein Ei dem anderen. Sie waren anders und doch nicht anders, Punkte in verschiedenen Ecken der Landkarte. Wir rannten den Festen und Veranstaltungen hinterher, feierten ein Seefest im Süden Österreichs, einen Sommerkarneval im Salzkammergut, ein Weinlesefest im Burgenland, betranken den Marillenkirtag in der Wachau. Die Orte und Gesichter der Festivitäten waren austauschbar, die Stimmung des Kaiserfestes glich dem Fest zu Ehren der Weinkönigin aufs Haar, die Gesichter der teilnehmenden Gäste da wie dort aufgedunsen und rot geädert. Die Stimmung schwappte andauernd über, ein Feuerwerk an guter Unterhaltung sozusagen, man verstand sich, war unter Gleichgesinnten. Man lernte ständig neue Menschen kennen, Menschen, die anscheinend genauso vor dem Alltag flüchteten wie man selbst. Man verstand sich prompt, trank zusammen, unterhielt sich blendend, wobei sich die Unterhaltung auf Nebensächlichkeiten beschränkte. Die Münder erbrachen alte aufgewärmte Geschichten, Erzählungen, in denen Freund Alkohol die Hauptrolle spielte. Die Geschichten wurden übertrieben, der Erzählende übernahm selbstredend den Heldenpart. Franz, Anna, Fritz oder Irmi, wie die neu gewonnenen Freunde auch gerade hießen, sie kannten die Story nicht, hörten mit Interesse zu oder auch nicht, wenn sie schon zu betrunken waren. In vielen dieser Orte kannte man Stefan, die Veranstalter, Festkomiteemitglieder, Wirte oder andere honorige Bürger begrüßten ihn schulterklopfend, spendierten ein Glas Wein, einen Schnaps. Ein Glas gab den Anstoß, ein Grund zum Trinken fand sich immer.

Ich ergab mich in diese Welt, denn der Promillespiegel spülte die in mir versenkten Gefühle an die Oberfläche, erinnerte mich wehmütig an das Gewesene. So trank ich wie Stefan, trank und trank, bis ich die Wehmut nicht mehr spürte. Das Mithalten ersparte mir die Vorwürfe, ein Spielverderber zu sein, degradierte mich zur Kumpanin. Mitunter fühlte ich mich auch so behandelt, schon gar nicht als Freundin, auch nicht als Liebschaft, nur als mitächzende Kumpanin. Die Art und Weise, wie sich Stefan bei diesen Ausflügen mir gegenüber benahm, verletzte mich. Zeitweise vermittelte er mir das Gefühl, mich nur deswegen mitzunehmen, um nicht alleine wegfahren zu müssen, um in der Anfangsphase nicht alleine trinken zu müssen, um wie gesagt einen Kumpanen dabeizuhaben. Ein Mädchen für alles, ein Objekt, an dem man am nächsten Tag seine Begierde abreagieren konnte, sofern die Schlappheit der Nacht nicht in den Tag hinein dauerte. Der Morgen danach gestaltete sich mit zunehmender Zeit als Ritual. Mit dem Erwachen setzten die Hustenanfälle ein. Stefan röchelte und schnaufte, bekam die Klumpen im Hals nur nach längerem Husten weg, spülte mit Mineralwasser nach, löschte gleichzeitig das vom Alkohol verursachte Brennen in seiner Kehle. Diese Hustenanfälle, die fünf bis zehn Minuten andauern konnten, verschoben das Anzünden der ersten Zigarette bis zum Frühstückstisch. Er lag auf dem Rücken, atmete schwer und unruhig, presste mit seinen tiefen Atemzügen die Luft aus sich heraus, es roch nach säuerlichem Alkohol mit dem Hauch von angesengtem Holz.

In diesen Momenten, in denen sich Stefan wie ein Haufen Elend fühlte und so aussah, war er das personifizierte schlechte Gewissen, schlich wie die sprichwörtliche Katze um den heißen Brei, deutete an, fragte zaghaft. Die Erinnerungen an den Vorabend setzten, wenn überhaupt, nur fragmentarisch ein, das Vergangene gähnte wie ein großes schwarzes Loch im Boden. Selten wusste er, wie er in sein Bett gefunden, fragte zögernd: „Hast du …?“

Ja natürlich hatte ich, wer sonst!

Die nächsten Fragen drehten sich darum, was alles passiert war, hatte es gröbere Auswüchse gegeben, gab es Streit, Schwierigkeiten, …

„Bin ich am Tisch eingeschlafen … was, ich habe den Wirt beschimpft? … Warum? … Mir tut der Fuß so weh … bin ich gefallen? … sind wir bei diesem und jenem noch willkommen … können wir dort wieder hingehen?“ … und … und … und …

Manchmal ja, manchmal nein, irgendwie egal, denn das nächste Mal fuhren wir ohnehin woandershin und die Zahl der feuchtfröhlichen Orte kannte keine Grenzen. Das eine und andere Mal übertrieb ich absichtlich, hoffte, dass Stefan sich schämen würde, aufgrund dieser Scham eine Wegänderung beschreiten könnte. Die Gedanken der Hoffnung trieben wie eine Feder im Wind. Der Wind spielte mir ihr, blies sie mal hoch in die Lüfte, mal nach Westen, dann wieder nach Osten, nahm spontan die Puste weg und die Feder verlor sich in der Welt, auf einer grünen Wiese oder im ausgetrockneten Bachbett. Neue Federn wirbelten durch die Luft, landeten sanft oder unsanft, am Puls oder im trüben Abwasserkanal der Großstadt.

Ich gab das Hoffen nicht auf, wartete auf ein Wunder, hoffte darauf. Warum gab ich nicht auf, warum sah ich der Wirklichkeit und Wahrheit nicht ins Antlitz. Die Antwort war so einfach und gleichzeitig so zwitterhaft, logisch wie unlogisch. Ich liebte ihn noch immer, mehr als ich je geliebt hatte.

Irgendwann kommt die Besserung, dachte ich, hoffte ich. Sein Geburtstag stand bevor, ich griff nach dem nächsten Strohhalm. Ich gab mir Mühe, ihn zu überraschen. Stefan träumte oft davon, Motorrad zu fahren. Leider besaß er keinen Führerschein der Klasse A. Nachholen wollte er diesen auch nicht und nachdem ihm die Polizei bereits mehrmals die Lenkerberechtigung abgenommen hatte, er wegen des alkoholisierten Zustandes einige Monate nicht Auto fahren durfte, war es nicht so sicher, ob er den Motorradschein so ohne Weiteres bekommen würde, ihn die Prüfer nicht etwas zappeln, sprich durchfallen lassen würden.

In der Hitliste der originellsten Fahrzeuge lagen zurzeit die *Funtrikes* ganz vorne. Bei einem Messebesuch einer Freizeitmesse hatte ich Aussteller gesehen, welche solche Gefährte verkauften, aber auch für Wochenenden vermieteten. Mein erster Eindruck war überwältigend. Wie ein Kind stand ich davor, staunte Bauklötze.

Ein Funtrike ist ein riesiges Motordreirad, mit in Choppermanier weit nach vor gezogener Gabel, zwei hintereinander angeordneten Sitzen, der erste natürlich tiefer gestellt. Die wuchtigen breiten Hinterräder, das spiegelnde Chrom, die großen Scheinwerfer – all das erinnerte mich an Filme wie Mad Max – weckten in mir auf Anhieb das Bedürfnis, aufzusteigen und loszubrausen. Ich sah dieses blitzende Gerät mit den knallgelben Schalensitzen, dachte: *„Stefan würde der Blitz streifen, wenn er dies sähe!"* Weil diese Dreiräder über 400 kg wiegen, unterliegen sie der Zulassungspflicht von Automobilen, sind folglich also nur mit einem Führerschein der Klasse B bzw. Klasse 3 zu lenken. Ich sprang innerlich in die Höhe, mein Herz vollführte Luftsprünge. Ich schrie vor Freude auf, die umstehenden Messebesucher hatten mich belustigt angesehen, belächelten vielleicht die Rockerbraut, die beim Anblick vom gleißenden Chrom und dem intensiven Geruch nach Reifenabrieb in Erregung geriet.

Die Überraschung für Stefan schlechthin! Der Preis für ein Wochenende erschreckte mich nicht, Formalitäten waren so gut wie keine zu überwinden. Ich schäumte über vor Freude, stellte mir Stefans überraschtes Gesicht vor, sah in Gedanken seine

Kinnlade nach unten kippen, spürte seine Freude. Monate noch zu seinem Geburtstag, oft dachte ich daran, die Überraschung vorzuziehen, irgendwie hielt ich durch.

Denkbar, dass der Zeitpunkt bestmöglich war, die Überraschung im richtigen Augenblick eintraf, der Geburtstag als Rettungsanker unserer Beziehung? Stefans Geburtstag fiel auf einen Donnerstag. Wir hatten vor ein verlängertes Wochenende in Südtirol, Italien, zu verbringen, ideale Bedingungen für einen spätseptemberlichen Motorradtrip.

Ich orderte das Funtrike für Donnerstagnachmittag. Obwohl Stefan bereits seit Mittwoch freihatte, war unsere Abreise ohnehin erst für die Abendstunden geplant, nach meiner Rückkehr aus dem Krankenhaus. Der Erstanmietung ging eine halbstündige technische Einweisung voraus, um das Gerät kennenzulernen. Ich entschied mich, Stefan am Vorabend zu gratulieren und zu überraschen, musste er doch für die Fahrt am darauffolgenden Tag nüchtern und ausgeruht sein, für ihn beileibe keine Selbstverständlichkeit, noch dazu an so einem Tag. Aber wie ich ihn kannte, würde er sich darum reißen, mit diesem Fahrzeug auf Reisen zu gehen, und für dieses Erlebnis wohl auf ein Besäufnis mehr oder weniger gut verzichten können.

Ich bekochte Stefan als Einstimmung auf die kommenden Tage mit italienischen Gerichten. Die Vorspeise, eine seiner Leibspeisen, Spaghetti mit Meeresfrüchten. Er hatte sich festlich gekleidet, saß mir mit Anzug und Krawatte gegenüber, die Grübchen seines Lächelns warfen im flackernden Schein der Kerzen Schatten, ich spürte seit Langem wieder einmal den romantischen Zauber, der lange Zeit über unserer Verbindung schwebte. Ich brachte Stefan den Wein, überließ ihm das Öffnen. Er besah das Etikett, schmunzelte, wendete die Flasche leicht hin und her, schenkte dem Wein nun seine ungeteilte Aufmerksamkeit, machte aus dem Öffnen der Flasche eine Zeremonie. Alleine wie elegant er die Flasche in Händen hielt, wie geschmeidig seine Finger um sie herumstrichen, gereichte jedem Sommelier zur Ehre. Solche Tätigkeiten mochte er und sie lagen ihm. Stefan trennte mit dem

„Foilcutter“, dem Kapselschneider, die Kapsel durch einfaches Drehen sauber ab, setzte den schwarzen Korkenzieher an. Er drehte am Handgriff und die Spindel bohrte sich langsam und leise knirschend in den Korken. Er drehte weiter und der Korken bewegte sich aus der Flasche heraus. Er wischte mit einem Tuch die Flaschenöffnung ab und aus, roch am Korken. Er schenkte sich ein klein wenig in den bleikristallenen Rotweinkelch, kostete. Während er mit der Zunge den Schluck Rotwein in seinem Gaumen rotieren ließ, lächelte er ein entrücktes, fast außerirdisch zu benennendes Lächeln. Er nahm sich Zeit – die Bewegungen seines Gaumens verzogen sein Gesicht zu lustigen Grimassen –, bedachte mich mit bewundernden Blicken. Ich wusste, ich hatte gut gewählt, eine Flasche Barbaresco Gallina di Neive, Jahrgang 1990. Der Verkäufer in der Vinothek hatte mich beraten, die Beschreibung versprach einen *Piemonteserwein erster Güte, einen Barbaresco ganz großer Klasse mit Tiefe im Aroma, Fülle im Körper und von bemerkenswerter Eleganz.*

Auf die Spaghetti folgten zwei herrlich saftige Steaks mit Kräuterbutter. Beide bevorzugten wir die Steaks halb durch. Den vom Schokoladeeis ausgelösten Durst begegneten wir mit einem Glas Sekt, stießen an auf seinen Geburtstag. Ich überreichte ihm einen kleinen Liguster-Zimmer-Bonsai, der in einer ovalen türkisen Schale steckte. Rund um den Stamm steckten klitzekleine Felsbrocken in der Erde, vermittelten so den Eindruck einer gesamten Landschaft. Der Baum rührte Stefan. Er wünschte sich nämlich immer Pflanzen, die nur ihm gehörten, an die auch nur er Hand anlegen durfte, um endlich sein angebliches Geschick, *seine Hand für Blumen,* unter Beweis stellen zu können. In den Blättern steckten zwei zusammengerollte Zettel, außen angeschrieben mit *Überraschung 1 – Action* und *Überraschung 2 – praktisch.*

„Nur eine davon bekommst du, du musst dich entscheiden“, sagte ich ihm. Viel Geld hätte ich darauf gewettet, dass er so zugriff. Trotz seiner lockeren, nichts auf materielle Werte gebenden Lebenseinstellung überwog bei solchen Sachen sein Hang fürs Praktische. War es das Beständige, das Andauernde, das Solide, wonach er sich tief in seinem Herzen sehnte, oder wurzelte diese Einstellung in der Angst, seine Entscheidungen vor der Umwelt begründen zu müssen, und Herkömmliches, *Praktisches,* war leichter, vor allem rationaler zu begründen als Unkonventionelles.

Er ergriff die 2er Überraschung, rollte sie auf und las: *Kommt nicht infrage, deshalb gilt automatisch Überraschung 1.* Er lachte herzlich, meinte: „Du kennst mich sehr, sehr gut."

„Wenn nicht ich, wer dann?", lachte ich.

Er entrollte das etwas dickere Röllchen, las *1 Tribikewochenende – ab morgen und hoffentlich mit mir – und diesem Funtrike.* Gleichzeitig überreichte ich ihm ein Prospekt mit der Abbildung und sämtlichen Informationen. Stefan war baff. Er schüttelte ganz langsam den Kopf, angelte sich einen Stuhl, setzte sich, las bedächtig das Infoblatt, zündete sich eine Zigarette an. Er zog mich an sich, ich küsste ihn.

„Lieber Stefan, alles, alles Liebe zu deinem Geburtstag und mögen alle deine Wünsche in Erfüllung gehen."

Er drückte mich, setzte zum Sprechen an, seine Stimme holperte.

Er weinte.

„Heidi, ich werde mich ändern, … ich verspreche es dir, … du bist so gut zu mir, … ich bin dich gar nicht wert … aber ich liebe dich. Vielleicht kann ich dich nicht so sehr lieben wie du mich, aber auch meine Liebe zu dir ist sehr, sehr groß."

Meine Tränen begleiteten die seinen. Lange hielten wir uns an den Händen, blickten uns zärtlich an, genossen das Schweigen. Später holten wir auf, aus unseren Mündern sprudelten die Sätze nur so hervor, wir sprachen gleichzeitig, ohne uns ins Wort zu fallen. Wir unterhielten uns so blendend wie schon lange nicht, planten das Wochenende, schmiedeten Pläne für die Zukunft. Der Funken hatte sich erneut entzündet. Ein Funken entfachte ein loderndes Feuer, was für ein Funken, was für ein Mann? Stefan kraulte meinen Nacken, streichelte meinen Haaransatz. Wie hatte ich seine Zärtlichkeiten vermisst. Er musste meine Gedanken gespürt haben, denn er flüsterte in mein Ohr: „Heidi, bitte, bitte verzeih mir."

„Ach du Dummerchen, es gibt ja nichts zum Verzeihen, ich liebe dich doch. Ich bin glücklich, wenn es dir gutgeht. Geht es dir gut?“

„Ja, sehr gut“, flüsterte er und knabberte an meinem Ohrläppchen.

Die Nacht dauerte nicht endlos, der grauende Morgen befahl mir mich aus der Umklammerung zu befreien, mich von meinem Stefan, den ich nun wiedergewonnen, zu lösen. Beim Zähneputzen lachte ich in mein Spiegelbild, dachte, wie wunderbar das Leben war, dachte aber auch über die absonderliche Natur des Menschen, der nach einem Tag erneuten Glückes fähig war aufzublühen, wie die farbigen, bezaubernden Blüten einer Orchidee. Warum nur musste das Glück stets unterbrochen sein, warum konnte die Zeit der Blüte nicht andauern, nicht ins Unendliche fortdauern?

Bevor ich ging, lief ich zurück ins Schlafzimmer, küsste meinen Prinzen auf die Wange, verabschiedete mich bis zum Nachmittag.

Ich startete in einen wundervollen Tag, sah durch die rosa Brille.

Der Arbeitstag streckte und zog sich wie Kaugummi. Meine Gedanken eilten voraus, die Vorfreude war übermächtig, drohte mein Herz vor Freude zu zerplatzen.

Die vier Stufen des Sanatoriumsvorplatzes sprang ich in einem Satz hinunter, meinem Auto entgegen. Sekundenlang schaute ich in die Runde, opferte diese wertvolle Zeit, um mich zu vergewissern, ob nicht Stefan im Umfeld lauerte, bereit mich abzuholen. Hätte ja sein können. Das Hineinstecken des Wohnungsschlüssels in das Schloss fiel mit dem ersten Schlag der Kirchenuhr zusammen. Beim vierten Schlag, dem Schlag zur vollen Stunde, hielt ich den Zettel in der Hand. Ich sah die Schrift, und doch konnte ich das Geschriebene nicht lesen, als wäre das Papier durchsichtig. Der letzte Schlag des Kirchenschlagwerkes hallte in meinen Ohren, besonders im rechten klang er nach. Der Schlag des Hammers traf die große Glocke in meinem Kopf, welche anfing sich wie wild hin- und herzubewegen, an die anderen Glocken anschlug. Die Klöppel rotierten, lösten ein wildes Geläute aus, welches anschwoll und zu einem anhaltenden Ton verschmolz. Mein Kopf dröhnte von diesem übermächtigen Geläute und die pendelnden Glocken drückten durch ihre Schwere die Luftströme beiseite, erzeugten Sog, der mir die Luft abschnitt.

Das Wasser meiner Tränen überzog meine Pupillen wie ein Film, erschwerte das Sehen, machte das Lesen des Zettels unmöglich. Ob ich den Zettel las oder ungelesen wegwarf, bildete keinen Unterschied. Stefans Notiz, ein lächerlicher Versuch einer Ausrede, schöne oder gelogene Worte, die Beruhigung seines schlechten Gewissens, seinen programmierten Absturz zu rechtfertigen, dahin geschmierte Sätze einer Ausrede, um sein Versagen zu entschuldigen.

Ich warf mich aufheulend auf das Bett, biss in den Zipfel des Polsters. Stark sein, redete ich mir ein, ist ja sein Geburtstag. Andererseits, Geburtstag oder nicht, dachte er eigentlich auch an mich? Was ich fühlte, was ich zu ertragen hatte? War alles, was er gestern geschworen und versprochen, nur leeres hohles Geschwafel? Ich spürte die vielen unbeantworteten Fragen wie Nadelstiche auf meinem Körper. Der Blick in den Spiegel bestätigte, was ich vermutet. Nicht der Spiegel war ertaubt, sondern mein Glanz erloschen. Ich spachtelte Farbe ins Gesicht, wappnete mich so für das, was kommen würde, als legte ein Ritter seine Rüstung an, machte sich bereit für die Schlacht. Indem ich meine gute Stimmung, meine blendende Laune verwarf, zwang ich mich zu einer tranceähnlichen Haltung. Dieser auferlegte Zwang in einen ruhigeren, einen phlegmatischen Zustand zu kommen, gelang so einfach, als bräuchte ich nur den richtigen Schalter umzulegen. Beängstigend einfach knipste ich meine Gefühle weg, gab mir die Wurstigkeitsspritze des Geistes.

Lächelnd ertrug ich die auf mich gerichteten Blicke im Lokal, bezahlte Stefans Zeche, überhörte die höhnischen Bemerkungen wie *das Abholkommando* und *Stefan, die Mami holt dich … du willst doch gar nicht gehen, Stefan … ich bin der Herr im Haus, das wär' gelacht, und was sie sagt, das wird gemacht …*

Mein kühles Grinsen war ihnen Antwort genug, sie schwiegen. Stefans Zustand war nicht kritisch, nicht besorgniserregend, nur angepasst. Er sagte nichts, zumindest nichts Wesentliches, nichts Besonderes, nichts Beleidigendes, nichts Freundliches. Er küsste mich auf die Wange, machte sich daran, zu gehen, verabschiedete sich. Soviel ich mir auch manchmal gefallen ließ, jetzt hier in diesem, seinem Stammcafé hätte ich keine, absolut keine bösartige oder spitze Bemerkung von ihm ertragen, geschweige denn eine Erniedrigung hingenommen. So kühl ich äußerlich wirkte, ich hätte ihn samt seinen illustren, besser *beschissenen* Freunden ungespitzt in den Boden gerammt. Die Zeichen standen auf Kampf und mein Magen vertrug kein Schlucken mehr, ich war bereit das Geschluckte auszuspucken und mich zu wehren. Geburtstag oder Weihnacht oder Osterfest, ich hätte auf der Stelle umgedreht und ihn hier gelassen.

Stefan gab sich lieb. Zwar betrunken, aber lieb. Sein Auto ließen wir natürlich stehen, nahmen nur seine Sachen raus. Am Rücksitz lagen Blumen für mich.

Innerlich fluchte ich, denn endlich einmal war ich bereit aufzudrehen, ihm Gas zu geben, das Vergrabene auszubuddeln und an die Oberfläche zu befördern, und was geschah? Niemand stellte sich mir in den Weg.

Ich überhörte seine zaghaften Ansprechversuche, konzentrierte mich demonstrativ aufs Autofahren.

„Heidi … Fahren wir jetzt nach Italien?"

„Wie stellst du dir das vor, du kannst nicht alkoholisiert Funtrike fahren."

„Fahren wir mit dem Auto, ich hätte mich ohnehin nicht getraut mit so einem Gefährt zu fahren. Ich glaube, das ist nichts für mich … ist womöglich eine Nummer zu groß für mich. Schuster bleib bei deinen Leisten."

Ich war ehrlich schockiert und erschüttert.

„Stefan, so kenne ich dich ja gar nicht."

„Ich kenne mich oft selber nicht, aber wenn etwas passiert, mache ich mir ewig Vorwürfe. Ich weiß, es ist ein tolles Geschenk und ich habe immer vom Motorradfahren gesprochen und geträumt, aber vielleicht deswegen, weil ich gewusst habe, diese Träume sind nicht oder fast nicht zu realisieren. Auf alle Fälle hätte ich Angst."

Mein Gott, …

„Ich habe diesen Traum vom Motorradfahren nur so schön gefunden, solange ich nicht in die Situation gekommen bin, ihn verwirklicht zu sehen. Tief in meinem Inneren bin ich vermutlich sehr feige, auf jeden Fall nicht so stark, wie ich mich manchmal gebe. Weißt du, Heidi, diese Art von Träumen sind wie kleine Jungenträume. Stell dir bitte einen Jungen vor, der davon träumt, ein Held zu sein, einmal Formel-Eins-Rennfahrer oder Stuntman zu werden. Kommt dieser Knirps spontan in die Lage, seinen Traumberuf näher kennenlernen zu können, ihn quasi testen zu dürfen, so ziehen diese kleinen Jungen meist die Notbremse, verzichten darauf, auch wenn sie diesen Verzicht später wieder bereuen. Es ist nun mal sehr viel leichter nur in unseren Träumen ein Held zu sein, als sich täglich zu beweisen oder beweisen zu müssen und damit den Traum aufgeben. Und in den Träumen empfindet der Held keine Angst, die Wirklichkeit dagegen ist voll von Ängsten, die größte ist wohl die Angst, zu versagen."

„Ach Stefan, ich wollte dir nur, nur unter Anführungszeichen, eine Riesenfreude bereiten, wollte deinen Traum wahr werden lassen, dir einen kleinen Stern vom Himmel holen, stattdessen habe ich deinen Traum zerstört."

„Heidilein, mein Schatz, du hast überhaupt nichts zerstört, im Gegenteil. Ich danke dir für dein wunderbares Geschenk, eine ganz tolle Idee, was kannst schließlich du dafür, dass allmählich meine in mir wurzelnden Ängste an die Oberfläche gespült werden. Obendrein hast du mir geholfen, dass ich mich wiederum ein klein wenig besser kennengelernt habe. Du bist nach wie vor mein Engel.

Mir tut es ja auch so leid, dir dieses Abenteuer und dieses Geschenk zu versauen. Du hast dich so sehr bemüht mich zu beschenken. Schau bitte jetzt nicht so enttäuscht …"

„Ich schaue gar nicht enttäuscht“, wies ich den Vorwurf zurück.

Ich konnte die Gefühle, die jetzt meine Gedanken beschäftigten, nicht näher beschreiben, sicherlich kam aber in diesem Gefühlsmix auch ein Schuss Enttäuschung vor, neben den anderen Komponenten wie Ärger, etwas Zorn, Missmut, Frustration und Ähnlichem. Hatte ich bei diesem Geschenk zu viel an mich gedacht, war dies ein Geschenk, welches ich in Wirklichkeit mir zum Geschenk machte? War ich enttäuscht, weil Stefan nicht meinen vorgefassten Vorstellungen entsprach, nicht so handelte, wie ich es erwartet hatte, er nicht der starke Mann war, für den er sich ausgegeben? Nein, ich widersprach mir selbst, schließlich wusste ich um die Verletzbarkeit seiner Seele, seines Ichs. Ich hatte automatisch angenommen, dass er das Fahren mit dem Funtrike so toll und aufregend finden müsste wie ich. Ein Geschenk sollte man aber nicht mit Bedingungen und Selbstverständlichkeiten verknüpfen, sagte ich mir, sondern der Zweck des Geschenks war ja, dem Beschenkten eine Freude zu bereiten, und wenn dieser mit dem Geschenk nichts anfangen konnte oder wollte, so geriet dieses Problem, sofern es sich überhaupt als Problem bezeichnen ließ, einzig zum Problem oder zur Sache des Beschenkten.

Desto länger ich nachdachte, gleichzeitig beim Fahren meine Spannung abschüttelte, sie im Verkehr zurückließ, desto mehr wuchs die Überzeugung in mir, dass ich mich unnötig aufgeregt hatte. Warum sollte Stefan nicht an seinem Geburtstag einige Gläser trinken. Mit Freunden oder Kumpanen, die zwar nicht meinen Vorstellungen von Freunden entsprachen, jedoch, und erneut landeten meine Gedanken beim springenden Punkt, es war seine Sache, sein Tag. Mengte ich mich womöglich zu viel in sein Leben?

Ich beneidete diejenigen Menschen, die einfach dahinlebten, ohne sich über alles Gedanken zu machen, ob dies oder das richtig war, die nicht von Selbstzweifel geplagt wurden. Warum nur reiften in meinem Leben die harmlosesten Situationen zu kniffligen, strategischen Lebensspielen heran.

Stückchenweise versperrten Geröll- und Felsbrocken meinen Weg des Lebens. Die Steine und Felsen behinderten mein Weiterkommen, machten ihn nur mühsam begehbar. Mein Sehnen galt einem Lebensweg, der gerade und breit wie diese von uns befahrene Autobahn auf dem Weg ans Meer die Landschaft durchschnitt, Tag und Nacht trotz hohen Tempos sicher zu befahren war.

Den Tankstopp verbanden wir mit einer Kaffeepause, kurz, wie die italienischen Espressi, nur zum Auftanken und Blaseentleeren. Die unzähligen Räuber- und Mafiageschichten, Vorlage für unzählige Fernseh- und Kinofilme, deren Schauplatz nicht gerade selten eine abendliche Großtankstelle war, drängten mich zum Weiterfahren.

Der österreichische Volksmund hatte die nördlichen Badeorte an der Adria, wie Caorle, Bibione, Lignano, das von uns besuchte Lido di Jesolo, *Hausmeisterstrand* getauft. Der in den siebziger und achtziger Jahren hier urlaubenden Österreicher wegen, die sich vielerorts angeberisch und proletenhaft benahmen, Strand und Lokale in derselben Kleidung besuchten, die Speisesäle der Hotels in Badeshorts frequentierten, die Pizzerias zu Dutzenden im Unterhemd bevölkerten. Fünf bis sechs Autostunden von Salzburg oder Wien verleiteten viele Menschen zu einem Adria-Aufenthalt, nur die billiger werdenden Flugreisen in den Neunzigern geboten Einhalt. Und heutzutage war es so weit, dass, wie Stefan aus Erfahrung wusste, auch der Hausmeister mindestens schon auf den Kanaren, in der *Dominikanischen* und bei den *Schwarzen in Kenya* war.

Das Leben spielte sich am Abend bis in den neuen Tag auf der kilometerlangen Hauptstraße ab, von Lokalen und Geschäften eingesäumt. Tausende Urlauber pilgerten Abend für Abend die Straße entlang, widerstanden den dargebotenen Verlockungen für Brieftasche und Figur oder gaben sich dem Kaufrausch oder anderen Berauschungen hin.

Der knusprige Teigboden meiner Pizza krachte unter meinen Zähnen, die Brösel im Hals spülte ich mit Rotwein weg. Die

Hunger und Durstgelüste endlich befriedigt verzichteten wir freiwillig auf Fortsetzung. Wir erkannten die Schwere unserer Glieder richtigerweise als Vorboten der aufziehenden Müdigkeit, ließen uns gerne vom Schlaf besiegen und erfrischen, morgen war auch noch ein Tag.

Und was für einer. Die Sonne blinzelte bereits um sieben zu mir ins Bett, weckte mich. Das Hotel, direkt am Strand, besaß drei Sterne, gefiel mir aber bedeutend besser als manches mit vieren hievon. Gemütliche Zimmer, beeindruckende Speiseräumlichkeiten mit wunderschönem Ambiente. Die Tische vornehm gedeckt mit geschmackvoller Tischwäsche, reizend drapierten rosa Stoffservietten auf dem weinroten Tischtuch, das Porzellan gediegen und mit konservativem Dekor.

Das Salatbuffet beeindruckte durch Vielfalt, wie die bunten Farbkombinationen der präsentierten Schüsseln. Das Essen entsprach der gehobenen italienischen Küche, berücksichtigte unsere Vorlieben für Fisch und Nudelgerichte.

Freilich war es Stefans Job, die behaglichsten und besten Häuser jeder Kategorie zu kennen oder von ihnen zu wissen, trotzdem überraschte mich dieses Haus. Es besaß nicht den Pomp großer Häuser, den ich gerne als Überdrüberschnickschnack abtat, und doch waren die Zimmer mit Fernsehgeräten, Kühlschränken und Telefon ausgerüstet, das Bad mit Dusche und Bidet standardisiert. Das eigentümliche Flair verzauberte dieses Hotel, die persönliche und sehr familiäre Note der liebenswürdigen Besitzer.

Den Tag verbrachte ich abwechselnd in der Sonne brütend und planschend, mal im Meer, mal im Pool, erfreute mich am Anblick der üppig wachsenden Gartensträucher und Blumen. Ich genoss die Freundlichkeit und den Charme der mich umsorgenden, überwiegend männlichen, dienstbaren Geister, trank Camparis und Cappuccini, faulenzte in die Sonne hinein. Stefans Stimmung gipfelte in übermütiger Trinkerlaune, er frühstückte rot. Mit Rotwein und Bloody Mary, setzte ein, wie er sagte, österreichisches Fahnenzeichen, trank zwischendurch klaren Schnaps, die Grappa. Rot – weiß – rot. Das Resultat war vorhersehbar, unumgänglich sozusagen. Stefan warf sich in die Schlacht des Trinkens, als hätte er wochenlange Abstinenz hinter sich. Er startete durch, wie der Rennfahrer nach dem Boxenstopp, Nachholbedarf nach dem Reifenwechsel. Er trank alleine und doch für mehrere, überholte beim Trinken gewissermaßen sich selbst. Ich sah darüber hinweg, kümmerte mich nur um mich, versuchte über den Dingen zu stehen. Ich nahm mir vor, mich an nichts und niemandem zu stoßen, ihn saufen zu lassen, wie er wollte und es wünschte. Saufen oder ersaufen, ich würde ihn weder daran hindern noch ihn bemuttern oder umsorgen. Ich hatte vor diesen Tag und die nächsten zu genießen, komme, was wolle. Ich erwiderte die frechen und kessen Blicke des Kellners, nahm die Herausforderung an, flirtete auf Teufel komm raus. Carlo, ein Italiener wie aus dem Bilderbuch. Von der Sonne gebräunte Haut, inmitten der schwarzen Locken blitzten ein Paar dunkle Augen und die strahlenden Zähne des lachenden Mundes.

„Trinkt dein Mann immer so viel? Um so eine hübsche Frau wie dich muss man sich doch kümmern!

Ich würde dich vielmehr verwöhnen und umsorgen …!“

„Ja, das würdest du, ich bin überzeugt davon. Reden wir nicht von meinem Mann, reden wir von dir, Carlo. Wer bist du, bist du ein italienischer Märchenprinz?“

Ein tiefer Blick in seine fast schwarzen Augen, und das Feuer griff über. Ich ging einen Schritt zurück, spürte die Hitze, die von diesem Mann ausging.

„Eine Frau wie dich trifft man nicht alle Tage. Für solch eine Frau muss man sich fit halten, um sie leidenschaftlich verwöhnen zu können.“

Ja, fit sah er aus, eine von Hanteln geformte Fitnesscenterfigur, nicht mit üppigen Muskeln, jedoch durchtrainiert. Für meinen Geschmack hätte er eine Spur, so um die zehn Zentimeter, größer sein können. Egal, dafür unheimlich hübsch, verfügte er über das Charisma und den südländischen Charme, mit dem die Autoren der in Italien spielenden Liebesromane ihre Helden ausstatten.

Das Mittagessen verschlief Stefan betrunken unter dem Sonnenschirm am Pool. Er grantelte, weil ihn niemand geweckt hatte, bewies wenig Fingerspitzengefühl im Umgang mit der Bedienung, benahm sich ihr gegenüber forsch und überheblich. Das bunte Treiben um ihn herum nahm er nicht wahr, zeigte nur Interesse für die Ingredienzien seiner Drinks. Stefan kühlte sein Gemüt nicht im Wasser ab, sondern mit dem Eis der Getränke. Er gab sich wie eine launische Filmdiva, spann gegen sich selbst, schmollte mir gegenüber und begegnete dem Service gereizt.

Mit der fallenden Sonne verlegte sich der Trubel des Strandes in die Hotels und auf die Straßen. Die Bademeister ordneten Sonnenliegen und Zubehör, die abgespannten Sonnenschirme standen zackig ausgerichtet bereit als Begrüßungssalut für den nächsten Tag. Das strahlende Blau des Himmels nahm rötliche und violette Schattierungen an, die Sonne versank in Stefans Glas.

Vorübergehend hatte ich mit mir gerungen, ob ich ihm zur Seite stehen sollte, denn sein torkelnder Schritt bedurfte vermutlich einer Führung. Bedeutend mehr sprach dagegen, aber ich hatte noch nie oder zumindest selten rational entschieden, handelte aus dem Bauch heraus. Stefan verzichtete auf meine Hilfe, beschimpfte mich grob und bösartig. Er vermengte Tiernamen mit fremdsprachigen Kraftausdrücken, mischte Fremdwörter darunter, verlor nach einigen Sätzen den Faden, die Sätze glitten ab zu bedeutungslosem Geschwafel. Er zerbrach Gläser und mitten in das Klirren der Scherben schrie er wild und tobend, schimpfte mich. Die Kanonade enthielt die Phrasen: *Hat ohnehin keinen Sinn mehr, … ich will endlich das tun, was ich will … Scheißgeburtstag … diese blöde Schenkerei widert mich an …*

Eine dunkle Hand griff nach mir, Carlo zog mich fort. „Signora Heidi, das musst du dir nicht gefallen lassen, wir kümmern uns um deinen Mann. Wir legen ihn schlafen.“ Dankbar nickte ich.

Ich schaute in die Weite der unendlichen Dunkelheit des rauschenden Meeres. Die Sterne über mir wiegten sich im Takt der Wellen. Der Sand unter meinen Sohlen fühlte sich jetzt warm und angenehm an, nicht so brennend heiß wie bei Tage, das Meer bespritzte meine Beine. Carlo ging neben mir, umschlang mich und sprang wieder fort, seine langen gelockten Haare flogen ihm hinterher. Er lachte und redete, redete und sang. Traurige italienische Weisen klangen in meinen Ohren, seine heisere Stimme umspülte meine Gedanken, so wie die Wellen unsere Füße umspülten.

Figlio figlio
povero figlio
eri bello bianco e vermiglio
quale intruglio ti ha perduto nel Naviglio
figlio giglio unico sbaglio
annegato come un coniglio
per ferirmi, pgnalarmi nell'orgoglio
a me a me
che ti trattavo come un figlio
povero me domani andrà meglio

Eine kleine Pinzimonie,
Wunder, Matrimonie,
Krauten und Erdbeeren
und Patellen und Arsellen,
fischen Zanzibar
und einige Krapfen,
früher vor schlafen
und erwachen mit Walzer
und die Alka-Seltzer für
dimenticar

Quanti pezzi di ricambio
quante meraviglie
quanti articoli di scambio
e quante belle figlie da giocar
e quante belle valvole e pistoni
fegati e polmoni
e quante belle biglie a rotolar
e quante belle triglie nel mar.

Die Sterne erfassten mein schwebendes Bildnis, zogen mich ins All. Ich saß auf den schwingenden Tönen einer dunklen Nacht, verfangen im romantischen Timbre eines schmeichelnden Papagallo. Er warf sein weißes Hemd in den Wind der Nacht, meine Hände schwangen wie Flügel hinterher. Die hellen Lichter saßen auf meinen Schwingen, hüllten sie ein, so wie der Gesang mein Denken vernebelte. Der Wind formte die Wellen zum Ballett blanc. Die Schaumkronen gewandeten die lieblichen Schwanenmädchen, weiße knielange Röcke und Korsagen aus Gischt. Inmitten dieses weißen Traumes drehten sich die Gefühle meiner Begierde und weiblichen Sehnsucht.

Carlos Hände modellierten eine Statue, er schuf meinen Körper.

„Heidi, du bist für mich die Göttin der Sinnlichkeit, meine Göttin einer wunderschönen Nacht. Schwebe davon, lass dich fallen, lass die Welt doch los. Du musst loslassen, an dich denken, nicht immer an ihn denken. Du liebst ihn sehr, obwohl er dir wehtut."

Seine Frage erwartete keine Antwort, sie war Frage und Feststellung zugleich. Wir hielten uns an den Händen, saßen im Sand, küssten und umarmten uns. Ich fühlte mich erleichtert und trotzdem bedrückt, ich schwebte und doch drückten mich schwere Gewichte in den Sand. Ich fürchtete die von Carlo ausgehende Glut, erkannte seine Leidenschaft. Nicht so, nicht hier, nicht in dieser Nacht, meine Gedanken verleugneten das Verlangen meines Körpers. Ich legte mich auf ihn, verschloss seinen Mund mit meinen Lippen. Ein Kuss und eine Umarmung, die mich fast zu verbrennen drohten, zum Abschied. Wir wälzten uns im Sand, mein ICH drehte sich wie ein Kreisel, endlich flüchtete ich vor den Flammen, die Faust des Feuers griff nach mir, verbrannte mein Denken.

Stefan lag im Bett wie ein röchelnder, übel riechender Sack, quer über das Doppelbett. Angewidert rümpfte ich meine Nase, öffnete Balkon und Fenster. Die nächtliche Hitze wirkte für das Gemisch aus schlechten Düften wie ein Katalysator, intensivierte den abstoßenden Geruch in meiner Nase, wie ein Film setzte er sich in meinen Nasenwänden fest. Meine Gedanken kreisten um Carlo, hätte ich …

Carlos Begehren stärkte meinen Selbstwert, tat mir gut. Wahrscheinlich besaß er viele Frauen und wenn er Hunderttausende verführte, sie ihn verführten, heute war ich seine Fee. Das Leben leuchtete mich an, ein Loch des Glücks tat sich auf, nicht ein schwarzes im Boden, eine Leiter in den Himmel. Gestärkt und glücklich atmete ich das Leben ein, Zuversicht erfüllte mich. Hätte ich …

Der Schlaf bescherte mir Träume voll erotischer Fantasien und feuriger Leidenschaft, zitternd und durstig erwachte ich. Das Bettlaken neben mir hob sich hell strahlend von der dunklen Einrichtung ab. Die dünne Decke lag am Boden, mein Blick wanderte weiter zur offen stehenden Zimmertür. Mein Experte in Sachen Alkohol war ausgewandert, huldigte er schon wieder seinem einzigen und letzten Freund?

Der aufgehende Tag begann für Stefan als großes schwarzes Loch. Er erinnerte sich an nichts und niemanden, schützte dies zumindest vor. Alles wie gehabt, dachte ich. Seinen verbalen Ausbruch schwächte er ab, meinte allen Ernstes, dass die Lücken in seinem Gedächtnis die Handlungen entschuldigen würden. Das klassische Blackout konstatierte Stefan, die Hitze hätte ihm nicht gutgetan, unterdrückter Ärger hätte ihn aggressiv gemacht. Er erfand immer wieder neue Ausreden, für mich und für sich, um sein Verhalten zu rechtfertigen. Blendend verstand er es, sich mit schönen Worten aus der Affäre zu ziehen, den *Schwarzen Peter* weiterzureichen. Dieses ewige Auf und Ab in unserer Beziehung zehrte an meinen Kräften, überstieg die Belastungsgrenze. Stefan machte es sich zu einfach, gab diesem und jenem die Schuld, und was war morgen? Beteuerungen und Versprechungen, die sich tagtäglich, wöchentlich und monatlich einholten, erneuerten und überlappten.

Ich hatte ihn in der Nacht gesucht, fand ihn im Lift, ausgezogen, sein Gewand auf dem Hocker liegend, in der Unterhose am Boden schlafend. Er hatte das Zimmer mit dem Lift vertauscht, war so hochgradig betrunken, dass er sich nicht mehr orientieren konnte, er die Liftkabine als Zimmer betrachtete oder sogar als Toilette, denn der Geruch und der nasse Filz am Boden sprachen dafür.

Ich schämte mich für ihn.

Für die scheelen Blicke, die ihm das Hotelpersonal zuwarf, strafte sie Stefan mit Arroganz. Mir gegenüber benahm er sich fürsorglich und nett, das schlechte Gewissen drückte ihn. Am Nachmittag war ich drauf und dran zu schmelzen, seinen nächtlichen Ausfall zu vergessen, Gewissensbisse wegen des heißen Flirts mit Carlo traten auf.

Stefan cremte mir den Rücken ein. Er massierte die Sonnenlotion nicht in die Haut, er streichelte meine Rückenpartie. Er blies mir seinen heißen Atem in den Nacken, hauchte mir entschuldigende Worte ins Ohr, lud mich ein mit ihm shoppen zu gehen, wusste um meine Vorliebe fürs Einkaufen. Er sagte, dass er mich zu einem besonderen Juwelierladen führen wollte, mich mit einem besonderen Schmuckstück bedecken wollte …

„Für das, was du mit mir letzten Tag mitgemacht hast, Wiedergutmachung."

Elektrisiert fuhr ich auf, kümmerte mich gar nicht darum, dass mein Bikinioberteil für das Eincremen aufgehakt war und auf der Liege zurückblieb. Nicht mit mir, mein Prinz, so nicht.

Ich fauchte Stefan an: „Ich brauche dein Schmuckstück nicht, du weißt genau, um was es eigentlich geht. Du machst es dir sehr einfach. Zuerst behandelst du alle Welt von oben, besäufst dich wie ein Tier, schüttest solche Unmengen in dich rein, dass dies von der Menge her jeder Kuh zu viel wäre, dann führst du dich auf wie der Elefant im Porzellanladen, bist gemein und lästig, weil du dich selbst nicht magst, beschimpfst Gott und die Welt … Sei jetzt bloß ruhig, unterbrich mich nicht, lass mich ausreden! Und dann glaubst du, mit einem Schmuckstück ist wieder alles paletti. Du benutzt die Menschen nur, alle müssen sich nach dir richten, nur weil du zu feige für eine Veränderung bist. Du kannst nicht alles und jeden kaufen, außerdem tust du den Menschen weh, am meisten mir, aber das ist dir anscheinend egal."

In diesem Ton hatte ich noch nie mit Stefan gesprochen; explodierte jetzt nur deshalb, weil er sich am Kern des Problems vorbeimogeln wollte und so nach meinem Dafürhalten den Bogen überspannte. Ich Riesenrindvieh fragte mich fortwährend, ob ich richtig gehandelt hatte, und was tat er? Der Herr Graf wollte etwas *Goldenes* kaufen, meinte wohl, mit diesem Kauf rastete die Welt wieder ins Lot. Damit war alles ausgestanden, dies machte das Geschehene vergessen. Und ich warf mir vor, ihm zu wenig Freiraum zu gönnen, schrieb die Schuld für die misslungene Geburtstagsüberraschung eindeutig auf meine Kappe. Mein aufgeregtes Atmen hob und senkte meinen Busen. Einige Urlaubsgäste und Hotelangestellte sahen verstohlen zu uns her, darunter auch Carlo, dessen Blick aber eindeutig auf meinen Brüsten lag, sein bewunderndes Lächeln bewies es. Ungewollt entwich mir ein Grinsen, das Stefan sicher nicht zu deuten imstande war, nur mutmaßen konnte, eventuell an meinem rasanten Mienenveränderungsspiel gar nicht interessiert war. Ich rauschte hoch erhobenen Hauptes ab, streckte die Schultern zurück, drückte das Kreuz durch, stolzierte barbusig, wie ich war, davon. Die Dusche setzte das Werk des Dampfablassens fort, eiskalte Schauer trommelten auf meine Haut, lösten meine Anspannung und erfrischten Körper und Seele.

Der Abend und Italien lagen zu meinen Füßen. Carlo, für die Musik in der Bar verantwortlich, sorgte für heiße Musik. Gestern hatte ich ihm in puncto italienischer Musik gesteckt, dass ich zu den Gianna Nannini und Fabrizio de André – Fans gehörte, nun röhrte der Gianna Nannini – Hit *Primadonna* mehrmals in der Stunde aus den Lautsprechern. Eine Hommage an Signora Heidi, beteuerte Carlo treuherzig.

Stefan erschien zum Abendessen im hellen, eleganten Sommeranzug, hatte für mich einen Riesenstrauß roter Rosen organisiert, die mich vom Beistelltisch aus andufteten. Stefan, aufgetaut und fröhlich, vermittelte den Eindruck eines außergewöhnlich attraktiven Mannes, versprühte Esprit. Er war aufgewacht, hatte seinen Witz und seine Galanterie wiederentdeckt. Nicht einmal der Campari, den der junge Kellner Ottavio über seinen Anzug leerte, regte ihn auf. Er bewahrte *Contenance.* Meine Blicke suchten Carlo, denn klammheimlich hegte ich den Verdacht, dass er als Anstifter für Ottavios Missgeschick verantwortlich zeichnete.

Ach Carlo! Meine Beine begannen zu beben, nur wenn ich an ihn dachte. Stefan, der gerade an seinem Weinglas nippte, ordnete meinen Stoßseufzer sich selbst zu, setzte das Glas sofort ab, versicherte mir, heute den Alkohol zu meiden, ihn nur schlückchenweise zu sich zu nehmen.

Carlo schenkte uns Wein nach, sagte auf Italienisch: „Da quel momento vissero felici è contenti."

Stefan lachte: „Und fortan lebten sie glücklich und zufrieden."

Ich sah in Carlos Gesicht ein überraschtes Staunen, sicherlich hatte er nicht mit Stefans Italienischkenntnissen gerechnet.

Dieses Spiel mit zwei Männern verwirrte mich, mehr noch, ich war diesem Spiel nicht gewachsen. In mir kroch die Angst hoch, in diesen südländischen Flammen zu verlodern.

Stefan war über die vorverlegte Abreise nicht unglücklich, immerhin litten an den Stätten solch durchlebter Exzesse seine Sicherheit und sein Stolz, er war froh zu entkommen. Der Abschied vom *bella Italia* war eine Flucht vor dem Feuer, Kohlen als Augen funkelten mich traurig an.

Carlo küsste mich auf die Wange.

„Wenn wir uns wiedersehen, wird der Himmel im Meer versinken und unsere Leidenschaft das Meer verbrennen …"

Leise begann er zu singen: „Primadonna non lo so non lo so non se questo é amore primadonna fai il tuo show, fai il tuo show scarica le pistole, primadonna e lasciati toccare e lasciati sfogare come una vera star …"

Er zwinkerte mit den Augen, richtete den Blick gegen den Himmel, sagte: „Il vento, der Wind."

„Ciao primadonna!", rief er mir nach. Ich hätte schwören können, der Wind bestand aus silbrigen Tränen.

Stefan und ich renovierten die Fassade, entrümpelten das Gebälk unserer Beziehung, räumten vom Keller bis zum Dachboden gehörig auf, befruchteten die verwilderten und verödeten Teile. Wir bemühten uns, unser Bestes zu geben, verließen uns auf nichts und niemanden, legten Hand an. Wir möbelten die eingenistete Tristesse mit Pep auf, übertünchten das Alltagsgrau mit pfiffiger Farbe. Wir schütteten Eimer um Eimer poppiger Farbe in unser Leben, zerstörten die Reserven, brachen den Weinkeller auf, schütteten ihn zu. Der Umbau unserer Verbindung stärkte das Fundament, erneuerte das Gerüst. Wir erarbeiteten neue Pläne, änderten sie, versuchten schließlich sie im Alltag umzusetzen.

Doch manchmal arbeiteten wir schlampig, vergaßen ordentlich auszubessern, schliffen den Rost nicht ab, malten aus Bequemlichkeit darüber. Die alten Nähte platzten auf, schufen neue Wunden. Ich hörte nicht auf fremde Stimmen, andere wussten alles besser, gaben den Rat, das Alte niederzureißen und neu aufzubauen. Neu anfangen, unvorstellbar für mich, auch durch den Dschungel führten Wege. Die Veränderungsarbeiten nahmen mich ganz in Anspruch, kosteten mich ein Gros meiner Kraft. Das Kräftegleichgewicht verschob sich, denn nach einiger Zeit beschäftigte einzig ich mich mit unserem Projekt, welches längst zu meinem geworden war, die andere Hälfte der Beziehung hatte ihre Mitwirkung längst aufgekündigt. Ich verlor den Überblick, sah nicht durch die Wand, erstickte fast am Staub der mir auf den Kopf fallenden Decke.

Die Kumpane kamen mit Stefan, stahlen meine abendliche Ruhe, brachen ein in meine Welt, die längst nicht mehr die meine war. Sie forderten lautstark Bewirtung und ich sprang auf, um ihnen zu kredenzen. Ich kochte ihnen mitternächtliches Essen, richtete die Jausenteller, schnitt die Wurst und den Käse. Salat und Grünzeug wie z. B. Schnittlauch lehnten sie ab, die Fragen galten der Kühle des Bieres. So wie sie kein Gemüse benötigten, so stand es teilweise mit den Biergläsern, tranken vereinzelt wie Barbaren. Sie schafften an, ich beeilte mich ihre Bestellung prompt zu liefern. Der Hausherr versteckte sich im gesellschaftlichen Taumel ihrer Mitte, begeisterte sie mit Anekdoten aus dem Leben eines modernen Charles Bukowski und den Spirituosen seiner Barlandschaft.

Sie stießen Gläser um, verschütteten beim Trinken so manchen Tropfen, die Tischdecke und der Teppich saugten auf. Die tiefen Bässe der lauten Musik machten die Stereoboxen hüpfen, der Geräuschpegel überschritt die Grenze, die Erschütterung nur mittels Richterskala messbar. Immer neue Gläser und Flaschen fielen um, immer neue Becher und Gefäße richtete ich auf, konzentrierte mich auf meine Schritte, um nicht in den Scherben zu stehen. Sie, die Kumpane, nahmen die Wohnung und ihre Einrichtung in Beschlag, vergingen sich daran. Das Mädchen war wie sie, stand ihnen nicht nach, ein würdiger Kumpan. Ob sie mich mit dem Mädchen auf eine Stufe setzten, dachten, ich wäre wie sie? Ein Objekt, mit der Aufgabe, sie zu bedienen. Das Mädchen berührten sie derb und ohne Erotik, griffen ohne Scham auf Geschlecht und Busen. Stefan zeigte für nichts und niemanden mehr Interesse, sein Denken fiel in die Flasche. Interessant, dass es seine Hände immer wieder zuwege brachten, das Glas an den Mund zu führen und den Sprit in die Kehle zu gießen.

Ihr Lachen verspritzte die mit Alkohol vermengte Spucke im Zimmer, während die Bewegungen ihrer Hände bereits so langsam gerieten wie ihre Sprache. Einer von ihnen besaß nicht mehr die Kraft, mitzuhalten, die Last des Alkohols drückte auf die Augendeckel, beendete für ihn diesen Tag, der längst eine Nacht. Sie streckten ihre zu Stein gewordenen Körper dort aus, wo sie die Müdigkeit übermannte, am Fußboden, auf der Couch, sogar auf der Toilette. Ich hatte nicht vor, sie in den Schlaf zu wiegen, ihnen das Bett zu richten oder zu überlassen. Ich flüchtete in die Dunkelheit des Schlafzimmers, tauchte ein in die Welt der Träume.

Der Lichtstrahl stach in meinen Augen, warf mich in die Welt zurück. Ich sah den Schein einer Taschenlampe, registrierte eine fremde Stimme, hörte die Worte, doch Verstehen und Begreifen waren in diesem Augenblick zweierlei Paar Schuhe.

„Erschrecken Sie nicht", hörte ich die Stimme sagen und genau dieses Erschrecken trat ein, so wie die Mutter zu einem Kind, welches vor dem Wasser steht, sagen würde: *„Fall nicht ins Wasser, pass bloß auf …!", und das Kind würde schließlich doch hineinfallen,* *weil sich das gesamte Denken des Kindes auf das Wasser bündelte …* genauso fiel ich, nicht ins Wasser, aus den Wolken des Schlafes, des Bettes.

Ich erschrak wie noch nie in meinem Leben. Meine Augen gewöhnten sich an das Licht der Taschenlampe, die Konturen rückten in den Hintergrund, langsam drangen die Bilder durch. Eine Uniform hielt den leuchtenden Stab, zielte mit dem Licht an mir vorbei, der Lichtkegel zitterte wie mein Atem. Ich konnte drei Uniformen ausmachen, erkannte sie als die Gewandung der Gendarmerie.

„Gehört der schlafende Mann auf der Vorhausstiege zu ihnen?"

„Vermutlich", antwortete ich, suchte im Dunkeln nach Kleidung. Ich zog an der Schnur der über meinem Kopf angebrachten Leselampe, hangelte mir mit den Händen meinen Schlafmantel. Die Blicke der Uniformen strichen über meinen Körper, die Münder grinsten. Die Gendarmen und ich umringten Stefan, der im Stiegenhaus schlief, bloß mit der Unterhose bekleidet. Die Nachbarin hatte nächtliche Geräusche vernommen und ein mehrmaliges Herunterdrücken der Türklinke ihrer Eingangstür bemerkt, worauf sie den Notruf betätigte. – Einbrecher oder Lüstlinge im Haus. –

Stefan hatte sich in der Tür vertan, rechts mit links vertauscht, ein Richtungskollaps. Er war vom WC aus anstatt links durch die Eingangstür rechts hinausspaziert, wollte bei der nächsten Tür wieder hinein, auf dem Weg in das Schlafzimmer, landete an der Wohnungstür unserer alleinstehenden Nachbarin.

Die herbeigerufenen Gendarmen hatten Stefan auf der Stiege vorgefunden, drangen weiter vor in die offen stehende Wohnung. Sie entdeckten die Spuren des Gelages sowie die willkürlich gewählten Schlafplätze der beteiligten Personen. Sie machten sich nicht die Mühe, die Betrunkenen zu wecken, waren auf der Suche nach einem Ansprechpartner weiter vorgedrungen, landeten bei mir im Schlafzimmer.

Der am jüngsten aussehende Gendarm leuchtete dem auf der Stiege schnarchenden Stefan mit dem Licht der Lampe in die

Augen, wartete auf Reflexe, auf das Erwachen. Ich befürchtete aggressive Reaktionen, wusste um seine Feindseligkeit gegenüber den Uniformen des Gesetzes. Ich betete darum, dass er ruhig bliebe, formulierte und sandte ein blitzschnelles Stoßgebet Richtung Himmel. Lieber Gott, lass ihn nicht ausrasten, lass ihn nicht den Kopf verlieren, mir zuliebe, bitte, bitte.

Und ich wurde erhört, gerechterweise sagte ich mir, schämte ich mich in dieser Situation ohnehin genug.

Stefan schüttelte nur seinen Kopf ganz langsam und bedächtig hin und her, richtete sich auf, fragte: „Was macht die Gendarmerie hier? Gib ihnen was zu trinken!"

Er schritt an ihnen vorbei in die Wohnung, legte sich ins Bett. Er schlief und handelte auch am nächsten Tag so, als wäre nichts gewesen, wusste um nichts. Nicht dass er sich absichtlich verstellt hätte, nein, es war wirklich so, dass seine Erinnerung aussetzte, nur die Zeit Fetzen an die Oberfläche spülte.

Immer öfter fiel er in eines dieser schwarzen Löcher, dachte ich.

Diese Löcher plagten ihn, seitdem er trank, seit seiner frühesten Jugend. Ihnen verdankte er zeitlebens eine Unmenge von Schwierigkeiten. In diesen Zeitspannen, in denen nicht nur sein Gehirn aussetzte, starb meist auch sein reales Begreifen ab, sowie sich sein moralisches Bewusstsein total veränderte. Er überschritt sämtliche Schwellen seines Ichs, kannte weder ethische noch moralische Grenzen, agierte ohne jede Hemmung in dieser Dunkelzone. Viele Menschen in seinem Umfeld, die ihn nicht unbedingt näher kannten, denen aber seine Aktionen nicht unbekannt waren, meinten, dass er irgendwann in dieser Finsternis stecken bleiben würde, darin umkommen würde. Leider oder Gott sei Dank, ihren Mienen war es nicht anzusehen, was sie ihm wünschten, was sie befürchteten. Manchmal hatte ich gemeint, dass die Menschen aus seiner näheren Umgebung Angst um ihn hätten, aber mittlerweile erkannte ich, dass die Angst nur vor dem bestand, was sie Stefan zutrauten, ihn für fähig hielten viele mit in die Tiefe, in ein nie endendes Loch, zu stürzen.

Bisher war er stets alleine in die Schwärze getappt. War er das? Was war mit mir? Litt ich nicht mit ihm? Leiden und lieben ist sehr eng miteinander verwoben, dachte ich. Nur wer die Freuden des Lebens kennt, ist bereit, die unzähligen Leiden auf sich zu nehmen. Würde er mich mitreißen? Nein, beantwortete ich mir die Frage selber, seine Ausfälle waren ja meist nicht tragisch, wirkten eher komisch. Hinterher zumindest.

Eines der sozusagen größten Löcher, in die Stefan seinen Erzählungen nach je gefallen war – zig Male hatte ich die Geschichte vernommen –, und zwar während seiner Grundwehrdienerzeit beim österreichischen Bundesheer. Stefan rückte im Alter von zwanzig Jahren mitten im eiskalten Winter des Januars 1976 in die Maria Theresienkaserne nach Wien ein. Er war alles andere als der geborene Soldat, überstand seine Grundausbildung bei den Jägern ebenso locker und frech wie den Rest seiner abzudienenden Zeit. Seine Versetzung in die Schreibstube als Gehilfe des Wirtschaftsunteroffiziers verdankte er seinem Mundwerk und seinem angeborenen Gespür für Menschen, seiner Fähigkeit, ihnen den Spiegel vor Augen zu halten, und gleichzeitig seiner Schauspielerei, die in dem gipfelte, dass er so penetrant Bewunderung und Abscheu für sie zu empfinden schien, dass es einfach ehrlich gemeint sein musste, denn niemand besäße die Blödheit, so etwas zu spielen oder zu heucheln, dachten sie.

Nur wer sich selbst so verachten konnte wie er, wer so destruktiv sein konnte zu sich selbst, besaß den Mut, andere so zu verachten, so zu behandeln.

Stefan dachte weder noch handelte er als überzeugter Pazifist. Für ihn bot sich das Militär als unnötige Einrichtung. Er hasste nicht die Kriege, er fand Menschen zuwider, die an ihnen des Ruhmes, der Ehre wegen, auf alle Fälle freiwillig teilnahmen. Er stand auf der Seite derer, die ungewollt eingezogen wurden, nicht auf der Seite derer, welche die Kriege auslösten und befahlen.

Stefan war nicht der Mann, der kein Gewehr angriff, im Gegenteil, als Kirtagsschütze hatte er so manchen Preis nach Hause geholt. Seit ewigen Zeiten war es so gewesen. Beim Bundesheer mutierte er zum schlechtesten Schützen der Kompanie. Von 250 jungen Soldaten schoss er am schlechtesten. Er schoss so miserabel, dass er nicht einmal die Scheibe traf. Er fehlte nicht einmal, er fehlte zweimal, dreimal, immer wieder. Mit Ausdauer. Die einzige Rechtfertigung des Brillenträgers war das Nichtsehen der Scheibe. Zu weit weg, sagte er. Er bedrängte die Ausbilder, um erneut zu schießen, sie nahmen ihn ernst, verboten ihm für alle Zeit das Schießen. Er ging in sich, sie bemitleideten ihn, schickten ihn von einem Augenarzt zum anderen, Untersuchung folgte auf Untersuchung. Er schlug das System mit seinen eigenen Waffen; indem er um das bettelte, was er gar nicht wollte, verbot man es ihm.

Die Wirtschaftskanzlei als Zentrale des Verpflegungsumschlages bot Stefan ein umfassendes Betätigungsfeld. Er nutzte sein vorhandenes Organisationstalent, setzte diese in unzähligen Kleinkriegen im Internatsalltag bestens erprobte Begabung nun für sich und seine neuen Freunde ein. Er schacherte mit gefälschten Essensmarken, zog einen schwunghaften Handel mit Zusatzverpflegung auf, Konserven und Schokoladen, die ursprünglich für den Arbeitszug bestimmt waren. Stefan tauschte, was es zu tauschen gab, die von ihm bevorzugte Währung war, … ja … selbstverständlich … Alkohol.

Auch wenn Stefan es später stets bestritten hatte, die Zeit seines Präsenzdienstes fiel zusammen mit der Zeit seines erstmaligen bewussten Trinkens über einen längeren Zeitraum. Das, was vorher gewesen, war noch jugendlichem Leichtsinn, jugendlichen Streichen, dem jugendlichen Drang nach Leben zuzuschreiben. Ab diesem Zeitpunkt handelte er zwar nicht so, er trank dafür so, eben wie ein Erwachsener, ein Großer. Dieses hier begonnene Trinken war bereits das destruktive Trinken, wenn auch vielleicht nur im Anfangsstadium. Stefan soff sich beim Heer mit einer Vehemenz durch den Tag, welche eingesessene und längst dem Alkohol verfallene Berufssoldaten beeindruckte und in ihrer in dieser Form noch nie da gewesenen Beständigkeit bestach.

Er trank sich durch die Tage wie durch die Nächte, längere Pausen unterblieben. Er trank mit diesen und jenen, trank mit denen, die er verachtete, und denen, die ihn bewunderten, oftmals waren es dieselben. Er trank sehr viel Bier, Fotos aus dieser Zeit zeugten von seinem aufgeschwemmten Äußeren, seinem Entwachsen der Uniform. Er trank ebenso viel Wein wie harte Sachen. Er trank rundum, so wie es daherkam, trank, bis es wie beim Roulettespiel hieß: *Rien ne va plus – nichts geht mehr!* – ein Lieblingsausspruch von Stefan, wohl wegen seiner Liebe zum Glücksspiel. Er sah im Trinken ein lustiges Spiel, das Leben ein Spiel, ein endloses Trinkspiel. Ein Spiel, bei dem er alles, absolut alles verlieren konnte.

Das Tragen der Uniform behagte ihm nicht, die ständigen Uniformträger bemerkten es nicht, ließen ihr Wohlwollen wie ihren Unmut beständig an ihm aus. Sie meinten, er wäre ihnen ausgeliefert, bemerkten nicht, wie er sie in seinem Spiel nur als Figuren missbrauchte. Stefan spielte mit ihnen, spielte sie gegeneinander aus. Sie belächelten ihn manchmal, wen wunderte es, dass sie einen Oberösterreicher in der Landeshauptstadt Wien nicht für voll nahmen. Noch dazu einen, der alles tat, um anzuecken, und dessen militärische Erscheinung für Großstädter unweigerlich zu der Assoziation Bauer führen musste. Er trug bei Kälte die Hemdsärmel hochgekrempelt, bei Hitze den obersten Hemdknopf zugeknöpft. Die Uniformhose langte nicht über seine Knöchel, die Ärmel der Jacke nicht über seine Armbanduhr. Stefan genoss seine Erscheinung, tat ein Weiteres, forcierte seinen oberösterreichischen Dialekt, redete fortan nur noch in gröbster Mundart.

Die zu Hause verbrachten Wochenenden versanken ebenso im Alkoholdunst, niemand störte sich daran, von Wehrdienern erwartete man dies.

Die Dosis stieg und stieg. Dem Frühstück spülte er Wodka-Orange oder Gin-Tonic hinterher. Die lichten Momente bekamen Seltenheitswert. Weil er so gut wie nichts zu tun hatte, konnte er sich voll und ganz dem Trinken widmen. Das Saufen galt beim Bundesheer als Kavaliersdelikt, Verstöße gegen die Dienstordnung in betrunkenem Zustand wurden selten geahndet, nur wenn unumgänglich, erhoben den Bestraften meist in den Rang der Bewunderung, gaben ihm den Geruch des Besonderen.

Stefans Eskapaden waren dem kleinsten Chargen in den Wiener Randkasernen ebenso bekannt, wie dem Chef des Wiener Militärkommandos oder dem Armeekommandanten. Legende war die Verpflegungsausfahrt, bei der er und der Kraftfahrer den frisch eingerückten Grundwehrdienern, die im Gelände für den Ernstfall probten, Gefechtsübung nannte sich dies, das Mittagessen nachbringen sollten. Um 10.00 Uhr fuhren sie von der Kaserne ab, bei einer üblichen Fahrzeit von gut einer Stunde, wären sie spätestens kurz vor zwölf in Bruck a. d. Leitha angekommen, doch von den beiden keine Spur. Gegen Nachmittag kreiste in der Kaserne das Gerücht, dass zwei betrunkene Soldaten die Huren am Praterstrich mit Essen versorgten. Die wildesten Spekulationen und Geschichten tauchten auf, in den Kantinen und Offiziersmessen zerkugelten sich Ordonnanzen wie Gäste über den Spruch: *Tausche warmes Essen gegen Liebe.* Die Militärstreife schleppte um 18.00 Uhr den vermissten LKW an, nahm wenig später in einer Spelunke in Kasernennähe zwei Personen fest, auf welche die Beschreibung haarscharf passte. Noch dazu wiesen sich diese mit den Papieren der Abgängigen aus, trugen deren Uniformjacken. Zum Leidwesen der Militärpolizei sprachen sie kein Wort deutsch, nur polnisch. Die Gerüchte multiplizierten sich, wuchsen aus zu rasanten Spionage- und Räubergeschichten. Jeder der irgendetwas an andere weitergab, schrieb am abenteuerlichen Drehbuch mit. Fernsehserien mit unzähligen Folgen, farbiger als Dallas je sein konnte, entstanden an diesem Tag. Um zehn Uhr abends nahm die Polizei den Kraftfahrer fest, brachte ihn zum Verhör in die Kaserne. Polizei und Militär setzten diesem hart zu, doch er blieb bei seiner Aussage. *Stefan und er hätten in einer Praterkneipe Kaffee getrunken, Unbekannte überfielen sie, nahmen ihnen Papiere, Autoschlüssel und Sonstiges ab. Sie hätten sich daraufhin geschämt, Angst bekommen und betranken sich. Wo das Auto sei, wisse er nicht. Ebenso habe er keine Ahnung, wo Stefan hingekommen sei.*

Kurz bevor die Nacht zu Ende ging, die Dunkelheit dem Licht Platz machte, lieferte ihn eine Polizeistreife ab, so wie man ein verlorenes Paket abgab. Die Polizisten hatten keine Ahnung, dass dieser junge Mann in ganz Wien gesucht wurde, brachten ihn nur deshalb, weil er aus einer Siedlung nicht mehr herausfand, immer im Kreise gegangen war, bei einer Tür geschellt hatte, nach der Polizei verlangt hatte, … „bringen Sie mich bitte in die Kaserne, … ich habe mir wehgetan … bin sehr müde … finde nicht mehr nach Hause …"

Stefan traf derangiert, verletzt und total fertig in der Kaserne ein. Sein linker Knöchel schwoll bis zur Dicke seines Knies an. Er war physisch wie psychisch nicht fähig, alle ihm gestellten Fragen zu beantworten, sagte im Wesentlichen dasselbe wie sein Kraftfahrerfreund. Danach wisse er von nichts, behauptete er. Die Frager glaubten ihm nicht, wenn, dann nur zögernd; aber es stimmte, dass die Erinnerung fehlte.

Stefan hatte die Geschichte oft erzählt. Dem Gaudium der Nuttenverköstigung und dem Verkauf ihrer Papiere samt Uniform folgte der totale Absturz, das Fallen in das tiefste aller Löcher. Die Geschichte ließ sich nur rekonstruieren, das Geschehen lag für ihn im dichten Nebel. Wenn er sich erinnerte, so höchstens fragmentarisch, als hätte die Sonne mitunter den Nebel aufgerissen, drang das Licht für einen kurzen Moment durch die Schwaden.

In den Abendstunden hatten sich die beiden Zechkumpane verloren. Stefan irrte umher, fand keinen Anhaltspunkt, machte in den diffusesten Kneipen halt, fand kein Ziel. Er wanderte einsam und zum Umfallen müde durch die Gassen, trank dort, wo es zu trinken gab, stakste in dunklen Hinterhöfen herum, war in einem Randbezirk gelandet, in dem das Fehlen der Nachtlaternen obligatorisch zu sein schien. Stefans Energie war verbraucht, ausgeraucht. Er tat sich beim Sprechen schwer, die Koordination der Bewegungen blieb aus, er kauerte sich am Boden zusammen, wollte schlafen, die Kälte hinderte ihn daran. Über einer Garage erblickte er ein offenes Fenster im ersten Stock, sah in dieser Öffnung den Rettungsanker für seine marode, auch alkoholbedingte Bettschwere. Er wollte nur schlafen, schlafen. In diesen, in solchen Momenten wusste er nicht mehr, was er tat, sein Handeln galt momentan zu befriedigenden Bedürfnissen, war rational nicht mehr erklärbar.

Stefan kletterte an den dünnen, für die Pflanzen vorgesehenen Holzlatten empor, suchte mit seinen Händen Halt am Fensterbrett. Mit der flachen Hand drückte er gegen den Holzrahmen, das Fenster klemmte. Ihm misslang das Aufdrücken, die dabei entstehenden Geräusche zerbrachen abrupt die Aura der nächtlichen Stille, verstörten und erschreckten ihn gleichzeitig. Das Knarren des Holzfensters hallte so eindringlich schaurig in seinen Gehörgängen nach, dass seine Hände plötzlich wild zu zittern begannen und er sich Halt suchend am rostigen Fensterblech die Finger aufschnitt. Das hervorquellende Blut streifte er mit fahrigen Bewegungen ab, wischte es in seine Kleidung. Das Blut weckte in seinem Handeln eine konfuse Angst, die ihn spontan dazu verleitete, die etwa vier Meter in die Tiefe zu springen. Der Asphalt empfing ihn hart, rammte ihm ein Knie in den Bauch, die Luftzufuhr unterbrach. Der Fuß hielt den zentnerschweren Kräften, die für Sekundenbruchteile auf ihn wirkten, nicht stand, er brach nach außen aus, kippte um. Die ihm fehlende Luft machte Stefan ein Schreien unmöglich, die Schmerzen in ihm brüllten lauter, als er je zu schreien vermocht hätte.

In diesem Augenblick des Schocks, als er mit den stechenden Schmerzen im Fuß am liebsten in den Wind geheult hätte, fand er erstmalig wieder zu sich. Ihm war es, als erwachte er aus einem Traum, als war er in eine Geschichte gefallen, die er nicht kannte, die ihn drohte zu vernichten.

Stefan schleppte sich die dunkle Gasse entlang, läutete schließlich bei einem Haus, es war vier Uhr morgens, läutete Sturm. Auf die Frage „Wer da?“ bat Stefan flehentlich die Polizei zu rufen, beschrieb sich selbst als verletzt, als Unfallopfer.

Das durch den Alkohol verursachte Gedankenloch fand die Bundesheerobrigkeit zwar keineswegs als angenehm, da das Saufen samt seinen Folgen aber durchaus nachvollziehbare Zustände waren, entgingen die beiden Missetäter einer strafrechtlichen Verfolgung, hatten nur einige Tage Ordnungshaft mit anschließendem

Ausgehverbot zu ertragen. Stefan blieb die ersten Wochen an die Kaserne gekettet, der Militärarzt hatte seines Fußes wegen Bettruhe verordnet.

Genau so, wie die anderen Stefans Ausfälle und alkoholische Übergriffe oft entschuldigt hatten oder zumindest darüber hinweggesehen hatten, so verlangte er es zeitlebens von seiner Umwelt. Wenn sie es nicht tat, benannte er sie Spießer, Kleinbürger oder schlicht Scheißer. Der Umstand, dass er in solchen Situationen nicht mehr Herr über seinen Körper war, nicht mehr Herr über sein Denken, musste nach seinem Dafürhalten für jede Entschuldigung ausreichen.

Ich selbst hatte vor dem Alkohol die Augen verschlossen, hatte es für möglich gehalten, dass er mit dem Trinken umgehen lernen könnte. Ich hatte mich angelogen, meine berufliche Erfahrung stand gegen das große Gewicht meiner Liebe zu ihm. Wo würde mich diese Liebe noch hinführen, dachte ich. Dachte ich sehr oft in diesen Tagen. Ich wünschte nur nicht, in einem dieser schwarzen Löcher von Stefan zu enden, bekam umso mehr Angst davor, je länger ich daran dachte. Ich wartete auf einen Schicksalswink, ein Zeichen. Wie sollte ich dieses erkennen, es richtig deuten?

Ich spürte mein Ankommen an dem Wendepunkt, die Gratwanderung ging zu Ende. War ich bereit über die Grenze meines Privatlebens hinauszutreten, mich zu verändern? Alles Leben unterlag andauernden Veränderungen, einem ständigen Wandel jeglicher Art von Stoffen, egal ob man den Stoffwechsel des Körpers betrachtete oder, weil just jetzt meine Blicke auf die weißen Wolkentürme unter der blauen Kuppel trafen, Wolken. Die flauschigen Ungetüme, die zum Kuscheln aufforderten, waren nichts anderes als sichtbare, in der freien Atmosphäre schwebende Ansammlungen von sehr kleinen Wassertröpfchen und Eiskristallen. Ich fragte mich, Wolken, Leben, Liebe, alles Trugbilder? Viele Fragen lauerten unter meiner Oberfläche, warteten auf den Tag der Antworten. Zahltag?

Nun geben
die Antworten
den Antworten
fertige Antwort
und die Fragen
fragen nicht mehr.

Was wären das auch
für Fragen?
„Hast du die Liebe gesehen?
Warum läuft sie davon?
Seit wann
geht Liebe
nicht mehr
zur Liebe?

Was ist das für eine Liebe,
die so etwas tut?
Ihre feindlichen
fernen Verwandten
sind so.
Aber sie
heißt doch Liebe?

Soll man sie
anders nennen?
Und kann man sie rufen,
dass sie umkehrt
und nicht davonläuft?“
Das wären noch immer
Fragen.

Aber die Fragen
fragen nicht mehr
und nur die
fertigen Antworten
geben den Antworten
Antwort.

Erich Fried

Indem ich meine Wangen in ein Lächeln zwang, veränderte ich die Bahn der über mein Gesicht rollenden Tränen.

Nimm deinen Lauf

Als Zufall gilt das, was ohne erkennbaren Grund und ohne Absicht geschieht. Das Mögliche, das eintreten kann, aber nicht eintreten muss, das Zusammentreffen von unabhängigen Ereignisketten.

Der Zufall bescherte mir einen freien Nachmittag, führte mich an einen zufälligen Ort, um zufällig Zeuge einer Begegnung zu werden. Ich sah von einem Hügel aus über die Weite einer Heide, sah schräg vis-à-vis am Ende des Parkplatzes neben den hohen Birken zwei sich gierig umschlingende Leiber, an ein Auto gelehnt. Ich lenkte meine Blicke auf ein anderes Ziel, bekam beim Beobachten anderer Menschen in solch intimen Situationen häufig ein Schuldgefühl, so als wäre ich als Voyeur ertappt worden. Die Frau stieß schrille, kurze Schreie aus, sie saß auf der Kühlerhaube, umschlang mit ihren Beinen den Mann. Und während die Neuronen in meinem Gehirn noch Verknüpfungen suchten, begann ich zu fallen. Ganz tief, so tief, wie ich in meinem Leben noch nie gefallen war.

Ich kannte sie, ihr zweifelhafter Ruf sprach für sich. Sie umarmte diesen Mann so, wie sie einst Roland umarmt hatte. Es gab nur einen winzig kleinen Unterschied zu dem damaligen Bild, das ich immer noch in meinem Gedächtnis trug. Und dieser kleine Unterschied zerbrach alles in mir, was zerbrechen konnte, diese Winzigkeit knipste alles Licht in mir aus, schleuderte mich in eine Finsternis, in ein gähnendes Loch. Schwarz – das Fehlen aller Farben. Stefan.

Sie und Stefan hatten mich nicht wahrgenommen, gut so. Mir war in diesen Minuten der innerlichen Leere und des Ausbrennens ohnehin nicht nach Streitgesprächen, sondern nach Einsamkeit. Das Auto kurvte mich in die Wohnung, so wie ein treuer Hund sein angeknackstes Herrchen nach Hause bringt. Nur war dies nicht mehr mein Zuhause, würde es nie mehr sein.

Die Ruhe, die mich erfasst hatte, verwunderte mich. Meine Augen fotografierten die Wohnung, jederzeit bereit die hier erlebten Freuden zu verpacken und mitzunehmen. Mein Sehen stoppte bei dem von meinen Lieblingsfarben Blau und Orange dominierten Bild, Christian Ludwig Attersees Mittag. Die riesige orange Sonne über dem blauen Wasser strahlte über den Rahmen, tauchte die Wohnung in grelles Licht, verwandelte die Wand in eine leuchtende Orange. Mit jedem Zucken meines Blickes über einen Gegenstand, über ein Bild, eine Sache, ein Möbel nahm ich von diesem Gegenstand, von dieser Sache Abschied. Ich wollte auf ihn warten, mich nicht aus der Wohnung schleichen, mein Stolz verbot dies. Den überwiegenden Teil meiner Sachen schlichtete ich in Kartons und Taschen. Der große Zeiger der Uhr überholte den kleinen viele Male, Stefans Überstunden. Ich lenkte mein Denken ab, wollte nichts in der Vergangenheit infrage stellen, nichts ergründen. Ich wollte nur das glauben, was wahr, was offensichtlich. Ich erwartete ihn, ohne zu wissen, was seine Anwesenheit bringen konnte. Ich gestand mir ein, dass mein Innerstes verzeihen könnte, aber sollte ich? Diese Erfahrung demütigte mich, verstärkte dies durch meine mindere Meinung gegenüber dem beteiligten Subjekt.

Mit so etwas tat mir Stefan weh. Ihm hätte ich fast alles oder sehr vieles verzeihen können, aber das! Das Nachdenken in den vergangenen Wochen hatte mir Grübeleien beschert, war sehr nahe daran gewesen, das Versagen der Beziehung mir zuzuschreiben. Hier lag der Schmerzpunkt. Derweil ich nach Lösungen und etwaigen rettenden Ankern suchte, vergnügte sich Stefan anderweitig.

Er ergab sich in sein Schicksal, tat nichts, um die Situation, die Beziehung zu retten. Er gab auf. Oder besser gesagt, er nahm sich, was er wollte, fiel in den alten Trott zurück, kurvte um die Probleme herum. Wenn sich der Mund der Unterhaltung verschließt, eilen die Gedanken davon, suchen die Lüge. Schöne Stunden speichern, die schlechten Erfahrungen wie eine überflüssige Datei im Papierkorb des Computers löschen. Entleeren auf alle Ewigkeit.

Das Mineralwasser schmeckte mittlerweile schal, das Gas war raus. Eine Analogie? Ich vermied nach einem kräftigen Schluck Alkohol zu greifen, bezwang die nach unten ziehenden Mundwinkel, drückte sie nach oben. Die traurigen Augen verhöhnten das Lächeln.

Wie würde Karls Reaktion ausfallen? Was würde er raten? Sich selbst treu bleiben, nicht auf das Urteil anderer hören, das tun, was zu tun war; dies hieß auf seine innere Stimme achten, den Weg des Unterbewussten gehen. Denn so gut meinte ich Karl zu kennen, um sagen zu können, ein Karl gab keine Tipps und Ratschläge, er half nur dabei, die Antwort in sich selbst zu entdecken. Er verfocht die Theorie, dass wir Menschen alle Antworten auf unsere Fragen in uns trugen. Karl hatte mir dies einst an dem Beispiel des Kopiloten verdeutlicht, den er gerne bereit war zu spielen, aber niemals würde er dem Fahrer in das Lenkrad greifen.

Dieser Mann, der heute mit seinem Pfeil meine Seele traf, hatte sich vor Millionen Lichtjahren ein Kind von mir gewünscht, hatte um meine Hand angehalten. Manche meiner Freunde hatten anfangs die Befürchtung ausgesprochen, das Kind beim Namen genannt: *Würde er durchhalten oder bei aufkeimenden Schwierigkeiten den Kopf im Sand versenken, vor sich selbst davonlaufen, quasi in seiner Vergangenheit ertrinken?*

Sie rieten mir nicht ab, baten mich, keine voreiligen, schwer regulierbaren Entscheidungen zu treffen, zeigten sich nur besorgt.

Meine treue Susi hatte den Vorhang der Wolken weggeschoben und war mit dem alten Sprichwort aufgefahren: *Wer nicht wagt, nicht gewinnt!*

Warum strafte er seine Gegner nicht Lügen, warum mussten wieder einmal die anderen recht behalten? Wo war der Kämpfer? Hatte er den Kampf nie richtig aufgenommen?

Das vom Stiegenhaus einfallende Licht begleitete ihn beim Eintritt. Ich hörte mir beim Sprechen zu, beobachtete genau die Wirkung meiner Worte an seinem Mienenspiel. Der Boden unter seinen Füßen schwankte, das Parkett gab nach. Er entschied sich für das Schweigen, benützte zum Sprechen seine Hände.

Ich hatte mir meinen Abschied zurechtgelegt, mich auf die Situation vorbereitet und stand im Kegel der Bühne, der Mob gierte nach mir. Sprachlos hatte ich ihn erwartet, hierin lag der große Unterschied, ihm war nicht nach Sprechen. Er riskierte nicht einmal den Versuch, sagte einfach nichts, schwieg meinen Vorwürfen und Vorhaltungen entgegen, bedrängte meine Hülle. Ich verspürte die Unzahl seiner Hände auf meinem Körper, entglitt ihm wie eine Schlange. Die Versöhnung im Bett ohne Worte spielte ich nicht mit, hatte nicht auf ihn gewartet, um meine Liebe zu ihm, von seiner Seite aus, auf die Bedeutung eines Begattungsaktes, gleich der Deckung bei Tieren, reduziert zu sehen. Mein Ausweichen missglückte, nun sprang das Bild aus dem Rahmen, überholte die Handlung, gebar den Film. Die Geschwindigkeit meiner Gedanken reichte nicht aus, die Szenen des Films nachzuvollziehen, weil der Hauptdarsteller die Regie an sich riss, das Drehbuch neu schrieb. Er beschwor keine Versöhnung herauf, sondern einen Akt der Gewalt. Er war bereit sich zu nehmen. Die zerflederte Bluse erstickte meine Schreie, meine Hände auf den Rücken gedreht, um sich durchzusetzen, zerfetzte er mit seinen Fingern Wäsche und Haut.

Ich stieß und kratzte, in mein Wehren offenbarte er seine schwärzeste Seele. Er schlug und prügelte mich windelweich. Nicht mit ein paar wilden, brutalen Schlägen, sondern mit gezielten Schlägen, die mein Denken zerbrachen und mich bedingungslos auslieferten. Weder dass er tobte noch in Rage war, er prügelte mit Genuss, demolierte mich bis in den letzten Winkel meiner Seele. Wie ein Tier fiel er über mich her, behandelte mich ohne Rücksicht, so als reiße ein Wolf ein Lamm. Ich unterdrückte meine Schreie, versagte mir jedes Wimmern, wollte ihm keine Schreie gönnen, hatte intuitiv erkannt, dass er sich an der Macht der Stärke berauschte. Ich wusste, ich würde diese Nacht überstehen, ihn nur nicht herausfordern, sein Denken hatte sich verselbstständigt, kam einer Paranoia gleich. Stefan hatte die Sexualität vom Gefühlsleben abgespaltet, lebte das Triebhafte, sah rund um sich nur noch Objekte seiner Lust. Ich merkte an Stefan keinerlei bremsende Kräfte, seine gegen mich gerichtete Aggression diente der Entlastung von Spannungen. Er war außer Kontrolle geraten, reagierte sich ohne erkennbare Regungen und Schuldgefühle ab, lebte sich so aus, wie es einem hochgradig schizoiden Menschen entsprach.

Die dem Menschen eigene Angstabwehr kehrt sich beim Schizoiden in lustvolle Aggressivität, die dann um ihrer selbst willen ausgeübt wird, bis zu allen möglichen Formen der Grausamkeit, des Sadismus.

Irgendwann weinte ich, nicht aus Schmerz, aus Enttäuschung. Ich hatte nach wie vor an eine Zukunft geglaubt, hatte nicht glauben wollen, was ich sah. Zum Versagen einer Beziehung gehörten immer zwei, sagte man. Heidemarie, sei stark, du schaffst es. Vielleicht benötigte ich ein Erlebnis in dieser Form, es gestattete mir, mich zu lösen, vermied den Aufbau eines schlechten Gewissens in mir, von wegen ihn im Stich gelassen zu haben. Noch während mich Stefan malträtierte, eilte mein Denken voraus, gestaltete Pläne für die Zukunft. Es kam der Zeitpunkt, an dem die Schmerzpunkte versagten, alles zur Routine wurde und die Scham in meine Empfindungen schlich, ob der lustvollen Gefühle, die ich empfand. Die selbst gemachten Vorwürfe schob ich mit der Entschuldigung *Narziss und Goldmund* aus dem Gehirn, hatte doch schon Hermann Hesse in diesem Buch den Titelhelden erkennen lassen, wie verwandt die Gesichter der Leidenschaft und des Schmerzes waren.

Die dem Alkohol hinterher laufende Müdigkeit setzte Stefans Rasen ein Ende. Vor circa 20 Stunden war er aufgestanden, hatte einen großen Teil dieser Zeit mit Alkohol zugebracht, jetzt überraschte ihn der Schlaf, noch während er auf mir lag. Ich widerstand dem Wunsch, einen Sessel auf Stefans Kopf zu zertrümmern, ihn zu erschlagen, in sein Gesicht zu stampfen und ihn anzuschreien oder wer weiß was mit ihm anstellen, kastrieren? Nein, ich hätte ihn nur sehr gerne gedemütigt gesehen, so wie er mich gedemütigt hatte, mich systematisch aufgeweicht und zerschlagen.

In diesem Film blieb das Happy End ein unerfüllbarer Wunsch, das Happy Beginning ein Irrtum.

Stefan war eindeutig nicht mehr er, im Trichter seiner Sucht ertrunken.

Trotzdem wohnte in mir eine unbeschreibliche Wut, die gleichzeitig mit den einsetzenden Schmerzen anstieg. Die Zustände der Angst, der Enttäuschung, der Ohnmacht vermischten sich zu einer hilflosen Wut. Hilflos deshalb, weil ich nach wie vor große Angst hatte, mir diese Angst nicht erlaubte ihn zu erschlagen. Jede Bewegung tat weh, mein linker Arm vermutlich gebrochen. Die aufgerissene Haut brannte wie Feuer, das über meinen Körper verschmierte Blut war mittlerweile eingetrocknet. Ich verwarf den Gedanken, mich ins Badezimmer zu begeben, zwang mich nicht zu beschönigen, nicht abzuschwächen. Hilfe. In diesem Zustand traute ich mir nicht zu aus dem Haus zu kommen, was wenn er erneut? Würde er? Vorbei, aus, meine Gedankenwelt reduzierte sich zum Torso.

Das Freizeichen schlug nur zweimal an, seine Stimme klang, als hätte er meinen Anruf erwartet, dies um vier Uhr morgens.

„Karl, hilf mir, bitte komm sofort, schnell, ich komme alleine nicht raus hier“, lautlos weinte ich in das Handy, hatte Angst, Stefan zu wecken.

Zehn Minuten später detonierte eine Bombe. Splitter flogen durch die Luft, Stefan schrie auf mit einem so lauten Schrei, als hätte ich ihn geschlagen und nicht er mich. Die Türe brach, Uniformen stürzten sich auf Stefan, mir reichte ein Mann in Anzug und Krawatte einen Bademantel, half mir mich aufzusetzen, bedeckte meine Blöße. Karl. Er hielt einen Revolver in der Hand, steckte ihn weg. Ich hörte die leisen, zwischen seinen geschlossenen Zähnen herausgepressten Wörter nur undeutlich. Die Kiefer lagen aufeinander, nur die Lippen bewegten sich, formten das Gezische zu dem Stoßgebet: *Gott, oh Gott!* Ich begriff, wie furchtbar ich anzusehen war, befürchtete bleibende Schäden davonzutragen. Stefan hatten sie nackt aus dem Bett gezerrt, ihn an die Wand geschleudert. Eine gesichtslose Uniform legte über Stefans in den Rücken hochgezogene Hände Handschellen. Der Mann drückte ihn mit dem Gesicht zur Wand, spreizte ihm die Beine, zog diese einen Meter nach hinten. So lehnte Stefan schnaufend und stöhnend an der Wand.

Karls Gesicht wies keinerlei Farbe auf, die dunklen Augen lagen in Höhlen aus Wachs. So alt wie in diesem Moment hatte ich ihn noch nie erlebt. Er sprach mit kühler Stimme in sein Handy, schob mit der linken Hand die Klappe über die Wähltasten, behielt das Telefon in der rechten, während er auf mich zuging. Er vermittelte den Eindruck eines Einsatzleiters, eines Mannes, der alles im Griff hatte. Nachdem ich nicht verstehen konnte, was er mit den Gendarmen redete, nur auf das Beobachten der Körpersprache angewiesen war, erschien mir der erste Eindruck des Einsatzleiters gut gewählt. Sein Sprechen mit den Gendarmen hatte den Anschein, als befehle er, wies an. Er beugte sich zu mir, sah mich mit traurigen Augen an, strich wie ein Vater über meine Wange.

„Entspann dich, alles ist vorbei, ein für alle Mal. Lehn dich wieder zurück, bleib ruhig liegen, mein Mädel, gleich kommt die Ambulanz. Ich fahre mit dir zu einem befreundeten Arzt, wir lassen dich untersuchen, mein Mädchen, ich …“

Er sprach nicht weiter, sein Mund dehnte sich wie zu einem Grinsen, die Augen kniff er zusammen. Er schluckte und verzog wie unter Schmerzen sein Gesicht, heulte unter Schmerzen. Er fuhr mit seinen Fingern über meine Haare, streichelte meinen Kopf, flüsterte: „Hab keine Angst mehr, es ist vorbei, wird alles wieder gut, mein Mädchen! Du bist jung, du schaffst es, du kommst darüber hinweg. Keine Angst, ich helfe dir, das verspreche ich."

Ich fand es wunderschön, dass er mich duzte und mein Mädchen nannte.

Die Sanitäter schoben mir mit geübten Griffen die Bahre unter, deckten mich zu, trugen mich weg. Die letzten Geräusche, die ich aus dem Zimmer mitbekam, folgten mir ins Stiegenhaus. Ein kräftiges Poltern, so als ob ein Schrank umfiel und lang gezogenes schrilles Schreien.

Stefan.

Karl hastete ins Rettungsauto nach, hielt meine Hand. Ob wir wohl mit Blaulicht fuhren, grübelte ich.

Die Fahrt dauerte einige nicht zu Ende gedachte Gedanken, das Ausladen, ein paar Atemzüge frische Luft. Ein weißer gesichtsloser Kittel sprach mit mir, befragte mich mit einer wohlklingenden Stimme, die Vertrauen und Zuversicht ausstrahlte. Behandschuhte Hände reinigten meine Wunden, wuschen meinen Körper. Ich schluckte Pillen, spürte einen – oder waren es zwei – Stiche, sah undeutlich, als trüge ich einen weißen, einen Hochzeitsschleier vor dem Gesicht. Die Augendeckel fühlten sich an wie mit Gewichten behangen, drückten die Augen zu, der Schlaf holte mich ein.

Wo war ich?

Die Umgebung roch weder nach Spital noch sah sie danach aus. Ich lag im Bett eines großen gemütlich eingerichteten Zimmers, sah einen Wandschrank aus hellem Holz, beladen mit vielen Büchern, Schallplatten und CDs. Ein Fernsehapparat, ein Schreibtisch und eine Glasfront mit einer Tür zur Veranda. Die Sonne, meine Sonne, meine Göttin blinzelte mich an. Wenn die Sonne da war, würde alles gut werden. Ein lustiges Mädchengesicht, von dunklen schwarzen Locken umschlossen, lachte mir zu. Sie saß in einen Ohrensessel gekuschelt, die Beine auf einem Stuhl.

„Na du, geht's dir wieder einigermaßen?“ Sie wartete keine Antwort ab, sprudelte die Antworten der mich beschäftigenden Fragen munter hervor.

Ich befand mich in einem kleinen Privatsanatorium in Niederösterreich, etwa 200 km von daheim entfernt; sie war mein guter Geist.

„Meine Krankenschwester?“

„Höchstens deine Schwester, weil für deinen Bruder müsste ich mich umoperieren lassen. Spaß beiseite, Kranke gibt's hier nicht, nur lauter liebe Menschen, die ein bisschen Ruhe und Erholung brauchen, um zu entspannen, sich vom Stress erholen, Unfälle ausheilen, rekonvaleszente Schritte einleiten, wir helfen dabei.“

„Und wo ist die Tracht?“

„Wieso, gefallen dir meine Jeans nicht?“

Sie, Sylvia, war zum Schießen. Ein quirliges Temperamentbündel, das einem Comedyfilm entsprungen sein musste.

Man hatte mich einen Tag in Schlaf versetzt, mich bereits Stunden nach meinem Unfall, wie Sylvia meinen durchlebten Albtraum bezeichnete, hierher gebracht.

Sylvias Lachen steckte mich an, jetzt verstand ich, warum die Sätze so aus ihr hervorsprudelten. Wenn sie einen Tag bei mir gewacht hatte, immer schweigen … Das gefiel ihr.

„Super, du bist echt super, bei deinem Humor bist du sicher nach drei bis vier Jahren wieder topfit.“

Sie setzte sich auf mein Bett, kitzelte meine Nase, strich mit der Vorderseite ihres rechten Mittelfingers meine Wange entlang.

„Keine Angst, Heide, wir bekommen dich wieder hin. Ich habe einiges von dir gehört, finde dich echt stark. Wenn du jemanden brauchst, ich bin für dich da. Und nicht, weil's mein Job ist, sondern weil ich deine Freundin sein möchte. Hier in diesem Stall gibt es eigentlich gar keinen richtigen Job. Die Menschen, die hier arbeiten, machen alle etwas, das sie ganz gut können und sehr gerne machen. Und weil die Menschen hier alle ähnliche Ansichten und Neigungen haben, sind wir erstens ein sehr lustiger Haufen und zweitens alle miteinander befreundet. Aber das wirst du alles selbst sehen, selbst erleben. Beeile dich nicht zu sehr mit dem Gesundwerden, sonst musst du uns zu früh verlassen."

„Kann ich telefonieren?"

„Ich hoffe doch, dass du es nicht verlernt hast, konntest du es früher?"

„… hmhm … ja!"

„Dort am Schreibtisch steht ein Telefon, ein Faxgerät, ein Laptop, dein Handy liegt auf dem Tisch. Du kannst dich hier frei bewegen, kannst machen, was immer dir Spaß macht. Die ersten Tage werde ich dich auf Schritt und Tritt begleiten, weil du noch etwas wackelig auf den Beinen stehst, und außerdem hast du mit mir keine Zeit, Trübsal zu blasen. Wenn du mit mir unterwegs bist, ist immer etwas los. Freue dich darauf."

„Das tue ich jetzt schon."

„Nachmittag kommt der Medizinmann und wird dir die Auswirkungen und Folgen deines Unfalles in Bezug auf deine Gesundheit genauestens schildern und dir vor allem sagen, wie wir reparieren. Das heißt, er wird dir die notwendigen Maßnahmen mitteilen, dir Therapievorschläge machen, mit dir gemeinsam einen Therapieplan erarbeiten. Vielleicht zeigt er dir auch schon unsere Werkstätten, wo wir den Service vornehmen, das Öl wechseln, den Reifendruck prüfen, die Folterkammer halt zum Trainieren.

So, ja du wolltest telefonieren, aber vielleicht willst du zuerst mit dem alten Herrn sprechen, von dem die wunderschönen Blumensträuße hier neben dir sind, möchtest du?"

„Karl?"

Sie lachte glucksend.

„Ja, ich glaube, so heißt dieser alte Knabe – ich hole ihn dir."

„Er ist hier?"

„Ja logisch, der macht hier doch immer seine Verjüngungskuren, sonst würde er doch weit über hundert Jahre aussehen, bei seinem Lebenswandel. Letztes Mal haben wir uns selbst übertroffen, kaum war er weg, haben ihn die Freunde der Landstraße mit dem Auto verhaftet, weil sie gemeint haben, er sei noch zu jung zum Autofahren. Das war dem Chef so zuwider, deshalb durfte ich die darauf folgenden Wochen Karl betreuen, denn der Chef meinte, mein Temperament würde ihn schnell wieder in den Urzustand versetzen. Charmant nicht?"

„So, mein gnädiges Fräulein, einen Moment bitte warten, ich eile, ich laufe, ich fliege!"

Sie verließ das Zimmer nicht aufrecht gehend, sie sauste davon, schwang die Arme wie Flügel und trällerte. Ein singender Raketenvogel. Ihre herzerfrischende Art hing wie die Duftnote eines Parfums im Zimmer, es roch nach Leben.

„Ach, Karl."

Ich zog ihn zu mir runter, umarmte und küsste ihn. Ich drückte ihn ganz fest an mich, achtete nicht auf meine Schmerzen. Tränen quollen aus meinen Augen, ich verdankte ihm so viel. Karls Augen schimmerten feucht, er schwieg eine ganze lange Weile, lächelte.

„Nicht traurig sein, meine kleine Heide, ich mach's wieder gut. Weißt du …", seine Stimme setzte aus, er atmete tief durch die Nase ein, zog das Wasser der Tränen nach oben.

„Weißt du, ich habe einen Sohn verloren, den ich nie besessen, habe aber nun eine Tochter erhalten!"

Wir schluchzten beide, lächelten und weinten. Sein Kopf lag an meiner Schulter, ich sah über ihn hinweg, geradeaus in das Leuchten der Sonne, meiner Sonne. Wenn das kein Omen war?

Ich sah Karl das erste Mal in salopper Kleidung. Er trug Jeans, ein gelbes Lacoste-Polo, darüber eine Lederjacke aus dunkelbraunem, weichem Nubukleder. Er wirkte auf mich abgespannt und müde, sein zerknittertes Gesicht schrie nach einem Bügeleisen, die Falten – Spuren der jüngsten Vergangenheit – unter Dampf glätten.

Ich wollte Karl daran erinnern, auch auf sich selbst zu achten, schnitt das Thema an, er legte nur seinen Zeigefinger auf meine Lippen, verschloss meinen Mund.

„Es gibt Wichtigeres, verschwende keine Gedanken an mich, ich bin in Form, für den Rest sorgen die hier. Ich habe noch sehr viel zu erledigen, und dazu reicht meine Kraft auf alle Fälle. Solange ich zu tun habe, bin ich auch bei Kräften.

Aber ich will dir nun ein paar ernstere Dinge näher bringen, dir einige Erklärungen abgeben und mich auch dafür entschuldigen bei dir, dass ich mir die Freiheit genommen habe, alles zu regeln, soweit in meiner Macht. Pst. Beginnen wir beim Wichtigsten, deiner Gesundheit. Laut den Medizinmännern hier wirst du in Zukunft ebenso hübsch sein wie in der Vergangenheit, es wird quasi nichts zurückbleiben, rein äußerlich wird dich nichts in Zukunft an dieses Erlebnis erinnern. Die Knochen sind alle heil geblieben, die Hand etwas angeknackst. Das Schlimmste sind die über den ganzen Körper verteilten Prellungen und Blutergüsse.

Diese Blessuren werden dich einige Zeit an den Vorfall erinnern, werden aber auch die Therapie sehr schmerzhaft begleiten. Du bist stark, beiß die Zähne zusammen, du wirst es schaffen."

Lustig fand ich, dass auch Karl so wie Sylvia den Ausdruck *Medizinmann* für Arzt einsetzte.

„Stefan hat dich mit System verprügelt, das kann er."

„Was ist mit ihm?"

„Er sitzt."

„Was?"

„Stefan sitzt in Untersuchungshaft."

„Ja, aber … das zerbricht ihn, das hält er nicht aus, kannst du nicht …?"

„Nein, man muss der Tatsache ins Auge sehen, Stefan ist nicht mehr er, er ist eine Gefahr. Er wird immer und immer wieder ausrasten, solange bis er sich selbst vernichtet hat. Das, was er angerichtet hat, sind keine Kavaliersdelikte. In anderen Ländern und Kulturkreisen wären die Strafen drakonischer. Stefan muss aus dem Verkehr gezogen werden. Nach der Entlassung aus der U-Haft wird er sich, ob er will oder nicht, in eine Anstalt begeben, eine geschlossene Anstalt."

Karls legere Kleidung stimmte nicht mit diesem kühlen, geschäftsmäßigen Ton überein, der Nadelstreif der Sachlichkeit. Er bemühte sich eine seinem Ton entsprechende Haltung zu zeigen, doch die Runen in seinem Gesicht zeugten in Ansätzen von der wahren Tragödie in seinen Empfindungen. Karls Gesicht drückte Härte, unnachgiebige Entschlossenheit aus, alles Züge eines in einer anderen Zeit, einer vergangenen Zeit geformten Charakters. Mir wurde klar, egal wie angegriffen dieser Mann auch aussah, um diesen Mann musste ich mich nicht, musste sich niemand auf der Welt sorgen. Seine Haltung zeugte von der in ihm wohnenden Urkraft, die für die entschlossene Umsetzung seiner Ziele verantwortlich zeichnete.

Der Vater des Sohnes. Er war das Original.

Die Bilder stellten sich wie mit Autofokus automatisch scharf, die Unebenheiten verschwanden aus meinem Gesichtsfeld, umso klarer drang mein Blick durch. Ich hatte Karl unterschätzt, auch überschätzt, ihn der Gefühle wie Feigheit und Angst um sich für fähig gehalten. Ein Irrtum. Karl hatte mir gegenüber eingestanden, seinen Tod vorzubereiten, ihn aus Feigheit noch aufzuschieben. Nein, Karl hätte keine Angst um sein Leben, ein Karl bangte nicht um sich, er bangte um andere. Er hatte geahnt oder befürchtet! Die Überzeugung festigte sich nach und nach in meinem Denken, Karl war geblieben, um mich zu beschützen, aus Sorge um mich. Er hatte nicht aufgeschoben, sondern verlängert. Ihn danach zu fragen, gab keinen Sinn, denn mit dem Wachsen seiner Zuneigung und väterliche Gefühle mir gegenüber, umso mehr wollte er mich behüten und würde solche Wahrheiten seiner Seele nie eingestehen, als Belastung für mich empfinden, deshalb verleugnen.

Ich hatte mich von Anfang an zu Karl hingezogen gefühlt, ein Vaterkomplex? Ja, es würde wohl auch damit zu tun haben, denn mein verstorbener Vater hatte nur die Söhne akzeptiert, die Töchter waren für ihn der Ballast der Familie, die nur Geld kosteten und nichts einbrachten. In all meinen Erinnerungen an Vater grub ich kein einziges Bild hervor, indem er mich zärtlich berührte, lobte, mich voller Stolz betrachtete. Stolz war er nur auf meine Brüder, deren rüde Art gegen mich er nicht nur tolerierte, sie sogar anstachelte. Wie sehr hatte ich mir als Kind gewünscht, dass mein Vater zu mir einmal sagen würde, *Heidemarie, das hast du gut gemacht, ich bin sehr stolz auf dich.* Nie, nicht bei meinen guten Zeugnissen, nie. Über die guten Schulnoten hatte er gelacht, gemeint: *Brauchst dich nicht anzustrengen, du heiratest ohnehin einmal, lern lieber rechtzeitig kochen und den Haushalt.* Ja, das gefiel ihm, mich abzukanzeln und andauernd hatte ich meinen Brüdern zu Diensten zu sein. Ich musste ihre Kleider in Ordnung halten, ihr Zeug flicken, *dass du später eine gute Hausfrau abgibst.*

Wenn Roland nach Raufhändeln die Fetzen seiner Kleider nachhingen und es nichts mehr zu flicken gab, war ich schuld, weil ich unfähig war, das Gewand meiner Brüder in Ordnung zu halten. Vater enthielt mir neue Kleider vor, begründete: *Nähe dir doch etwas.*

Ein Foto existierte, auf dem Vater lächelnd auf mich herabsah. Das Foto zeigte die versammelte Familie vor dem üppig mit Kugeln, Lametta und Likörfläschchen behängten Christbaum. Die Familienalben waren voll von diesen *Festtagsfotos,* die als Erinnerung für ein vergangenes Leben herhalten mussten. Geschnäuzt und frisiert warteten wir mit angespannten und verspannten Muskelsträngen, bis uns der Blitz erlöste. Der Fotoapparat bannte unsere steifen Körper auf das Papier, welches bei den spärlichen Verwandtenbesuchen die Unterhaltung ersetzte. Ein Onkel hatte dieses, exakt dieses Weihnachtsfoto hervorgehoben, auf den, wie er sagte, *wohlwollenden* Blick, den mir mein Vater schenkte, hingewiesen. Vater hatte auflachend abgewunken, er hatte sich nur das Lachen verbissen, denn als er in den Fotoapparat hineinsah, hatte ihn das sperrangelweit offen stehende Hosentor des knipsenden Rolands angestarrt.

Nach der vierten Klasse Volksschule war sogar der Schuldirektor ins Haus gekommen, versuchte meinen Vater zu überreden mich für das Gymnasium anzumelden. Des Talentes wegen. Ich erfuhr nie, was Vater geantwortet hatte, sah ihn danach nur kopfschüttelnd lachen, den Direktor an mir vorbeigehen, meinem Blick ausweichen. Mit hängendem Kopf und gebeugten Rückens schlich dieser große Mann, der sonst nie Kreuzweh hatte, aus dem Haus, verließ uns grußlos.

Vaters Tod nahm ich ohne allzu große Trauer auf. Beim Begräbnis biss ich mir fest ins Zahnfleisch, der Schmerz sollte helfen, ein paar Tränen hervorzupressen.

Danach stellte ich erleichtert fest, dass sein Tod eine Änderung der Rangordnung innerhalb der Familie erzeugte. Mutter stieg auf zum Oberhaupt, setzte mich an ihre Seite. Hatte ich Mutter bis dahin nur schweigen sehen, regierte sie resolut gegen die Opposition manch meiner Brüder, ausgestattet mit dem Wesenszug großer Herrscherinnen, der Fähigkeit, im richtigen Zeitpunkt Milde walten zu lassen. Sie hielt die Rente meines Vaters beisammen, teilte das Geld so gut ein, dass unser Lebensstandard stieg. Nach der Hauptschule meldete mich Mutter im Wirtschaftsgymnasium der Klosterschwestern an. Mich fragte sie nicht. Täglich pendelte ich mit dem Zug in die vierzig Kilometer entfernte Hauptstadt meines Bundeslandes, glücklich und lerneifrig. Die Ordensschwestern waren mir zugetan, glichen innerhalb kürzester Zeit mein Defizit an Lob aus. Sie erkannten meine Neigungen, förderten mich.

In ihrer Ausbildung und Erziehung vermittelten sie uns Schülerinnen viele soziale Inhalte, brachten uns die Berufsbilder, bei denen die Sorge um andere Menschen – ihnen zu helfen – im Vordergrund steht, sehr einfühlsam näher. Sie weckten in mir den Wunsch, auf Paracelsus' Spuren zu wandeln, Medizin zu studieren. Mutter stimmte zu, war bereit die finanziellen Opfer für die Erfüllung meines Traumes zu tragen. Roland baute Scheiße, Mutter musste ihn aus gröberen finanziellen Schwierigkeiten befreien, die Abänderung meines Traumes, auf Krankenschwester umzusatteln, kam ihr gelegen, die letzten Ersparnisse waren aufgebraucht. Trotzdem blieb das Ablegen des Hippokratischen Eides mein Traum. Mutter gegenüber verschwieg ich diesen nach wie vor bestehenden Traum, sie warf sich ohnehin vor, allzu früh meinen Studiumverzicht gutgeheißen zu haben.

Karl hatte einmal zu mir gesagt: *Es ist nie zu spät im Leben, seine Träume aus dem Schattendasein hervorzuholen und sie zu verwirklichen.*

Karl fuhr mit seinen Ausführungen fort, beruhigte mich bezüglich meines Gesundheitszustandes und informierte mich über die näheren Umstände, die Zukunft, seine Pläne, das ganze Drumherum.

„Ich habe deinen Arbeitgeber verständigt, die Krankmeldung ist unterwegs, der Professor wünscht dir baldige Genesung, wir sind telefonisch in Verbindung. Deine Mutter ist benachrichtigt, sie ruft dich an und kommt am Wochenende. Einige deiner Freunde sind informiert, ein Rechtsanwalt ist beauftragt, der deine Interessen vertritt. Ich dachte, es wäre nicht gut, wenn es mein Anwalt machen würde, es könnte dich stören. Auf jeden Fall hat er mir eine gute Kanzlei empfohlen. Dieser Anwalt wird sich sobald wie möglich mit dir in Verbindung setzen, möchte noch mit dir sprechen, bevor die Gendarmerie dich vernimmt."

„Die Gend…"

„Ja, denk nicht näher darüber nach, selbstverständlich interessiert dies die Gendarmen. Diese Tat übersteigt schließlich die Ausmaße eines Dummen-Jungen-Streiches. Ich habe vereinbart, die Gendarmerie wird erst dann mit dir sprechen, wenn du so weit bist. Das heißt im Klartext, der Anwalt hat mit den Ärzten gesprochen, die ärztlichen Atteste und psychologischen Gutachten des behandelnden Kollegiums empfehlen eindringlich mit der Vernehmung zu warten. Solange du willst. Also keine überflüssigen Gedanken machen, dazu bin ich da und die Menschen, deren Job es ist, einige Schritte vorauszudenken.

Aber weiter. Deine Sachen habe ich in deine alte Wohnung bringen lassen, gut, dass du sie nie aufgegeben hast. Die Schlösser wurden ausgewechselt, für alle Fälle. Die Schlüssel gebe ich dir. Du kannst eine Liste der Dinge aus deiner Wohnung, die du dringend benötigst, anfertigen, meine treue Kathi, meine Bedienerin, wird alles bringen. Die notwendigsten Kleidungsstücke und privaten Kleinigkeiten, wie Wäsche und Toiletteartikel, Bademantel etc. sind schon hier untergebracht. Für den Aufenthalt hier und für die sonstigen Kosten wie Anwalt etc. habe ich meine Garantien abgegeben. Sage jetzt bitte nichts, wenn ich in Fahrt bin, kann mich niemand bremsen.

Du wirst hier einigen Aufwand haben, wirst vermutlich einige neue Sachen benötigen, Unkosten haben etc., übrigens verfügt das Haus hier sogar über eine eigene tolle Boutique. Aus den angeführten Gründen habe ich für dich ein Konto einrichten lassen, über das du jederzeit verfügen kannst. Die Formalitäten wird dein Anwalt mit dir durchgehen. Selbstverständlich sind daran keinerlei Bedingungen geknüpft. Und eines sage ich dir vorneweg, weil ich an deinen Augen erkenne, dass dich etwas juckt, pst, …

Ich kann mir das sehr gut leisten, ich besitze genug Geld und benötige es nicht. Die Nachbarschaft würde formulieren: *ausgesprochen vermögend.* Es ist an der Zeit, dass mein Geld nutzbringend eingesetzt wird. Klarzustellen ist auch, ich tue dies nicht, weil es irgendetwas gutzumachen gibt, ich tue das, für … für einen Menschen, den ich mag, einen Menschen, der mir sehr ans Herz gewachsen ist, ein Mensch, der es wert ist und der für mich wie eine Tochter ist.

Und eines kannst du nicht bestreiten, du bist momentan nicht in der Lage und in der Verfassung, dich um alles zu kümmern. Du brauchst nicht befürchten, dass ich mich in etwas hineinmenge, ich versuche nur das Notwendigste zu organisieren und dich ein wenig abzuschirmen.

Moment, bevor du loslegst und gegen meine Fürsorge wetterst, noch etwas: Susi schaut voraussichtlich morgen vorbei, und Dieter und Barbara am Sonntag."

„Woher wissen die?"

„Ich musste leider etwas in deinen Sachen stöbern und Dieter kenne ich seit Ewigkeiten. Aus dem hätte echt was werden können … schade um ihn!"

„Dieter, aber Dieter ist doch …"

Karl unterbrach mich: „Ja, Dieter ist Trainer, er hätte das Zeug gehabt zu einem guten Lehrer, aber nur wenn ich ihn unterrichtet hätte, und was ist schon ein Trainer gegen einen richtigen, tollen, ausgewachsenen, so richtig netten, freundlichen Lehrer? Na, sag schon, aber sag bloß nicht, dass es solche Lehrer nicht gibt. Vielleicht jetzt nicht mehr, weil ich ja pensioniert bin!"

Wir lachten uns an. Ich war wirklich froh, Karl um mich zu haben.

Die Jahreszeiten wechselten die Farben vor meinem Fenster aus. Die leuchtende Farbpalette von Gelb, Rot und Braun lag längst matt und dunkel gealtert, zerdrückt am Boden, raschelte kaum. Sehr oft deckte der Nebel die Farben zu, Konturen der Landschaft schienen zaghaft durch. Die kalte Luft verkürzte die Phasen des *Fensteröffnens* auf ein Mindestmaß. Der Winter stemmte seinen Fuß in die Tür, überzog das Land mit seinem Atem.

Die hier wohnenden Menschen rochen Schnee. Während sich der Winter daran machte, das Land zu überdecken, war auch in mir vieles zugedeckt, verheilt. Dort, wo meine Großmutter aufgewachsen war, in einem kleinen Dorf an der österreichisch-böhmischen Grenze, nahmen die Menschen das Schicksal an, so wie es daherkam. Nicht einmal für die Dauer eines Atemzuges stand ihnen der Sinn nach Auflehnung. Das Schicksal war gottgegeben und weil sie gottgefällig lebten, glaubten sie an einen tieferen Sinn und eine Wendung zum Guten. Diese Menschen dort arbeiteten hart. Selten gelang es ihnen, ihren Besitz, der das Auskommen, aber keinen Wohlstand zuließ, zu vermehren. Sie waren zufrieden damit, das Geschaffene für sich und die Nachkommen zu erhalten. Eine ihrer gebräuchlichsten Redensarten war *selten ein Schaden, wo nicht ein Nutzen dabei.* Großmutter hatte erzählt, dass, egal ob das Wasser in Schaffeln vom Himmel goss, der Hagel die Ernte vernichtete oder ein Unglück die Familie auseinanderriss, diese Menschen ihrer Fröhlichkeit nicht entsagten, an diesem ihrem Lieblingssprichwort festhielten.

Selten ein Schaden, wo nicht ein Nutzen, mir blieb nur das Zustimmen. Ich war auf dem Weg nach oben, unaufhaltsam. Der ausgestreute Samen war zu einem Strauch gewachsen, das Ernten der Früchte nur eine Frage der Zeit, konnte unweigerlich ausbleiben.

Ausspruch Karl: *Ein Lehrer, der von sich behauptet, er habe nur schlechte und mittelmäßige Schüler zu unterrichten, hat den Beruf verfehlt. Die Schüler sind immer so gut oder so schlecht wie ihre Lehrer.*

Und bei Gott, ich hatte gute Lehrer, die besten. Sie forderten mich, quetschten mich aus wie eine Zitrone, bis ich wirklich das Letzte gab. Die Menschen, die mit mir arbeiteten, waren besonders geschult darin, aber auch daran gewöhnt, das Letzte aus ihren Probanden zu holen. Sie betreuten viele Hochleistungssportler, die hier ihre Verletzungen auskurierten, mental wie physisch. Sie bauten die Kondition kontinuierlich auf, führten die Sportler wieder an ihre Leistungsgrenzen heran, wappneten sie mit den körperlichen und geistigen Fähigkeiten, die das Überstehen einer beinharten Wettkampfsaison verlangte.

Wenn ich morgens aus dem Bett sprang und nach zehnminütiger Gymnastik – aktives Erwachen – in den Spiegel sah, lachte mich die neue Heidemarie an. Ich nannte sie Heidemarie die Dritte. Die Zweite war ich in der Zeit mit Stefan, die Erste davor.

Diese neue Heide sprühte vor Lebensgeist und Kraft, bereit vierzehn Stunden am Tag an sich zu arbeiten. Ich hatte meine Lektionen gelernt. Ich hatte immer an die Zukunft geglaubt, aber so weit ich heute war, verdankte ich paradoxerweise dem, was passiert war. Ein Lehrsatz meiner Trainer lautete: *Jede Erfahrung sorgt dafür, dass ich stärker werde, und ich kann alles, was mir passiert, so benennen, wie ich will. Wenn ich mein Verhalten ändere, ändere ich meine Resultate und es gibt immer eine Lösung.*

Zuerst bringen wir den mentalen Bereich auf Vordermann, der Rest ist Kinderspiel, hatten sie gesagt.

Sie lehrten mich, dass Spitzenleistungen, privat wie sportlich oder im Berufsleben, ein hohes Maß an Leistungsbereitschaft und Leistungsfähigkeit erforderten, und diese nichts anderes waren als unser Umgang mit physischer und psychischer Anspannung. Durch die drei Komponenten: *a) Energie aufbauen, b) Spannung halten, c) Entspannung* gelang es, den Körper in Balance zu bringen. Wer darin geschult war, einen fließenden Wechsel zwischen den einzelnen Phasen herzustellen, erhielt die persönliche Leistungsfähigkeit anstatt auszubrennen.

Sie wiesen mich in die dazu benötigten Techniken ein, brachten mir dem Yoga entstammende Atemtechniken ebenso wie Qui Gong und andere fernöstliche, die Entspannung fördernde Riten näher. Die Arbeit an meinem physischen Zustand überschritt meiner Meinung nach „das Kinderspiel" doch sehr erheblich, aber mittels der mentalen Stärke, mit der sie mich ausgestattet hatten und die laufend verbessert wurde, schaffte ich auch dies. An Aufgabe dachte ich nie, sagte mir Hunderte Male, Tausende Male vor: *Du schaffst es, du schaffst es.*

Manchmal schluckte ich Tränen des zerfließenden Zorns, bemühte mich die aufwallenden Aggressionen weder gegen mich noch gegen meine Trainer zu richten. Wochenlang trainierte ich das Gehen; das aufrechte, gerade Gehen. Die unzähligen Prellungen und Blutergüsse verleiteten mich dazu, in der für mich am wenigsten schmerzhaften Position zu gehen. Diese entsprach weder der ökonomischsten oder anmutigsten noch der schonendsten Form für Gelenke, Bänder, Sehnen. Außerdem galt es, einem möglichen Schiefstand des Beckens, bedingt durch das wochenlange Gehen mit Krücken, vorzubeugen.

Der ärztliche Leiter Prof. Peter Schandl, der so wie alle hier darauf bestand, mit dem Vornamen angesprochen zu werden, hatte gesagt: *Wir bieten kleine medizinische Wunder, müssen sie bieten, weil sie jedermann von uns erwartet.* Diesem Ausspruch zufolge hatte ich das Ausmaß der Verletzungen unterschätzt, hatte die Genesungszeit wesentlich niedriger veranschlagt.

Die Entwicklung meiner mentalen Stärke führte auch dazu, dass ich lernte zu nehmen, das heißt, kein schlechtes Gewissen mehr hatte in Bezug auf Karl, der die hohen Kosten übernahm. Viel verdankte ich meinem Schatten Sylvia. Wie sie vorausgesagt hatte, wurden wir Freundinnen. Sie meinte: „Mir macht es riesig Spaß, jemanden zu beschenken, aber wenn ich ein Geschenk erhalte, das ist für mich der absolute Wahnsinn, und ist es noch so teuer."

„Ja hast du kein schlechtes Gewissen, dass sich der Betreffende in Unkosten stürzt, gerade weil das Geschenk so teuer ist?"

„Nein wieso, derjenige muss ja nicht, ich sage ja nicht, bitte kaufe mir das oder das, oder das will ich unbedingt. Nein, und wenn's ihm oder ihr nachher wirklich leidtun sollte, selber schuld. Schön blöd!

Entweder ich schenke etwas gerne oder nicht."

Das half mir. Früher hatte ich oftmals meine liebe Not, Geschenke anzunehmen, weil ich mir sofort die Frage gestellt hatte, was erwartete sich derjenige jetzt und konnte ich diesen Anforderungen gerecht werden.

Sylvia brachte es auf den Punkt: „Du denkst viel zu kompliziert, das Leben ist viel einfacher."

Und hier bot sich einer der vielen Nutzen. Ich erfuhr so vieles, lernte dazu, lernte mich besser kennen. Ich arbeitete vieles aus der Vergangenheit auf, beging aber nicht den Fehler, das Geschehene zu beurteilen, besah es nur aus der Entfernung, mit dem notwendigen Abstand halt.

Seit mich Barbara und Dieter und mit ihnen Florian besucht hatten, verging kein Wochenende, an dem mich Florian nicht heimsuchte. Wir alberten, redeten über dies und jenes, joggten nebeneinander über die schneebedeckten Wege, entspannten uns hinterher in der Sauna. Mit Florian war alles so herrlich unkompliziert. Sport, Gesundheit und Bücher, auf diese drei Säulen hatte er sein Leben aufgebaut und darüber thronte sein Humor. Ich hatte nicht gewusst, dass ein Mensch so viel und so herzlich lachen konnte. Über Sachen, an denen sich andere bis zur Weißglut aufregen vermochten, prustete Florian, fiel fast von einem Lachkrampf in den anderen. Florian, drei Jahre jünger als ich, erschien vom äußeren Erscheinungsbild älter. Die langen dunklen Locken, die sein Gesicht umrahmten, gaben ihm südländischen, der Dreitagesbart verwegenen Anstrich. Als Leistungssportler besaß er einen athletischen Körper, ganzjährig braun gebrannt sah er aus wie das Model eines Young Fashion-Kataloges. Die dunklen ruhigen Augen standen für Ausgeglichenheit, die hohe Stirn für einen wachen Verstand. Ich mochte seine muskulösen Arme, die feingliedrigen Finger. Alles an ihm vermittelte Schutz und Sicherheit, genau das, was ich jetzt benötigte und nach dem ich mich am meisten sehnte. So selbstverständlich, wie ich ihm in der Sauna nackig begegnete, ebenso natürlich schlief ich mit ihm. Unkompliziert und leidenschaftlich. Seine Liebe war ohne Schnörkel und schlicht, dennoch trug er mich auf Händen, verehrte mich.

Immer mehr zeichnete sich ab, dass ich im kommenden Herbst den Grundstein zur Verwirklichung meines Lebenstraumes legen wollte, ich würde im Herbstsemester Medizin inskribieren. Mit einem Male sollte das Geld keine Rolle mehr spielen. Auf der einen Seite besaß ich Karls Unterstützung, er war zu Tränen gerührt gewesen, als er davon erfuhr, und erfreute sich an der Liebe zwischen mir und Florian.

„Heide, mein Kind", hatte er gesagt, „jetzt wird alles gut, nun erhältst du endlich das, was du verdienst. Die Liebe ist eine Himmelskraft und sie vermag alle, hörst du, alle Wunden zu heilen. Und wer an der Erfüllung seines Lebenstraumes arbeitet, für den ist ein Platz im Paradies reserviert."

Noch nie hatte ich ihn so gerührt gesehen, er schluchzte und lächelte in einem: „Heide, ich danke dir dafür, dass du mich so beschenkst. Es ist sehr wenig, was ich dir geben kann, bitte nimm es. Ich weiß heute schon, dass du dazu imstande bist, deinem Traum Leben einzuhauchen. Egal, was auch die Vergangenheit gebracht hat, ich danke dem da oben im Himmel, was immer das auch sein mag und als was es bezeichnet wird, als Gott, Universum oder sonst was, ich danke dafür, dass uns diese Kraft zusammengeführt hat."

Die zweite Seite des Geldes trug die Prägung von Florian. Er stand finanziell auf gesicherten Beinen. Zu seinem Sportlehrergehalt kamen seine Preis- und Sponsorgelder, im Sommer der Verdienst als Trainer, Dieter hatte ihn beizeiten ausgebildet.

Florian träumte von einem Seminarzentrum für Hobby- und Leistungssportler, meinte sehr ernst, wenn er lachend sagte: „Ein

Arzt meines Vertrauens fehlt noch. – Ich bin kein Schmetterling, Heide. Für mich steht fest, ich liebe dich, also lasse ich dich nicht mehr aus. Und das Schönste auf der Welt wäre für mich, mit der Frau, die ich liebe, auch beruflich zusammenzuarbeiten."

Ich überblickte meine Zukunft wie das Tal vom Berggipfel aus. Mein Leben wies in eine Richtung, gerade und frei von Hindernissen. Alles erschien einfach und mühelos, mein Glücksstern leuchtete mir den Weg der nächsten Monate aus.

Die Blicke schweiften über die glitzernde Wasserfläche. Selten oder so gut wie nie gelang es dem Auge, einen aus dem Wasser springenden Fisch einzufangen. Ebenso selten tauchte in meinen Gedanken Stefan auf. Der Fischer ruckte an seiner Angel, kurbelte wie wild, um die Leine einzuholen. Er befreite den Fisch vom Widerhaken, umschloss ihn mit der rechten Hand. Der Fisch zappelte in seiner Hand, der Fischer bückte sich und schlug den Fisch gegen einen auf dem Boden liegenden Steinbrocken. Und so wie der Tod des Fisches mein Denken gefangen nahm, bündelten sich die Gedanken von einem Tag auf den anderen auf Stefan. Ein letztes Mal konnte er alle Aufmerksamkeit auf sich konzentrieren. Unwiderruflich zum letzten Mal.

Die Zeitungen schrieben von einem tragischen Unfall, der sogar dem lokalen Fernsehsender eine Erwähnung wert war. Mit seinem Abgang von dieser Welt versorgte er seine Kleinstadt, wie er seine Heimatstadt immer genannt hatte, noch einmal mit ausreichendem Gesprächsstoff für die nächsten Wochen, wenn nicht Monate.

Mir verblieb für Spekulationen keine Zeit. Karl brachte mir mittels eines Kuverts die Wahrheit ins Haus. Stefans Wahrheit, ein an mich adressierter Briefumschlag. Karl lächelte, erschien mir sehr gefasst, zu gefasst. Schweigend umarmten wir uns, drückten uns eng und fest aneinander.

Das Kuvert hatte Stefan bei sich getragen, als die Bergrettung seinen Leichnam barg. Im Kuvert steckten Kassetten eines Diktiergerätes.

Tonbandaufzeichnung Stefan H. – Abschied

Liebe Heide. Alleine diese Ansprache klingt sehr vertraut für mich, und doch liegt eine Ewigkeit zwischen den Erinnerungen. Ich wende mich heute, in den letzten Stunden in meinem Leben an dich, um mich von dir zu verabschieden. Nachdem, was du mir einmal bedeutet hast und ich dich fast im Abgrund der Hölle versenkt habe, will ich mich nicht wie ein Dieb oder Übeltäter davonstehlen. Ich will dir meine Beweggründe und den Hergang, die letzte Wahrheit sozusagen, schildern und dich auch um Verzeihung bitten.

Ich will in diesen den vermutlich letzten Augenblicken meines Lebens nichts beschönigen, will dazu stehen, was ich angerichtet habe. Vielleicht kannst du mir vergeben, ich selbst vermag es nicht. Ich habe in meinem Leben all das vernichtet oder war bereit es zu vernichten, was es mit mir gut gemeint. In diesen dunkelsten Momenten meines Lebens war ich nicht ich selbst oder war ich etwa gerade dann derjenige, der ich wirklich war? Ich weiß es nicht.

Sei's wie's sei! Ich habe mein Leben gelebt, schöne Tage und Stunden genossen, habe versucht mir vom Leben meine Scheibe abzuschneiden. Ich bin zufrieden, habe zwar bei Gott längst nicht alles bekommen, was ich wollte, und doch hat es sich gelohnt.

It's time to go. Höchste Zeit, bevor meine innere Sonne erlischt und ich mein Denken nicht mehr zu steuern vermag. Ich habe Angst davor, in meinem Denken und Handeln schizoid zu werden, mich irgendwann in einer Anstalt zu finden. Dieser meiner wohl größten Angst gehe ich mit dieser Form des Abschieds unwiderruflich aus dem Weg.

Es ist gut, dass alles so gekommen, denn du, liebe Heide, verdienst Besseres vom Leben, als ich dir geben konnte und könnte. Mein Leben war stets das Exzessive, entsprungen aus dem Drang, die Vergnügungen oder das, was ich dafür gehalten habe, einsaugen zu müssen, aus Angst, nicht genug zu erhalten. Die Wurzeln wuchern in meiner Jugend, in der man mich um einiges gebracht.

Wenn ich jetzt sage, es ist gut so, wie alles ist, dann meine ich damit natürlich nicht, dass ich das dir zugefügte Unrecht gutheiße. Ich kann es nicht ungeschehen machen, glaube mir, ich würde viel darum geben. Und doch blicke ich jetzt auch auf sehr viele kleine Abschnitte in unserer langjährigen Beziehung zurück, die ich nicht missen möchte, die es mir nun leicht machen, diesen Weg zu gehen.

Heide, ich habe dich geliebt wie nie einen Menschen zuvor, liebe dich wahrscheinlich immer noch, nur ist heute mein Denken längst nicht mehr klar, die Windungen des Gehirns sind vom Alkohol verätzt, viele Empfindungen darin ersoffen. Leider, und doch war es wunderschön.

Es kam, wie's kommen musste, werden die einen sagen, vermutlich die Mehrheit.

In den letzten Tagen fand sogar eine Aussprache mit Vater statt. Nicht, dass sich unser Empfinden für den anderen geändert hätte, aber zum ersten Mal in meinem Leben habe ich erlebt, dass er Fehler zugab. Es wird für ihn nicht leicht sein, mit diesen Fehlern weiterzuleben, wo sie sich in seinem Denken nun als Fehler manifestiert haben. Und weiters bleibt ihm die seinem Ego sicher nicht zuträgliche Erkenntnis, dass mit seinem Tode der Familienzweig erlischt, niemand da ist, seine Gedanken weiterzuführen oder weiterzuleben.

Gott sei es gedankt.

Gerade das, was ihm am meisten bedeutet hätte, auf das muss er nun verzichten. Du siehst, Vater, alles im Leben kommt zurück. Unendliche Waage der Gerechtigkeit.

Ich stehe nun am Hallstädter Gletscher, überschaue die unendliche, mit Schnee und Eiskristallen besetzte glitzernde Fläche des ewigen Eises. Rund um mich türmen sich die Berge, verwachsen mit den Wolken. Ich atme die unendliche Freiheit ein, lasse mir das Gesicht von der Maisonne wärmen. Für diesen Blick hat es sich gelohnt, hier heraufzukommen, ihn nehme ich mit in die ewige Dunkelheit meiner Zukunft. Dachstein, der höchste Berg meiner oberösterreichischen Heimat. Seine Hänge und Wiesen habe ich mit unzähligen jugendlichen Schweißtropfen besprengt, Erinnerungen an eine andere längst vergangene Welt.

Indianer gehen zum Sterben auf den heiligen Berg, um Manitu näher zu sein, ich gehe zurück zu den Erinnerungen, der Quelle längst vergangener Kraft.

In den Nachmittagsstunden bin ich mit der Südwandbahn hochgekommen, habe abgewartet, mich auf den Weg zur Simonyhütte gemacht, mit dem Vorsatz, nie dort anzukommen.

Weißt du, die Seilbahnen von Obertraun auf den Krippenstein sind um diese Jahreszeit wegen Revisionsarbeiten geschlossen, ebenso die Berghütten. Dies erspart mir die Begegnung mit anderen Menschen, erlöst mich von dem Übel, mich jemand anderem mitteilen zu müssen. Diese Stunden gehören mir allein und den Erinnerungen an Vergangenes.

Heide, es ist so weit, ich habe alle Brücken hinter mir abgebrochen, bin am Grund des Trichters. Ich habe meine Skier an den Rand der Gletscherspalte gesteckt, um der Bergrettung, die in den nächsten Tagen wie ein Jagdhund meine Spur aufnehmen wird, die Suche zu erleichtern. Den Pickel fest im Schnee versenkt, das Seil darum gelegt, dann habe ich mich abgeseilt.

Hier unten, am Grund der Spalte herrscht Finsternis, nur spärlich dringt Licht von oben ein. Das blaue Seil wirkt grau, mit einem Ruck ziehe ich es ab. Ich will das Endgültige an meinem Tun herbeiführen, mich nicht der Gefahr eines abrupten Sinneswandels aussetzen, der auf jäh einsetzender Angst basieren könnte.

Kälte um mich. Die Haut meines Gesichtes spannt, die Lippen sind ausgetrocknet.

Ich öffne die Flasche mit der Cola-Rum-Mischung, unzählige zerstäubte Schlaftabletten schwimmen in ihr. Irgendwann werde ich sanft einschlafen, die Kälte nicht spüren und erfrieren.

Prost Heide.

Ich liebe dich, verzeih mir bitte …

So vieles möchte ich dir noch sagen und womöglich schon zu viel gesagt. Der Alkohol fördert meine Gesprächsbereitschaft. Prost. Die Stille um mich tut mir gut. Ich frage mich, wie es sein wird. Ein Leben danach?

Heide, ich schalte jetzt das Diktiergerät ab, möchte in diesen letzten Minuten meinen Gedanken und Träumen noch ein wenig nachhängen. Diese Stille rundum macht mich wehmütig, erinnert mich zu sehr an das Leben mit dir, an das Glück mit dir, an die Leiden, die ich dir …

Servus, … Heide … prost … du bist eine wundervolle Frau … es war schön … ich hab dich lieb …

Alles geht seinen Gang

Karl hatte mich gefragt, ob es mir etwas ausmachen würde, ihn zu Stefans Begräbnis zu begleiten, ihm beizustehen. Für mich war es selbstverständlich, aber alleine der Umstand, dass er mich gefragt hatte, tat mir gut, bewies auch sein Einfühlungsvermögen.

Karl hatte es so gewollt, dass ich in der Reihe der Trauernden den Platz zwischen ihm und Florian einnahm. Das Begräbnis lief genau so ab, wie es Stefan mit Sicherheit nicht gewollt hatte. Zeremoniell und nach alter Tradition. Sogar Astern und Nelken hatte man ihm an die Kränze gebunden, *diese Blumen möchte ich weder heute noch bei meinem Tod,* hatte er oft lauthals verkündet. *Im Tod sind wir alle gleich, niemand schert sich um dich,* auch dies war einer seiner starken Sprüche.

Obwohl ich Stefan den Tod nicht gewünscht hatte, fühlte ich mich mit seinem unter das Leben gezogenen Schlussstrich seltsam frei, frei für Florian. Ich schaute ihn zärtlich an, Florian war der Felsen meiner Liebe, der Halt, den ich ein Lebtag gesucht. Freilich hatten das Begräbnis und die letzten Tage die in meinem Inneren zu Boden gesunkenen Empfindungen aufgescheucht, so wie der Sturm das Meer aufwühlte. Doch, um mit Karls Worten zu sprechen: *Was waren Erinnerungen gegen Zukunftsgedanken? Blasse Bilder, die nach Farbe schrien.*

Karl ordnete seine Geschäfte und bereitete seinen, wie er sagte, Aufbruch in die Welt vor. Er hatte vor ein Jahr lang um die Welt zu reisen, sich all die Sachen anzusehen, nach denen ihm war und die er später in das Grab seiner Erinnerungen mitnehmen wollte. Ich verstand ihn, auch er war bis jetzt mit Ketten an diesen Ort gefesselt gewesen, seines Sohnes und seiner Ängste wegen.

Karl schenkte Florian und mir zum Abschied eine Reise auf die Kanaren.

„Als Hochzeitsgeschenk", sagte er.

„Denn niemand weiß, wann ich wiederkomme, und ihr könnt unmöglich so lange warten, Kinder."

Florian legte seine Hand um mich, drückte mir einen Kuss auf die Wange.

Florian war aufgebrochen in ein Triathlon-Trainingslager nach Italien, so feierten nur Karl und ich seine für den morgigen Tag angesetzte Abreise. Wie in alten Tagen speisten wir in seinem Lieblingsrestaurant. Karl verwöhnte mich nicht nur mit lukullischen Genüssen und Champagner, auch seine Komplimente schmeichelten mir.

Irgendwann sprachen wir über die Vergangenheit, sein Herz lag auf dem Tisch. Ich hörte zu.

„Weißt du, Heidi, du hältst sehr viel von mir, aber bei meinem Sohn habe ich versagt. Nicht jetzt, sondern früher, lange bevor wir uns kannten. Damals lebte ich noch in einer anderen Welt, ging mit Stefan nicht so um, wie er es verdient hätte."

So wie Stefan benutzte Karl jetzt sehr häufig die Formulierung *„Weißt du, Heide"*, nur mit dem Unterschied, dass Karl meine Anrede neuerdings meist auf ***i*** enden ließ. Wir saßen in diesem Restaurant bei Kerzenlicht und während er in seinem Erzählen pausierte, betrachtete ich ihn genau. Er war eine außerordentlich attraktive Erscheinung, wirkte in seinem dunklen Smokingjackett so edel, reif für die Hauptrolle in einer Fernsehserie. Nicht mehr jung, aber gut aussehend und lebenserfahren.

„Mein Sohn sollte studieren. Aber gerade ich habe ihm die Möglichkeit genommen, den Beruf zu ergreifen, den er gewollt hat. Weißt du, er lag fast auf den Knien vor mir, hat um eine zweite Chance gebettelt und ich habe sie ihm versagt.

Ich habe nie begriffen, was ihm das Studieren bedeutet hätte, habe immer geglaubt, er will nicht. Dabei war ich derjenige, der ihm die Chance einer Zukunft, seiner Zukunft genommen hat.

Mein einziger Sohn sollte etwas Besonderes sein. Dies hab ich ihm verhaut, katastrophal verhaut.

Ich war zu sehr beschäftigt mit mir, mit meinen Problemen, sodass ich nicht gemerkt habe, wie ich seine Jugend und damit seine Zukunft zerstört habe.

Ja und später, später habe ich gedacht, es sei ohnehin zu spät …"

Nach Momenten des Schweigens, sagte ich: „Egal, was du falsch gemacht hast, in deinem Leben, Karl, du hast das Beste gewollt, und dafür bewundere ich dich. Du bist für mich mehr als mein Vater jemals für mich gewesen ist, Karl, ich danke dir."

Ich hob das Glas, das dumpfe Licht versteckte unser beider Tränen.

Mich verließ an diesem Abend das Gefühl nicht, dass ein Abschied für immer bevorstand. In seinen Augen schwamm eine ungestillte Sehnsucht, in seinem Lächeln steckte romantischer Zauber. An der langen Kellerbar bei ihm zu Hause überreichte er mir wortlos ein fünf mal fünf Zentimeter großes Päckchen, in rot glänzendes Papier verpackt. Während ich behutsam das Goldband entfernte, langsam das Papier aufriss, öffnete Karl Champagner. Wir liebten beide Champagner zu trinken.

Mein spitzer Schrei riss ihn herum, der Champagner floss auf den Teppich. Karl lachte mich an wie ein kleiner Junge, strahlte ob meiner Überraschung. Eine wunderschöne aus Gold gefertigte Brosche mit einem Stab, um den sich eine Schlange wand. Der von der heiligen Schlange umringelte Äskulapstab, seit dem 5. Jahrhundert Sinnbild des Heilberufs und der Ärzte.

„Alles Gute für deinen weiteren Lebensweg, deine Zukunft, dein Studium. Ich weiß, du schaffst es, du bist stark, meine Tochter."

Wir tanzten zur Musik, Karl hob zum Sprechen an, ich verschloss seinen Mund mit einem Kuss, küsste ihn nicht als Tochter, sondern als Frau.

Epilog

Florian und ich hatten bald geheiratet, so wie Karl es vorhergesehen hatte. Florian wollte nicht länger warten, ich sollte kein lediges Kind bekommen.

Alle Welt behauptete, unsre Tochter Sabrina sähe aus wie der Vater, ihm aus dem Gesicht geschnitten. Seine Locken, sein Lachen. Und der Vater vergötterte Mutter wie Tochter.

Trotz meiner Familie lief mein Medizinstudium außerordentlich gut an.

Nach unzähligen Karten aus allen Gebieten der Erde war nach gut einem Jahr die Nachricht von Karls Tode gekommen. Ein Autounfall auf einer der entlegensten Straßen der Welt, in der Nähe des Großen Bärensees im Norden von Kanada, an der Grenze zu Alaska. Mich hatte er zu seiner Universalerbin eingesetzt.

Die Jahre würden es mit sich bringen, ob ich meiner Tochter eines schönen Tages von dem Mann erzählen würde, der sich immer eine Tochter gewünscht hatte und der in Wirklichkeit ihr leiblicher Vater war. – Die Frucht einer einzigen Liebesnacht.

Der Autor

Günther Hager, 1956 in Grieskirchen, Oberösterreich, geboren, vergisst oft die Welt um sich.
Er begann als Siebzehnjähriger mit dem Schreiben, arbeitete in der Logistikbranche, war als Persönlichkeitstrainer und Hüttenwirt tätig, studiert derzeit Literaturwissenschaft.
Nach einem schweren Unfall prophezeiten ihm die Ärzte ein Leben mit Krücken, doch bald lief er Bergmarathons und durchquerte Lappland auf Langlaufskiern. In Zeitschriften bezeichnete man Hager als Abenteurer, Poeten und Lebenskünstler. Heute lebt und schreibt er in Attnang, Bezirk Vöcklabruck.

Der Verlag

Der im österreichischen Neckenmarkt beheimatete, einzigartige und mehrfach prämierte Verlag konzentriert sich speziell auf die Gruppe der Erstautoren.
Die Bücher bilden ein breites Spektrum der aktuellen Literaturszene ab und werden in den Ländern Deutschland, Österreich, Schweiz und Ungarn publiziert.
Das Verlagsprogramm steht für aktuelle Entwicklungen am Buchmarkt und spricht breite Leserschichten an.
Jedes Buch und jeder Autor werden herzlich von den Verlagsmitarbeitern betreut und entwickelt.
Mit der Reihe „Schüler gestalten selbst ihr Buch" betreibt der Verlag eine erfolgreiche Lese- und Schreibförderung.

Manuskripte herzlich willkommen!

novum publishing gmbh
Rathausgasse 73 · A-7311 Neckenmarkt
Tel: +43 2610 43111 · Fax: +43 2610 43111 28
Internet: office@novumpro.com · www.novumpro.com

AUSTRIA · GERMANY · HUNGARY · SPAIN · SWITZERLAND